KB100175

# 이청준과 남도문학

**엮은이_최현주**(崔賢柱, Choi Hyun-Joo) 전남대학교 국어국문학과 및 동 대학원 졸업. 현재 순천대학교 국어교육과 교수 및 문학평론가. 주요 논문으로 「탈식민주의 문학교육과 이병주의 『관부연락선』」, 「탈식민주의 관점에서의 문학교육」, 「『태백산맥』의 탈식민성 연구」 등이 있으며, 저서로 『한국 현대 성장소설의 세계』와 『해체와 역설의 시학』 등이 있음.

## 이청준과 남도문학

**초판 인쇄** 2012년 10월 10일 **초판 발행** 2012년 10월 25일
**엮은이** 최현주 **펴낸이** 박성모 **펴낸곳** 소명출판 **출판등록** 제13-522호
**주소** 서울시 서초구 서초동 1621-18 란빌딩 1층
**전화** 02-585-7840 **팩스** 02-585-7848 **전자우편** somyong@korea.com **홈페이지** www.somyong.co.kr

값 26,000원
ISBN 978-89-5626-747-0 93810

# 이청준과 남도문학

*Lee Chung-Jun and Namdo Literature*

최현주 편

소명출판

# 머리말

진리는 희랍어로 '알레테이아(Aletheia)'라고 하는데, 이를 직역하면 '숨겨져 있지 않다'라는 의미이다. 진리가 은폐되어 있지 않는 것이라면, 진리는 그 자체로 드러나 있는 것이란 의미일 터이다. 하지만 은폐되어 있지 않다는 말 속에 이미 은폐가 함의되어 있다고 본다면, 은폐와 탈은폐는 상호대립 혹은 상호보충적 관계를 갖는다. 그런 점에서 알레테이아(진리)는 은폐와 개진(탈은폐)의 투쟁과 공생 가운데 생겨난다고 하겠다.

이러한 진리의 은폐와 개진의 문제를 일평생 창작의 화두로 삼은 이가 바로 소설가 이청준이다. 그의 평생의 화두는 진리의 문제였다 해도 과언이 아니다. 그는 진리가 존재하는가라는 화두로부터 시작하여, 진리가 어떻게 생산되고 작동하는가의 문제에 끝없이 천착하였다. 그리고 그러한 진리가 어떻게 은폐되고 개진되는가의 문제를 소설 창작의 궁극적 지향점으로 밀어붙였다. 그는 한국 현대사를 살아가는 인간 군상들의 삶의 진리를 드러내는데 여일하게 노력하면서도, 그 실상을 직설적으로 드러내지 않고 알레고리와 상징으로 간접화하였다. 이러한 진리에 대한 은폐와 개진의 변증법이 바로 이청준 소설의 심층구조이자 예술적 아우라인 셈이다.

이청준 선생님께서 돌아가시고 벌써 4년의 세월이 흘러갔다. 선생님은 한국 소설을 대표하는 한글세대 소설가이면서 남도문학의 원형을 표상하는 작가이기도 하셨다. 선생님은 섬세한 문학적 감수성으로 가장 한국적인 소설 문장을 완성해내셨을 뿐만 아니라 역사현실과 개인적 고뇌 사이에서 미학적 균형을 바로잡는데 온 몸을 바치신 소설장인이었다. 선생님은 1999년부터 2008년 돌아가시기까지 남도의 끝자락에 위치한 순천대학교 문예창작과의 석좌교수로 계셨다. '전짓불 공포'와 '게자루'로 표상되던 고향에 대한 공포와 환멸에서 말년에는 '눈길'을 따라 고향으로의 귀환을 시도하셨던 것이다. 선생님께서는 석좌교수로 계시면서 고향의 제자와 후학들에게 무한의 정을 흠뻑 쏟으셨다. 주어진 강의에 대한 열의뿐만 아니라 강의 후에는 학교 근처의 선술집이나 호프집에서 못 다하신 이야기보따리를 푸시기도 하셨는데 그러한 날들이면 항상 자정을 넘기기 일쑤였다. 또한 순천과 고향 장흥에 제자들과 동행하셔서 본인 소설과 남도문학의 무대 가운데로 안내하기도 하셨다.

그런 선생님의 사랑과 열정에 제대로 답하지 못하고 이제야 선생님을 기리는 책을 순천대학교 남도문화연구소 주관으로 펴내게 되었다. 여기에 실린 글들은 두 번의 학술대회 결과물이다. 하나는 순천대학교 남도문화연구소와 장흥군이 공동 개최한 이청준 선생님 1주기 추모 학술대회이고, 또 하나는 2012년 2월에 순천대학교 남도문화연구소가 개최한 '지역문학과 근대문학'이란 학술대회이다. 두 학술대회 모두 이청준 소설과 남도문학에 대한 실체성의 모색과 새로운 해석이 이루어졌다. 그리고 그 결과를 온전히 이 책으로 결집해 보았다.

이 책이 나오기까지 좋은 글을 완성하시느라 고생하신 여러 필자 선생님들께 진심으로 감사의 말씀 올린다. 또한 순천대학교 남도문화연구소를 30여 년 전 개원하고 인문학육성사업(HK)의 주관기관으로 성장하게 한 순천대학교 인문학 전공 교수님들과 순천대학교 구성원 모두에게도 감사드린다. 그리고 국민대학교 정선태 교수님과 소명출판 박성모 사장님께도 깊은 감사의 말씀 드린다.

이 책이 소설가 이청준 선생님의 소설과 남도문학에 대한 새로운 해석의 지평을 더욱 확장하는 계기가 될 뿐만 아니라 남도문학과 지역문학의 신생의 노둣돌이 되었으면 하는 바람으로 머리말을 가름한다.

2012년 10월 10일

최현주

## 차례

## /제2부/ 남도문학과 지역문학

# 제1부

## 이청준 문학의 지형과 남도

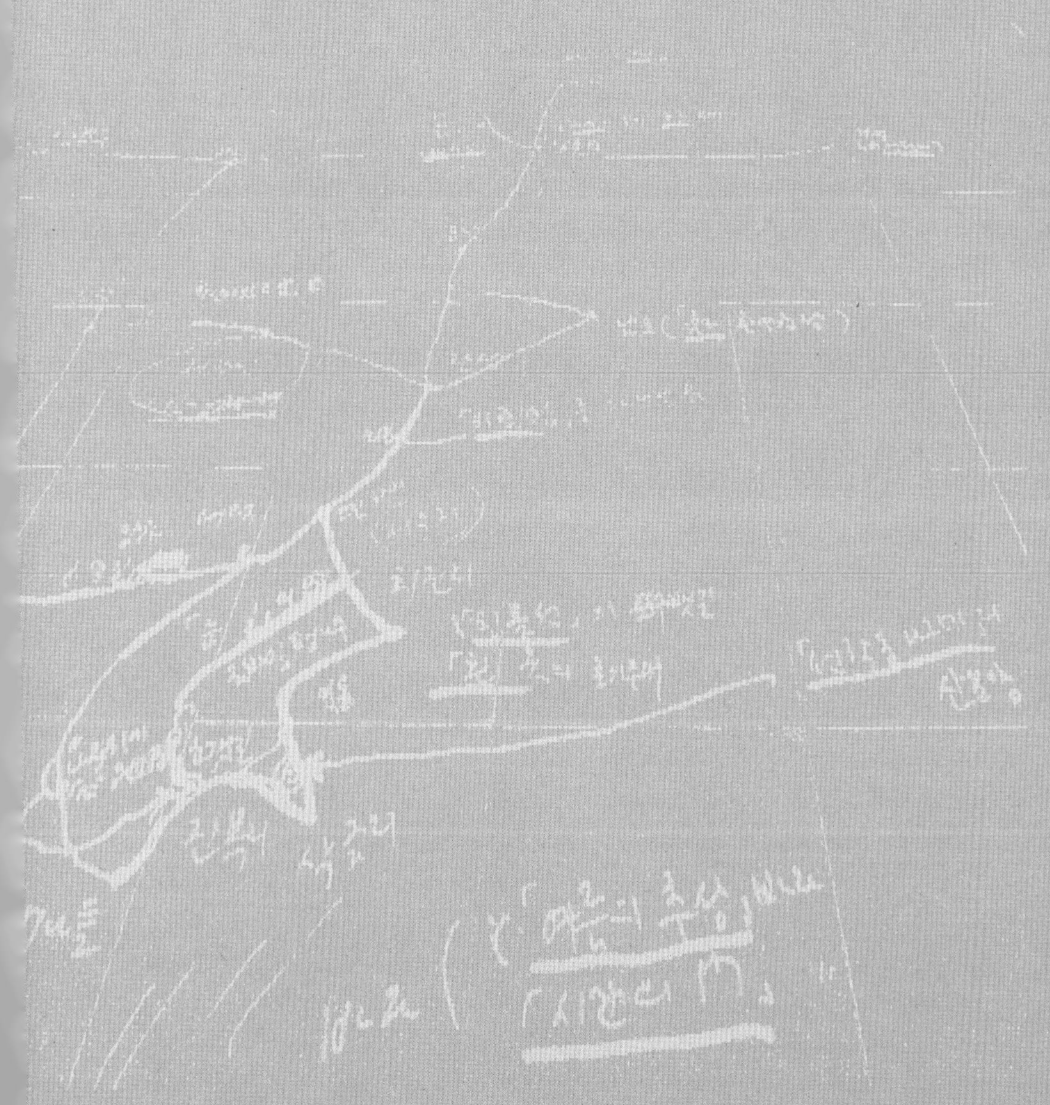

# 갯나들에 술 따라놓으니

김영남 | 시인

당신은 선학동을 거느리고 다녔지만
이제 우린 갯나들을 거느리게 되었군요

당신의 사랑이요, 부스럼이었던 갯나들
산과 포구는 배로도 닿을 수 있겠지만
당신은 배로 닿을 수 없는 섬이 되었네요

하여, 닿을 수 있는 섬을 섬이라 부르지 맙시다
섬이란 누군가 초대할 수 없어 안타까워질 때
그 맘의 반은 누워있고, 그 나머지 반이
안타까움처럼 둥그렇게 도드라진 것

나는 저 득량만에 손을 얹고 생각해 봅니다
당신이 그렇게 닿고자 했던 섬도
갯나들 맞은 편 어디쯤엔가 있을 거라고
그곳으로 가는 뱃길이 끊겨 있어 당신은
학으로나 문주란 향으로 닿고자 했을 거라고

빈 자리에 술 따라놓고 눈 감으니
주위가 갑자기 꽃들의 향기로 소란스러워집니다
누가 우리를 걱정하러 오고있나 봅니다
난 그 분 모시러 잠시
마중을 나가봐야할 것 같군요, 여 그리움 밖으로

# 이청준 문학과 남도문학

임성운 • 순천대학교

……아침마다 정결스런 노인의 싸리비질 자국이 마당가에 참빗살처럼 남아 있던 그런 집이었다. 돌보지도 않은 접시꽃과 봉숭아가 해마다 장독 뒤에서 탐스런 여름을 꾸미던 집이었다.

—이청준, 「새가 운들」에서

## 1. 머리말

'이청준 문학과 남도문학'에 관한 논의는 우선 한국 문학사의 맥락에서 고려되어야 한다고 본다. 자명한 사실이지만, 이청준 문학과 남도문학은 둘 다 한국 문학사 가운데서 일어난 역사적 현상이기 때문이다. 이 일은 한국 문학사에서 이청준 문학이 놓인 공간적 위치를 가늠해 보는 작업인 바, 그 중요성은 의외의 곳에서 확인된다. 일국적(一國的) 관점의 문학사 기술의 문제와 관련된다. 앞으로 논의되겠지만, 우리 문학사는 전통시기에 상대적 자율성을 지녔던 지역문학들은 물론 근대 들어 지역문학들의 중앙문학으로의 통합과정을 거의 묘사하지 않고 있다. 있었을 만한 지역문학들 간의 상호관계나 지역문학과 중앙문학 간의 갈등이나 모순을 배제한 채, 처음부터 일국적으로 통합되어 있었던 것처럼 기술한다. 그와 같은 기존 한국 문학사는 잘못되었다기보다는 시대의 요청에 따라 근대지식인들의 이데올로기에 의해 기획된 구성물임은 물론이다. 문제는 이와 같은 기술이 한 세기 가깝게 공식적 담론이 되다시피 했는데, 이 담론이 실상과 사뭇 어긋나 있다는 점을 새삼 인식해 둘 필요가 있다. 그런 인식으로는, 예를 들어 이 글이 관심을 두고 있는 이청준의 문학에 끝없이 맴도는 어머니의 구슬픈 구음(口吟)을 설명할 길이 없다. 그 구음은 구비전승물에 토대를 둔 남도지역의 문학이 저 '한' 많은 식민지 시절과 전란기를 한으로 삭이면서 시대를 실현하고 있었다는 사실을 보여주는 사례가 아니겠는가. 이청준의 (판)소리 관련 연작소설 『남도 사람』은 유년시절 어머니를 통해 체험했던 구비문화를 나름의 안목에서 근대문학으로 용해한 것임이 명백하다. 문학사가들은, 문학사가 이 점을 스스로 설명하도록 해야 한다.

다음 작업은 이청준 문학 자체에 드러난 근대성을 살펴보는 일이다. 근대성 문제는 그 자체로도 관심거리이지만, 남도 혹은 남도문학과의 관련성을 드러내기 위해서는 짚어야 할 중심과제라고 본다. 논자들은 이청준 문학은 현대 도시의 문제와 시골 고향의 문제를 다루다 보니 흔히들 주제가 다양하다고 한다. 그 다양한 주제들은, 크게 보아, 근대 인간들의 존재의 문제로 수렴된다고 생각한다. 이청준 문학은 근대의 문제, 그리고 도시의 문제를 떠나온 고향 혹은 잃어버린 집과 관련하여 숙고한다. 어느 정도냐 하면, 고향과 집은 존재가 깃들어야 할 곳, 참다운 말이 깃들어 있는 곳으로 인식한다.[1] 그에 대한 숙고의 정도는 말년으로 갈수록 깊어지는 것으로 보인다. 이청준 소설에 등장하는 인물들은 도시에서 근대의 산책자가 되지 못한다. 그렇다고 고향에 집을 마련하여 정주하지도 못하고, 끝내는 유랑하는 나그네가 된다. 누군가는 근대인을 '집을 잃어버린 사람들(homeless minds)'이라고 한다.[2] 이청준 문학은 총체적으로 잃어버린 집을 찾아 나선 문학이라 해도 지나친 말은 아닐 것이다.

마지막으로는 지금까지의 논의를 토대로 하여 이청준 문학과 남도문학, 그리고 한국 문학사의 상호연관성을 정리함으로써 결론에 대신하고자 한다.

이 글은 한국 문학사에서 이청준 문학이 놓인 위치를 알아보는 데 있어서나, 이청준 문학의 근대성을 알아보는 데 있어서 어느 정도 공간개념을 활용하고자 한다. 전자의 경우, 민족국가문학사로서의 한국 문

---

1 이청준, 「복수와 용서의 변증법」, 『말없음표의 속말들』, 나남, 140쪽 참조. 이청준은 "말은 존재의 집이라는 말은 거꾸로 존재가 언어의 집이라는 말도 된다"고 말한다.

2 피터 버거 외 2인, 이종수 옮김, 『고향을 잃은 사람들』, 한벗, 1981.

학사가 상상의 공동체인 국가(國家, nation)라는 거대한 집짓기에 복무하기 위하여 출현하였다는 점을 상기한다면 가당한 전제라 할 것이다. 후자의 경우는 근대에 있어서 지역공간들이 도시공간으로 대대적으로 통합되어간 현상[3]을 설명하기 위한 발견적 개념이 될 수 있다고 판단한다. 그리고 그것은 논의 전체에 일관성과 체계성을 부여해 주는 이점도 있다고 본다.

이 글에서 사용하고자 하는 공간 개념은 현상학적이다. 현상학적 공간론에서 공간은 기하학적 내지 물리학적 어떤 척도나 좌표계가 아니라, 그 안에 존재하는 사람들이 구체적으로 체험하는 공간(空間, space)이다.[4] 이를테면, 이청준은 국가라는 거대한 공간은 싫어하고, 장흥이라는 고향 공간이나 시골주막이라는 작은 공간은 선호한다는, 공간에 대한 인간의 심리적 체험을 문제시한다. 공간에 대한 심리체험을 에드워드 렐프(Edward Relph)는 장소감(sense of place)이라 한다. 그에 따르면, 장소감이란 장소-인간의 관계에서 인간이 장소를 어떻게 자각하고 경험하고 의미화하는가를 말하는 것으로서 인간에 초점을 둔 개념이다.[5] 따라서 이 글에서 집, 혹은 공간에 대하여 이청준이 느낀 장소감의 분석은 그의 고향의식을 알아보는 작업의 일환이 된다.

이청준의 '집'에 대한 의식의 고찰은 발생론적 설명에 의존하고자 한다. 연구 대상은 『눈길』(열림원판)에 실린 일련의 소설과 두 연작소설, 즉 『언어사회학 서설』과 『남도 사람』이 주로 활용되고, 증언 자료로는 『말없음표의 속말들』과 『가위 밑 그림의 음화와 양화』가 주로 활용된

3 데이비드 하비, 구동회 · 박영민 옮김, 『포스트 모더니티의 조건』, 한울, 1994, 331~373쪽 참조.
4 이진경, 『근대적 주거공간의 탄생』, 소명출판, 2001, 36쪽.
5 에드워드 렐프, 김덕현 · 김현주 · 심승희 옮김, 「역자 해제」, 『장소와 장소상실』, 논형, 309쪽 참조.

다.[6] 이청준은 문학의 상상력과 창조성을 꾸준히 강조했지만, 의외로 자기 체험, 그 가운데서도 유년의 원체험을 다양하게 변주하여 많은 작품을 썼다. 그리고 스스로 그런 사실을 밝힌 증언 자료를 많이 남겨 놓기도 했다. 여기서는 증언 자료를 토대로 하여 작품을 해석하고자 하는 것으로 가치판단보다는 경험현상을 추적하는 작업을 중점적으로 하고자 한다.

## 2. 한국 문학사와 남도문학

### 1) 일국적 문학사 기술과 지역문학

우리 문학사는 안확이 1922년 『조선문학사』를 상재함으로써 처음 모습을 드러낸다.[7] 안확은 문학사를 한 국민의 심적 현상의 변천 · 발달을 추구하는 것[8]이라고 이해한다. 이 경우 문학사란 정신사로서 국민문학사 혹은 민족문학사가 된다. 그런데 안확의 문학사 기술 행위는 구한말 애국계몽운동에 투신했던 지식인의 실천행위에서 비롯된 것인 바,

---

6 여기서 사용하는 자료들 가운데 『말없음표의 속말들』(나남, 1986)을 제외한 나머지 자료는 열림원판이다. 작품집 『눈길』에는 「눈길」을 비롯하여 고향소설이라 할 수 있는 일련의 소설들이 실려 있다. 『언어사회학 서설』은 열림원판 『자서전들 쓰십시다』(2000)에 수록되어 있고, 『남도 사람』은 열림원판 『서편제』(1998)에 수록되어 있다. 『가위 밑 그림의 음화와 양화』는 연작소설이라는 이름으로 1999년에 출간되었는데, 그 가운데는 수필적 성격이 강한 자전적 소설이 몇 편 실려 있다.

7 우리 문학사는 다른 모습일 수도 있다는 뜻이다. 이때 문학사는 실재로서의 문학사가 아니라 방법으로서의 문학사가 된다.

8 안확, 『조선문학사』, 한일서점, 1922, 2쪽.

문학사가 다른 것이 아닌 민족문학사라는 이해는 당위 수준에서 이루어진 것이다. 문학사에 대한 이러한 이해는 식민지 시기는 물론 해방 이후까지도 강력한 담론으로 자리 잡게 된다. 민족문학사적 담론은 많은 생산력을 지녔음에도 불구하고, 실은 여러 가지 문제점을 안고 있었다. 주된 논란거리를 든다면, 다음 두 가지로 요약된다. 하나는 한국문학의 범주 문제와 관련되며, 다른 하나는 일국차원의 문학사 기술 문제와 관련된다.

첫 번째 문제는 오늘날 한국 문학사의 범주를 폭넓게 설정함으로써 일단 정리된 것처럼 보인다. 그간 한국문학의 범위에 한문학과 구비문학을 어떻게 다룰 것인가 하는 데 이르러 논의가 분분하였다. 한때 아(我)와 비아(非我)의 관점에서 한문학을 안티테제로 상정한다거나, 매체의 관점에서 구비문학을 배제한다거나 하는 극단적인 관점은 이제 자신 있게 극복한 듯하다.[9] 그러나 여기에도 아직 해결을 보지 못한 중요한 문제가 남아 있다. 한국문학의 범위를 실상에 가깝게 폭넓게 이해하고 있다 할지라도, 그것은 아직은 사실 이해의 수준에 머물러 있을 뿐이다. 그렇다는 것은 서로 다른 범주의 문학들을 장을 달리하여 제시하는 것으로 기술을 대신하고 있다.[10] 문학발전의 변증법적 관계까지 이해가 진척되지 않는다면, 예를 들어 채만식의 문학이나 이청준의 문학에 스며든 판소리의 숨결을 설명할 수가 없지 않겠는가. 문학발전의 변증법적 관계를 설명하는 데 있어서 반드시 빠뜨리지 말아야 할 점은 전통문학과 새로운 근대문학의 상호관계에 대한 인식이다. 태반의 기존

9 김홍규, 『한국문학의 이해』, 민음사, 2003, 15~28쪽 참조.
10 문학사의 각 장들이 대부분 장르별로 칸막이된 채 나열되어 있다.

문학사들은 구비문학이나 한문학이 갑오경장을 기점으로 하여 하루아침에 생산을 중단해버린 것처럼, 애오라지 근대의 국문문학만을 기술 대상으로 삼는다. 변혁기에 모든 부면에서 전통문화와 신문화가 길항 관계에 있었으리라는 것은 명백하다. 한때 지배적이었던 문학이 어떻게 쇠퇴하여 가고, 새로운 문학이 부상하게 되었는가 실상에 걸맞게 설명해 주어야 한다.

다음 두 번째 문제, 일국적 차원의 문학사 문제를 생각해 보기로 하자. 민족국가문학이란, 당연한 말이지만, 국가라는 단일한 공간 안에 단일하게 존재하는 문학이 아니다. 그것은 각 지역문화들의 상호관계에 의해서 추상된 문화이다. 그런데 일국적 문학사에서 지역문학이 문제가 되는 것은 그것이 자체의 독립성을 유지할 경우이다. 지역문학의 독립성이란 그것이 그만한 문화생산력을 지녔을 경우이다. 그러면 전통시기 남도문학의 독자성 혹은 자율성은 어느 정도였을까. 필자는 전통시기 남도문학이 제 나름의 정체성과 독자성을 상당히 유지하고 있었다는 사실을 다음과 같이 거칠게 말한 바 있다.

> 전통시기에 남도지방은 제 나름의 정체성과 독자성을 상당히 유지하고 있었다는 점이다. 이 점이라면 당시 각 지역 또한 마찬가지였다. 그것은 각 지역이 중앙으로부터 아주 상거(相距)하여 경제가 지역을 중심으로 이루어졌기 때문이다. 오늘날과는 달리 일이백 년 전만 해도 지방에서 서울은 아주 먼 길이었다. 어느 정도였을까? 창평 별뫼[성산(星山)]에 살던 송강 정철 선생이 한양을 가려면 근 열흘이나 걸렸다고 한다. 방자가 춘향이의 옥중서신을 지니고 이몽룡을 찾아나서며, "천리길 한양성을 며칠 걸어 올라가랴"라고 탄식탄식을 한다. 남원에서 출발했지만, 말을 타지 않은 방자는, 중도에 돌아서지만

않았다면, 아주 더 걸렸을 것이다. 그 시절 전라도 양반들이 식영정(息影亭)에서 시문과 가사를 즐기고, 서민들이 논밭에서 남도민요 육자배기 가락을 불러젖히는 한편, 양반·서민들이 합작으로 소리를 만들어 판을 함께 즐긴 것 모두 다 지역적으로 독자성과 자율성을 일정 정도 지니고 있었기에 가능했던 일이다.[11]

그렇다면 전통시기의 남도문학의 양상을 기존 문학사들은 어떻게 묘사하고 있을까? 필자는 「우리 문학사의 지역문학 인식－호남문학을 중심으로」[12]라는 논의를 통하여 기존 문학사들의 지역문학에 대한 관심의 정도를 살펴본 바 있다. 연구는 18종의 문학사를 대상으로 한 것인데,[13] 여기에는 북한의 문학사도 포함되어 있다. 연구 결과, 지역적 시각을 가지고 지역문학을 기술한 문학사는 그렇게 많지 않았다. 대부분 지역적 시각보다는 일국 차원의 문학사 기술을 보여준 것이다. 특히 조윤제의 민족문학사나 이명선의 사회경제적 문학사에는 지역문학에 대

11 임성운, 「남도문화의 지방문화적 성격」, 『남도문화연구』 제10집, 순천대 남도문화연구소, 2004, 92쪽.

12 임성운, 「우리 문학사의 지역문학 인식－호남문학을 중심으로」, 『남도문화연구』 제6집, 순천대 남도문화연구소, 1997.

13 논의된 문학사는 다음과 같다.
(1) 安廓, 『朝鮮文學史』(1992). (2) 權相老, 『朝鮮文學史』(1947). (3) 李明善, 『朝鮮文學史』(1948). (4) 金思燁, 『朝鮮文學史』(1948) · 『韓國文學史』(1954). (5) 趙潤濟, 『國文學史』(1949) · 『韓國文學史』(1963). (6) 李秉岐 · 白鐵, 『國文學全史』(1957). (7) 문학연구실, 『조선문학통사』(1959) 2. (8) 金俊榮, 『韓國古典文學史』(1971). (9) 金允植 · 김현, 『韓國文學史』(1973). (10) 呂增東, 『韓國文學史』(1973) · 『韓國文學歷史』(1974). (11) 金東旭, 『國文學史』(1976). (12) 金錫夏, 『韓國文學史』(1975). (13) 張德順, 『韓國文學史』(1975). (14) 사회과학원문학연구소, 박종원 · 류만 · 최탁호 · 김하명 · 김영필, 『조선문학사』(1977～1981) 5. (15) 김일성종합대학, 『조선문학사』(1982) 2. (16) 조동일, 『한국문학통사』(1982～1988) 5, 제2판(1989) 5, (17) 정홍교 · 박종원 · 류만, 『조선문학개관』(1986) 2. (18) 김수업, 『배달문학의 갈래와 흐름』(1992).

한 언급이 아주 희박하다. 이것은 일국적 차원에서, 즉 국가를 단일 공간으로 전제한 결과로 보인다. 특히 일국 사회주의적 관념이 지배적으로 작용하는 북한의 문학사에서는 지역적 시각을 읽어내기 어려웠다.[14]

그런 가운데서도 김동욱의 『국문학사』, 조동일의 『한국문학통사』, 그리고 여증동의 『한국문학역사』 정도가 지역문학적 인식을 상대적으로 많이 보여주고 있다. 지역문학에 대한 인식은 서민문학을 언급하는 데서 주로 나타난다. 본 논의와 관련하여 판소리에 대하여 어떻게 기술하고 있는지 간단히 살펴보기로 한다.[15]

김동욱은 가사문학, 판소리, 그리고 소설을 기술한 부분에서 지역문학에 대한 관심을 적극 나타내는데, 판소리에 대한 언급은 이렇다.

> 애초 백제의 판도 내에서 생성되어 전승발전된 것만은 확실하다. 이처럼 창시된 판소리는 민중이 문예에 굶주리고 있을 때에, 요원의 불길처럼 남도(본래의 백제 지방)에 퍼졌다. (…중략…) 지금까지 한문학 때문에 막혀 있던 민중의 체취와 입김이, 여기에 개화하여 백화쟁염(百花爭艶)의 모습을 보여주었다. 이로 해서 처음으로 한국의 국민문학, 즉, 위로는 왕공으로부터 아래

14 다음에 보는 가사문학과 시조문학에 대한 기술에서도 우리말 구사와 '조국산천'에 대한 관심을 애국주의의 표현으로 해석함으로써 일국 차원의 단일 공간 모형을 지향한다.
"가사 『관동별곡』은 량반선비들의 유흥적인 기분을 반영한 것을 비롯하여 일련의 제한성을 가지고 있지만 조국산천의 아름다움을 우리 글로 격조높이 노래하고 생동한 시적화폭 속에 애국의 열정과 민족적 긍지를 훌륭히 재현한 것으로 하여 가사문학의 대표적 작품의 하나로 널리 알려졌으며 국문시가 발전에 커다란 영향을 미치였다."(정홍교 · 박종원 · 류만, 『조선문학개관』, 인동, 1988, 173쪽)
"시(윤선도의 「어부사시사」 - 필자)는 썩어빠진 량반사대부들이 사대주의에 사로잡혀 우리글을 천시하고 배척하던 때에 조선말의 풍부한 표현성을 살려 우리나라 자연의 아름다운 경치를 생동하게 노래한 점에서 문학사적 의의를 가진다."(위의 책, 216쪽)
물론 여기에는 계급적 관점이 기초가 되어 있기는 하지만 애국주의가 더욱 강조되어 있다.

15 이하 임성운, 「우리 문학사의 지역문학 인식 - 호남문학을 중심으로」, 앞의 글, 207~303쪽 참조.

로는 서민에 이르기까지 누구라도 이해할 수 있고, 누구라도 즐길 수 있는 문예가 생긴 것이다.[16]

한 지역의 문학을 일국 차원의 공간과 관련하여 인식하고 있다. 그런데 김동욱의 문학사는 판소리를 비교문학적 관점에서 중세기에 세계적 유형으로 존재한 문예양식으로 파악하였다. 이는 지리적 공간인식을 대외적 차원으로까지 확대하였다는 점에서 주목된다 하겠다.[17]

한편 조동일은 시조, 판소리, 그리고 〈아리랑〉을 기술한 부분들에서 지역문학에 대한 관심을 보이는데, 판소리에 대하여는 다음과 같이 기술하고 있다.

판소리는 전라도 지방에서 서사무가를 개조한 데서 유래했다고 할 수 있다. 전라도의 세습무는 시어머니에서 며느리로 계승되고, 아들 또는 남편인 남자 쪽은 굿하는 것을 거들면서 악공 노릇을 했다. 남자들은 그 정도의 구실로서는 먹고 살기 어렵고 보람도 없기 때문에, 각기 재주에 따라서 다른 길을 개척하는 관례가 있어서, 그 무리 가운데 땅재주를 하거나 줄을 타는 재인들이 나왔으며, 그런 것만으로는 부족하니 판소리도 하게 되었다. 능력이 있으면 판

16 김동욱, 『국문학사』, 일신사, 1986, 188~189쪽.

17 "……판소리는 중세기에 세계적 유형으로 존재했던 문예양식이다. 원래 노래로 부르는 것을 듣고 감상하는 통속문예지마는, 이것이 정착되어 소설이 되는 것은 중국의 평화(平話)의 경우와 같은 것이다. 이러한 창의 문학이 각국에 나타난 것은, 우리나라보다도 4, 5세기 내지 7세기 앞선다. 그리하여 중세 유럽에서는 이 창의 문학이 각국 국민문학의 선구 형태로써 나타나 있었으나, 우리나라에서는 이조 초기에도 광대소후지희(廣大笑謔之戲)라는 연예에 기생한 이 판소리 형태가 광해군 때(1620)에 한글 소설 『홍길동전』이 나타난 뒤, 그보다 1세기나 뒤져 숙종 말 영조 초에 장편 서사 판소리로 돌연변이로 출현하고 있는 것은 우리 나라 영세한 관료 봉건제도가 가져온 역행적 현상이라고 하지 않을 수 없다."(위의 책, 187~188쪽)

소리광대로 나서고, 성대가 나빠서 창을 하는데 적합하지 않으면 고수(鼓手)가 되었다. 광대나 고수가 전라도가 아닌 다른 지방에서도 나타난 것은 판소리가 널리 인정을 받게 되면서부터이다. (…중략…)

판소리와 비슷한 것을 이룩하고자 하는 움직임은 전라도가 아닌 다른 곳에서도 나타났다. 평안도 지방에서 유래한 「배뱅이굿」이 그 좋은 예이다. 「배뱅이굿」은 무당이 굿을 하면서 죽은 사람의 혼령을 불러내는 과정을 뒤집어 놓은 것이다. 말투나 가락을 굿에서 하는 것과 흡사하게 흉내를 내어 굿 구경하는 듯한 느낌이 들도록 해 놓고, 가짜 무당이 속임수로 죽은 처녀의 부모를 우롱하는 내용이다. 형식과 내용이 어긋나기 때문에서 웃음을 자아내는 효과가 커진다. 혼자서 창을 하며 장단도 치고, 장단 변화가 뚜렷하지 않으며, 사설도 조잡하다 할 수 있는데, 전라도 지방에서 처음 나타난 판소리도 그랬던 것 같다. 그런데, 서도판소리라고 할 수 있는 「배뱅이굿」은 그 이상 발전하지 않았지만, 남도판소리는 광대와 고수가 기능을 나누고, 장단 구별을 뚜렷하게 하고, 소재를 확대하면서 사설을 가다듬어 마침내 전국을 휩쓸게 되었다.[18]

이것은 판소리의 형성과 발전에 관한 기술이다. 전라도 지역과 다른 지역을 상호 대비시켜 기술함으로써 하위공간들의 상호관계가 역동적으로 드러나도록 하고 있다.

한편 여증동의 문학사는 도학적 문학, 즉 한문문학을 중시하고 민요, 판소리 등 일반 서민문학에 대하여는 관심이 소홀한 편이다. 지역적 시각은 민요나 판소리에 대한 기술에서보다는 문학매체를 언급하는 데서 드러내 보이고 있다.[19]

18 조동일, 『한국문학통사』 3, 지식산업사, 2005, 526~527쪽.

지금까지 살펴본 우리 문학사의 지역문학에 대한 인식은, 나타난 경우라도 부분적으로만 작동하고 있다는 데서 일국적 문학사 담론의 경계를 넘어서기가 그렇게 쉽지 않았다는 것을 알 수 있다. 문학사 공간에 대한 지역적 인식이 철저하였다고 한다면, 다 같이 지역적 차원에서 양반문학과 서민문학이 상호 어떤 관계에 있었던가, 나아가 지역문학들 간의 관계는 어떠했던가를 설명함으로써 일국 차원의 문학사 기술을 귀납했어야 한다고 본다.

기존 문학사들에 나타나는 문제는 이제 분명하다 하겠다. 반복되지만, 그것은 기존 문학사들이 문학사의 공간에 대한 인식을 단일 공간으로 치부해 버리고, 지역문학들을 거의 문제 삼지 않음으로써 문학사를 정태적으로 만들고 있는 점이다. 단일 공간 인식, 즉 일국적 관점에 의한 문학사 기술은, 앞에서도 언급한 바와 같이, 사실 근대민족국가의 이데올로기를 정당화하고자 한 문학사 기술의 관습이다. 근대민족국가의 이데올로기는 국가통합의 목적론적 대서사에 의해 모든 현상의 차이성을 무시한 채 통합의 관점에서 보게 하는 관습을 형성한다. 문학

19 "……배달말 일기가 17세기 『계축일기』에서 비롯되어 『산성일기』, 그리고 『연행록』으로 이어지는데, 이 모두가 경기충청 사족권에서 이룩된 것입니다. 배달말로 일기를 엮는다는 것은 서북문화권이나 경상문화권에서는 상상도 할 수 없는 끔직스런 일이었읍니다. 전라문화권에서는 16세기부터 사족들이 배달말 노래(가사 단가) 짓기에는 성황을 이루었으나, 배달말로 일기를 엮는다는 쪽으로는 들어서지 못했고, 경상문화권에서는 16세기 후반 기축년(선조 22, 1589) 이후부터 사족들이 마치 모여서 약속이나 한 듯이 배달말글을 업신여기면서 거들떠보지 않게 되었습니다. 전하여 내려오는 말로는 '배달말글을 애써 지으면 소인이 된다'라든지, '언문글은 통시글이라'든지, '시(詩) 짓기에 힘을 쓰면, 소인이 되기 쉬우니, 군자가 될려면 도학공부에 골몰해야지'라는 말들이 대충 경상도 사족들의 교훈이었습니다. 그런가 하면 그 사족들이 배달말글을 안방으로 집어넣어서 아낙네의 글이 되도록 권장하였습니다. 그리하여 경상도 배달문학은 안방가사(내방가사 : 규방가사)와 편지글(사돈지)로 성황을 이루었을 뿐입니다."(여증동, 『한국문학역사』, 형설출판사, 1983, 242쪽)

사의 실상은 민족국가문학으로 처음부터 선험적 수준에서 통합되어 있었던 것이 아니라 통합의 과정에 있었던 것이다. 이 점을 분명히 하고자 한다면, 문학사의 지역문학에 대한 인식은 필수적이다. 이제 근대의 민족문학사는 대외적으로 민족국가문화의 독자성을 제시하는 한편으로, 안으로는 지역문학들이 근대 상황에서 민족국가문학으로 통합되어 가는 과정을 묘사해야 한다. 일국 차원의 문학사 기술의 문제점은 근대시기의 문학사의 기술에서 더욱 고착화된다.[20]

### 2) 근대의 남도문학

흔히 이청준 문학을 세대론(4 · 19세대 혹은 한글세대)의 입장에서 1950년대 문학과 역사적으로 차별화하는가 하면, 문학적 경향에 따라 모더니즘 문학으로 이해하기도 한다.[21] 어느 경우나 일국적 차원에서, 그것도 서울 중심의 현재적 시각에서 인식한 것이다. 여기에는 이청준 문학의 결정요인으로 작용하고 있는 과거라는 시간과 지역공간에 대한 인식이 결여되어 있다. 이청준 문학을 조금만 들여다보면 이청준과 그의 문학은 고향 장흥과 서울이라는 도시 공간을 한없이 배회하고 있었음을 금방 알아차릴 수 있다. 이청준 문학은 과거(혹은 전통)와 현재, 고향

---

20 남북분단 이후 일국적 문학사 기술 태도는 이승만에 의해 주창되고, 안호상에 의해 강화된 일민주의(一民主義) 이데올로기에 의해 더욱 심화된다.(신기욱, 『한국 민족주의의 계보와 정치』, 이진준 옮김, 창비, 2009, 163~166쪽 참조) 일민주의는 "동일성과 단일성을 지나치게 강조함으로써 개인들과 사회집단들 사이의 차이와 다양성"(위의 책, 166쪽)을 무시하였다.

21 한 예로 김영찬의 연구를 들 수 있다. 그는 최인훈의 문학과 이청준의 문학을 모더니즘 문학의 시각에서 비교 연구하였다.(김영찬, 『근대의 불안과 모더니즘』, 소명출판, 2006)

과 서울, 그리고 중심부와 주변부 등과 관련된 요인들과 그 길항관계에 의해 중층결정된 것이다. 이것이 이청준 문학을 이해하는 데 있어서 지역적 시각이 필요한 이유이다.

그렇다면 근대 남도문학에 있어서 이청준의 위상을 어떻게 자리매김할 수 있을까.

필자는 앞에서 본, 「남도문학의 지방문학적 성격」이라는 논의에서 근대의 남도문학과 관련하여 다음 두 가지 점을 지적한 바 있다. 남도의 근대문학의 출현과 전라도의 문화지형 변화에 관한 것이다.[22] 먼저 두 문제를 간단히 논의한 다음 이들과 관련하여 이청준의 위상을 가늠해 보기로 한다.

남도의 근대문화와 문학은 다른 지역에 비하여 다소 늦게 시작되었다. 남도는 두루 알려진 바와 같이, 고려조 지눌(知訥)을 효시로 한 송광사 선사들의 선시(禪詩), 조선조 양반사대부들의 한문문학 · 시조 · 가사문학, 그리고 민중문학으로서 판소리 · 소설 · 구비문학 등을 생산하였던 유서 깊은 문화권이다. 남도는 다른 문학을 수용하는 수준에 그친 것이 아니라, 그 나름의 문학을 생산하여 다른 지역과 당당히 어깨를 겨루었다는 사실을 우리 문학사는 기억하고 있다. 그런데 우리 근대문학사 첫 장을 열어보면, 경인 지역 청년들(이인직, 염상섭, 박종화 등)이나

---

22 이하의 본문은 그 내용을 줄여 거의 그대로 옮긴 것이다.(임성운, 「남도문학의 지방문학적 성격」, 앞의 책, 96~100쪽)
그 글에서는 두 가지 점 외에도 다음 네 가지를 더 들어 남도문학을 설명했다.
첫째, 남도의 모든 역사와 문화는 기본적으로 '쌀'과 그것을 길러낸 '땅'과 관련된다.
둘째, 전통시기에 남도지방은 제 나름의 정체성과 독자성을 상당히 유지하고 있었다.
셋째, 과거에는 문화를 전달하고 축적하는 데 있어서 구술(口述)에 많이 의존했다.
넷째, 근대에 들어와 문화 생산의 주체와 소비의 주체가 분리되었다.

서도 청년들(이광수, 김동인, 전영택 등)만이 거론될 뿐, 남도 지역의 젊은 이들 이름 석 자는 눈에 띄지 않는다. 이 점이라면 경상도 지역도 마찬가지다. 남도의 젊은이들이 근대문학사에서 당당하게 거명되기까지에는 근대 시작 이후 거의 반세기 이상을 기다려야 했다. 문학사에 관심이 많은 사람들이라면 저 60년대의 문학사적 충격을 가슴 서늘하게 기억할 것이다. 남도의 두 젊은이, 김승옥과 김현이 한국 중앙문단을 경악케 했던 사실 말이다. 연이어 출현한 70년대 김지하의 민중문화운동, 80년대 5 · 18문학, 이청준의 『당신들의 천국』, 조정래의 『태백산맥』 등의 문학사적 충격은 또 어떠했던가?

남도의 문학이 근대에 들어서서 왜 반세기 이상이나 침묵할 수밖에 없었을까. 물론, 앞질러 말한다면, 지방적 자율성과 생산력을 상실해버렸기 때문이다. 주체적 토대가 없이는 항심(恒心)도 항산(恒産)도 없게 되는 법이다.

일제시기 각 지방의 자율성 훼손은 일국적 차원과 범세계적 차원에서 동시에 자행되었다. 지방은 대외적으로는 일제로부터, 그리고 대내적으로는 서울을 비롯한 중앙 대도시로부터 이중적 수탈을 당해야 했으니 그 자율성이 온전이나 했겠는가. 자본주의 작동방식에 의하여 세계 전체가 유럽을 중심으로 통합되고 동아시아가 일본을 중심으로 통합되듯, 한반도는 서울 중심의 단일 공간으로 통합되어 간 것이다. 식민지시대를 거치면서 각 지방은 정치 · 경제 · 문화 · 학문 등 모든 부문에 걸쳐 자체의 자율성과 생산력을 결정적으로 박탈당할 운명에 처하게 되었다.

근대를 시작하면서 한국인들에게 가장 가슴 아픈 사실은 무엇보다 근대적 삶을 주체적으로 기획할 수 없었다는 점이다. 그런데 전통을 고수하려는 의식과 새로운 서구문화로부터의 소외현상은 당시로서 서울보다 지방이 훨씬 강했다. 지방에서는 상기도 전통적인 학문과 예술을 지향하는 경향이 우세하였다. 신문화 초기 지방에서 이광수의 『무정』이나 주요한의 「불놀이」를 얼마나 읽고 감상하였겠는가? 새로운 문화를 감상하고 새로운 작품을 생산하기 위해서는 그에 맞는 미적 감수성이 형성되어 있어야 하는 법이다. 당시까지만 해도 한국인들의 미적 감수성은 3분박이나 『춘향전』과 같은 전류(傳類)의 서사성에 있었지 않았겠는가. 새로운 문화에 대한 인식틀이나 감수성은 교육을 통해서 형성된다. 그 감수성은 생명 리듬이기 때문에 그것이 형성되기에는 많은 시간을 요하게 된다. 1920년대의 베스트셀러는 무엇이었을까? 『춘향전』이었다.[23] 기존 문학사에는 그런 말이 없다.

남도 지역에 이른바 근대문학의 출현이 더딘 이유는, 말할 것도 없이 새로운 감수성을 수련시킬 근대제도의 확립이 더딘 데 있었다. 이 지역 신문화 운동의 1세대라 할 수 있는 김우진, 김영랑, 박용철, 김진섭, 조운, 임학수, 박화성, 조종현 등은 뒤늦게나마 새로운 문화를 이해하기 위하여 서울이나 동경으로 유학을 다녀온 인사들이다. 그들은 자신들의 작품 자체만으로도 예술적 평가를 받을 만하지만, 그들의 지방문화사적 가치는 해방 이후 진정한 한글세대를 위하여 이 지역에 새로운 근대문화의 기틀을 마련한 데 있다고 할 수 있다.

다음으로 전라도의 문화지형 변화에 대하여 살펴보자. 근대에 들어서서 전라도의 문화지형이 좌우도(左右道) 형태에서 남북도(南北道) 형태로 바뀌게 되었다. 1896년에 있었던 근대식 행정 개편의 결과로 그리된

23 천정환, 『근대의 책 읽기』, 푸른역사, 2003, 39쪽.

것이다. 『춘향전』에서 암행어사 이몽룡은 서리, 중방, 역졸 등에게 전라도를 좌우도로 나누어 순행을 분부한다. 노사신(盧思愼)의 『동국여지승람』에 보면, 오늘날 전북지방인 전주 · 익산 · 김제 · 정읍 · 태인 등이 오늘날 전남지방인 나주 · 광산[광주] · 장성 · 강진 · 해남 등과 함께 전라우도에 속하는 것으로 되어 있다. 한편 전라좌도에는 오늘날 전북지방인 남원 · 순창 · 임실 · 운봉 · 장수 등과 오늘날 전남지방인 순천 · 보성 · 광양 · 구례 · 화순 등이 있는 것으로 되어 있다. 물론 이와 같은 좌우도 관념은 우리나라 땅의 형세와 물의 흐름에 따라 형성된 것으로 지극히 자연스럽다 하겠다. 옛부터 문화와 역사는 이 자연지리적 형세에 따라 형성되고 전개되었다. 판소리의 경우, 서편제는 우도를 따라 향수된 것이고, 동편제는 좌도를 따라 향수된 것이다. 이에 따르면, 오늘날 전남 동부지역 사람들은 같은 남도인 광주지역 사람들의 소리 감각보다는 북도인 남원지역 사람들의 소리 감각에 오히려 친숙하다 하겠다.

그런데 근대에 들어와 비록 정치행정의 개편에 따라 근대의 문화지형이 남북도 지형으로 바뀌었다 하더라도, 남도 안에서는 근대에 형성된 문화가 작으나마 여전히 지역 간의 차이를 보여주고 있다. 남도의 문화와 문학은 대체로 영산강, 섬진강, 그리고 탐진강 등 세 권역을 중심으로 발달하고 전개되었다. 영산강은 평야지대를 가로지르고, 섬진강은 지리산을 비롯한 높은 산악지대를 끼고 도는 한편, 탐진강은 남도의 육지에서 발원하여 곧바로 바다로 흘러든다. 남도의 언어지도는 대체로 이 세 권역에 따라 작성되는데,[24] 이는 언어에도 지역적 특성이 반영되고 있음을 말해준다 하겠다. 어느 시대나 문화와 예술이 형성되는 데

24 이기갑, 『전라남도의 언어지리』(국어학회), 탑, 1988, 11~18쪽 참조.

있어서 자연지리적 조건은 사회역사적 조건 못지않게 중요한 것이다.

문학사에서 주로 언급되는 남도작가들을 출신지역별로 나누어 표로 보이면 다음과 같다.

| 권역 / 시기 | 영산강(상류) | 영산강(하류) | 탐진강 | 섬진강 |
|---|---|---|---|---|
| 조선조 전기 | 박 상, 송 순, 김인후, 김성원, 기대승, 고경명, 정 철 | 최 부, 임형수, 박 순, 최경창, 이 발, 임 제 | 임억령, 백광홍, 백광훈 | (지 눌), 최산두, 이수광, 조 위 |
| 조선조 후기 | 권 필, 기정진 | 강 항 | 윤선도, 정약용, 위백규, 이세보, 정응민 | 송만갑, 왕석보, 황 현, 나 철 |
| 근대 전반 | 박용철04, 임방울04, 정소파12, 김현승13 | 김우진1897, 조 운1898, 김진섭03, 박화성04 | 김영랑03 | 조종현06, 임학수11 |
| 근대 후반 | 전병순29, 문병란35, 문순태41, 이성부42, | 승지행20, 차범석24, 오유권28, 이명한32, 천승세39, 송 영40, 김지하41, 김 현42, 이상문46 | 송기숙35, 이청준39, 한승원39, 서종택44, 문정희47, 송기원47, 황충상49, 황지우52, 임철우54, 이승우60 | 정 조31, 최미나32, 서정인36, 송수권40, 김승옥41, 조정래43, 오인문42, 허형만45, 정채봉46, 이균영51 |

* 숫자는 출생연도(1900)

위에 거명된 문인들은 전통시대의 양반문인들과 근대 지식인 문인들만 들어놓은 것이다. 말하자면 문자문학을 지향했던 문인들만을 대상으로 한 것이다. 따라서 판소리를 불렀던 광대나 설화나 민요를 창조했던 무수한 구비전승자들은 누락되어 있다. 한편 근대시기에 쇠퇴해 가던 전통문학자들, 한문문인들 역시 빠져 있다. 그런데 근대가 지속적으로 전개되던 시기에도 전통문학은 꾸준히 생산되고 향수되고 있었다. 어느 정도였을까. 한 사례를 보자.

1938년 12월 1일자 『조선일보』에 최익한(崔益翰)이 발표한 「한시향(漢詩鄕)인 구례(口禮)」라는 글[25]은 고종 연간으로부터 1930년대 말엽까지 활약한 시인 이십여 명을 소개하고 있다. 모두 다 천사(川社) 왕석보(王錫輔) 문하에서 공부한 문사들이다.[26] 한말 황매천(黃梅泉)을 배출했던 전남 동부지역의 한문학 활동을 짐작하기에 충분하다 하겠다. 다수의 문학사는 그 왕성했던 한문학이 근대에 들어서 일시에 중단되었던 것처럼 거의 다루지를 않는다.[27] 한문학이 봉건적이라면 새로운 시대에 어떻게 처신하였는지 그 양상을 보여주어야만 문학사가 실상에 걸맞지 않겠는가. 이런 현상은 판소리나 민요 등 서민문학에 대하여서도 마찬가지다.

우리는 지금까지 남도의 근대문학의 출현 문제와 전라도의 문화지형 변화의 문제를 살펴보았다. 이와 관련하여 이청준의 남도문학상의 위치를 말하면 이렇다.

1983년에 한 출판사[28]가 '제3세대 한국문학'이라 하여 전24권의 문학전집을 발간하였는데, 이청준 문학은 그 전집의 맨 첫째 권으로 묶여

---

25 구례향토문화연구회 · 구례문화원 편, 『일제 강점기 조선일보 · 동아일보 구례기사』 (I), 2004, 127~131쪽.

26 「한시향(漢詩鄕)인 구례(口禮)」 일부를 소개하면 다음과 같다.
"고종(高宗) 연간(年間)에 본향(本鄕)의 시풍(詩風)이 대진(大振)하여 황현(黃玄), 왕소천(王小泉), 이해학(기)(李海鶴(沂))을 필두(筆頭)로 하여 제제다효(濟濟多斅)한 시인(詩人) 거장(巨匠)이 족출(簇出)하였으니, 간취(澗翠) 정현교(鄭顯敎), 이산(二山) 유제석(柳濟陽), 연사(蓮史) 김택주(金澤柱), 운초(雲樵) 왕수환(王粹煥), 미파(美坡) 오창기(吳昌基), 용재(慵齋) 이언우(李彦雨), 묘원(卯園) 허규(許奎), 오봉(五鳳) 김택진(金澤珍) 제씨(諸氏)는 이미 고인(故人)이 되었고 현존(現存)하는 운사중(韻士中)은 사계(斯界)의 중진(重鎭)으로는 유당(酉堂) 윤종균(尹鍾均) 명작(名作) 대가(大家)로 유명(有名)하여 소작(所作)이 무려(無慮) 만여수(萬餘首), 석전(石田) 황원(黃瑗－매천의 아우), 백촌(白村) 이병호(李炳浩), 옥천(玉泉) 왕경환(王京煥), 동곡(東谷) 정난수(丁蘭秀), 지촌(芝村) 권봉수(權鳳洙), 하전(荷田) 김성권(金性權), 남산(藍山) 왕재소(王在沼), 창산(滄山) 김상국(金祥國), 난사(蘭史) 황위현(黃渭顯－매천의 둘째 아들) 등 제씨(諸氏)는 각기(各其) 일가(一家)의 풍류(風流)를 파지(把持)하고 있다."(최익한, 「한시향인 구례」, 『조선일보』, 1938.12.1)

27 앞에서 본 조동일의 문학사와 여증동의 문학사에서 다루어지는 정도이다. 그러나 다른 문학과의 관련양상에 대한 언급은 없다.

28 출판사란 '주식회사 삼성출판사'이다.

나왔다. 한국 문학사라는 큰 틀에서 보아 제3세대라 하였겠지만, 정작 근대문학의 출발이 더딘 남도문학권에서 보면 2세대 정도로 보아야 할 것이다. 그럼에도 앞에서도 언급한 바와 같이, 이청준을 위시한 이 지역 젊은 문인들이 1960년대의 한국 중앙문단을 경악하게 하였다는 사실은 무엇을 말한다고 할 것인가. 우선 근대문학의 출발이 늦게 시작되었음에도 불구하고 남도문학이 용출하듯 비약적으로 상승했다는 점을 보여준다 하겠다. 다음으로 새로운 시대에는 지역문인들이 문인으로 행세코자 한다면, 전시대와는 달리 재지문인(在地文人)이기보다는 일국적 차원에서 중앙문인으로 활약해야 한다는 점을 나타내주기도 한다 하겠다. 이것은 슬프게도 지역문화공간의 중앙문화공간으로의 통합을 의미하기도 한다. 이청준은 그 통합의 과정, 즉 노상에 있었던 작가이다. 그래서 이청준은 도시 공간과 집으로 상징되는 고향 공간에서 그리도 헤매었다고 본다.

이청준의 출생지는 전라도 가운데서도 장흥이다. 이청준 문학을 연구하는 데 있어서 우리는, 이청준 문학이 남도지역 문화 공간 내에 형성된 탐진강문화권과 서편제문화권의 배경 하에 형성되었다는 점을 상기할 필요가 있다. 이청준은 문학 모델 가운데 가장 강력한 사람이 자신의 어머니라고 수없이 고백한다. 어머니에게 끼친 전통문화 자락과 숨결은 길고도 넓었다는 것을 작품이나 증언 자료를 통해서 많이 확인해볼 수 있다. '한' 많은 어머니의 구음을 듣고 자란 이청준은 판소리나 민요 등 남도의 전통문화를 자기 시대의 근대문화로 승화시켰다고 본다. 우찬제가 "한의 역설적 에너지를 성찰하여 역동적인 한 살이를 통해 한 우주의 창조적 지평을 도모한 것은 오로지 이청준만의 몫이다. 적어도 이청준은 오래도록 어둡고 칙칙했던 검은 한의 그늘진 그림자를 거두어 내고, 그 자리에 새로운 생명력을 부여한 작가이다"[29]라고 한 것도 바로 그런 인식을 보여준 것이라고 생각한다.

우리는 지금까지 남도의 근대문학의 출현 문제와 전라도의 문화지형 변화의 문제와 관련하여 이청준 문학이 남도지역문학사에서 점하는 위상을 간략히 살펴보았다. 그 뜻은 기존 문학사들이 일국 차원에 매몰된 나머지 지역문학의 변화나 지역문학과 중앙문학과의 관계를 얼마나 소홀히 하였는가를 확인해보고자 한 데 있었다.

## 3. 이청준 문학의 공간

### 1) 이청준 문학의 지리공간

이청준은 한반도 최남단 장흥에서 어린 시절 공부하다가 상급 공부를 위하여 1950년대 중반에 광주로 유학을 간다. 그리고 종당에는 서울까지 유학을 가 이른바 근대문화의 세례를 받는다. 이처럼 이청준이 지나온 삶의 공간이 '장흥–광주–서울'에 걸쳐 있었으니, 당시대 사람으로서는 누구 못지않게 넓었다고 할 수 있으며, 어떻게 보면 행운을 입었다고도 할 수 있으리라.

이청준은 1954년 4월에 광주에 갔다고 했다. 그 당시 장흥과 광주의 거리는 하루가 걸리는 심란한 거리였던 모양이다. "나는 아직도 살아 바글거리는 게자루를 짊어지고 왼종일 3백 리 버스길에 시달리며 내

29 우찬제, 「한(恨)의 역설—이청준의 『남도 사람』 연작 읽기」, 『서편제』, 열림원, 2008, 222쪽.

숙식을 의탁할 광주의 외사촌 누님네를 찾아갔다."[30] 장광 거리는 오늘날은 한 시간이면 족할 거리이다. 그러면 위백규(魏伯珪, 1727~1798) 선생이 살던 두어 세기 전에는 얼마나 걸렸을까. 당시 교통수단으로는 두어 역을 거쳐야 했을 터이니 이삼 일은 걸렸을 것이다. 그런데 18세기 후반 장흥 학동들이 공부하기 위해 광주까지 유학을 갔느냐 하면 그것은 아니다. 거리상의 이유가 아니라, 당시에는 여러 부면에 걸쳐 장흥 나름의 독자성과 자율성을 확보한 가운데 교육문제도 자체 해결하고 있었던 것이다. 그런데 근대가 시작되면서 지역의 자율성은 급격히 훼손된다. 자본논리에 따라 지역 간의 흡수와 통합이 진행된 것이다. 그런 역사 진행의 결과로 근대에 들어와 장흥 시골뜨기[본인의 표현] 이청준이 광주를 거쳐 서울까지 진출하게 된 것이리라. 전통 시기에 광주에서 서울 가는 길은 앞에서 본 바와 같이 근 열흘이나 걸리는 거리였다. 오늘날에는 서너 시간이면 족할 만큼 광주와 서울의 공간은 응축되었다.

이청준은 자신의 이 삶의 공간, 즉 '고향 장흥–광주–서울'을 문학적으로 대상화한다. 다음에 주로 살펴볼 두 연작, 즉 『언어사회학 서설』, 『남도 사람』 가운데 전자는 서울 도회지 공간을 배경으로 하고, 후자는 고향 남도를 배경으로 한다. 다음 글은 이청준의 문학공간이 왜 고향(남도)과 도회지(서울)에 걸쳐 있을 수밖에 없는지를 잘 보여준다. 위의 인용이 끝난 다음부터의 내용인데, 다소 길게 인용해 본다.

> 그러나 막상 그 집에까지 도착하고 보니 게자루는 이미 아무 소용도 없는 꼴이 되어 있었다. 게자루 따위가 변변한 선물거리가 될 수도 없는 터에, 덜컹

30 이청준, 『가위 밑 그림의 음화와 양화』, 열림원, 2008, 139쪽.

대는 찻길에 종일을 시달리다 보니, 자루 속의 게들은 이미 부스러지고 깨어져 고약스레 상한 냄새를 풍기고 있었다. 나는 그 게자루가 그토록 초라하고 부끄러울 수가 없었다. 그것이 내 남루한 몰골이나 처지를 대신하고 있기라도 하듯이 그 외사촌네 사람들 앞의 자신이 그토록 누추하고 무참하게 느껴질 수가 없었다. 하여 그 누님이 코를 막고 당장 그 상한 게자루를 쓰레기통에다 내다버렸을 때, 나는 마치 그 쓰레기통 속으로 자신이 통째로 내던져 버려진 듯 비참한 심사가 되고 있었다.

하긴 그렇다. 그것은 바로 그날까지의 나 자신의 내던져짐이었음에 다름아니었을 터였다. 내가 고향에서 도회의 친척집에 가져올 수 있는 것이 오직 그뿐이었듯, 그 게자루에는 다만 상해 못 쓰게 된 게들만이 아니라, 남루하고 초라한 대로 내가 그때까지 고향에서 심고 가꾸어온 나름대로의 꿈과 지혜와 사랑, 심지어는 누추하기 그지없는 가난과 좌절, 원망과 눈물까지를 포함한 내 어린 시절의 모든 것이 담겨 있었던 어린 시절의 삶 전체가 무용하게 내던져 버려진 것 한가지였다. 그리고 그것은 어찌 보면 지극히 당연한 노릇이기도 하였다. 나는 이제 그 남루한 시골살이의 껍질을 벗어던지고 보다 더 깔끔하고 강건하고 영민한 도회인의 삶을 배워 익혀나가야 했기 때문이었다. 고향 마을에서들은 누구나 그것을 동경하고 부러워했듯이, 바야흐로 내겐 그런 삶의 길이 앞에 한 때문이었다. 맵시 곱고 정갈스런 누님이 아니었더라도, 나는 상한 냄새의 게자루와 함께 고향과 고향에서의 모든 것들을 스스로 미련 없이 내던져버렸어야 하였다. 그래서 부단히 배우고 익혀 아는 것도 많고 거둬 지닌 것도 많은 생산적 의식층으로 자라났어야 하였다. 했더라면 아마도 내 삶에는 좀더 이루고 얻은 것이 많았을는지 모른다. 이루고 얻은 것이 많지 않더라도, 마음만은 한 곬으로 값진 뜻을 좇아서 부질없는 헤매임이 적었을는지 모른다.

하지만 내겐 아마도 그런 노력이 많이 모자랐던 모양이다. 아니면 지혜가 모자랐는지도 모른다. 나름대론 노력을 안 한 바도 아니었고 지혜를 구하지 않은 바도 아니건만, 한마디로 내게선 그 쓰레기통에 버려진 게자루가 여태도 멀리 떠나가주질 않고 있는 것이다. 어린 시절과 함께 내던져져 썩어 없어졌어야 할 게자루가 그 남루한 꿈과 동경의 씨앗자루처럼, 혹은 좌절과 눈물의 요술자루처럼 이날입때까지 나를 계속 따라다니며 사사건건 간섭을 일삼고 있는 것이다. 그리고 그로 하여 나의 삶의 몰골은 끝없는 갈등과 무기력한 망설임 속에 형편없는 왜소화와 음성화의 길만을 걷게 해온 것이다. 도회살이 이미 40년에 가까우면서도 서울에선 늘상 임시 기류 생활같은 어정쩡한 느낌에 고향을 종종 다시 찾아 내려가 보기도 하지만, 고향에선 또 고향에서대로 오래 전에 이미 떠나간 사람이 되어버린 자신을 발견하고 부끄럽고 면구스런 발길을 되돌아서야 하는―, 그 자랑스런 도회인도, 그렇다고 고집스런 고향지기도 될 수 없는 어정쩡한 떠돌이의 서글픈 여정 속에. 그 조심스럽고 누추한 자유의 추억 속에.[31]

제목은 「숙명의 씨앗 자루」이다. '생산적 의식층'인 모더니스트로서 도회지 거리를 자랑스럽게 산책할 수도 있었으련만 숙명처럼 고향이, 그리고 게자루가 따라다니기 때문에 포즈는 항상 어정쩡할 수밖에 없었다는 애틋한 고백이다. 고향을 잊을 수 없었던 것은 가난하지만 자유로움 때문이었다.[32] 이청준은 초기에는 주로 서울 중심의 도시를 배경으로 한 작품을 쓰다가 중후반은 고향 장흥을 위시한 남도 일원을 배경

31 위의 책, 139~141쪽.

32 이 점을 다른 자리에서 다음처럼 회고한다.
"하고 보면 옛날 내 초라하고 남루한 상광길의 게자루는 이날까지 오래오래 내 삶을 모양짓고 이끌어온, 보잘것은 없으나마 그런대로 소중한 꿈과 진실의 씨앗, 무엇보다 내 나름의 자유인의 모습과 그에 대한 꿈의 씨앗이 함께 깃들어 온 셈이었다."(위의 책, 167쪽)

으로 한 작품을 쓰게 된다. 중반에 쓰여진 두 연작, 즉 『언어사회학 서설』과 『남도 사람』이 그 같은 공간상의 대비를 극명히 보여준다. 전자는 도시를, 후자는 남도를 배경으로 한 작품인데, 도시에서 남도로의 전환을 보여주는 변곡점을 나타내주는 연작들이라고 할 수 있다.

그러면 도시 공간과 시골 공간에 등장하는 인물들의 동선(動線)을 간단히 살펴보자. 『언어사회학 서설』 가운데 한 작품인 「떠도는 말들」에서 주인공 윤지욱의 동선은 '방-서대문 육교-정동 입구 문화방송국 앞-방' 혹은 '방-병원-방'으로 되어 있다. 다른 사람을 만나는 장소는 기껏해야 술집이거나 찻집, 그리고 사무실 등속이다.[33] 매우 닫혀 있는 도회지 공간들 속에서 주인공은 움직인다. 연작의 다른 작품들에 나오는 강연장이나 부흥회장이라는 공적 공간 또한 닫혀 있기는 마찬가지다. 빈말과 소문만이 난무하는, 진실한 말이 부재하는 빈공간일 뿐이다. 그래서 "서울에선 늘상 임시 기류 생활같은 어정쩡한 느낌" 이라 술회한 것으로 보인다.

『남도 사람』의 동선은 '보성-장흥-회진-강진-해남(대흥사)'으로 정리되는데, 이 동선은 「서편제」에서 시작하여 「떠도는 말들」에 이르기까지 일관되게 나타나는 스토리 라인과 밀접하게 연결된다. 즉 5편의 연작 소설에서 나그네의 모습으로 등장하는 '사내'가 소리꾼인 의붓아비와 씨다른 누이동생 곁에서 도망친 때로부터 30여년이 지난 후 이들을 찾아 나서는 정처 없는 여정 중에 보성에서 해남에 이르는 길이 놓여 있다.[34] 막힘없는 열린 공간으로 제시된다. 길이 멀리 뻗어 있고, 바

33 이청준, 「떠도는 말들」, 『자서전들 쓰십시다』, 열림원, 2000, 24쪽.
34 김동환, 「이청준 소설의 공간적 정체성-『남도사람』 연작을 중심으로」, 『한성어문학』, 한성대 한성어문학회, 1998, 42~43쪽 참조.

다가 보이고, 하늘이 툭 트여 있다. 이곳은 탐진강문화권이면서 서편제 문화권이기도 하다.

이청준은 자신의 삶의 공간이었던 도회지 서울과 고향 남도를 대립적으로 대상화한다. 이는 그런 공간 속에 몸담고 있는 자신을 성찰하는 일과 관련된다고 본다. 닫힌 도회지 공간에서 열린 남도고향으로 탈주하고 싶은 욕망을 드러낸 것이 아니겠는가. 이청준은 '고향 장흥–광주–서울'을 거치면서 어느 곳에도 정주감을 얻지 못한 듯, 항상 "자랑스런 도회인도, 그렇다고 고집스런 고향지기도 될 수 없는 어정쩡한 떠돌이의 서글픈 여정 속"에 있었다고 술회한 것으로 보인다. 그러니까 고향과 서울의 거리는 근대 들어 하루거리가 되었지만, 이청준에게 있어서 심리적 거리는 위백규 선생이 살던 중세의 거리나 매한가지는 아니었을까 추측케 한다. 빈말의 도시 공간, 서울이 그리도 싫었던 것이다. 그는 말다운 말이 깃들 장소로서 남도 고향을 그리워했던 것이다.

### 2) 이청준 문학과 장소로서의 '집'

사람은 집이라는 공간 속에서 산다. 우리 집도 집이고, 우리 집안도 집이고, 우리 조국 혹은 국가도 집이다. 저 우주(宇宙)도 말 그대로 집이다. 이 가운데 다른 집은 없어도 살 수 있지만 우리 집이 없으면 살지 못한다. 우리 집은 최소한의 보호막이기 때문이다. 이때 우리 집이라는 공간은 아늑한 장소로 전환된 것이다. 장소로서의 집은, 운동상의 공간이 인간적 가치로 구체화된 공간이다.[35] 집에 하나 더 욕심을 부린다면, 집에는 최소한 어머니가 항상 계셔주어야 한다. 어린이에게 어머니는 기본적인 장소[36]이기 때문이다.

「눈길」을 비롯한 이청준의 이른바 고향소설이라 할 수 있는 몇몇 작품은 '집'에 대하여 집중적인 관심을 보인다. 그런 관심이라면 이청준의 전체 작품으로 확대해도 무리는 없을 듯싶다. 근대를 살아가는 이청준 문학의 주인공들 다수가 불안과 공포에 시달리는데, 이는 편안히 깃들 집을 찾지 못한 데서 비롯된 것이기 때문이다. 이청준의 '집'에 대한 관심이 어느 정도 집요하냐 하면, 그의 관심은 죽어 묻힐 유택(幽宅)[37]에까지 뻗어 있다. 이청준에게는 그만한 이유가 있어 보인다. 잃어버린 '집(혹은 고향)'을 찾아 정주하는 것이 그의 바람이었고, 궁극적으로 문학을 하는 이유이기도 했다고 판단한다. 그 '집'에는 어머니가 있고, 아름다운 말과 노래가 깃들어 있는 그런 집이어야 했다. 이청준은 존재가 참으로 깃든 집을 소망한 것이다.

그러면 이청준은 왜 집을 잃어버리게 되었고, 또 잃어버린 집(혹은 고향)을 찾아 어떻게 헤매었으며, 그리고 결국 어떤 까닭으로 나그네가 되어 먼 길을 나서게 되었는가를 살펴보자.

### (1) 잃어버린 집

이청준은 왜 문학을 하게 되었을까? "공부를 한다면 으레 군수, 경찰서장이나 판검사를 꿈꾸던 그 시절인데도, 시골 초등학교에선 제법 머리가 괜찮다는 소리를 듣던"[38] 그가 문학을 하게 된 이유는 무엇이었을

35 이푸 투안, 정영철 역, 『공간과 장소』, 태림문화사, 1995, 18쪽.
36 위의 책, 38쪽.
37 「눈길」이나 「해변 아리랑」 등 일련의 귀향소설 참조.

까? 다음 술회를 보자.

> 우선 내 개인적인 처지나 성향으로 말하면, 나는 애초에 문학이라는 것을 혼자 살아가기의 방법 쪽에서 출발한 격이었다. 앞서 소개한 외종형의 충고 외에도, 어릴 적 일이나마 6·25는 내게 사람에 대한 불신과 공포감을 적지 아니 경험시켜주었고, 주위에는 유난히 가까운 육친들의 죽음이 또한 많았었다. 젊어 죽은 맏형이 남기고 간 책이나 일기장들도 내 유소년 시절의 상당 부분을 지배했다. 그런 나에게 중학교 초학년 때에 한 선생님으로부터 젊은 시절의 꿈이 '돈 많은 시인'이었노라는 고백을 들은 것은 참으로 황홀한 충격이었다. 다분히 오해에 기인했을 수도 있겠지만, 나는 그때부터 서서히 혼자 사는 삶의 방법에 기울기 시작했고, 그것을 문학으로 이룰 수 있으리라 믿게 되었다. 거기다 아무도 관심하지 않은 나락 끝 같은 처지, 자신밖에는 어디에도 의지할 데가 없는 무책(無策)의 삶이 이후로도 계속 그런 성향을 내게 심화시켜온 꼴이었다.[39]

혼자 사는 삶의 방법의 일환으로 문학을 선택하였다는 고백이다. 그 구체적인 이유를 '처지와 성향'으로 설명하고 있는데, 처지란 객관적 상황을 말하는 것이며, 성향이란 주관적 조건을 말하는 것이다. 그의 처지는 6·25의 전란기에 겪었던 육친들의 죽음[40]과 '나락 끝 같은' 빈궁,

---

38 이청준, 『가위 밑 그림의 음화와 양화』, 앞의 책, 47쪽.
당시에는 '초등학교'가 아니라 '국민학교'라 칭하였음.(장영우, 「경험적 사실과 허구적 진실–「퇴원」·「병신과 머저리」론」, 『한국어문학연구』 제52집, 한국어문학연구학회, 2009, 270쪽 참조)

39 이청준, 『가위 밑 그림의 음화와 양화』, 앞의 책, 54쪽.

40 "남자 다섯 형제 중에 가운이 기우느라 그랬던지 8·15 해방을 전후한 2, 3년 사이에 그의 아버지와 3형제 네 사람이 차례로 세상을 등져갔다. 그러고 나서 남은 두 형제 중에 형이

두 가지로 요약된다. 전란 중 외종형 혼자만 남고 외가가 몰살당한 처지였고, 연이어 육친과 형제들이 알 수 없이 죽어갔던 것이다. 그 많은 죽음을 어린 나이에 이해하고 감당할 수 있었을까. 성장기에는 참척(慘慽)의 슬픔에 전 어머니의 구음(口吟)이 그를 한없이 싸고돌았다는 것을 여러 작품이 증거하고 있다.[41] 성장하면서 그는 생에 대하여 근원적 질문을 갖지 않을 수 없었으리라. 죽음이란 무엇인가? 그에게 죽음의 문제는 생의 화두가 될 수밖에 없지 않았겠는가. 이청준은 너무 일찍 허무의 바다를 보아버렸던 것이다. 이청준이 문학을 하기로 결심한 것은 유년 시절에 겪었던 육친들의 죽음이 결정적으로 작용했다고 본다. 존재의 근원을 해명하고 싶은 본능적인 욕구가 다른 어떤 현실적인 욕구보다 강했던 것이다.[42]

더구나 성장기에 가산의 파탄으로 집과 고향까지 잃어버려 "자신밖에는 어디에도 의지할 데가 없는 무책(無策)의 삶"을 살게 됨으로써 삶은 더욱 이해할 수 없는 지경에 빠져들 수밖에 없었으리라. 다음을 보자.

---

된 사람이라도 좀 온전한 정신을 지녀줬으면 별 탈이 없었을 것을 하나뿐인 형이란 위인조차 무슨 비운의 주인공이라도 된 것처럼 일찌감치 술을 배워 취중몽생의 가련한 세월을 보내기 시작했다."(이청준, 「새가 운들」, 『눈길』, 열림원, 2009, 122~123쪽)

41 한 예로, 「새가 운들」(『눈길』, 132쪽)에서 제민의 어머니는 먼저 간 맏아들의 묘를 돌며 "꽃이 핀들 아는가 / 새가 운들 아는가……" 하고 원망스럽게 되뇌인다.

42 이청준은 문학을 하게 된 동기의 일단을 맏형의 삶과 죽음과 관련하여 말한 바 있다. 맏형은 인간의 삶에 대한 깊은 비밀에 관심을 갖게 하였고, 현실이 아닌 독서 쪽에서 세계와 인간의 삶을 배우게 하였다. 그리고 맏형은 자기에게 자기표현의 욕망을 갖게 하였다고 한다. 이런 생각들을 한 것이 당시 국민학교 시절이었다니 그는 정신적으로 상당히 조숙했던 것 같다. (「남도창이 흐르는 아파트의 공간—시인 김승희와의 대담」, 『말없음표의 속말들』, 나남, 1986, 217쪽)
김치수와의 대담에서는 그것에 덧붙이기를, 책이라는 이념적인 삶의 마당을 통해서 현실에 대항하고 복수하기 위하여 문학하기로 결심하였다고 한다.(이청준, 「복수와 용서의 변증법—김치수와의 대화」, 위의 책, 249~250쪽)

광주지역으로 중학교를 나갔다가 집안이 파산하여 식구들이 이리저리 흩어진 바람에, 나는 근 20년간 실망과 열패감 속에 고향 고을을 거의 등진 채 살아가고 있었다. 새 삶의 터를 잡기에 힘이 부친 탓도 있었지만, 고향 고을이래야 찾아들 집칸조차 없어진 데다 늘상 암울하고 부끄러운 무기력감만을 부추겨온 때문이었다. 어렸을 적의 추억조차도 깃들일 수가 없던 곳, 내 어린 꿈을 무참히 짓밟아버렸던 곳, 나를 일찍부터 내쫓긴 자의 신세로 떠돌게 만들었으며, 돌아가 안길 곳이 그리고 긴 세월 허락되지 않던 곳…… 어쩌다 한번씩 그쪽 가까운 길을 스쳐 지나가게 되거나, 어렸을 적 일들이 떠오를 때마저도 고향은 내게 늘 그런 식의 남루하고 척박스런 느낌뿐이었다.[43]

고향에 대한 그 같은 처참한 심경은, 술회한 대로 '찾아들' 집을 잃어버렸기 때문이다. 그렇잖아도 어릴 적 6 · 25 때 겪었던 사람에 대한 불신과 공포감 그리고 육친들의 죽음으로 심한 상실감에 젖어 있었던 차에 엎친 데 겹친 격으로 돌아갈 집까지 잃어버리고 "근 20년간 실망과 열패감 속에 고향 고을을 거의 등진 채 살아가고" 있었으니 그 심경 얼마나 참혹했겠는가. 그 후 그는 심한 상실감과 자아 망실감에 오랫동안 시달린다.[44]

---

43 이청준, 『가위 밑 그림의 음화와 양화』, 앞의 책, 91~92쪽.

44 다음 술회를 통해 상실감과 망실감이 어느 정도였는가를 짐작해 볼 수 있다.
"나는 이제 때때로 나 자신에게서조차 그런 자아 부재 증상의 진행을 경험하는 꼴이다. 내닫는 기차나 여객선의 난간 같은 데서 나와 서 있을 때 나는 자신도 모르게 몸을 훌쩍 내던지고 말지 모른다는 숨은 충동 앞에 혼자 겁을 먹곤 한다. 자신의 행동을 예측하거나 믿을 수가 없어 두려움을 느끼는 건 높은 건물이나 바위엘 올랐을 때도 마찬가지. 음악회나 기념식, 이취임식장 같은 데서 주위가 너무 엄숙하고 정연해 있을 때도 나는 불시에 발작을 일으킬 것 같은 불안감에 가슴이 조마조마해지곤 한다. 자신에 대한 믿음이 썩 모자란 까닭이다.
하여 나는 그 자기 망실증을 남 앞에 숨기기 위해서 섣부른 거동이나 참견을 삼가게 된다.

1950년을 전후한 시기의 충격이 얼마나 컸던지, 이청준은 6 · 25와 같은 대사건을 인력으로는 어쩔 수 없는 역사의 도도한 흐름으로, 일종의 숙명으로 인식한다. 이청준은 고향 장흥에 관하여 역사소설 한 편을 쓴 바 있다. 「잃어버린 절」이 그것이다. 그 당당했던 장흥이 역사적으로 쇠락의 길을 걷게 된 내력을 그린 소설이다. 임진 · 정유 양란과 동학혁명을 겪으면서 장흥인들이 역사에 당당하게 대처했지만 역설적으로 쇠락하게 된 처지를 담담하게 그린 작품이다. 이청준은 쇠락의 원인을 인력으로는 어쩔 수 없는 거대한 역사의 흐름으로 인식한다. 말하자면, 숙명으로 받아들여야 한다는 것인데, 그는 그것을 차마 입 밖에 내지 않고 참는다. 참고 숨긴 말을 '잃어버린 말'이라고 했다.[45] 6 · 25에 대한 인식도 비슷한 것으로 보인다. 역사의 도도한 흐름에 인총들이 지나치게 개입함으로써 살육과 불신과 같은 대혼란을 야기한 것으로 인식한다. 집단 광기로 본 것이다. 6 · 25 전란은 장흥이라는 지역공간을 대대적으로 뒤흔들었고, 구체적인 일상에서는 누구나 집을, 그리고 고향을 잃어가고 있었다. 근대자본이 자기 팽창논리를 이곳 장흥에도 관철시키고 있었다. 그 한가운데에 어린 이청준이 공포 속에서 떨고 있었던 것이다.

이청준은 집이며 문산이며 가산을 완전히 탕진해 버린 사람이 가형

뒷날 아침의 쓰디쓴 열패감을 감당할 수 없어 말들이 무성한 술자리를 피하고, 차잡기 경주의 그 악착스러움에 기가 질려 웬만한 시내 나들이는 될수록 삼간다. 그런 곳에선 대개 믿고 의지할 만한 자신이 안 보이고, 따라서 끼여들 자리도 안 보이기 때문이다. 어떨 땐 멀쩡하게 집에 들어앉아 있을 때마저도 나는 자신의 부재 속에 실명 상태로 지내야 할 때가 종종 있다. 특히 밖에서 걸려오는 전화 앞에 나는 거개가 부재중의 상태다. 외출중이거나 취재 여행 중이거나, 귀향 은거중의 상태이기 일쑤다. 더러는 자신이 전화를 받고서도 조카의 이름으로 어엿이 시치밀 떼기도 한다(이 땅의 갖가지 동원 의무를 완료하기 위해 일정 기간 나이를 한꺼번에 먹어치우고 싶은, 20대부터의 그 면면한 소망 역시 그 같은 자기 망실에의 못난 꿈일 것이다)."(위의 책, 35쪽)

45 위의 책, 137쪽.

이라고 심심치 않게 말하고 있다. "형이란 위인이 하필이면 그 집에서부터 먼저 손을 대기 시작하리라곤 상상도 못해본 일이었다. 손을 댄다면 논밭이 먼저고 그 다음이 선산 터를 제외한 3정보짜리 산판 정도나 요절이 나리라 예상해오던 그였다. 그런데 위인이 제일 먼저 집부터 덜렁 팔아치우고 말았댔다."[46] 결국 나머지 재산도 가형이 주벽으로 하여 요절을 내고 만다.

당시 시골 살림으로는 상당한 재산을 가형이 술로 탕진하였다고 여러 차례 말하고 있는데, 그게 사실일까? 석연찮은 데가 있어 보인다. 가산 탕진의 원인을 딱 한 차례 또 달리 가형이 "고철 장사를 시작한다는 구실"[47]로 선대로부터 내려온 집을 팔아치울 모사를 꾸미고 있었다는 데서 비롯되었다고도 한다. 어느 쪽이건 사실일 것이다. 가산을 밑천 삼아 시작한 장사에 실패하였으니 술을 마실 수밖에. 우리는 여기서 가형의 절박함에서 이청준이 앓았던 또 다른 근대의 불안과 공포를 읽을 수 있다고 본다. 1950년대 시골 장흥에 불어 닥친 근대의 불안이란 무엇이었을까. 누가 그토록 가형에게 술을 마시게 하였을까. 이청준의 불안과 공포에서 유추해 볼 수 있다. 이청준은 평생 6·25의 전짓불과 가난에 대하여 엄청난 공포감을 지니고 있었음을 작품 곳곳에서 보여 주고 있다. 그의 형에게 있어서도 6·25 전란의 공포, 전란 중의 외가의 몰살, 그리고 가친과 연이은 형제들의 죽음 등이 그토록 그를 불안하게 하여 주벽에 빠지게 하였으리라. 억측일까. 게다가 시대는, 있는 농토 가지고 부모공양하며 살도록 내버려두지 않는 세상으로 바뀌었다. 욕

46 이청준, 「새가 운들」, 『눈길』, 125쪽.
47 위의 책, 122쪽.

망을 부추겨 고철 장사라도 하게 하여 근대에 동참하도록 한다. 그러나 그는 애초에 장사꾼이 아니다. 자본논리에 따라 집을, 나아가서는 전 재산을 팔수밖에 없었으리라. 좋게 말하여, 그에게 있어 근대에 당당하게 대면할 수 있는 근대적 주체가 형성되어 있지를 않았던 것이리라.[48]

죽음의 문제와 잃어버린 집의 문제는 이청준에게 생애토록 '가위눌림'의 밑그림이 되도록 한다. 감수성이 예민했던 그는 용약 홀로 경험적 차원의 죽음과 죽음 같은 삶에 대하여 맞대결해 보기로 한다. 두 가지 문제는 죽음의 존재론적 문제로 관념화된 것이다. 죽음의 문제는 이청준 문학의 출발점이요, 귀결점이 된다. 그는 작품 곳곳에서나 개인적인 술회를 통해 사람에 대한 두려움, 그리고 가난과 집 없음에 대한 두려움을 드러내 보이고 있는데, 실은 그것들 주위는 항상 죽음의 그림자가 위요하고 있다.

6 · 25를 겪고, 집과 고향을 잃어버렸다고 해서 누구나 문학을 택하지는 않는다. 그러나 이청준은 유독 자의식이 강했던 것 같다. 그의 영혼은 죽음과 빈궁이 미만한 이 세계를 용납할 수가 없었던 것이다. 그리하여 마침내는 죽음이 없고 가난이 없는 집을 찾아야 한다. 그는 자신의 영혼을 입증하기 위하여 문학이라는 먼 길을 모질게 나선다.

### (2) 집을 찾아서

이청준은 김치수와 대담하는 가운데, 두 연작 소설, 즉 『언어사회학 서설』과 『남도 사람』에 대하여 다음과 같은 말을 한다.

48 가형도 일찍 세상을 뜨고 만다.

(…중략…) 두 계열의 소설은 양쪽 다 고향에서 쫓겨나서 헤매는 사람의 얘기로 되어 있습니다. 그런데 이들 고향에서 쫓겨난 주인공들이 고향으로부터 나와서 끼어들려고 한 세상이 도회의 삶이지요. 그리고 그 도회의 삶으로 끼어들고자 하는 구체적인 방법은 사람들이 모여 살 때의 기본적인 교통의 수단이 되고 있는 말을 통해서입니다. 그런데 도회의 언어, 도회로 대표되는 현대의 언어라는 것이 주인공을 좀처럼 그들 사이에 끼어넣어 주지 않지요. 한마디로 끼어들고자 하는 주인공이 바라는 말과 현대사회가 갖고 있는 말의 질서가 전혀 다르기 때문이죠. 그래서 주인공에게는 현대의 언어라는 것이 일종의 폭력으로 군림해 버리고 그는 다시 도회의 삶으로부터도 배척당해 버립니다.[49]

『언어사회학 서설』은 도회를 배경으로 한 소설이고, 『남도 사람』은 시골을 배경으로 한 소설인데, 설명에 따르면, 양쪽 다 고향을 쫓겨난 사람들의 이야기라는 것이다. 전자의 경우는 전쟁을 겪고 또 산업사회가 되면서 전통적인 고향을 잃어버리고 도시에서 떠도는 사람들의 이야기이고, 후자의 경우는 시골에 산다고 할지라도 진정한 장소로서의 고향을 잃어버리고 주변화 된 시골 사람들의 이야기이다.

이청준은 어느 경우나 집을 잃고 헤매는 근대인의 불안의 근본적인 문제를 말에서 찾고 있는 것이다. 두 연작 소설의 마지막 작품을 애초에 공통적으로 「다시 태어나는 말」로 둔 까닭이 여기에 있다. 이청준의 소설에는 도시 중심의 소설과 시골 중심의 소설이 있는데, 거기에는 각각 말을 중심으로 한 소설과 현실을 중심으로 한 소설이 있다고 할 수

49 이청준, 「복수와 용서의 변증법」, 『말없음표의 속말들』, 앞의 책, 236~237쪽.

있다. 공간이 다른 두 소설을 매개하는 소설은 말을 중심으로 한 소설들이다. 이렇게 본다면, 이청준의 모든 작품은 '말'의 탐색으로 집약되고 나아가 진정한 말이 깃들 집의 탐색으로 집약된다고 할 수 있다. 먼저 도시 중심의 소설, 그것도 도시현실을 다룬 소설부터 살펴보자.

도시 공간을 배경으로 한 소설이라 할지라도 이청준의 원체험이 항상 소설의 핵심을 이룬다. 많은 연구자들이 이청준 문학의 특징을 전짓불 공포 모티프를 들어 설명한다. 이는 말할 것도 없이 사람에 대한 불신과 공포를 상징적으로 나타낸 것이다. 이와 더불어 이청준 소설의 등장인물들이 극도로 싫어하고 두려워한 것은 동원공포라 할 수 있는 집단주의 혹은 국가주의의 폭력이다.

먼저 전짓불에 대한 이청준의 술회를 들어보자.

> 내 개인적인 체험에 불과한 일이기는 하지만, 저 혹독한 6·25의 경험 속의 공포의 전짓불(다른 곳에서 그것에 대해 쓴 일이 있다), 그 비정한 전짓불빛 앞에 나는 도대체 어떤 변신이나 사라짐이 가능했을 것인가. 앞에 선 사람의 정체를 감춘 채 전짓불은 일방적으로 '너는 누구 편이냐'고 운명을 판가름할 대답을 강요한다. 그 앞에선 물론 어떤 변신도 사라짐도 불가능하다. 대답은 불가피하다. 그리고 그 대답이 빗나가 편을 잘못 맞췄을 땐 그 당장에 제 목숨이 달아난다. 불빛 뒤의 상대방이 어느 편인지를 알면 대답은 간단하다. 그러나 이쪽에선 그것을 알 수 없다. 그것을 알 수 없으므로 상대방을 기준하여 안전한 대답을 선택할 수가 없다. 길은 다만 한 가지. 그 대답은 자신의 진실을 근거로 한 선택이 될 수밖에 없다. 그것은 바로 제 목숨을 건 자기 진실의 드러냄인 것이다. 그 밖의 다른 길은 없는 것이다.[50]

'너는 누구 편이냐'는 전짓불빛의 이분법적 선택에는 중간항이 없기 때문에 변신을 하거나 사라지거나 아니면 목숨을 건 진실의 드러냄밖에 다른 방도가 없다. 이청준은 진실을 드러내고자 목숨을 거는 방식으로 세계의 횡포에 맞선다.

전짓불 공포는 주로 전반기 작품들에서 몇 차례 변주되어 다루어져 이청준의 작품에서 하나의 모티프를 형성한다. 등단작 「퇴원」(1965)으로부터 「씌어지지 않은 자서전」(1969), 「소문의 벽」(1971), 「잔인한 도시」(1978), 「전짓불 앞의 방백」(1988) 등에서 전짓불 모티프는 불가항력적인 공포의 대상으로 그려지고 있다. 「퇴원」에서는 개인적 차원에서의 외상적 경험으로 다루어지던 것이 「소문의 벽」이나 「잔인한 도시」에서는 "주체의 권리를 박탈하는 대타자의 시선과 그에 대한 억압적 외부현실에 대한 비판적 관점을 교차"[51]시키는 방식으로 다루어지고 있다.

일련의 소설들은 전짓불에 대한 공포의 원체험을 도구화되고 제도화된 근대 이성의 일상적 폭력성에 대한 비판으로 일반화시킨다. 그런데 이청준 소설에서 묘사된 폭력은 균형을 이루지 못하고 항상 일방적이다.[52] 계몽이성이나 목적론에 기초한 이데올로기들이 동원하는 폭력들은 순진하고 무고한 사람들의 삶이 깃든 장소를 무자비하게 훼손해버린다. 전짓불은 나만의 내밀하고 은밀한 그래서 친숙한 장소를 파괴하여 낯선 공간으로 만들어버리는 것이다. 「퇴원」의 소년의 비밀스런

---

50 위의 책, 42쪽.

51 나소정, 「이청준 소설의 공포증 모티프 연구」, 『한국문예비평연구』 제23집, 한국문예비평학회, 2007, 271쪽.

52 세상의 수난에는 그냥 앉아서 영문 모르게 당하는 희생(victim)과 불의와 맞서 싸우다가 당하는 희생(sacrifice)이 있는데, 이청준 작품에 나타난, 폭력에 의한 희생은 거의 전자이다. 『당신들의 천국』에서는 예외적으로 후자로 나타난다.

광,「잔인한 도시」의 새들이 잠든 처마 밑 둥지,「소문의 벽」의 어머니와 함께 자고 있던 박준의 방 등은 평안하기 이를 데 없는 장소들이다. 전짓불은 그런 친숙하고 안온한 장소를 한순간에 일방적으로 망가뜨리고 소년을, 새들을, 박준을 낯선 두려움에 떨게(unhomely) 한다. 심한 경우 박준처럼 광인이 되거나「전짓불 앞의 방백」에서처럼 자아망실증에 빠지게 한다. 이런 정신병들에서 벗어나기 위하여 몸부림치는 모습이 소설의 경개를 이룬다. 박준은 마지막 피난처로 병원을 찾아가보지만 그를 광인으로 판정해 버린다. 또 다른 억압공간일 뿐이다.「잔인한 도시」의 늙은 사내는 마지막에 가장 가엾고 허약한 새 한 마리를 훔쳐서 아들이 살고 있다고 믿는 남쪽의 그 탱자나무와 대숲 우거진 집을 향하여 떠난다. 노인에게 도시는 범죄의 소굴로 평생 낯선 공간일 뿐이고, '탱자나무와 대숲 우거진 집'이야말로 그가 고대하고 꿈꾸는 장소이다. 정신병과 범죄의 치유를 위해서는 훼손되고 잃어버린 공간을 평화롭고 친숙한 장소로 전환시켜야만 한다. 박준이나 노인의 방식은 비현실적인 것으로서 궁극적인 해결책일 수는 없다. 문제가 근본적으로 해결되는 것이 아니고, 공포 혹은 죽음을 조장하는 현실은 엄존해 있기 때문이다. 그러나 그들은 미약한 소시민들이다.「전짓불 앞의 방백」에서 공포의 대상을 자신의 마음에서 찾음으로써 정신주의적 태도로의 변화의 한 극점을 보게 된다. 폭력의 문제를 사랑과 이해로 해소하고자 한 것이다. 이것은 비약이고 초월이다. 이때가 이청준이『남도 사람』등을 발표하면서 용서와 화해를 말하는 후반기로 넘어가는 시기이다.

장편『당신들의 천국』은 이청준이 추구했던 여러 주제들이 한꺼번에 총화를 이루고 있는 작품인데,[53] 하나의 공간이 살 만한 장소가 되기 위한 해법을 보다 심화시켜 보여준다. 섬이라는 하나의 공간을 살 만한 장소로 만드는 데 필요한 정치학은 그것이 아무리 선의라 하더라도 타자의 의도에 대한 배려가 없을 때, 섬은 결국 조백헌 당신의 천국일 뿐, 소록도 환자들에게는 낯선 공간일 뿐이라는 것이다. 왜냐하면 타자로서의 나환자의 또 다른 측면, 즉 인간이라는 측면에 대한 배려가 없기 때문이다. 그렇다면 타자에 대한 배려가 있다고 해서 진정한 소통이 가능할까. 타자에 대한 배려는 타자와 운명을 같이 하고자 하는 깨달음과 결단이 있을 때만이 진정한 믿음이 형성되는 것이다. 운명에 기초한 믿음, 이는 어느 경지이냐 하면 인위적이거나 합리적 조작이 없는 무위(無爲)의 상태이다. 그때 섬은 우리들의 천국, 우리들의 장소가 된다.

다음 집단주의나 국가주의의 폭력에 대한 감정은 어느 정도였을까. 이것은 일종의 광장공포나 동원공포로 나타난다. 이 역시 유년기에 체험에서 비롯된다. 다음 두 가지 술회를 보자.

> 상당한 의혹의 위험성을 각오하고 고백한다면, 나는 근 40년 전 어느 한 시절의 무서운 경험 이후로 농악기의 연주와 박수 소리에 실린 다중의 합창 소리를 그리 좋아하지 못한다. 좋아하기보다 은근히 가슴이 내려앉는 경우마저 없지 않다. 초저녁에 농악 소리가 울려퍼지고, 마을회관에서 동네 청년들의 박수와 합창이 계속되는 날 밤이면 끔찍스런 일들이 일어났던 때문이다.[54]

---

53 우찬제, 「힘의 정치학과 타자의 윤리학—이청준의 『당신들의 천국』 다시 읽기」, 『당신들의 천국』, 열림원, 2009, 475쪽.
"거기에는 주체와 타자 사이의 영혼의 교감 가능성을 비롯해 개인의 진실과 집단의 꿈의 화해 가능성, 자유와 사랑의 허심탄회한 조화 가능성 등 여러 가지 근본적인 테제들이 녹아들어 있다."

54 이청준, 『가위 밑 그림의 음화와 양화』, 앞의 책, 75쪽.

……그 처참한 전란을 겪은 뒤부터 6 · 25는 한동안 두렵고 절망적인 내 악몽의 단골 레퍼토리로 마감조차 기약 없는 잔인한 장기 공연을 시작한 것이다. 어떤 땐 다시 전란이 한창 치열하게 계속중인 시절을 꿈꿀 때도 있었고, 어떤 때는 유사한 새 전란이 일어나 막막한 불안감에 허둥대고 있을 때도 있었다.(…중략…)

일단 제대를 해 나갔던 내가 어떤 사유로 해선지 재입대를 해 들어와 애를 먹고 있는 경우가 허다했다. 꿈속에서도 나는 이미 내가 병역 복무를 끝내고 제대를 해 나간 처지임을 알고 있다. 그래서 뭔가 일이 잘못되어 재입대를 해 들어오게 된 억울한 사정을 호소하고 싶어한다. 그러나 누구도 그것을 인정하고 잘못을 시정해주려 하지 않는다.[55]

전자는 집단주의에 대하여 느낀 공포감을 술회한 것이며, 후자는 국가주의의 횡포에 대한 술회인데, 양자에 대하여 이청준이 느낀 공포감은 몰개성과 물신화된 폭력 때문이다. 타자에 대한 배려는 물론 가장 중요한 자기 성찰이 배제된 상태에서 자행되기 때문에 폭력은 맹목화된다. 이때 모든 잘못은 타인에게 돌려진다. 일순 사람들을 군중심리에

---

55 위의 책, 80~81쪽.
국가주의에 대한 혐오감은 이미 소년시절에 형성되었다. 다음을 보자.
"1949년 초여름경, 백범 김구 선생의 국민장 행사 때부터였던가 보다. 우리는 그때부터 면 단위나 지역 단위의 합동 행사들에 수도 없이 자주 동원을 되어가곤 하였다. 그해 겨울 교실 네 개짜리 새 목조 교사가 지어진 낙성식 행사로부터 6 · 25 동란기를 거치면서 수없이 치러진 멸공대회, 반공대회, 정전 결사반대 면민 궐기대회, 반공포로 석방지지 환영대회…… 때로는 막바지 전쟁터로 나가는 지역내 출정 장정 환송대회까지. 우리는 때로 10리고 20리고 더위와 추위 속을 힘겹게 걸어가 행사장의 한 귀퉁이를 차지해 메우고 서 있곤 하였다.
그런데 그렇게 애써 참가한 행사들의 절차가 우리들에겐 늘 그닥 대단한 느낌을 준 적이 없었다. 무슨 느낌커녕 먼길을 걸어온 수고만 허망스럽고 짜증스러워질 경우가 대부분이었다."(위의 책, 21~22쪽)

휘말리게 하고 광란상태에 빠지게 하는 농악소리와 군대의 구령소리가 평생을 주눅 들게 한 것은 한 개인만의 체험은 아닐 것이다. 그래서 이청준은 모든 작품을 통하여 한 인간이 갖추어야 할 기본 덕목으로 집단적 연대 이전에 개인의 성찰성을 그렇게도 강조했다고 본다. 삶에서 진정으로 소중한 것은 개인의 자유와 그에 책임지는 성찰성이라 본 것이다. 위에서 우리는 『당신들의 천국』은 여러 가지 주제가 총화를 이루고 있다고 했는데, 거기에서 우리는 일종의 국가이성의 폭력을 보게 된다. 제1부 등장인물 조백헌의 행태에서 엿볼 수 있다. 이는 "1970년대를 관통했던 박정희식 하향 개발 독재에 대한 항의의 정치적 서사로 읽히기도"[56] 하는 이유이다.

다음으로, 말을 직접 다룬 도시 중심의 소설을 보자. 이 역시 유년기에 체험을 바탕으로 쓰여진다.

> 6 · 25 무렵을 한 번 더 인용한다면, 그 시절엔 전일에 다른 생각과 이력을 지녔던 사람이 세상이 뒤바뀌고 나선 지난날의 생각과 이력이 허물이 되어 그것을 숨기고자 부러 더 극렬스런 행동을 취한 사람들이 많았었다. 자신의 생각과 겉말, 행동의 다름이나 그 옳지 못함을 스스로 잘 알면서도 의식적으로 이웃과 세상을 속이기 위한 가식이요 위장이기 때문에 그 폐해가 더 악성적일뿐 아니라, 오손된 진정성의 회복도 그만큼 어려운 경우일 것이다.
>
> 그런데 사실은 6 · 25때까지 길게 세월을 거슬러 올라가지 않더라도 그 같은 표리부동의 거짓 의식 현상과 처세 형태들은 우리 주변에서도 얼마든지 쉽게 경험할 수 있는 것이 현실이다. 제 육신의 양식을 구하기 위해 영혼의 양

56 우찬제, 「힘의 정치학과 타자의 윤리학—이청준의 『당신들의 천국』 다시 읽기」, 앞의 책, 475쪽.

식을 외쳐대는 신앙인이나 거짓 계율주의자들, 권력이나 재물 · 명예 따위의 개인적 욕망을 달성하기 위해 민족과 나라의 미래 아니면 민주주의나 자유와 같은 압도적 대의명분을 입에 물고 다니는 정치인 · 교육재벌 · 사업가 · 사회지도층 인사들, 돼지값이 올라가면 돼지고기의 해로운 점만 들어 말하다가 돼지값이 떨어지면 금세 돼지고기가 쇠고기보다 몸에 좋다 열을 올려대는 식의 다면성 전문홍보꾼들, 버릇없는 아이에게 실상은 화를 잘 내고, 그 버릇없게 된 허물이 어디에 있는지를 깊이 따져보지도 않은 채 공석에만 나서면 "모두가 우리 기성세대 어른들 탓"이라고 무차별적인 이해심과 도량을 뽐내기 좋아하는 설익은 지성 인사들…….[57]

표리부동한 인간의 말과 행동에 대한 누적된 실망감을 표현하고 있다. 겉말과 가식적인 행동에 대한 비판은 물론 진정한 말의 모색에 그 근본 뜻이 있다 하겠다. 말에 대한 관심은 도시공간을 배경으로 한 전반기 소설에서 두드러지게 보이는데, 중반기에 쓰여진 연작 『언어사회학서설』에서 사유의 극점을 보인다. 연작 가운데 한 편인 「떠도는 말들」의 윤지욱은 여자의 말장난을 통하여 도시에 유령처럼 떠도는 정처 없는 말들에 허탈해 한다. 도시의 밤거리 라디오에서나 전화통 속에서 의미 없는 말들이나 음란한 말들이 한없이 흘러나온다.

그렇지. 역시 유령이었어. 정처 없고 허망한 말들의 유령. 바야흐로 복수를 꿈꾸기 시작한 말들의 유령. 하지만 아아 살아 있는 말들은 그럼 이제 다신 어디서도 만날 수가 없단 말인가. 이제는 더 이상 기다려볼 수도 없단 말인가.[58]

57 이청준, 『가위 밑 그림의 음화와 양화』, 앞의 책, 177쪽.

이청준은 근대 이성이 구축한 도시 공간에 대하여 심한 거부감을 보인다. 이는 도시 공간에 합리주의와 이성주의가 조장한, 교활하고 무의미한 빈말들이 미만해 있다고 보기 때문이다.[59] 이청준의 소설 인물들은 도시 공간에서 낯선 두려움 때문에 심하게 시달리며 진정한 말을 갈망한다. 살아 있는 말을 탐색하는 것이 『언어사회학 서설』인데, 어찌 보면 그 주제는 아주 단순하다. 이청준 소설의 묘미는 탐색[60]의 과정에 있다. 흔히 이청준의 소설을 액자소설이나 추리소설 등으로 이야기하는데, 오생근은 이청준 소설의 기법상의 특징을 다음과 같이 말한다.

…… 이청준은 주어진 현실의 외양보다는 그 외양 속에 감춰진 진실을 들춰내려 한다. 그는 주어진 현실의 허울과 껍질 앞에 있지 않고 현실의 껍질을 비집고 그 안쪽을 집요하게 들여다본다. 작중인물의 자기 자신에 대한 내면적 반성 역시 그런 각도에서 어긋나는 것이 아니다. 그러므로 그의 소설에는 언제나 관찰자의 시선이 따른다. 관찰자는 소설 밖에 있는 것이 아니며 작가의 의식 속에 추상화되어 있는 것도 아니다. 관찰자는 대부분 그의 소설 속에 있다. 관찰자는 관찰되는 대상과 거리를 두면서 동시에 거리를 두지 않고 있다. 왜냐하면, 관찰하는 입장은 대상과의 거리를 상정하는 것이지만, 관찰자의 의식이 관찰되는 대상 속에 들어가 거의 일치해서 움직이기 때문이다. 그의 소설 속의 광인(狂人)이나 장인(匠人)을 연상하면 그들이 좌절하고 몰락해가는 과정을 관찰하는 다른 작중인물이 존재하고 그 관찰자의 관점이 바로 작가의 관점이라는 것이 쉽게 짐작된다.[61]

---

58 이청준, 『자서전들 쓰십시다』, 앞의 책, 47쪽.
59 그것을 유발시킨 근대의 두 보편자 즉, 자본주의와 과학기술에 대한 비판은 없다.
60 이청준 소설학에서 '탐색'이라는 개념은 '용서'라는 개념만큼이나 핵심을 이룬다.

이청준이 구사하는 기법은 매우 냉철하고 분석적인 것이다. 이청준은 어떤 면에서 신비주의적이라는 점에서 반이성주의자다. 이 사실은, 소설기법이 매우 분석적이고 이성적이라는 사실에 비춰보면 커다란 역설이다. 네 칼로 너를 치는 격이다. 이성에 의해 타락한 도시를 이성의 칼로 내리치는 것이다.

그렇다면 이청준이 갈망했던 살아 있는 말이란 어떤 말인가. 위에서 본 개인사적 술회를 통해서 본다면, 삶에 일치되는 말이다. 진정한 말이지만 그것이 삶으로 실천되지 않은 말은 겉말이요, 빈말이다. 말이란 세계내존재의 가장 근원적인 것, 존재가 깃드는 집이다.[62] 말이 말답지 않으면 존재가 깃들 수 없어 존재는 덧없게 된다.

그런데 이청준은 도시의 말에서는 말의 가능성을 거의 기대하지 않는 듯하다. 다음을 보자. 서울 도시의 표준말과 남도 고향의 사투리를 대비적으로 언급한 말이다.

> 사람들의 말은 물론 사실적인 지시성이 무엇보다 중요하다. 그러나 우리의 삶과 말 자체에 대한 사랑이 깊은 말들은 그 사실적인 지시성 위에서 보다 넓은 말 자체의 자유를 누린다. 그리고 우리의 삶과 세상에 대해 더 넓은 사랑을 행한다. 노래나 시가 바로 그런 것 아닌가. 당연한 이야기가 될지 모르지만, 그러므로 우리는 그 자유로운 말들에서 어느 정도 사실적인 지시성을 단념해 들어야 하는 때가 종종 생긴다. 그 말들 속에 깃들인 사랑을 전제로 우리는 이미 그런 경험을 허다히 지니고 있지 않은가. 그것은 특히 스스로의 자유와 사

61 오생근, 「갇혀 있는 자의 시선」, 권오룡 엮음, 『이청준 깊이 읽기』, 문학과지성사, 1999, 123~124쪽.
62 소광희, 『하이데거 「존재와 시간」 강의』, 문예출판사, 2004, 114~115쪽 참조.

랑에 충만한 시골의 사투리 말투에서 그렇다. 사투리투에서는 특히 욕설과 상소리에서마저 그 사실적인 지시성의 의미를 잃는다. (…중략…)

—이놈! 부젓가락으로 불알을 집어버릴라! 왜 남의 호박덩이에다 오줌을 싸 갈기는 거냐!

지나가면서 나무라는 마을 어른의 호통에는 이미 금지의 뜻이 뒷전으로 물러선다. 그럴 때 아이들에게 어른들이 행할 바의 호통의 즐거움이 전면으로 나선다.

(…중략…)

이 시골에서는 심지어 욕설까지도 욕이 되지 않는다! 그것을 욕으로 듣는 사람은 그 말 속의 사랑과 믿음과 자유를 모르는 사람들의 허물이다.

표준어라서 사랑과 믿음과 자유가 없는 것은 물론 아니리라. 하지만 도회의 표준어는 그 환경 조건이나 필요성에서 사실적인 지시성과 기호의 기능에 충실할 뿐 우리 삶에 대한 사랑이나 믿음은 그 자체로선 훨씬 덜하다. 그래 표준말은 사실적인 지시성이 약화되면 우리 삶을 오히려 복수하고 파괴하려 덤벼든다. 표준말이 상용되는 세상에는 대개 말 자체의 사랑이 그만큼 적기 때문이다.[63]

참 존재는 말이 '사랑과 믿음과 자유' 를 드러낼 때 동시에 드러난다. 이청준은 그 가능성을 '스스로의 자유와 사랑에 충만한 시골의 사투리 말투'에서 보고 있는 것이다. 지시성 일방의 도회의 표준말은 "사실적인 지시성이 약화되면 우리 삶을 오히려 복수하고 파괴하려 덤벼"들기 때문이다. 표준말이란 예초에 근대국가주의 이데올로기의 토대 위에서 구축된 말이 아니던가.

---

63 이청준, 「여름의 추상」, 『눈길』, 앞의 책, 269~270쪽.

지금까지 우리는 도시를 배경으로 한 소설을 통해 전짓불에 대한 공포, 집단주의 폭력에 대한 공포, 그리고 빈말에 대한 불신 등을 살펴보았다. 집과 고향을 잃어버린 도회인들은 그런 불안과 공포를 떠안고서 도시라는 낯선 공간에서 혼자 중얼거리면서 한없이 떠돈다. 이청준이 그린 도시의 군상들은 자신의 유년의 원체험을 바탕에 깔고 형상화된 인물들이어서 역사적 구체성을 획득하고 있다고 할 수 있다.

다음으로 잃어버린 집과 떠나온 고향에 대한 상실감을 직접적으로 표현한 소설들을 살펴보자. 앞의 분류에 따르면, 이 경우는 시골 중심의 소설, 즉 일종의 고향소설이다. 이 경우에도 말을 중심으로 한 소설과 현실을 중심으로 한 소설이 있다. 여기서는 현실을 중심으로 한 소설을 통해 집과 고향에 대한 감정을 살펴보고자 한다. 말을 중심으로 한 소설은 절을 달리하여 살펴보고자 한다. 그것은, 말에 대하여 실망하는 앞의 경우들과는 달리 말의 가능성에 상당한 기대를 걸고 고향 시골말에서 찾고 있기 때문이다.

이청준이 잃어버린 집과 고향에 대하여 얼마나 연연해하였느냐 하는 것은, 그가 도시 공간을 배경으로 한 소설을 쓰는 한편으로 꾸준히 일련의 귀향소설을 썼다는 사실에서도 엿볼 수 있다. 이 점은 그의 도시소설의 의미는 귀향소설과 대조해서 읽을 때 의미가 있다는 사실을 말해 준다고 하겠다. 이청준의 다음 진술은, 오늘날 도시와 시골의 두 공간은 상호 대조됨으로써 의미화 된다는 사실을 드러낸다.

> …… 가난을 구체적으로 느끼기 시작한 것은 고향을 떠나서 도시로 들어오면서부터인 것 같아요. 고향에서 달콤한 것들, 담벼락 아래의 봄볕이라든가

찐 고구마, 수수떡, 심지어는 따스한 인정과 사랑까지도 도회로 오면서부터는 모두가 가난과 부끄러움의 얼굴로 변해버렸으니까요.[64]

도시에 의해 고향이 발견되고 가난이 발견된 것이다.[65] 우리는 앞에서 집을 잃어버리고 20여 년간 타향에서 방황했던 이청준의 참담한 술회를 본 바 있다. 그 뒤 끝에 온 가난과 상실감에 또 얼마나 시달렸는지 이청준은 대인기피증[66]과 자기 부재 혹은 자아망실의 환상에 내쫓기게 된 점도 확인했다. 대인기피증이나 자아망실감은 물론 개인적인 성격에서 비롯되었다고 할 수도 있다. 그렇더라도 객관적 상황이 가속화시킨 점 또한 무시할 수가 없을 것이다. 대인기피증이나 자아망실감은 집과 고향의 상실감을 치유해 줄 실질적인 방도는 아니다.[67] 그렇다면 그

64 이청준, 「복수와 용서의 변증법」, 『말없음표의 속말들』, 앞의 책, 232쪽.

65 근대에 와서 고향이 발견되었다는 관점에서 고향론을 개진한 책은 다음을 들 수 있다. 동국대 문화학술원 한국문학연구소 편, 『'고향'의 창조와 재발견』, 역락, 2007; 나리타 류이치, 한일비교문화세미나 옮김, 『고향이라는 이야기』, 동국대 출판부, 2007.

66 하나 더 들어보자.
"세상에서 가장 답답하고 두려운 가위눌림의 그림은 무엇일까. 가난의 그림은 그 중 무서운 그림의 하나가 될 수 있을 것이다. 나는 지금도 사람이 많이 모이는 곳에는 얼굴을 내밀고 나타나기가 주저스러워지곤 한다. 학생 시절 자취 생활을 오래 하다 보니 몸이나 옷깃에 자꾸만 김치 냄새 같은 것이 배어 묻어 다니는 것 같고, 그래 다른 사람들이 내게서 그 불결한 냄새를 눈치챌까봐 자리를 함께하기를 피하게 되곤 하였다. 심지어는 버스를 기다릴 때마저도 사람들과는 약간 거리를 두고서 혼자서 차를 기다리게 되곤 하였다. 몸에 밴 자취방 김치 냄새를 생각하면서 혼자 버스를 기다리는 자의 그림, 그게 아마 가난의 가위눌림의 그림의 한 가지일 것이다."(이청준, 『가위 밑 그림의 음화와 양화』, 앞의 책, 26쪽)

67 김정자는 이청준의 자기망실증에 대하여 다음과 같이 설명한다.
"인간의 마음속에 극심한 갈등이 일고 그들이 혼란을 빚을 때, 현실의 자신을 뛰어 넘고 싶은 자기 초월의 욕구가 생기기 마련이다. 그 욕구를 실현하기 위해서 작중인물들은 스스로를 변신시키고 때로는 스스로의 모습을 세계 속에서 사라지게 하고 싶어한다. 이청준 자신은 이를 '변신 모티프'라고 지적하기도 한다. 그 변신 모티프의 극치는 완전한 자기초극이며 그 자아의 '사라짐'이 될 것이다. 그 사라짐은 바로 '자아 망실욕'의 완성이라고 할 수 있으며 그같은 자아 망실증으로하여 스스로를 자신의 주눅에서 해방되게 한다. 이청준

상실감은 귀향함으로써 치유될 수 있을 것인가.

이청준이 「귀향연습」을 쓴 해가 1972년이니, 등단한(1965년) 지 십 년이 채 안 된다. 이어서 「새가 운들」(1976), 「눈길」(1977), 「살아 있는 늪」(1979), 「여름의 추상」(1982), 「해변 아리랑」(1985) 등 일련의 고향소설들을 꾸준히 씀으로써 귀향에의 일념을 표출한다.

「귀향연습」의 주인공 지섭은 가난으로 얻은 못된 병들, 그리고 도시에서 살다 얻은 병들이 귀향을 감행함으로써 치유되리라는 기대를 불현듯 갖게 된다. 그래 그는 조심스럽게 귀향을 연습하게 된다.

> …… 정선생과 훈이 녀석이 고향을 가질 수 없는 곳에 태어나 그들의 도시에서 병을 얻은 사람들이라면, 나는 고향을 가지고 태어나 도시로 가서 그 도시에서 고향을 잃어가며 병을 얻은 사람이었다. 그것은 물론 고향을 가지고 태어나 그 고향에서만 살면서 고향을 잃어버렸기 때문에 그 나름의 병을 얻고만 기태의 경우와는 또 다른 것이었다. 그리고 나는 나의 증세들을 그 고향과 관련해 생각한 일이 많은 것도 사실이었다. 고향으로 돌아가면, 그리고 언젠가 잊어버린 고향을 내게서 다시 찾아내고 나면 나는 고향을 잃음으로 하여 얻게 된 내 모든 증세들을 씻어낼 수 있지 않을까, 공상을 한 일이 많았다.[68]

---

의 소설 속 인물들이 자기 망실증에 빠져서 자아를 상실하게 될 때 그들은 '황홀한 실종'의 황홀감을 느끼게 된다. (…중략…) 그러나 과연 그 폭력에의 해방이 갈등의 넝쿨 속에서 인간을 철저하게 구원할 수 있는 요소가 되는 것인가. 그것은 다만 갈등을 해소하려는 깊은 소망일뿐이며 그 욕망들은 실현이나 완성을 보지 못한 일시적 황홀경에 불과한 것이기도 하다. 갈등과 고뇌의 초월방식은 결국 자아와 진실을 규명하려는 처절한 투쟁과 부딪침에서 구해져야 하기 때문이다."(김정자, 「이청준의 '폭력과 희생제의'의 연구」, 『현대소설연구』 제6집, 한국현대소설학회, 1997, 460쪽)

68 이청준, 「귀향 연습」, 『눈길』, 앞의 책, 181쪽.

설명대로라면, 도시에서 태어나 고향이 없는 사람, 고향에만 있음으로 해서 고향이 없는 사람, 그리고 그 양자에 걸쳐 있는 사람 등 세 경우에 따라 고향에 대한 감정은 각기 다르리라. 지섭의 경우는 도시와 고향에 걸쳐 있는 경우인데, 이때 지섭의 고향은 도시에 조회됨으로써 의미를 갖게 된다. 말하자면 지섭의 고향은 도시에 의해 발견되는 것이다. 그러므로 고향이 문제가 되는 시기는 도시가 극도로 발달하여 농어촌을 중심으로 한 촌락사회가 붕괴되는 근대가 된다. 따라서 고향이 문제가 되는 사람은 도시에서 떠도는 가난한 시골 출신들이다. 이들은 고향에 대하여 친불친의 양가감정을 지니게 된다. 양가감정이란 다름 아닌 유년의 추억으로 가득한 요람으로서의 고향, 그래서 한없이 그리운 곳인데, 현실적인 고향은 근대화의 바람으로 황폐화되어 낯선 장소가 되어버린 데서 야기된 이중적 감정이다.[69] 이청준 소설의 주인공들은 어머니가 그립고, 집이 그리워 고향에 가지만 막상 불편함, 그리고 동시에 미안함 때문에 하룻밤만 지내고 곧잘 어둑어둑한 새벽에 고향을 탈출하듯 나서버린다. 그들은 어느새 도시물이 든 반도회인으로서 이러지도 저러지도 못하는 떠돌이들이다. 「귀향 연습」에서 결국 귀향은 이루어지지 못하고 연습수준에서 끝나고 만다. 떠돌이는 "악마구리 속 같은 서울살이를 버텨나"[70]가야만 한다는 자괴감에 빠진 채 현실적인 삶터인 서울로 간다.

그렇더라도 이청준 소설의 인물들은 항상 귀향에의 꿈을 접을 수가 없다. 빈말만 떠도는 서울살이에 지친 그로서 「살아 있는 늪」에서 그린

69 김태환, 「고향을 찾아서 — 실향민들의 이야기」, 위의 책, 358쪽.
70 이청준, 위의 책, 222쪽.

고향 사람들의 생명력, 즉 늪처럼 엿처럼 끈끈하고 질긴 원초적인 생명력과 온기에 가슴이 저린다. 엿을 끈질기게 권해오는 아낙 앞에서 눈조차 뜨기 난처해진 '나'는 "수많은 사람들의 질기디질긴 삶의 숨결과 그 삶들의 온기가 조용히 파도쳐 오르고 있음"[71]을 느낀다. 가난하지만 꾸밈없고 건강한 삶을 살아가는 고향 사람들을 늪의 밑바닥 같은 가슴 깊은 곳에서 만난다.

「눈길」은 잃어버린 집에 대한 고통스런 기억과 고향 어머니에 대한 그리움이 어느 정도인지를 짐작케 하는 작품이다. 「눈길」은 가족사적 실제 체험을 토대로 한 작품[72]이어서 그 사연이 더욱 애틋하다. 과거를 기억하는 옷궤는 가난의 남루함을 상징하는 문학적 소도구인데, 잃어버린 집을 반추시키는 장치이기도 하다. '나'는 지붕을 새로 얹고 싶어하는 어머니에 대하여 빚이 없다는 생각을 끝까지 밀고 나감으로써 어머니와의 심리적 거리를 최대한 넓힌다. 이는 주제를 효과적으로 드러내고자 하는 이청준의 서술전략에 불과하다. 예초부터 '나'는 어머니를 아직도 보잘 것 없는 시골 고향집에 방치하다시피 하고 있는 자신의 무력함을 한없이 자책하고 있는 터이다. 이 작품의 주제를 작가는 "우리 삶의 원죄성 아픔 부끄러움"을 표현한 것이라 술회한다.[73] 「눈길」의 마지막을 보자.

그런디 이것만은 네가 잘못 안 것 같구나. 그때 내가 뒷산 잿등에서 동네를

71 위의 책, 90쪽.

72 "……「눈길」은 (…중략…) 소설 전체 진행이 실제와 일치하고 있는 셈이다. (…중략…) 「눈길」은 그러니까 나 혼자 쓴 소설이 아니라 내 어머니와 아내 셋이서 함께 쓴 소설인 셈이다."(이청준, 「나는 「눈길」을 이렇게 썼다」, 위의 책, 43쪽)

73 위의 책.

바로 들어가지 못하고 있었던 일 말이다. 그건 내가 갈 데가 없어 그랬던 건 아니란다. 산 사람 목숨인데 설마 그때라고 누구네 문간방 한 칸이라도 산 몸뚱이 깃들일 데 마련이 안 됐겠냐. 갈 데가 없어서가 아니라 아침 햇살 활짝 퍼져 들어 있는디, 눈에 덮인 그 우리 집 지붕까지도 햇살 때문에 볼 수가 없더구나. 더구나 동네에선 아침 짓는 연기가 한참인디 그렇게 시린 눈을 해갖고는 그 햇살이 부끄러워 차마 어떻게 동네 골목을 들어설 수가 있더냐. 그놈의 발간 햇살이 부끄러워져서 그럴 엄두가 안 생겨나더구나. 시린 눈이라도 좀 가라앉히고자 그래 그러고 앉아 있었더니라…….[74]

자식 하나 변변히 건사하지 못한 어미로서 자책감에 젖어 대명천지에 몸 둘 바를 모르는 데서 느낀 심회일 것이다. 그런 고백을 엿듣는 자식의 심정은 또 어떠했을 것인가. 역시 부끄러웠을 터이지만, 어머니의 부끄러움의 경지를 알았다면 그야말로 말로 표현할 수 없이 더욱 부끄러웠을 것이다. 어머니의 부끄러움은 오랜 인고와 한으로 빚어진 부끄러움이다. 부끄러움이란 모든 허물을 자책으로 돌리는 자세에서 자라난 것이지만, 그것은 소극적인 것이 아니라 인간적 체통과 자존심의 다른 표현인 것이다. 내색해서는 안 되는 부끄러움인 것이다.

이청준에 따르면, 그런 부끄러움이란 진정한 말과 문학의 터전이다.[75] 진정한 말이, 그리고 부끄러움 그 자체인 어머니가 깃들 어엿한 집 한 칸 제대로 마련하지 못하는 자신이 얼마나 무력해 보였겠는가.

74 이청준, 「눈길」, 위의 책, 39쪽.

75 이청준, 「원죄 의식과 부끄러움」, 위의 책, 119쪽. 여기에서 이청준은 부끄러움이란 다름 아닌 빚에 대한 두려움인 바, 문학이란 일면 자기 부끄러움의 고백이라고 할 만큼 소중한 것이라고 말한다.

자식들은 어머니가 항상 집에 있어주기를 바란다. 이청준도 한 때는 그렇게 살았었다.

……아침마다 정결스런 노인의 싸리비질 자국이 마당가에 참빗살처럼 남아 있던 그런 집이었다. 돌보지도 않은 접시꽃과 봉숭아가 해마다 장독 뒤에서 탐스런 여름을 꾸미던 집이었다.[76]

이청준은 다시 진정한 집을 찾아 길을 나선다. 그는 항상 도달점의 마지막에서 또 출발한다고 하지 않았던가.

### (3) 나그네의 집

여기서는 「해변의 아리랑」과 연작 『남도 사람』에 표현된 집과 고향의 의미를 살펴보고자 한다. 등장인물들은 진정한 집과 고향을 찾아 나그네처럼 헤맨다. 특히 『남도 사람』의 경우에는 한 걸음 더 나아가 진정한 말과 노래가 깃들 집을 찾아 남도 먼 길을 나선다.

「해변의 아리랑」에서 현실은 주인공 이해조에게 집과 고향에 다시 돌아가는 것을 허락하지 않는다. 그래 결국 이해조는 귀향을 현실적인 방식이 아닌 전혀 다른 방식으로 실현한다. 다름 아닌 노래쟁이가 되어 어머니를 노래하고, 고향을 노래하는 방식으로 귀향에의 꿈을 실현하고자 한다. 타관 땅을 떠돌지만 어머니와 고향을 노래함으로써 어머니와 고향을 가슴속에 영원히 간직하겠다는 것이다.

---

76 이청준, 「새가 운들」, 위의 책, 124쪽.

그런데 그는 어머니와의 현실적인 약속 하나만은 지켜낸다. 평생 숙원인 선산을 마련하는 일이다. 그는 아버지가 묻혀 있던 옛 선산을 되사, 그간 따로 묻혀 있던 어머니와 형과 누이의 유골을 수습해와 거기에 묻는다. "바닷가 산밭에는 다시 묘지들만 고즈넉했다. 살아서 일찍 고향을 떠난 사람들이 죽어 다시 만난 혼백들의 집터였다."[77] 살아 신산한 삶을 살았을망정 죽어서까지 무주고혼이 되어 구천을 헤매고 떠돌아서는 안 된다는 초조함으로 평생 노심초사했던 이해조였다. 그는 가족의 유택을 마련함으로써 오랜 마음의 빚을 덜고 귀향의 한 소망을 실현한 것이다. 여기서도 이청준이 잃어버린 집에 대한 생각과 귀향에의 꿈이 얼마나 간절했던가를 짐작해 볼 수 있다. 이청준은 마지막에 이해조의 유골을 고향 앞바다에 뿌리는 것으로 결말을 처리함으로써 그의 넋이 고향산천에 영원히 살아 있도록 한다.[78] 황홀하고도 환상적인 귀향이다. 노래쟁이의 죽음의 처리방식으로는 제 격이다.

그러면 이해조가 노래쟁이가 된 깊은 속뜻은 무엇이었을까. 그는 어머니에게 편지를 보낸다.

> –어머니, 저는 노래를 짓는 사람이 되어보렵니다. …….
>
> (…중략…) 그가 노래를 짓는 사람이 되려는 것은 그것이 바로 어머니와 어머니의 노래를 사랑하는 일이며 어머니에게로 돌아오지 않고도 어머니 곁에 함께 있을 수 있는 길이기 때문이라는 것이었다. 어머니의 노래와 삶과 바다를 만인의 노래로 지어 만드는 일이 자기로선 어떤 천금을 얻는 일보다 보람

77 이청준, 「해변의 아리랑」, 위의 책, 114쪽.
78 위의 책, 117쪽.

있는 노릇이며, 그것이 무엇보다 정직하고 떳떳하며 사람같이 사는 길이기 때문이랬다. (…중략…) 그리고 그가 그 일에 열심하여 어렵고 외로운 사람들이 함께 그의 노래를 불러주는 동안엔 그는 언제나 어머니와 함께 있으며 그 바다의 산들과 돛배와 돌밭의 바람으로 함께 있을 거라 하였다.[79]

어머니의 노래라니, 어떤 노래인가.

금산댁은 그러나 아이의 기다림에는 아랑곳없이 무한정 밭이랑만 오갔다. **우우 우우 그 노랫가락도 같고 울음 소리도 같은 암울스런 음조**를 바람기에 흩날리며 조각배처럼 느릿느릿 밭이랑을 오고갔다. 소리가 가까워지면 어머니가 어느새 눈앞에 와 있었고, 그 소리가 어느 순간 종적을 멎고 보면 그새 그녀는 저만큼 이랑 끝에 아지랑이를 타고 하늘로 올라가버리기라도 할 듯 한 점 정적으로 멀어져 있었다. 뒷산 봉우리의 게으른 구름 덩이가 모양새를 몇 번이나 갈아 앉고 있어도, 눈 아래 바다의 한가로운 돛배들이 셀 수 없이 섬들을 감돌아나가고 있어도, 그리고 아이의 도랑물길 다리가 더위와 허기에 지쳐 덜덜 떨려오도록 금산댁은 내쳐 언제까지나 밭이랑만 무한정 떠돌고 있었다. 그러면서 무슨 필생의 업보처럼 여름밭 김매기로 긴긴 해를 보냈다. (…중략…)

**아이의 기억 속에 뒷날까지 살아남은 생애 최초의 세상 모습이자 그 여름의 나날의 경험이었다.** 아이는 이를테면 그 여름 밭가의 무덤 터에서 생명이 태어난 셈이었고, 그 하늘의 햇덩이와 구름장, 앞바다의 물비늘과 돛배들을 요람으로 삶의 날개가 돋아오른 셈이었다.[80](강조－필자)

---

79 위의 책, 100쪽.
80 위의 글, 92～93쪽.

어머니의 한 서린 구음(口吟)의 노래, 이름하여 「해변의 아리랑」은 생애 최초의 소리로 작가의 분신인 이해조의 생명 리듬을 형성한다. 하이데거 식으로 표현하면, 그것은 그에게는 근원적인 언어가 된다. 아버지가 종지기였던 하이데거는 어릴 때부터 종소리만 들으면 남달리 예민해지고 숙연해지더라고 하였다. 아버지가 종을 치는 것을 신호로 세상 모든 것이 가지런해지는 신묘함을 체험한 때문이다. 훗날 그는 종소리와 같은 역할을 하는 언어를 그의 철학에서 '근원적인 언어'라 이름한다.[81] 그것은 일종의 세계인식 틀이라고 할 수 있다. 오랜동안 진실한 말을 찾았던 이청준은 근원적인 언어로서의 어머니의 노래의 의미를 발견한 것은 아닐까. 노래 속에서, 그것도 어머니의 노래 속에서 "가장 넓고 큰 자유를 누리는 말"을 새삼 발견한 것이리라. 한편 그는 "노래 가운데서도 서민적 민요조, 그 가운데서도 서민적인 사설이 두드러진 남도 소리가 가장 많은 자유를 누리는 말의 모습이 아닌가 생각된다"[82]고 한다. 이청준이 이해조를 노래쟁이가 되게 한 것은 노래의 자유로움을 통해서 영원한 귀향을 성취하도록 한 것임이 분명하다. 이해조의 위의 토변에 따르면, 노래쟁이가 되어 얻을 수 있는 자유로움은 귀향하여 얻을 수 있는 자유 이상의 것이 된다. 그는 노래를 함으로써 영원한 자유인이 되고자 한 것이다.

연작 『남도 사람』에서 자유인의 모습이 나그네로 표상된다. 우리가 이 연작을 귀향 소설로 읽는 이유는 작가의 다음 말로서 충분하다 하겠다.

---

81 마크 A. 래톨, 권순홍 옮김, 『How to Read 하이데거』, 웅진지식하우스, 2008, 176~177쪽.
82 이청준, 「여름의 추상」, 『눈길』, 269~270쪽.

서울에서 지낼 땐 내 중요한 무엇을 잃고 잘못 살고 있는 것 같아 늘 고향 동네로 가 살고 싶고, 고향에 가 있으면 또 세상을 등지고 혼자 적막하게 유폐되어 버린 것 같아 다시 서울로 돌아가고 싶은 변덕스런 심사에 쫓기면서, 마음으로나 실제로나 그 고향 고을과 서울 사이를 끊임없이 오가며 떠돌고 있는 것이 저간의 내 세상살이 행적이다. 그리고 고향을 떠났다가 돌아오고, 돌아왔다 다시 떠나곤 하는 정처 잃은 삶의 떠돎 혹은 떠돌이의 삶의 사연을 써모은 것이 졸저 「서편제」의 이야기들이다.[83]

『남도 사람』은 「서편제」를 시작으로 해서 전체적으로 한 사내아이가 장성하여 나그네가 되어 누이의 노래를 찾아 남도 먼 길을 순례하는 여정을 그린 작품이다. 여기서 나그네와 노래와 길을 함께 묶어주는 끈은 한(恨)의 정서다. 아비나 아들이나 딸이나 다 제 나름의 한을 지니고 살아가는 나그네들이다. 선학동에서 학을 비상하게 할 수 있었던 것은 한 깊은 누이(딸)의 노래이다. 그리고 아들 사내가 깊은 회오의 정을 안은 채 누이를 뒤좇아 헤매는 길은 한이 서린 남도 길이다. 아들 사내가 누이의 노래를 찾는 여정이란 다름 아닌, 진실한 말과 노래가 깃들 참다운 장소를 찾아가는 것을 나타낸다. 연작 마지막 작품이 「다시 태어나는 말」로 된 연유이다.

그러면 나그네는 무엇이고, 노래는 무엇이며, 길은 또 무엇인가? 나그네부터 보자. 이청준은 "어떤 뜻에선 어머니의 탯줄을 떨어져 나온 그 순간에 우리는 누구나 제 고향을 떠나 낯선 세상으로 혼자 내보내진 이향의 운명을 타고난 존재"[84]인지도 모른다고 한다. 이에 따르면 우리

83 이청준, 「「서편제」의 희원」, 『서편제』, 열림원, 2008, 57~59쪽.

인생이란 나그네 신세로 운명 지어져 있다는 것이다. 그는 이어서 "그 이루어질 수 없는 귀향에의 헛된 염원과 세상살이의 아픔들을 짊어지고 하염없이 떠돌기만 할 수밖에 없는 것이 우리의 삶이어야 하는가. 거기서 우리는 어떤 삶의 의미를 실현해 나갈 수 있으며 어떤 삶의 성취를 거둘 수 있을 것인가—"[85] 탄식하듯 질문한다. 나그네일 바에는 참 나그네가 되어야 한다는 듯, 그는 '나그네'라는 말을 좋아한다고 말한 바 있다. 왜였을까. 나그네는 집착의 끈을 끊고, 허심탄회하고 용기 있는 구도(求道)의 모험을 감행하기 때문이란다. 무엇보다 나그네는 자신의 신전(神殿)을 짓지 않기 때문에 좋아한다고 한다. 나그네는 당도와 떠남 속에서 새로운 떠남을 준비해야 하기 때문에 집을 지을 수가 없단다. "어느 곳에나 자신의 신전을 지을 수 없는 대신 자신의 신전을 자신의 등에 짊어지고 다니는 사람의 삶, 어쩌면 그 자신이 차라리 자기의 삶의 신전으로 끊임없는 구도의 길을 떠나고 있는 사람이,"[86] 그 사람이 참 나그네이다.

『남도 사람』은 그런 이념형으로서의 나그네를 형상화한 작품이다. 나그네는 현재는 집이 없지만 영원히 안주할 집을 찾아 떠나는 것이다. 나그네가 주막에서 만난 사람들, 포구에서 만난 사람들 역시 제가끔 자신의 삶의 무게와 그로 말미암은 한을 견디고 삭이며 나그네로 살아가는 사람들이다.

그러면 나그네가 걷는 길은 어떤 길일까. 앞에서 우리는 『남도 사람』의 지리공간이 '보성–장흥–회진–강진–해남(대흥사)'에 걸쳐 있음

---

84 이청준, 「아픔 속에 숙성된 우리 정서의 미덕」, 위의 책, 194쪽.
85 위의 책, 197쪽.
86 이청준, 『말없음표의 속말들』, 앞의 책, 36쪽.

을 본 바 있다. 나그네는 30여년에 걸쳐 누이의 소리를 찾아 거기에 난 길을 따라 바람과 해와 동행하여 헤맨다. 어렸을 적에는 소리품을 팔아 삶을 연명해야 했기에 가고 싶지 않은 팍팍하고 심란한 길이었다. 그러나 이제는 "사는 것이 한을 쌓는 일이고 한을 쌓는 것이 바로 사는 것"이 아니겠느냐는 깨달음에 이르러 가슴 절이는 그리움과 회한의 마음으로 걷는 길이다. 나그네는 "무엇이 자신의 일생을 이토록 끊임없이 '나그네'의 길로 내몰았는지 그것을 생각하며"[87] 끝없이 길을 가고 있는 것이다. 나그네는 누이를 만나 맺힌 한을 풀어야 하고 누이의 노래를 들어야 한다.

그런데 '보성–장흥–회진–강진–해남(대흥사)'에 걸친 길을 따라 펼쳐지는 이야기는 여로구조를 이루고 있다. 그러면 남도 길은 어떤 길인가? 김동환은 이렇게 감상한다.

> 남도의 길은 흥이 겨워 가는 길이 아닌 고즈넉한 분위기 속에서 그 무엇인가를 찾아가는 애상이 담겨 있어야 한다. 남도소리와 판소리에 나타나는 한의 정서는 결코 소리 자체에서 비롯한 것이 아니고 삶에서 우러나온 것이기에 그러하다. 그 한의 정서를 보여줄 수 있는 것은 바로 남도의 곳곳에서 발견되는 그런 길이다. 『남도 사람』 연작을 읽으면서 바로 '사내'가 지친 몸을 이끌고 돌아다니는 그 길 자체에서 이 한의 정서를 찾아낼 수 있을 때 비로소 그 작품의 의미를 제대로 파악했다고 할 수 있는 것이다.
>
> 보성에서 장흥, 장흥에서 회진에 이르는 길들은 바로 이 전형적인 남도의 길들이다. 산모퉁이와 강물, 움푹 패인 곳에서 바라다 보이는 바다 등이 '사내'

87 김동환, 앞의 글, 51쪽 참조.

의 삶의 무게를 고스란히 떠받치고 있는 것이다.[88]

『남도 사람』이 보인 여로구조는 형식으로서의 삶의 여정을 나타내는 한편, 걷는 길 자체가 참[道]이라는 속뜻까지도 담고 있다 하겠다.

이제 노래를 살펴볼 차례다. 나그네가 찾아 나선 것이 왜 소리요, 노래이어야만 하는가. 이는 「해변 아리랑」에서 이해조가 노래쟁이가 된 연유에서 이미 본 바 있다. 노래로서 자유를 얻을 수 있다고 믿기 때문이다. 이청준은 노래의 자유로움에 대하여 다음과 같이 말한다.

> 가장 넓고 큰 자유를 누리는 말은 어떤 것일까. 그것은 아마 노래일 것이다. 노래 가운데서도 서민적 민요조, 그 가운데서도 서민적인 사설이 두드러진 남도 소리가 가장 많은 자유를 누리는 말의 모습이 아닌가 생각된다.[89]

사실적인 지시성만을 지향하는 말은 그 사실적인 지시성이 약화되면 오히려 우리의 삶을 복수하고 파괴하려 덤벼든다는 점은 앞에서 확인하였다. 말의 사실적 지시성을 넘어 노래로써 자유를 느낄 수 있는 것은 노래가 애초에 정념(情念)을 기반한 것이기 때문이다. 정념은 상상력을 유발시켜 자신을 밖으로, 세계로 열게 한다. 이때 목소리는 순수해진다. 이럼으로써 노래하는 주체는 세계와 우주와 혼연일체가 될 수 있다.[90] 이때 소리는 말의 한계를 벗어난다. 이청준이 소리로 하여 말을

---

88 위의 글, 50쪽.
89 이청준, 「여름의 추상」, 『눈길』, 앞의 책, 269~270쪽.
90 우정권, 「이청준의 「잃어버린 말을 찾아서」에 나타난 '말'과 '소리'에 관한 연구」, 『현대소설연구』 제13집, 한국현대소설학회, 2000, 12~13쪽 참조.

다시 태어나게 한 뜻이 여기에 있다. 소리로 하여 자신을 열게 되고 드디어 세계를, 타자를 만나는 것이 가능하게 되는 것이다. 이로 말미암아 이청준이 말한 존재적 언어와 관계적 언어가 균형을 이루게 된다.[91]

그러면 나그네가 찾는 소리는 또 어떤 소리이어야만 하는가. 찾는 소리의 정조는 "우우 우우 그 노랫가락도 같고 울음소리도 같은 암울스런 음조"를 지닌 어머니의 노래이어야 한다. 어머니의 노래는, 앞에서 말한 바와 같이, 근원적인 언어이기 때문이다. 그리고 어머니의 노래는 (판)소리 가운데서도 서편제여야 한다. 서편제 가락은 한(恨)을 딛고 어르고 하여 건져 올린 노래요, 소리이기 때문이다.

이청준은 『남도 사람』의 이야기를 판소리에 의탁해 푼 까닭을 다음과 같이 말한다.

> 돈벌이 길이든 공부 길이든 도피 길이든, 자기가 있어야 할 곳에서 떠나야 하고 지니고 누려야 할 자기 모습을 잃어버리지 아니치 못하게 한 아픈 사연들, 그리고 긴 세월 다시 그곳으로 돌아갈 수 없는 자신을 생각해 보면 사람은 누구나 정도의 차이는 있을망정 자기가 있어야 할 자리와 자신의 진정한 모습을 잃고 어느 만큼씩 이리저리 떠돌고 있는 것 같아 보인다. 자신의 고향땅,

91 이청준은 우리 삶을 구성하는 언어를 다음과 같이 두 가지로 말한다.
"우리의 삶에 대한 문학적 인식의 실체는 그 삶을 이해하고 설명하는 언어의 질서이며, 그 기능이다. 따라서 우리의 삶의 안팎의 갈등은 바로 이 언어질서의 안팎의 문제로 이해할 수 있을 것이다. 자기 고유의 삶 또는 그 방식에 대한 인식기능으로서의 존재적 언어질서, 혹은 우리의 삶과 정신을 균형있게 조절하고 확대해 나가는 사유주체로서의 자율적 언어질서와, 인간 상호간의 삶을 연결하고 약속과 정보의 수단으로서 사회적 기반을 형성하는 관계 기능의 공리적 언어질서가 그 양면으로 이해될 수 있을 것이다. 존재의 삶과 관계의 삶을 예로 들어 말하면 그것들은 곧 존재적 언어와 관계적 언어질서의 조건들 위에 놓이는 삶의 양식으로 말해질 수 있으며, …….”(이청준, 「존재적 언어와 관계적 언어 사이에서」, 『말없음표의 속말들』, 앞의 책, 139쪽)

사랑하는 부모형제, 정다운 이웃들, 자기가 지니고 누려야 할 올바른 삶의 길과 모습, 그런 것을 잃고 떠나 그것을 다시 찾아 돌아가려 늘 아프게 떠돌며 살아가고 있는 것 같아 보인다. 「서편제」의 이야기와 인물들을 우리 정서의 한 보편적 내용이라 할 한(恨)의 예술양식 판소리 가락 위에 실어 풀어 나가게 된 연유다. 돈벌이 가파른 처지에 대한 원망 속에 그 떠돎의 정한이 쌓여 맺히고, 그럴수록 언제나 다시 본 자리로 돌아가고 싶은 희원과 열망 속에 그 소리의 적극적인 한풀이의 정서가 태어나고 있기 때문이다.[92]

인간의 삶이란 나그네 신세로 떠돎이며, 그러다 보면 한이 쌓이게 마련이다. 이 한 많은 인생살이를 예술로 양식화한 것이 판소리라는 인식에서이다. 물론 이청준의 「서편제」는 판소리를 새롭게 변용하여 현대화한 작품임은 물론이다.

여기서 이청준은 한을 어떻게 인식하고 있는지 알아보자.

우리 정서나 한의 핵심은 당연히 우리 삶의 아픔에서 유래하고 거기 근거해 있다는 점에 대해서 ―. 자기 삶의 본자리여야 할 고향을 잃게 된 아픔, 자신의 본모습과 근본을 잃고 사는 아픔, 그래서 늘상 그것들을 되찾아 돌아가 자신의 본모습을 회복해 살고 싶은데도 그것을 용납해 주지 않는 갖가지 현실적 난관과 장애들에 대한 원망과 아픔들―. 그러나 우리는 그 아픔들이 우리 삶 속으로 융합되고 오래 삭여져 그 삶을 오히려 힘있게 지탱해 주는 귀한 생명력으로 전환될 수 있음을 보아 왔다. 그래 나는 종종 우리 삶의 높은 성취는 그 갖은 아픔을 품고 깊이 감내해 낸 과정 끝에서야 비로소 가능해질 수 있는 것이 아닌

92 이청준, 「「서편제」의 희원」, 『서편제』, 앞의 책, 57~58쪽.

가 생각될 때마저 없지 않다. 그리고 그러한 한의 본질은 흔히 말하듯 어떤 아픔이나 원망이 쌓여 가고 풀리는 상대적 감정태로서가 아니라, 그 아픔을 함께 껴안고 초극해 넘어서는 창조적 생명력의 미학으로 읽고 싶은 것이다.[93]

이청준은 한을 푸는 방법을 "떠남의 사연과 회한 껴안기 · 넘어서기의 떠돎은 우리 삶에 대한 능동적이고 창조적인 풀이와 정화 · 상승의 길"이라 함으로써 한을 긍정적이고 생산적으로 이해한다.[94] 한에 대한 그와 같은 이해를 바탕으로 하여 「서편제」를 창작하였다고 한다.[95]

『남도 사람』에서 나그네는 어머니를 죽음으로 몰고 간 의붓아비에 대한 살의와 복수심에 불타 의붓아비와 그 노래를 떠나버린다. 그는 매

---

93 이청준, 「아픔 속에 숙성된 우리 정서의 미덕」, 위의 책, 201~202쪽.

94 이를 천이두는 '삭임'이라 한다.
"한국적 한에 있어서 원(怨)이 정(情)으로, 탄(嘆)이 원(願)으로 질적 변화를 이룩해가는 과정에서 우리 한국 민중의 윤리적 가치 의식 내지 생태의 반영을 볼 수 있다. 원(怨)이 정(情)으로 이행해가는 과정에 있어서 한국 민중들의 연민의 정 내지 관용적 성향의 반영을 볼 수 있다. 또한, 탄(嘆)에서 원(願)으로 이행해가는 과정에 있어서, 한국 민중들의 약한 듯 하면서도 질긴 끈기의 반영을 볼 수 있다. (…중략…)
한국적 한은 그 상위 개념으로서의 한(怨 · 嘆)을 기반으로 하면서도 끊임없이 초극의 과정을 통하여 속성(情 · 願)을 이룩해간다. 한국적 한이라는 것은 바로 이런 측면에서 찾게 된다. 이처럼 한국적 한이 공격적 · 퇴영적 속성으로부터 출발하되 끊임없이 질적 변화를 지속하여 우호성 · 진취성에로 지향하게 되는 것은, 한국적 한이 그 내재적 속성으로서의 가치 생성의 기능을 간직하고 있기 때문이다. 따라서 이른바 한국적 한의 참된 독자성은 이 내재적 속성으로서의 가치 생성의 기능을 구명함으로써 드러나게 된다. 그 가치 생성의 기능이란 '삭임'의 기능이라고 생각하는 것이다."(천이두, 『한의 구조 연구』, 문학과지성사, 1994, 51쪽)

95 "그래 나는 그 소리나 「서편제」에서의 한을 '쌓임'이나 '맺힘'의 사연보다. 본래의 삶의 자리와 자기 모습을 되찾아가는 적극적인 자기 회복의 도정, 그 아픈 떠남과 회한의 사연들까지도 우리 삶에 대한 사랑과 간절한 희원으로 뜨겁게 끌어안고 그것을 넘어서려는 '풀이'의 과정을 더 소중하게 풀어 보려 한 것이다. 한의 맺힘 자체는 원한(怨恨)이 되기 쉽고 파괴적인 한풀만을 낳기 쉬움에 반하여, 그 아픈 떠남의 사연과 회한 껴안기 · 넘어서기의 떠돎은 우리 삶에 대한 능동적이고 창조적인 풀이와 정화 · 상승의 길이 될 수 있기 때문이다."(이청준, 「「서편제」의 희원」, 앞의 책, 57~58쪽)

번 의붓아비의 노래 앞에서 심히 흔들렸던 터다. 소리의 마력 때문이다.[96] 세월이 흘러 뒤늦게나마 그는 아비를 용서함으로써 마음의 평온과 자유를 얻게 된다. 회한 속에서 누이의 노래를 찾아 남도길을 떠난다.[97] 그런데 용서와 자유는 이청준의 윤리학을 구성하는 데 있어서 핵심적인 개념이다. 이청준은 "자유 아니면 용서할 수도 없지만, 용서하지 않으면 자신도 자유로와질 수"[98] 없는 일이 아니겠느냐고 반문한다.

---

96 "사내가 소리를 하고 있을 때, 그 하염없이 유장한 노랫가락 소리를 듣고 있노라면 녀석은 번번이 그 잊고 있던 살기가 불현듯 되살아나곤 했다. 그는 무엇보다 그 사내의 소리를 견딜 수가 없었다. 그리고 그 소리를 타고 이글이글 떠오르는 뜨거운 햇덩이를 참을 수가 없었다.
그는 사내의 소리를 들을 때마다 문득문득 기회가 가까이 다가오고 있음을 느꼈다. 거기다가 사내는 또 듣는 사람도 없이 혼자서 자기 소리에 취해 들 때가 종종 있었다. 산길을 지나가다 인적이 끊긴 고갯마루턱 같은 데에 이르면 통곡이라도 하듯 사지를 풀고 앉아 정신없이 자기 소리에 취해 들곤 하였다. 사내가 목청을 돋워 올리기 시작하면 묵연스런 산봉우리가 메아리를 울려오고, 골짜기의 산새들고 울음소리를 그치는 듯했다. 녀석이 어느 때보다도 뜨겁게 불타고 있는 그의 햇덩이를 보는 것은 그런 때의 일이었다. 그런 때는 유독이도 더 사내에 대한 견딜 수 없는 살의가 치솟곤 했다.
사내의 소리는 또 한 가지 이상스런 마력을 가지고 있었다. 녀석에게 살의를 잔뜩 동해 올려놓고는 그에게서 다시 계략을 좇을 육신의 힘을 몽땅 다 뽑아가 버리는 것이었다. 녀석이 정작 그의 부푼 살의를 좇아 나서 볼 엄두라도 낼라치면, 사내의 소리는 마치 무슨 마법의 독물처럼 육신의 힘과 부풀어 오른 살의의 촉수를 이상스럽도록 무력하게 만들어 버리곤 하였다. 그것은 심신이 온통 나른하게 풀어져 버리는 일종의 몸살기와도 비슷한 증세였다."(이청준, 「서편제」, 위의 책, 27~28쪽)

97 "사내의 헤매임은 말할 것도 없이 자신의 삶에 대한 깊은 화해와 용서의 마음 때문이었다. 아비를 죽이고 싶어한 부질없는 자신의 원망을 후회하고, 그 아비와 누이를 버리고 달아난 자신의 비정을 속죄하고 …… 그러나 이제 와선 이미 서로를 용서하고 용서받을 길이나 사람이 없음을 덧없어 하면서, 그 회한을 살아가고 있는 사내였다."(위의 책, 180쪽)

98 "(…중략…) 저는 왜 여러 가지 말의 무리를 대표해서 용서라는 한마디를 결론으로 끌어냈느냐……. 용서에는 전제가 있지요. 말이, 또는 인간의 삶이 웬만한 자유를 획득하지 않을 때에는 용서가 가능하지 않습니다. 용서는 용서 행위자의 자유의 삶이 전제되어야 하고 거기에 또 사랑이 채워져야 합니다. 그럴 때 용서가 가능해지는 것이지요. 그래서 용서라는 말 안에는 자유와 사랑이 동시에 충만되어 있다고 저는 보는 것이지요. 그래서 우리가 살고 있는 현대사회에는 수만 수십만의 언어가 있고, 거기에 잠재적인 언어까지 합하면 무한대의 언어가 있는데, 그 언어들을 원래의 기능으로 회복시키고 인간을 배반하는 폭력의 말이 아닌 자유의 말로 회복시키기 위해서는 용서라는 말로 대신되는 사랑과 자유를 그 안에서 회복해야만 한다는 점에서 용서라는 말을 택한 것이지요."(이청준, 『

덧붙여, 용서와 화해는 자기 부끄러움을 아는 데서 시작된다고 한다.[99]

나그네는 드디어 장흥 강진간 탐진강 물굽이에 자리한 주막집에서 누이를 만나게 된다. 서로가 누구인지를 알면서도 알은 채를 하지 않고, 꼬박 밤을 지새워 새벽녘까지 누이는 소리[100]를 하고 오라비는 거기 장단을 맞춘다.

> 여자는 소리를 굴렸다가 꺾았다 멎었다가 풀었다 하면서 온갖 변화무쌍한 조화를 이끌어 냈고, 손님에 대해서도 때로는 장단을 딛지 않고 교묘하게 그 사이를 빠져 넘나드는가 하면, 때로는 장단을 건너가는 엇붙임을 빚어내어 그 솜씨를 마음껏 즐기게 하였다.
>
> 그것은 마치 소리와 장단이, 서로 몸을 대지 않고 능히 상대편을 즐기는 음

---

말없음표의 속말들』, 앞의 책, 239~240쪽)

99 다음은 누군가가 작가의 이름으로 초파일을 맞아 해남 대흥사에 등 한 점 걸었단 소식을 듣고 느낀 감회의 일부다.
"내게 그가 누구인지는 크게 궁금하거나 문제될 바가 없었다. 보다도 나는 거기서 거꾸로 그 역시 괴로운 인내가 필요했을 그 익명의 친지의 젖은 옷을 분명한 감촉으로 전해 느낀 것이었다. 그리고 그 부끄러움으로 인한 그의 힘들고 아름답기조차 한 자기 화해의 모습을 보게 된 것이었다. 그 아름다운 자기 화해의 지혜가 사랑으로 넘쳐흘러 나에게까지 닿아 온 것이었다. 아아, 우리는 과연 누구나 그렇게 자기 부끄러움을 숨어 견디며 살아가고 있는 것을. 그리고 오히려 그것과의 괴롭고 피나는 싸움이 남을 향한 화해와 사랑이 될 수 있는 것을.
자기 부끄러움과의 (혹은 부끄러운 자신과의) 지혜로운 화해, 그로부터 이웃을 향해 흐르는 익명의 사랑, 그것이 비록 영원한 도로에 불과한 일이더라도 젖은 속옷의 괴로움과 그 부끄러움을 서로 위로하며 함께 감내하려 함……."(위의 책, 155쪽)

100 다음은 누이의 소리의 경지를 짐작케 하는 대목이다.
"지칠 줄 모르는 소리였다. 여자의 목청은 남정네들의 그 컬컬하고 장중스런 우조(羽調)뿐 아니라 여인네 특유의 맑고 고운 계면조(界面調)풍도 함께 겸비하고 있어서 때로는 바위처럼 우람하고 도저한 기백이 솟아오르는가 하면 때로는 낙화처럼 한스럽고 가을 서릿발처럼 섬뜩섬뜩한 귀기가 넘쳐났다. 가파른 절벽을 넘고 나면 유장한 강물이 산야를 걸쳐 있고, 사나운 폭풍의 한밤이 지나고 나면 새소리 무르익는 꽃벌판의 한나절이 펼쳐졌다."(이청준, 「소리의 빛」, 『서편제』, 앞의 책, 47쪽)

양간의 기막힌 희롱과도 같은 것이었고, 희롱이라기보다는 그 몸을 대지 않는 소리와 장단의 기묘하게 틈이 없는 포옹과도 같은 것이었다.[101]

새벽녘 나그네는 하직 인사도 없이 조용히 길을 나선다. 사람이란 제각각 자신의 한을 안고 살아가기 마련이라는 깨달음에서이다. 그러면 나그네는 또 무엇을 찾아 길을 나서는가. 해안으로 선학동 산자락을 거울처럼 비춰 올릴 선학동 포구의 만조(滿潮)[102]를 보려는 마음에 발길을 황급히 재촉한다. 그러나 당도하고 보니 간척사업으로 이제 포구는 사라지고 없어, 나그네는 크게 낙망한다. 나그네는 선학동 주막집 사내로부터 앞 못 보는 누이가 자신의 노랫가락 속에 한 마리 학이 되어간 이야기를 듣게 된다. 누이는 날마다 물때가 되면, 반마장이나 떨어진 방죽너머 바닷물소리가 귀에 들려오고 있는 듯 한동안 주의를 모은 다음 소리를 하였단다. 주인은 "그 소리는 언제나 이 선학동을 옛날의 포구마을로 변하게 하였고, 그 포구에 다시 선학이 유유히 날아오르게 하였다"고 믿지 않을 수 없었다고 한다. 이 학은 어떤 학이던가. 포구가 막히기 전 아비와 딸과 함께 노닐던 학이다.

포구에 물이 차오르고 선학동 뒷산 관음봉이 물을 타고 한 마리 비상학으로 모습을 떠올리기 시작할 때면, 노인은 들어주는 사람이 있거나 없거나 그 비상학을 벗 삼아 혼자 소리를 시작하곤 했어요. 해질녘 포구에 물이 차오르고 부녀가 그 비상학과 더불어 소리를 시작하면 선학이 소리를 불러낸 것인지

101 위의 책, 48쪽.
102 이청준, 「선학동 나그네」, 위의 책, 62쪽.

소리가 선학을 날게 한 것인지 분간을 짓기가 어려울 지경이었지요.[103]

주인의 말이다. 여기서 우리는, 포구에 물이 차면 선학이 비상한다느니, 눈 먼 딸이 선학의 비상을 본다느니 하는 말은 동양적 정신의 역설[104]로 이해해야 하리라. 주인은 또 오라비가 더는 자기를 찾지 말게 하라는 부탁도 하였단다. 자기는 선학동 하늘에 떠도는 한 마리 학으로 남겠다고 하면서. "그 여잔 아닌게아니라 한 마리 학으로 하늘로 날아올라간 듯 그날 밤 홀연 종적"[105]을 감췄다고 한다.

선학동을 떠나고자 돌고개 모롱이를 올라 선 나그네는 쉽게 떠나지 못하고 거기서 소리를 하며 한나절을 보내고 있었다. 그는 소리를 하면서 누이의 소리를 듣고자 했고, 비상학을 보고자 했을 것이다. 들었다면, 그 소리는 천지간에 가득한 소리였을 것이다. 그 소리는 "(…중략…) 목청을 돋워 올리기 시작하면 묵연스런 산봉우리가 메아리를 울려 오고, 골짜기의 산새들도 울음소리"도 그치는 듯하였으리라.[106] 이는 자유의 극한치로서 공간이 최대한 확장된 순간이다. 소리는 온 자연과 일체가 되어 천지간에는 일순 소리의 궁륭(穹隆)이 이루어져 소리가 온 우주(宇宙) 공간에 꽉들어 들어찼으리라. 이는 소리의 우주적 교감과 작용을 황홀한 환각처럼 발견하는 순간이다.[107]

소리를 찾아 헤매던 나그네는 그 순간 선학동에서 영원한 안주처를 보게 된 것은 아닐까. 그러나 나그네가 항용 그러듯 선학동 나그네는

---

103 위의 책, 72쪽.
104 우찬제, 「한(恨)의 역설－이청준의 『남도 사람』 연작 읽기」, 위의 책, 215쪽 참조.
105 이청준, 위의 책, 86쪽.
106 위의 책, 27～28쪽.
107 우찬제, 「한(恨)의 역설－이청준의 『남도 사람』 연작 읽기」, 위의 책, 217쪽.

집을 짓지 않는다. 그는 새로 길을 나선다. 이청준은 항상 "도달한 것의 마지막"[108]에서 또 출발했으니까. 나그네는 허정(虛靜)한 마음으로 또 다른 탐색의 노정에 들어선다. 나그네는 애초에 소리를 통한 진정한 말을 찾아나섰던 터다.

「다시 태어나는 말」에서 나그네로 나선 지욱은 드디어 복수를 택하지 않은 말들을 만난다. 예초 윤지욱은 『언어사회학 서설』의 일련의 연작에 등장하는 인물이다. 그는, 초의선사의 생각과 말을 찾아 그의 음다법(飮茶法)을 애써 익히고 있는 김석호 씨에게서 잃어버린 말들의 운명을 보리라는 기대를 하며 일지암을 찾아 초의선사의 흔적을 돌아본다. 결국 그런 행동이 추상적이고 관념적인 추적이라는 깨달음으로 지욱은 절망한다. 이때 김석호는 소리하는 집을 찾아다니는 한 나그네의 이야기를 들려준다. 말의 진정한 실체로 들어서게 하려는 의도에서이다. 지욱은 초의선사의 삶과 사내의 인생살이를 겹쳐 생각하며, 다음과 같이 토로한다.

> 초의 스님이 즐겨 마셨다는 그 작설차 말씀입니다……. 차를 마심에서도 법도에만 매달리면 부질없는 형식에 떨어진다 하셨던가요. 거기엔 사람의 삶이 사무쳐 채워지고 있어야 비로소 올바른 법도가 된다고 말입니다. 말이란 것도 마찬가지인 듯싶더군요……. 옳은 차마심의 마음을 익히려는 사람들이나 그 누이의 소리를 찾아 남도 천리를 헤매 다니는 사람이나, 알고 보면 모두가 그 한마디 말에 자신의 삶을 바쳐 살고 있음이 아니겠습니까. 그것도 그 필생의 삶으로 말입니다. 그래 그 용서라는 말은 운좋게도 몇 번씩 다시 태어날 수

108 이청준, 『말없음표의 속말들』, 앞의 책, 248쪽.

가 있었겠지요. 초의 스님에게선 차 마심의 마음속에, 사내에게선 누이의 소리 속에, 그리고 바로 김 선생님에게선 사람에 대한 믿음 속에서……."

"……."

"그렇게 그 행복한 한마디는 몇 번씩 태어남을 거듭하면서 끝내 믿음을 지켜 왔겠지요……."

"……."[109]

지욱은 "복수를 택하지 않고 수없이 다시 태어나는 고통과 변신을 감내하면서 자기 믿음을 지켜 나가는 말들이 있음"[110]을 보았다는 데서 오는 감동을 그렇게 표현한 것이다. 그 말들은 인간의 삶에 뿌리를 내리고 있었고, 그것들을 차라리 삶 자체라고 할 수 있을 만큼 화해를 이룩하고 있었던 것이다.[111]

나그네의 길은 여기서 끝난다. 그렇다면 이청준이 말한 대로 말들이 드디어 제 집을 찾고 제 고향을 찾은 것일까?[112] 김석호는 유선여관(游仙旅館)에 얼레빗질하는 여인을 남겨두고 몰래 잠적한다. 여인의 머리빗질에는 소리를 찾아 떠돌던 사내의 삶이 녹아 있는 터다. 여인의 머리빗질로 하여 지욱은 또 다른 여행길로 들어서게 된다.[113]

이청준은, 나그네는 집을 짓지 않는다고 했다. 이는 이청준 문예학의 비의이기도 한 궁극적 진리의 탐구 자세를 서사형식으로 보여준 것이다.

109 이청준, 「다시 태어나는 말」, 『서편제』, 앞의 책, 187쪽.
110 위의 책, 187쪽.
111 위의 책, 188쪽.
112 이청준, 「복수와 용서의 변증법」, 『말없음표의 속말들』, 앞의 책, 140쪽.
113 한순미는 나그네의 끝없는 여행 행위를 '문제제기' 혹은 '해체'로 읽는다.(한순미, 「부재(不在)를 향한 끝없는 갈망—이청준의 연작 『남도 사람』 다시 읽기」, 『현대소설연구』 제20집, 한국현대소설학회, 2003)

## 4. 이청준 문학과 남도문학—마무리를 대신하여

이 글은 이청준 문학이 놓인 위치를 알아보기 위하여 우선 한국 문학사의 문제점부터 살펴보았다. 기존 문학사들의 문제점은, 이 글과 관련하여 보았을 때, 전통시기에 상대적 자율성을 지녔던 지역문학들은 물론 근대 들어 지역문학들의 중앙문학으로의 통합과정을 거의 묘사하지 않고 있다는 데 있다. 이를 두고 일국적(一國的) 관점의 문학사라 했다.

그런 가운데서도 일부 문학사들(김동욱 · 조동일 · 여증동의 문학사)은 지역적 시각을 견지하고 있는 점을 확인하였고, 그 점이 어떻게 나타나고 있는지, 이 글과 관련하여 판소리에 관한 기술을 살펴보았다. 그런데 문학사 기술에서 지역문학에 대한 인식을 보인 경우라 하더라도 부분적으로만 작동하고 있다는 데서 일국적 문학사 담론의 경계를 넘어서기가 그렇게 쉽지 않다는 점을 확인할 수 있었다. 문학사 공간에 대한 지역적 인식이 철저하였다고 한다면, 다 같이 지역적 차원에서 양반문학과 서민문학 상호간에 어떤 관계에 있었던가, 나아가 지역문학들 간의 관계는 어떠했던가를 설명함으로써 일국 차원의 문학사 기술을 귀납했어야 한다고 하였다.

이와 같은 일국적 관점은 근대문학을 기술하는 데서도 드러난다. 위에서 말한 바와 같이, 근대 들어 지역문학들이 중앙문학으로 어떻게 통합되어 갔는가를 묘사했어야 했다. 문학사들은 1910년대 문학사를 설명하면서 이인직의 『혈의 누』를 위시한 신소설만 이야기한다. 이른바 구소설은 하루아침에 없어져버렸다는 말인가. 앞에서도 언급한 바와 같이 그 시절의 베스트셀러는 오히려 『춘향전』이었다. 문학사는 신구의 길항관계, 그 가운데 특히 미적 감수성의 변화 등에 주목했어야 했다.

그런 식이라면, 처음에 예로 들어 이야기하였듯이, 이청준의 문학에 끝없이 맴도는 어머니의 구슬픈 구음(口吟)을 설명할 길이 없게 된다. 그것은 구비전승물에 토대를 둔 남도지역 근대문학의 한 실례이다. 이청준의 (판)소리 관련 연작소설 『남도 사람』은 유년 시절 어머니를 통해 체험했던 구비문화를 나름의 안목에서 근대문학으로 승화시킨 것이다. 문학사가들은, 문학사가 이 점을 스스로 설명하도록 했어야 했다.

이어서 이청준의 남도문학사상의 위치를 남도에서의 근대문학의 출현과 전라도의 문화지형의 변화의 측면에서 살펴보았다. 이청준은 한국근대문학사라는 큰 틀에서 보아 제3세대라 하였겠지만, 정작 근대문학의 출발이 더딘 남도문학권에서 보면 2세대 정도로 보아야 한다고 했다. 그럼에도 앞에서도 언급한 바와 같이, 이청준을 위시한 이 지역 젊은 문인들이 1960년대의 한국 중앙문단을 경악하게 하였다는 사실은 무엇을 말하는 것일까. 우선 근대문학의 출발이 늦게 시작되었음에도 불구하고 남도문학이 용출하듯이 비약적으로 상승했다는 점을 보여준다 하겠다. 한편 이는 새로운 시대에는 지역문인들이 문인으로 행세코자 한다면, 전시대와는 달리 재지문인(在地文人)이기보다는 일국적 차원에서 중앙문인으로 활약해야 한다는 점을 나타내주기도 한다. 이것은 슬프게도 지역문화공간의 중앙문화공간으로의 통합을 의미하기도 한다. 이청준은 실은 그 통합의 과정, 즉 노상에 있었던 작가이다. 그래서 이청준은, 요즘 한국 근현대문학 4 · 5세대(?)와는 달리 도시 공간과 집으로 상징되는 고향 공간에서 그리도 헤매었다고 본다.

근대 들어 문화지형이 변화하는 가운데서도, 이청준 문학은 남도지역문화 공간 내에 형성된 탐진강문화권과 서편제문화권의 영향을 여러 면에서 받았다고 본다. 한 예로 판소리 서편제의 영향을 들 수 있다.

이청준은 자신의 소설인물 모델 가운데 가장 대표적인 사람이 자신의 어머니라고 수없이 고백한다. 어머니에게 수용된 전통문화 자락과 숨결은 길고도 넓었다는 것을 작품이나 증언 자료를 통해서 많이 볼 수 있다. '한' 많은 어머니의 구음을 듣고 자란 이청준이 판소리나 민요 등 남도의 전통문화를 자기 시대의 문화로 승화시켰다고 보는 이유가 여기에 있다.

다음으로 이루어진 이청준의 문학에 대한 연구는 남도지역과 관련시켜 보고자, '집'과 '고향' 관념을 활용하였다. 또 그 관념들과 대칭되는 '도시' 관념을 공간과 장소 측면에서 조응시켰다. 이청준의 문학공간은 전체적으로 도시와 시골로 대비되어 나타난다. 이청준은 그 두 공간 사이에서 끝없이 방황한다. 문학작품도 마찬가지다. 궁극적인 탐색 대상인 말도 도시말과 시골말 사이에서 끝없이 떠돈다. 그 공간상의 방황 혹은 이동을 이청준은 곧잘 나그네의 삶에 비유하여 설명한다. 이 글이, 이청준은 왜 집을 잃어버리게 되었고, 또 잃어버린 집(혹은 고향)을 찾아 어떻게 헤매었으며, 그리고 결국 나그네의 길을 선택하게 되었는가 하는 순서를 밟아 살펴본 것도 거기에서 연유한다. 따라서 이 글은 가치판단보다는 경험현상의 설명에 주력하게 된다.

집이란 무엇인가. 집이라는 공간이 장소로 전환되는 것은 친숙함 때문이다. 장소로서의 집은 운동상의 공간이 인간적 가치로 구체화된 공간이다. 그런 친숙함과 인간적 가치를 잃어버렸을 때 집과 고향은 낯선 공간이 된다. 「잃어버린 집」에서는 이청준이 문학의 길에 들어선 사연을 살펴보았다. 이청준은 6·25전란과 가족들의 연이은 죽음, 그리고 가형의 재산 탕진과 집 처분 등으로 삶에 대하여 극도의 두려움과 회의에 빠진다. 이는 결국 삶에 대한 근원적인 질문을 하기에 이르렀다. 이것이 그가 문학의 길에 들어선 가장 큰 요인으로 파악되었다.

「집을 찾아서」에서는 그(혹은 그의 소설인물들)가 서울이란 도시에서 떠돌며 현실적인 집과 참다운 말이 깃들어야 할 존재의 집을 찾아 헤매는 모습을 살펴보았다. 그 모습은 두 연작, 즉 『언어사회학 서설』과 『남도 사람』에서 집약적으로 형상화된다. 그 또는 인물들은 끝내 집을 찾지 못하고 나그네가 되어 또 다른 집을 찾아 나선다. 노래를 좇던 나그네는 「다시 태어나는 말」에서 말과 노래가 깃든 집과 고향을 찾았는가 싶었는데, 이청준은 나그네가 안주하지 못하도록 한다. 나그네는 집을 짓지 않기 때문이라고 한다. 이는 이청준 문예학의 비의이기도 한 궁극적 진리의 탐구 자세를 서사형식으로 보여준 것이다.

글을 끝맺어야 할 때가 되었다. 이 글이, 논제인 「이청준 문학과 남도문학」에 충실하고자 했다면, 그 계승적인 측면에 주목했어야 한다고 본다. 그런데 이 글은 기껏해야 지역적 연고성 정도만 가지고 그 관련성을 말한 수준이다. 적어도 전통적인 판소리가 근대 남도여성들의 구음을 어떻게 통과하였으며 또 그것이 이청준의 『남도 사람』의 소리로 어떻게 이어졌는가 정도는 구명했어야 했다.[114] 앞에서 그러지 못한 문학사들을 타박했지만, 실은 그 말은 이 글에도 해당되는 말이다.

114 조동일은 호남문학의 특징으로 남성시가의 여성 화자에서 찾고 있다. 정철의 「사미인곡」, 백광훈의 「용강사」, 판소리 『춘향가』, 서정주의 춘향 시편 등이 그 예이다.(조동일, 『지방문학사』, 서울대 출판부, 2004, 165~181쪽)

## 참고문헌


- 이청준, 『가위 밑 그림의 음화와 양화』, 열림원, 2008.
- ______, 『눈길』, 열림원, 2009.
- ______, 『당신들의 천국』, 열림원, 2009.
- ______, 『말없음표의 속말들』, 나남, 1986.
- ______, 『서편제』, 열림원, 2008.
- ______, 『소문의 벽』, 열림원, 2008.
- ______, 『자서전들 쓰십시다』, 열림원, 2000.

- 권오룡 엮음, 『이청준 깊이 읽기』, 문학과지성사, 1999.
- 김동욱, 『국문학사』, 일신사, 1995.
- 김동환, 「이청준 소설의 공간적 정체성－『남도 사람』연작을 중심으로」, 『한성어문학』, 한성대 한성어문학회, 1998.
- 김윤식・김현, 『한국문학사』, 민음사, 1973.
- 김정자, 「이청준의 '폭력과 희생제의'의 연구」, 『현대소설연구』, 한국현대소설학회, 1997.
- 김흥규, 『한국문학의 이해』, 민음사, 2003.
- 나소정, 「이청준 소설의 공포증 모티프 연구」, 『한국문예비평연구』, 한국문예비평학회, 2007.
- 동국대 문화학술원 한국문학연구소 편, 『'고향'의 창조와 재발견』, 역락, 2007.
- 소광희, 『하이데거 「존재와 시간」 강의』, 문예출판사, 2004.
- 신기욱, 이진준 옮김, 『한국 민족주의의 계보와 정치』, 창비, 2009.
- 여증동, 『한국문학역사』, 형설출판사, 1983.
- 우정권, 「이청준의 「잃어버린 말을 찾아서」에 나타난 '말'과 '소리'에 관한 연구」, 『현대소설연구』 13, 한국현대소설학회, 2000.
- 유경수, 「이청준의 「눈길」 연구」, 『인문학연구』 제32권 제2호, 충남대 인문과학연구소, 2005.
- 이기갑, 『전라남도의 언어지리』, 탑출판사, 1988.
- 임성운, 「우리 문학사의 지역문학 인식－호남지역문학을 중심으로－」, 『남도문화연구』 제6집, 순천대 남도문화연구소, 1997.
- ____, 「남도문학의 지방문화적 성격」, 『남도문화연구』 제10집, 순천대 남도문화연구

소, 2004.
• ＿＿＿,「여수지방의 근대문학」,『남도문화연구』 제11집, 순천대 남도문화연구소, 2005.
• 장영우,「경험적 사실과 허구적 진실－「퇴원」·「병신과 머저리」론」,『한국어문학연구』 제52집, 한국어문학연구학회, 2009.
• 전광식,『고향－그 철학적 반성』, 문학과지성사, 1999.
• 조동일,『한국문학통사』 1～5, 지식산업사, 2005.
• ＿＿＿＿,『지방문학사』, 서울대 출판부, 2004.
• 천이두,『한의 구조 연구』, 문학과지성사, 1994.
• 천정환,『근대의 책 읽기』, 푸른역사, 2003,
• 한순미,「부재(不在)를 향한 끝없는 갈망－이청준의 연작『남도 사람』 다시 읽기」,『현대소설연구』 제20집, 한국현대소설학회, 2003.
• 나리타 류이치,『고향이라는 이야기』, 동국대 출판부, 2007.
• 데이비드 하비, 구동회·박영민 옮김,『포스트 모더니티의 조건』, 한울, 1994.
• 마크 A. 래톨, 권순홍 옮김,『How to Read 하이데거』, 웅진지식하우스, 2008.
• 에드워드 렐프, 김덕현·김현주·심승희 옮김,『장소와 장소상실』, 논형.
• 이푸 투안, 정영철 옮김,『공간과 장소』, 태림문화사, 1995.
• 피터 버거 외 2인, 이종수 옮김,『고향을 잃은 사람들』, 한벗, 1981.

# 이청준 소설의 지형도

**임환모** • 전남대학교

## 1. 머리말

작가 이청준은 잡지사와 대학에 잠시 근무한 것을 제외하고는 평생을 전업 작가로서 오로지 소설 한 길을 살았다. 그는 소설의 양과 질, 그리고 넓이와 깊이 양면에서 가장 뛰어난 성취를 보여준 작가로 손꼽히고 있다. 한국 문학사에서 본격적인 소설의 시대를 연 작가로서 이청준은 가장 지성적이면서도 인문적인 소설로 한국문학을 세계문학의 반열에 올려놓았다고 평가받고 있다.[1]

그럼에도 불구하고 이청준에 대한 작가론다운 작가론이 거의 없는 실정이다. 그 이유로는 먼저 그의 소설 세계가 매우 넓은 스펙트럼을 형성하고 있을 뿐 아니라 그것을 드러내는 방식 또한 매우 다채롭다는 것을 들 수 있다. 소설적 영역의 끊임없는 확대와 심화 과정에서 보여준 다채로움이 그가 주목받는 이유이기도 하지만 다른 면에서는 그것들을 하나로 꿸 수 있는 벼리를 발견하기 어렵게 하기 때문이다.[2] 다음으로는 그의 소설이 초지일관, 가시적인 현실세계를 추구하는 것이 아니라 현상의 이면에 숨어있는 감추어진 세계의 본질을 그려내려고 하기 때문에 작가론을 쓰기가 수월치 않았을 것이라는 점이다. 격자소설 양식, 또는 중층구조로 이루어진 소설의 구성 방식이나 다양한 초점화자의 등장으로 소설의 결말이 열려 있기 때문에 그의 소설은 미결정성이나 불확실성을 특징으로 한다. 작가와 독자가 대화적 관계를 맺으면서 다양한 방식으로 소설적 의미망을 형성할 수밖에 없다. 이런 까닭으로 개별 작품론이나 문제사를 다룬 연구는 상당한 수준에 이르고 있으나 본격적인 작가론은 아직 씌어지고 있지 않은 실정이다.

그러나 다음과 같은 이청준의 산문에서 그의 전 작품을 통괄하는 벼리의 단서를 발견할 수 있는데, 이것이 그의 작가론을 쓰는데 하나의 기준이 될 수 있을 것이다.

> 도회와 고향 사이를 되풀이 오간 떠남과 되돌아옴의 반복과정은 그러니까 그 양면성을 조화시켜 보려는(감싸기) 내 소설의 바른 길 찾기이기도 한 셈이

---

1 우찬제, 「이청준」, 『약전으로 읽는 문학사』 2, 소명출판, 2008, 443~444쪽.

2 열림원에서 『이청준 문학전집』 25권을 출간할 때 중단편집 10권의 재구성에서 보여준 것처럼 이미 발간된 창작집 순서와는 상관없이 1960년대부터 1990대까지의 중단편소설들을 주제나 문제사별로 분류하여 작품집으로 묶어내고 있는 것도 그런 이유 때문이다.

다. 그리고 그것이 내가 지금껏 소설을 써온 또 다른 절실한 연유일 것이다. 소설이란 다름 아닌 우리 삶 베끼기(모방)일뿐더러, 기왕지사 소설질로 삶의 길을 나선 내게는 그 삶의 이룸 성패가 내 소설에 좌우될 수밖에 없는 운명임으로 해서다.[3]

나는 문학이란 삶의 언어적 존재, 언어적 실체라고 생각해요. 우리가 생각하는 것, 존재를 인식하는 것 모두가 언어를 통해 이루어지지 않아요? 언어를 떠나서는 존재를 증명할 방법이 없지요. 그러니까 삶의 모습을 만들어가는 것은 소설의 틀을 만들어가는 것과 맞먹는 일인 것이죠. 그렇다면 어떻게 언어적 실체로 정착시키느냐라는 방법의 문제를 생각하지 않을 수 없는데, 이런 데에서 소설 형태에 대한 관심이 생겨나게 되는 것 아니겠는가 싶습니다. 이건 말하자면 삶의 양식에 대한 관심과 같은 것이겠지요. 여기서 전제되어야 할 노력은 말과 현실의 양면에서의 노력일 텐데요…… 현실로 들어가 버리면 문학이 안 되고, 현실을 떠나서도 문학이 안 되는 것이고 보면 말과 현실을 오가는 운동의 긴장에서 문학이 생기는 것이라 해야겠지요.[4]

작가는 자연친화적이고 감성적이며 개별적, 정적, 자족적, 근원적 생존질서의 측면이 승해 보이는 시골살이와 인위적이고 이성적이며 사회적, 동적, 의존적, 현상적 제도의 측면이 강한 도회살이를 보완적 양가성으로 인식하여 도시와 시골 사이를 오가며 정신의 균형과 조화를 얻어내기 위해 노력하였다. 감성적 인정의 세계와 이성적 합리의 세계

3 이청준, 『신화의 시대』, 물레, 2008, 308쪽.
4 이청준 · 권오룡, 「대담—시대의 고통에서 영혼의 비상까지」, 권오룡 엮음, 『이청준 깊이 읽기』, 문학과지성사, 1999, 27쪽.

는 변증법적 상보관계를 맺고 있기 때문에 이청준은 일상의 도회살이 속에서도 끊임없이 근대적 합리 이전의 세계에 대한 탐구를 게을리 하지 않았다. 그가 소설을 쓴 절실한 이유는 장흥 시골내기가 서울생활에 적응하기 위해 자기 정체성을 찾아가는 과정이었기 때문이다. 이청준이 도회적인 것과 고향적인 것 사이에서 조화와 균형을 이루어 가려는 삶의 축이 그의 소설세계의 한 핵심 벼리인 것이다.

문학이 삶의 베끼기라면 삶의 양식은 곧 문학의 양식과 등가이다. 그러나 베끼는 과정, 즉 언어와 현실을 오가는 긴장에서 작가적 역량이 드러날 뿐만 아니라 작가의 자기반성적 삶의 실천이 이루어진다. 소설 쓰기의 과정 자체가 그의 소설이고 동시에 그의 삶인 셈이다. 자기구제의 방식으로서의 작가적 삶의 실천이 그의 소설쓰기이고, 그 결과물이 그의 소설이라면, 그가 소설을 쓰는 행위는 곧 삶의 균형 잡기에 다름 아니다. 그 균형은 현실과 말 사이의 긴장에서 대상을 언어적 실체로 정착시키려는 문학적 실천에서 얻어지고,[5] 이러한 예술의 축이 그의 소설의 또 다른 핵심 벼리인 것이다. 여기에서 우리는 고향-도회의 가로축과 현실-언어의 세로축이 만나는 좌표에 따라 이청준 소설의 지형도를 그려볼 단서를 발견할 수 있는 것이다.

그렇다면 시골내기 작가가 서울에서 어떻게 자기 정체성을 찾아가면서 냉엄한 현실에 적응할 수 있었는가가 그의 소설세계를 형성하게 될 터이다. 현실에 적응하는 방법은 크게 세 가지로 유형화가 가능한데, 첫

5 이청준에게 말(언어)이란 '존재의 집'이고 서양의 '로고스'나 동양의 '도'로 통하는 것인데, 그의 말에의 집념은 인간의 존재론적인 삶과 옳음으로서의 말 사이의 거리를 확인하고 그 괴리를 뛰어넘으려는 의지의 표현이다. 김병익, 「말의 탐구, 화해에의 변증」, 권오룡 엮음, 『이청준 깊이 읽기』, 위의 책, 234쪽 참조.

째는 불합리한 현실을 외면하거나, "잘 살고 싶다는 쾌락 본능이 현실에 의해 좌절되어 생겨난"[6] 인물들의 갈등과 퇴행현상(광태)을 통해 시대가 작가에게 가하는 금제(禁制)를 드러내는 길이고, 둘째는 어린 시절부터 숙명처럼 달라붙어 있는 가난과 부끄러움을 참고 견디면서 이것을 생활의 에너지로 바꾸어 자기 정체성을 찾아가는 길이며, 셋째는 예술이나 종교 또는 신화를 통해서 건강성을 위한 초월의 비전을 제시하거나 화해에 이르는 길을 모색하는 일이었다. 첫 번째 방법은 주로 1960~1970년대 지식인으로서 자유를 찾아 현실을 진단하는 길이고, 두 번째의 것은 1970~1980년대 자신의 존재론적 숙명과 부끄러움을 극복하는 길이며, 마지막 방법은 1980년 이후 공동체의 아픔을 초월적 상상력으로 넘어서서 새로운 가능의 세계를 보여주는 길이다. 따라서 이 글은 이청준의 중 · 단편소설들만을 대상으로 그의 소설세계의 변모과정을 삶과 예술이라는 좌표축에 따라 소설의 지형도를 그리고자 한다.

## 2. 도시 지식인으로서의 균형 잡기

이청준 소설의 기원은 4 · 19와 5 · 16에서 경험한 자유와 절망이 빚어낸 정치적 무의식과 무관하지 않다. 그는 삶과 시대를 근본적으로 고통으로 인식한다.

> 저는 작가는 필경 자기 시대를 쓰게 되어 있는 것이라고 생각해요. 그러니

---

6 김현, 「생활과 예술의 갈등」, 『김현문학전집』 2, 문학과지성사, 1991, 421쪽.

까 자라면서 전쟁을 겪었고, 대학에 입학하면서 4 · 19를, 그 다음 해에 바로 5 · 16을 겪었는데, 한참 의식이 활발할 때 겪었던 이 두 사건의 의미를 지금 소박하게 정리해보면 삶에서 어떤 정신세계가 열렸다가 갑자기 닫혀버린 것으로 이해되었던 것 같아요. 20대의 분출을 사회적인 엄청난 힘이 방종으로 단죄하고 억압했을 때 여기서 갈등이 생겨나게 되었던 것이죠.[7]

4 · 19가 가져온 자유의 가능성이 너무도 빨리 허망하게 무너졌을 때 오는 절망과 갈등이 작가에게는 현실적 억압으로 작용했다. 이러한 정치적 무의식은 4 · 19세대 작가들로 하여금 "엄숙한가 하면 금방 그것을 비웃고, 선택하여 싸우려는가 하면 단념하고 적응하려는" 태도를 갖게 하였다. 이러한 세대의 특성을 가장 잘 나타내는 것이 문학에서는 "망설임의 형식"인데, 이청준은 이러한 망설임의 형식을 통해 개인의 체험을 민족적 단위의 공동 체험으로 확산시키고 더불어 소설쓰기 자체를 반성하게 된다.[8] 이청준은 현실의 압력을 이겨내기 위해 문학적 상상력으로 정신의 틀을 만들어 '환부다운 환부가 없는' 당대 사람들의 내면 풍경을 보여주거나 절망의 원인을 탐색하고 그 상처를 어루만지면서 치유의 가능성을 모색하지 않을 수 없었다.

1965년 「퇴원」으로 문단에 얼굴을 내민 이청준은 먼저 자아의 정체성을 찾는 일에서 삶의 균형을 잡으려고 한다. 군대 제대 후 대학에 복학했지만 이불이 없어서 입주를 못하고 시간제로만 가정교사를 하면서 잠은 주로 대학 강의실에서 해결해야 하는 절박한 상황을 극복하는

7 이청준 · 권오룡, 앞의 책, 25쪽.
8 김윤식, 「심정의 넓힘과 심정의 좁힘－이청준론」, 『한국현대소설비판』, 일지사, 1981, 24～25쪽 참조.

일이 무엇보다 급선무였다. 어린 시절부터 부끄러움으로 작용한 가난의 체험이 그에게는 결과적으로 좋은 문학수업이 되었을지라도[9] 도시인으로 자리 잡기 위해서는 자아회복이 절실했다. 이러한 "당시의 막막한 처지와 자기 회복의 소망을 그대로 드러내 보인 이야기"[10]가 「퇴원」이다. 완결성이 다소 부족하기는 하지만 「퇴원」에는 앞으로 전개될 이청준 소설의 특성들을 일정 부분 담지하고 있다. 여기에는 사회적 억압이나 공포(Phobia)로서의 전짓불 이미지, 필리아(Philia)로서의 광의 이미지, 그리고 4·19세대의 '환부 없는 아픔' 등이 개인의 삶에 어떻게 작용하고 있는가를 보여준다.

이런 당시 젊은이의 정치적 무의식은 「병신과 머저리」(1966)와 「가수」(1969)에서 구체화된다. 전자에서는 6·25전상자로서 환부가 분명한 외과의사인 '형'과 아픔만이 있고 그 아픔이 오는 곳을 알지 못하는 화가인 '나'의 대비를 통해 가난한 삶을 지탱하게 하는 힘은 첫째 자기만의 밀실을 갖는 일이고, 둘째 자기 자신을 솔직하게 시인하는 용기와 현실을 있는 그대로 수용하는 일이라는 것을 보여준다. 그런데 「가수」에서는 하나의 호적으로 살다가 열차에 치어 죽은 두 인물이 왜 죽을 수밖에 없었는가를 다양한 시선(기관사 최씨, 동료 기관사, 주영훈 부인, 소설가이기도 한 펜팔구락부 직원 허순, 그리고 제3의 서술자로서 잡지사 기자 우상균 등)으로 드러내고 있지만, 어디에도 두 인물의 죽음에 대한 명확한 이유는 없다. 다만 허공에 무의미한 헛손질하는 권투선수의 스파링이 '고독'

---

9 "그런 가난의 경험이야말로 나의 문학 수업에는 귀중한 것이 되고 있을 터이지만 나는 그것을 그저 언젠가 내가 가장 적절한 가난의 이야기를 쓰게 될 소중스런 것으로 깊이 간직할 뿐, 지금 그것을 이야기할 엄두는 감히 못 내고 있는 형편이다……."(이청준, 「해공의 질주」, 『가면의 꿈』, 열림원, 2002, 269쪽)

10 이청준, 「작가노트 – 황폐한 젊음의 회복을 꿈꾼 「퇴원」」, 『소문의 벽』, 열림원, 1978, 39쪽.

때문이라고 한 최인훈[11]과는 달리, 이청준은 허순의 입을 빌려 펜팔구락부 주영훈이 교사 주영훈의 삶을 그대로 재현하려고 하는 일을 '외로움' 때문이라고 하였다.[12] 그 '외로움'은 도시적 삶에서 오는 '피로감'의 다른 이름이다. 관점에 따라 진실은 달리 나타난다는 세계관을 가지고 있는 작가는 독자에게 여러 시선과 관점의 교차점에서 그 진실을 느끼라고 요구하고 있다. 이 두 작품은 이 시대를 살아가는 모두가 제각기 자기 생에 대해 어떤 가수 상태를 경험하지 않을 수 없다는 점을 보여주고 있는데, 특히 「가수」는 4·19세대가 겪는 방황이나 좌절과 무관하지 않다.[13] 자유가 억압되기 때문에 삶에서 피로감을 느끼는 것이다. 그래서 이청준에게 자유는 "우주의 평화와 인간의 행복의 원인의 이유가 아니라 그 생성 원력(生成原力)"[14]인 것이다. 행·불행을 떠나서 인간이 삶을 영위해 가는데 있어서 없어서는 안 되는 필수불가결한 원천이 자유인 셈이다.

당시 지식인 젊은이들의 방황과 좌절 속에 밀실을 마련한 작가에게는 불합리한 현실을 직시하고 삶의 균형을 잡기 위해서는 주변 사람들에 대한 사랑과 그 소중함을 깨닫는 일이 필요했다. 관계 맺는 모든 이들이 작가의 삶의 어려운 짐이자 빚이 아닐 수 없었는데, 그 짐이야말로 값진 삶의 무게라고 생각해서 쓴 작품이 「등산기」(1967)이다. 대학

---

11 최인훈, 『광장』, 문학과지성사, 1993, 40쪽.

12 이청준, 「가수」, 『예언자』, 열림원, 2001, 106쪽.

13 김현은 「가수」에 대하여 다음과 같이 평가하고 있다. "그렇다면 그는 한국의 젊은이들이 당하고 있는 정신적 방황을 4·19와 관련시켜 관찰하고 있음이 확실하다. 4·19를 통하여 확고한 아무런 윤리관도 발견하지 못한 젊은 세대의 방황과 좌절, 거기에서 생겨나는 가수의 삶, 저 '개새끼의 삶'을 그는 이 작품에서 그 누구보다 비통하게 그려내고 있다." 김현, 「「가수」의 문제점」, 『김현문학전집 2』, 문학과지성사, 1991, 425쪽.

14 이청준, 「마기의 죽음」, 『예언자』, 앞의 책, 74쪽.

교수인 아버지가 대학생 딸에게 "적당히 무거운 짐을 져야 산에 오르기 편하다"라고 하는 말은 다분히 인간의 삶과 숙명에 대한 메타포이다. 이러한 짐이 나중에 자전적 이야기에서 부끄러움으로 나타나는데, 그것이 바람직한 삶을 위한 균형추 역할을 하였다.

"개개의 인간이나 집단이 제각기 따로 의지하고 있는 개개의 진실과, 그 개개의 진실들이 불가피하게 서로 야합해서 저지른 무도한 횡포와 음모"[15]가 진행되고 있는 현실 속에서 삶의 균형을 잡기 위해서는 작가에게 다양한 각도에서의 탐색을 불가피하게 했다. 「줄광대」(1966), 「과녁」(1967), 「매잡이」(1968) 등의 전통적인 장인을 다룬 소설들에서는 "시효가 지난 인물들"[16]을 등장시켜 근대의 생산주의적 합리성이 빚어내는 비극적 삶을 추적하고 있다.

근대 산업사회가 야기한 '피 흘리는 합리성' 속에서 작가는 소설 쓰는 행위를 진지하게 자기반성하게 되는데, 이것이 그의 출세작 「소문의 벽」(1972)이다. 잡지 편집장인 '나'가 소설가 '박준'의 소설(「벌거벗은 사장님」)과 그의 정신이상의 징후를 탐색하는 여정을 통해 진정한 글쓰기의 의미를 탐색하는 것도 작가 자신의 존재방식과 삶에 대한 실천의 일환이었다. 주인공이 진술공포증을 앓으면서 작품을 쓰지 못하는 이유는 정체를 알 수 없는 심문관으로서의 전짓불 앞에서의 공포 때문이다.

> 그런데 나는 요즘 나의 소설 작업 중에도 가끔 그 비슷한 느낌을 경험하곤 한다. 내가 소설을 쓰고 있는 것이 마치 그 얼굴이 보이지 않는 전짓불 앞에서

15 이청준, 「공범」, 『예언자』, 위의 책, 48쪽.
16 김현, 「장인의 고뇌」, 이청준, 위의 책, 411쪽.

일방적으로 나의 진술만을 하고 있는 것 같다는 말이다. 문학행위란 어떻게 보면 한 작가의 가장 성실한 자기진술이라고 할 수 있다. 그런데 나는 지금 어떤 전짓불 아래서 나의 진술만을 행하고 있는지 때때로 엄청난 공포감을 느낄 때가 많다. 지금 당신 같은 질문을 받게 될 때가 바로 그렇다…….[17]

이 전짓불 이미지는 그의 소설 곳곳에서 나타난다. 소설가 '박준'이 6·25전쟁 중에 겪었던 정신적 외상으로서의 전짓불은 상대가 경찰인지 아니면 공비인지 알 수 없는데서 오는 공포와 경악이다.[18] 그런 공포는 오늘날 글쓰기의 자기진술에서도 그대로 되풀이된다. 「빈방」(1979)의 '지승호'가 활자 없는 텅 빈 신문에서 물벼락을 뒤집어 쓴 여공들의 추운 알몸을 떠올리고 딸국질병에 걸리는 것도 현실의 눈에 보이는 폭력과 활자화될 수 없는 눈에 보이지 않는 제도적 폭력에 대한 공포 때문인데, 정신적 상처는 어린 시절에만 입는 것이 아니라 성인이 된 이후에도 끊임없이 그런 위험 앞에 노출되어 있음을 보여준다. 이것이냐 저것이냐의 흑백논리가 빚어낸 폭력으로서의 전짓불 이미지는 당시 유신체제로 가는 정치적 억압의 알레고리이고, 작가는 그런 억압 속에서도 우회적인 방법으로 자기진술을 계속할 수밖에 없었다.

이런 정치적 억압과 독재체제에 대한 거부는 자유와 다원화 사회를 희구하게 하고, 이런 꿈의 가능성이 「잔인한 도시」(1978)에서 소설 양식

17 이청준, 「소문의 벽」, 『소문의 벽』, 열림원, 1998, 116~117쪽.

18 이청준은 이런 전짓불 공포를 두 번 체험한다. 어린 시절 전쟁 중에 한 번 경험하고(「작가노트-백정시대」, 『숨은 손가락』, 열림원, 2001, 83쪽), 잠자리가 없어서 대학 강의실에서 잠을 자다가 두 번째 경험한 바 있다.(이청준 · 정현기, 「대담-이청준의 생애연표를 통해본 인문주의적 사유와 새로운 교육문화를 위한 이야기들」, 『나의 삶 나의 문학 오마니』, 문학과의 식사, 1999, 143~144쪽)

으로 구체화된다. 전짓불을 받고 잡혀와 다시 방생이 되풀이되는, 날개깃이 잘린 새는 감옥을 들락거리는 '사내'의 비유적인 모습이다. 이런 알레고리 서사는 강고한 유신독재 아래 거짓 자유를 누리고 있는 한국인의 실상을 보여준다. 작가는 사실적이고 직설적이기보다는 새장, 새, 방생, 불빛, 날개 자르기 등의 상징적 우의를 통해서 구속과 석방이 순환적으로 되풀이되는, 다시 말해서 자유의 조작이 잠재화되어 있는 시대상황적인 곤경의 의미를 암시적으로 포착하고 있는 것이다.[19] '사내'가 감옥에서 모은 노역 임금을 다 털어 새를 사고 고향으로 돌아가는 일은 참 자유를 얻기 위한 존재론적 선택으로 읽힌다.

선택이 불가능한 현실 상황에서는 대부분의 사람들이 시대적 억압을 견디지 못하고 밀실을 찾아 황홀한 실종을 꿈꾸거나(「황홀한 실종」, 「겨울 광장」) 과대망상성 정신분열증을 앓고(「조만득씨」), 가면을 쓰고 얼굴을 감추었을 때만 위안을 느끼기도 한다(「가면의 꿈」). 이런 정신적 퇴행을 탐색하는 것은 작가가 외부적 권력과 억압의 실체를 간접화하기 위한 서사전략이라고 보아야 할 것이다.

자본주의의 산업사회에서 우리의 삶은 가정과 이웃과 수많은 세속적 욕망에 대한 집착으로 일정한 모습으로 규격화되어 간다. 그 집착을 끊고 스스로를 해방시켜 나가려는 나그네의 삶을 이청준은 "일종의 현대적 미아(迷兒)의 삶"[20]이라고 규정한 바 있다. 그는 구도자의 자세로 참된 자유인으로서의 균형을 잃지 않기 위해 반성적 글쓰기를 감행한 것이다.

---

19 이재선, 『현대소설사(1945~1990)』, 민음사, 1991, 156쪽.
20 이청준, 「작가노트-나그네」, 『예언자』, 앞의 책, 291쪽.

## 3. 자아의 정체성 찾기

세속적 욕망에 대한 집착으로 규격화된 삶에서 벗어날 수 있는 길을 이청준은 고향과 원체험을 되새김하면서 도중(途中)의 사람으로서 나그네가 되어 '현대적 미아의 삶'을 살고자 하는 데서 찾았다. 그 구체적인 방법이 어린 시절부터 숙명처럼 달라붙어 있는 가난과 부끄러움을 '젖은 속옷 제 몸 말리기'로 견디면서 자아의 정체성을 찾아가는 길이었다.

고향과 관련한 작가의 실제적인 삶의 실천은 「귀향 연습」(1972)으로부터 시작한다.[21] 고향에 대한 죄의식으로 고향 마을에 직접 가지 못하고 이웃마을 친구의 과수원에서 고향을 떠나 얻은 다양한 병치레와 삶의 피로를 치유하고 푸는 경험을 다룬 이 소설에서 작가는 고향에서의 원체험을 반추하고 성찰하는 일이 정신적이고 육체적인 병을 치유하는 과정일 수 있음을 보여준다.

작가에게 '어떤 정신의 요람'으로서의 고향은 육자배기가락이나 판소리에서와 같은 한을 건강한 생명력으로 이어가는 남도사람들이 사는 곳이다. 「안질주의보」(1975)에서는 남도사람에 대하여 탐색하고 있다. 작가는 남도 육자배기 같은 사람들의 특징을 시계 수리점 '김길수'의 입을 빌어 다음과 같이 말하고 있다.

> 글쎄, 표정이 어떻다고 말하는 게 좋을까. 한? 체념? 원망? 어쩌면 그런 것이 온통 한데 엉켜들어 있는 것 같기도 하고 (…중략…) 얼굴에선 늘 불안하고 각

---

21 작가가 고향에서의 원체험을 처음 소설화하기 시작한 것은 「침몰선」(1968)과 「개백정」(1969)부터이다. 그러나 여기에서는 어린 시절의 경험이 전쟁의 상흔을 드러내기 위한 배경에 머물고 만다.

> 박한 그 무엇이 느껴지면서 행동이나 생각은 이상스럽게 또 느릿느릿 여유가 많은 것 같고. 아까 얘기한 그 한이라든가 체념이나 원망기 같은 것이 이 사람들에겐 오히려 어떤 적극적인 생활 에너지로 전이되어 새로운 삶의 깊이를 지니게 된 것 같다고나 할까. 글쎄 얼핏 보면 그렇게 순박하고 단순해 보이면서도 자세히 뜯어보면 그렇게 복잡할 수가 없고, 겉으로 그렇게 만만스러워 보이면서도 막상 속을 부딪쳐 들어가 보면 그렇게 단단하고 차디찬 고립감 같은 것을 만나게 될 수가 없거든.[22]

이런 남도사람의 특성을 지닌 인물은 어떤 규격화된 삶과는 거리가 먼 나그네의 속성을 지니고 있다. 고향에 대한 이청준의 탐구는 '적극적인 생활 에너지'를 발견하고 '삶의 깊이'를 배우기 위한 노고였다. 그가 창조한 인물들의 거의 대부분은 이런 남도사람의 특성을 지니고 있다. 『남도사람』 연작 소설(「서편제」, 「소리의 빛」, 「선학동 나그네」, 「새와 나무」, 「다시 태어나는 말」)은 작가가 "판소리 세계를 통해 충일한 존재적 언어의 세계, 말과 삶이 분리되지 않고 갈등을 일으키지 않으면서 조화롭고도 창조적인 생명의 미학으로 이어질 수 있는 가능성을 탐색"[23]한 것이다. 판소리를 매개로 하여 용서를 통해 화해에 이르는 길을 모색한 이런 소설화 작업은 실제적 삶과는 일정하게 거리를 두고 이청준이 물신화된 도회살이에서 정신적 성숙과 균형을 찾기 위한 노력이었다.

그러나 고향이 정신의 요람이었지만 어린 시절의 불행한 가족관계와 가난은 아픔이고 상처이면서 부끄러움이다. 그에게 소설 쓰는 일은

---

22 이청준, 「안질주의보」, 『병신과 머저리』, 열림원, 2001, 274쪽.
23 우찬제, 「한의 역설—이청준의 『남도사람』 연작 읽기」, 『서편제』, 열림원, 1998, 211쪽.

'젖은 속옷 제 몸 말리기'와 같았다. 젖은 속옷을 말리는 일이야말로 자신의 부끄러움을 힘든 인내로써 남모르게 혼자 감내해 내려는 가상스런 노력이기 때문이다.

> 젖은 속옷의 부끄러움—그것이 영원한 죄 닦음을 계속해 나가야 하는 인간 공동의 운명의 짐이자 나의 삶과 소설질의 원의적 출발점이 되고 있는 것이라면, 지금까지 되풀이돼온 나의 화해에 대한 끊임없는 도로는 자신을 비우고 떠날 수 없음에 그 허물이 있는 것이 아니리라. 허물은 오히려 마를 수 없는 속옷이 정결스럽게 마르기를 조급하게 기다리고, 줄어들 수 없는 부끄러움을 당당하게 쓸어 벗어던지려는 당찮은 소망에 있을지 모른다.[24]

작가가 자신과의 화해를 도모할 수 있는 유일한 방법이 '소설질'이라면, 이웃과 세상과의 화해가 없이는 자신과 소설 사이의 화해는 불가능했다. 화해의 실패는 대부분은 '젖은 속옷'으로서의 상처나 죄에서 조급하게 벗어나려고 하거나 거기에서 오는 부끄러움을 당당하게 벗어던지려는 당찮은 소망에서 기인한 것이다. 이러한 자기반성에서 보면, 화해에 이르는 길은 오직 "그 부끄러움을 자기 삶의 일부로 정직하게 수락하고 그것을 자신의 삶의 한 본질로 귀속"시켜 그것을 "필생의 몫으로 혼자서 은밀히 감내해 나가려는 고통과 인내를 감수하는 일"이 되지 않을 수 없다.

그렇다면 부끄러움을 유발하는 요인은 무엇인가. 작가에게 그것은 개인사적으로는 어린 시절의 원체험에서 오는 죄의식일 것이고, 사회사

24 이청준, 「작가노트—자기 부끄러움과 소설질에 대하여」, 『벌레 이야기』, 열림원, 2002, 47쪽.

적으로는 이웃의 불행이나 운명 공동체의 고난일 것이며, 정치사적으로는 제도적 억압이나 불가항력적인 힘일 것이다. 이러한 요인들로 하여 작가는 부끄러움을 느끼게 되는데, 그 부끄러움을 자기 삶의 일부로 정직하게 수락하는 것은 고통과 아픔을 견디는 일이면서 함께 아파하거나 대신 아파하기인 것이다. 이청준에게는 사회사적 요인이나 정치사적 요인에서 오는 부끄러움이 대부분 우의적인 방법이나 광기나 기벽을 통한 상징적인 방법으로 나타나는 반면에 개인사적 요인에서 오는 부끄러움은 현재적 관점에서 원체험에 대한 반성적 성찰을 통해 드러난다.

「눈길」(1977)은 이청준이 "자신의 결핍과 상처를 채우고 위무하는 씻김과 치유의 한 과정"을 고스란히 보여준다. 궁극적으로 이 작품은 자식에 대한 어머니의 무한한 사랑을 말하고 있지만 작가론의 입장에서 보면 이청준이 그간 지녀온 죄의식과 상처를 해소하고 치유하여 일상의 삶을 건강하게 이어갈 수 있게 한 해원굿이요 씻김굿인 것이다.[25] 17,8년 전 고등학교 1학년 때 집안이 망하고 집이 팔리게 된 상황[26]에서 어머니는 '나'를 위해 저녁 한 끼를 지어 먹이고 마지막 밤을 그 집에서 지내게 해준 다음, 처지가 부끄러워 저주스런 새벽 눈길을 시오리나 걸어 장터 차부까지 와서 '나'를 차 태워 보내주었다. 어머니가 돌아갈 집도 없을 것이라는 것을 잘 알고 있었음에도 '나'는 그 사실을 외면하며

25 이청준은 「나는 왜, 어떻게 소설을 써 왔나」라는 문학 자서전에서 "「눈길」은 내게 한마당 해원굿이요, 내 소설쓰기가 내 아픔과 상처를 어루만지고 잠재워 일상의 삶을 이어가게 하는 씻김굿 노릇일 수 있는 연유다"라고 직접 언급하고 있다. 이청준, 『신화의 시대』, 앞의 책, 318~319쪽.

26 「눈길」의 밑 작품이라고 할 수 있는 「새가 운들」(1976)에는 어머니가 술꾼인 형이 술값으로 집을 처분하기 전에 '재민'의 대학 등록금이라도 마련하기 위해 미리 집을 팔아치운 것으로 되어 있다.

떠나갔고, 그 이후에도 어머니의 다음 행적을 굳이 알려고 하지 않았다. 이런 외면에 대한 죄의식과 회한이 '나'를 부끄럽게 했는데, 아내와 어머니의 대화를 엿듣는 과정에서 정직하게 자신의 삶의 일부로 수락하기에 이른 것이다. '나'를 떠나보내고 난 어머니의 뒷이야기를 듣고 "형언하기 어려운 어떤 달콤한 슬픔, 달콤한 피곤기"를 느끼는 것은 자신의 부끄러움을 창조적 힘으로 승화시키는 일에 다름 아니다. 어머니를 외면하고 살아온 자신의 부끄러움을 소설 양식을 빌려 반성적으로 드러내는 일이야말로 작가에게는 한풀이로서의 해원굿이자 씻김굿이 되지 않을 수 없는 것이다. 그와 동일한 의미로, 아무런 대책도 없이 어린 아들을 객지로 보내면서 부디 몸이나 성히 지내고 좋은 운 타서 복받고 살기를 바라는 어머니 역시 자신의 부끄러움을 삶으로 정직하게 수락하는 위대함을 가지고 있다. 따라서 이 작품은 이청준이 자신과 어머니의 부끄러움을 통해 어머니의 위대함을 드러내고 있는 것이다.

자식에 대한 어머니의 절대적 사랑은 「해변 아리랑」(1985)에서 구체화된다. 어린 시절 밭가에서 들었던 어머니의 남도가락 같은 흥얼거림이 '노래장이 이해조'의 노래 짓기의 모태가 되었다. 그가 좋은 노래쟁이가 될 수 있었던 것은 누이와 형과 어머니의 숙명적인 삶과 죽음에서 오는 "빚에 대한 부끄러움과 원죄의식"을 자신의 삶으로 정직하게 수락하는 데서 가능했다. 작가의 문학적 생애에 대한 창조적 변용이라 할 만한 '노래장이 이해조'의 고향 땅에 대한 사랑의 노래가 바닷새의 꿈으로 영원히 살아갈 것이라는 서술자의 진술은 이청준이 자기의 소설과 소설쓰기에 대하여 얼마나 긍지와 자부심을 가지고 있었는가를 잘 보여준다. 그가 고향 장흥을 글쓰기로 앓으면서 살다간 사랑의 소설들은 그의 생존의 흔적이 희미해진 훗날에도 한국 문학사에 길이 남을 것이다.

이청준에게 고향은 "설움에 찌들은 가엾은 혼백들만 외롭게 떠도는 웬수 놈의 땅"[27]이면서 너무도 무력하고 자기 고집이 없을 뿐 아니라 자존심이나 이해 계산이 경멸스러울 만큼 모자란 사람들이 살아가는 공간이지만, 여기에서 작가는 "죽음처럼 무겁게 가라앉아 들어간 수많은 사람들의 질기디질긴 삶의 숨결과 그 삶들의 따스한 온기"[28]를 느끼는 것이다. 그래서 작가에게 고향은 '살아 있는 늪'이었다.

작가로서의 삶의 균형을 잡기 위해 그 늪에서의 고향 배우기를 일기 형식으로 보여준 소설이 '잃어버린 일기장을 완성하기 위하여'라는 부제가 붙은 「여름 추상」(1982)이다. 작가인 '나'는 유년의 땅, 장흥에 내려와 두 달여 머물면서 어머니와 누님과 매형들, 그리고 이웃과 친구들과 있었던 옛일을 되새기며 잃어버린 일기를 완성하고, 자신의 글쓰기를 반성한다. "진심을 말하고 싶어 할수록 그 진실의 가장 깊은 곳엔 음흉한 허구가 깃들여버리고, 거짓 또한 다짐을 하고 맹세를 할수록 더욱 거짓다운 과장만 부른다"[29]는 자성 다음에 오는 것은 사실성 따위가 크게 문제될 수 없는 사랑이 있는 말을 찾는 일이었다. 말들이 자유로워지고 그 자유스런 말들이 지배하는 세상은 교환가치가 숭상되는 도시가 아니라 시골, 특히 원초적 체험의 공간으로서의 고향인 것이다. 이청준은 "스스로 자유와 사랑에 충만한 시골 사투리의 말투"에서 '말의 자유'를 찾았다. 사투리는 "그 자체가 그 땅과 그 땅의 삶에 대한 사랑과 믿음의 표현"이기 때문인데, 그에 따르면 말의 자유를 가장 넓고 크게 누리고 있는 것이 사투리로 이루어진 판소리와 남도소리이다. 창자와

27 이청준, 「해변 아리랑」, 『눈길』, 열림원, 2000, 105쪽.
28 이청준, 「살아 있는 늪」, 위의 책, 90쪽.
29 이청준, 「여름의 추상」, 위의 책, 257쪽.

청자가 함께 누리는 판소리의 흥취와 신명은 질서와 조화로 승화되는 "자신의 삶에 대한 사랑의 율동"이고, 서민적 사설이 두드러진 남도소리는 "삶의 한 지혜의 양식"으로서 "그 흥이나 말의 자유, 혹은 우리 삶에 대한 사랑의 양식"이기 때문이다.[30] 이런 말의 자유를 찾기 위한 노력들은 자서전을 쓰는 일로 확대되어 『언어사회학 서설』 연작소설(「떠도는 말들」, 「자서전을 쓰십시다」, 「지배와 해방」, 「가위잠꼬대」, 「다시 태어나는 말들」)에서 구체화된다. "복수를 택하지 않고 수없이 다시 태어나는 고통과 변신을 감내하면서 자기 믿음을 지켜나가는 말들"[31]로 이루어지는 세계는 이청준이 고향의 탐구에서 얻어낸 이상향이다.

작가는 그런 고향의 숙명적인 삶에서 부끄러움과 원죄의식을 느끼고 그것을 창조적으로 변형하는 죄닦음과 화해에의 노력이 도시의 비정함을 극복할 수 있는 대안적 삶의 모습이고 진정한 예술이 길이라고 생각하였다.

작가의 원초적 체험을 생활의 에너지로 변환시키는 과정 자체가 이청준의 소설이라고 한다면, 그의 작품 전체는 작가의 원초적 체험을 중심으로 하여 펼쳐져 있는 부채꼴의 형상에 흡사한 구도를 이루지 않을 수 없다.[32] 남의 아픔을 당사자보다 더 귀하게 여기고 함께 아파하는 인간적 신뢰를 보여준 「구두 뒷굽」(1975)과, 죽은 누이를 찾아 끝없이 장괴집을 떠돌면서 "늘 쓸쓸하고 간절한 그리움 같은 걸 혼자서 몰래 견디고 살아온" 어린 '진용이'의 고달픈 삶의 내면적 아픔을 공감하고 체험하는 것을 그린 「별을 기르는 아이」(1976)도 삶이란 견디는 것이라는 작

30 위의 책, 269~271쪽 참조.
31 이청준, 「다시 태어나는 말」, 『서편제』, 앞의 책, 188쪽.
32 권오룡, 「어둠 속에서의 글쓰기」, 『소문의 벽』, 앞의 책, 380쪽.

가의 세계관을 보여준다. 다르게 말하면 이웃의 불행에서 부끄러움을 느끼고 함께 아파하거나 대신 아파하는 것이다. 예술가의 염결성을 다룬 「불을 머금은 항아리」(1977)도 실수로 빚은 한 점의 항아리 때문에 평생을 회한과 죄책감 속에 보내온 사기장이의 갸륵한 생애를 통해 부끄러움을 예술로 승화시키는 과정을 보여준다. 또 「흰철쭉」(1985)은 30년 전에 자신의 어머니가 심어놓은 흰철쭉을 보기 위해 9년 동안 매년 5월이면 '나'의 집에 찾아온 어떤 할머니의 이산의 아픔을 함께 아파하고 체험하는 과정을 보여준다.

작가는 현실의 고통과 아픔의 원인을 찾아 냉철하게 인식하고, 나아가서 그것을 껴안고 자신의 온몸으로 견디는 것을 사랑이라고 생각하였다. 「날개의 집」(1997) 주인공, 화가 '세민'이 "아픔을 배우는 것이 사랑이 아니라 그 아픔을 앓는 것, 그 아픔을 숙명의 삶 속에서 앓아가는 것이 사랑"이라고 깨닫는 것처럼 이청준에게는 자신의 온몸뚱어리로 그 아픔을 참고 앓아 나감이 사랑이었다. 그러한 사랑의 과정과 내면의 흔적('떨림')을 재현하고 베껴내는 일이 그에게는 소설이었던 셈이다.

그러나 그 베끼는 과정에는 거리가 필요하다. "아름다운 것은 아름답게 보이는 거리가 있는 법"[33]이기 때문이다. 죄닦음이나 화해, 또는 상처 치유로서의 글쓰기는 부끄러움을 유발하는 대상을 직접 그리는 것이 아니라 그 대상과 주인공이 어떻게 만나고 그것을 혼자서 견디며 그 속에서 사랑을 발견해가는 과정을 재현함으로써만 그 거리가 유지되었다. 독자는 그 과정을 추체험하면서 삶의 내면적 아픔을 공감하게 되는 것이다.

---

33 이청준, 「치자꽃 향기」, 『병신과 머저리』, 앞의 책, 190쪽.

## 4. 화해와 합일의 세계 소망하기

1960년 4 · 19가 이청준 초기 소설의 정치적 무의식을 형성하였듯이 1980년 광주항쟁의 경험이 작가의식에 새로운 정치적 무의식으로 작용한다. 1980년대 이후 그의 소설은 개인적 실존의 문제에서 인간이란 무엇이고 바람직한 삶이란 어떤 것인가를 인간 존재론의 차원에서 탐색하기 시작한다. 이것은 개인을 감싸고 있는 공동체의 운명과 장래의 비전을 발견하려는 시도이며 새로운 세계에의 꿈을 구체화하기 위한 노력이라고 할 것이다.

직접적으로는 『가위 밑 그림의 음화와 양화』 연작소설 (「가위 밑 그림의 음화와 양화 1」, 「전짓불 앞의 방백」, 「금지곡 시대」, 「잃어버린 절」, 「키 작은 자유인」)의 그림들은 1980년대의 악몽이나 가위눌림과 뗄 수 없는 시대적 상관성을 가지고 있다. 이 연작에서의 자기진술이란 앞서거니 뒤서거니 제시된 자전적 일화에 대한 작가 스스로의 해설에 가까운데,[34] 이러한 소설쓰기의 양식은 그의 사회인식, 현실인식의 구조적 동형체라고 할 수 있다.[35] 현실에 대한 부정적 인식은 원체험에서 오는 부끄러움을 삶의 일부로 수락하여 견디는 과정을 보여주기보다는 부끄러움을 유발하는 현실의 폭력이나 배반을 논리적으로 항변하거나 비판하는 양상으로 전개된다. 이에 따라 미학적 거리가 마련되지 못하여 소설의 형상성은 다소 미약하게 드러난다.

시대적 아픔과 결부된 궁극적인 삶의 본질에 대한 소설적 탐색은

34 박철화, 「고통, 화해, 성숙-이청준의 자아와 그 진실」, 이청준, 『가위 밑 그림의 음화와 양화』, 열림원, 1999, 184~186쪽 참조.

35 권오룡, 「잃어버린 '나'를 찾아서」, 이청준, 『키 작은 자유인』, 문학과지성사, 1990, 362쪽.

「기로수 씨의 마지막 심술」(1981)에서부터 시작된다. 선과 악은 인간 심성의 양면일 수 있다. 흥부의 어짊이 떳떳하게 부양할 인간 심성의 양지쪽이라면 놀부의 심술은 마음속에 숨기고 은밀히 즐기는 심성의 음지쪽일 수 있기 때문이다. 그러나 심술의 천재 '기로수' 씨의 삶은 길들이기를 은밀하게 숨기는 정치의 알레고리를 내포하고 있다. 그의 심술을 마음속으로 은밀하게 즐기는 마을 사람들이 나중에는 그 심술을 너무나 당연한 것으로 여기게 되는데 이런 현상은 개발 독재의 지배이념이나 제도를 무의식중에 수락하고 당연시하거나 향수에 젖어 강력한 리더십을 요구하기에 이르기도 하기 때문이다.

이러한 문학적 인식은 1980년 광주항쟁의 체험과 무관하지 않다. 광주항쟁 당시 자신의 제2의 고향이라고 할 수 있는 광주에서 엄청난 학살이 이루어지고 있는 동안 그 현장에 있지 않았다는 부재 의식이 살아남은 자의 슬픔으로 그를 매우 부끄럽게 했다. 그러한 현장 부재의 죄의식을 '유종열'이라는 사진작가의 일대기를 통해 보여주고 있는 작품이 「시간의 문」(1982)이다. 작가는 5년 전 동남아시아의 난민촌 사진 여행을 마치고 리베리아 선적 화물선으로 돌아오는 중 남지나 해상에서 난민의 배로 감으로써 실종된 사진작가의 사진 작업의 의미를 탐색한다. 미래의 시간을 찍는 사진작가 '유종열'이 사람의 흔적이 없는 자연만을 줄기차게 찍어대는 행위는 "어떤 미지의 시간대 속으로 사라져 들어가 버리고 싶은 강렬한 자기 실종의 욕망"을 드러냄으로써 '황홀한 실종'을 꿈꾸는 일이었다. 그는 1975년 난민 취재 여행에서 사진을 찍는 대신 난민선으로 가서 실종의 꿈을 실현한다. 사진을 찍겠다고 거기까지 간 사람이 사진기를 버리고 구조될 수 없는 난민선으로 가는 자신의 모습을 일본인 선장에 의해 되레 찍히는 배반과 절망을 통해서 그가 비로소 미래에로의 시간의 항해를 시작할 수 있었다. 작가는 사진을 찍는 주체와 대상 사이의 거리를 '공간의 벽'이라고 말하는데, 이 실종 사건을 통해서 그 벽을 허물고 주체가 대상이 되기 위해서는 '시간의 문'을 지나가야 한다는 것을 주장하고 있다. 이것은 주체와 객체가 합일되는 곳에 미래의 시간이 존재한다는 논리이다. 이런 논리는 「이어도」(1974)에서 "허구의 진실, 사실 포기, 가시적 현실을 포기했을 때 그에게 섬이 보이기 시작"했기 때문에 '천남석' 기자가 죽음으로써 이어도를 확인하는 것과 같은 맥락이다. 현실을 포기하거나 초월하여 진실을 볼 수 있기 위해서는 집착이나 욕망을 버리고 주체와 객체가 합일되는 현장성이 필요했던 것이다. 이청준이 역사현장의 부재에 대한 죄의식을 황홀한 실종에의 의지로 형상화하고 있는 작품이 「시간의 문」인 것이다.

5 · 18광주항쟁 이후 지배 세력에 대항하여 민주화를 열망하는 범국민적 세력들이 들불처럼 타오를 때 작가는 「비화밀교」(1985), 「흐르는 산」(1987), 「벌레 이야기」(1985) 등에서 인문학적인 상상력으로 바람직한 인간의 존재 조건과 진정한 삶의 지평을 모색하였다.

「비화밀교」는 작가가 집단적으로 폭력을 당하는 모습을 눈 뻔히 뜨고 속수무책인 채 보고 있을 수밖에 없었던 광주항쟁의 집단적 죄의식을 형상화한 작품이다. 소설가인 '나'는 민속학을 전공한 '조승호' 선생의 제안에 따라 J읍 제왕산의 횃불의식에 참여하여 그 밀교적 제의의식의 의미를 탐색한다. '조 선생'에 따르면 오래 전부터 매우 은밀하게 매년 되풀이되는 새해맞이 횃불의식은 제왕산 아래에 살거나 이 땅과 인연이 있는 사람들이 '자신의 자존심과 위엄'을 지켜가기 위한 몸부림이다. 이 의식은 이 밤의 일을 아는 사람은 누구나 참여할 수 있고, 좋은 사람이나 나쁜 사람, 선악이나 신분에 구애받지 않고 산 아래서 지닌

신분이나 입장에 관계없이 서로 똑같은 인간으로 동참하여 서로가 서로를 이 고을의 이름으로 용서하고 허물하지 않는 자리이다. 화해의 장이자 용서의 자리가 이 횃불의식인 셈이다. 자율적으로 이루어지면서 비교의 기이한 예배형식으로 진행되는 이 의식은 현상의 세계 또는 양지의 세계 이면에 있는 그림자의 세계 혹은 음력(陰力)의 세계에 속한다. 이 양력과 음력이 함께 움직이는 것이 세상의 이치일 터인데, '조 선생'과 '나'는 그 의식의 진행방향에 대해 약간의 견해 차이를 보여준다. '조 선생'은 "그 음지의 힘에다 어떤 가시적 질서를 부여하려 그것을 논리화하고 증거해보이면 그 순간에 그것은 현상의 세계로 떠올라와 가시적 현상세계의 지배 질서 혹은 지배 논리로 합세해" 버리기 때문에 오랜 기간 동안 유지되어 온 밀교의식이 가시적 세계로 드러남을 매우 경계할 뿐 아니라 "눈에 보이지 않게 숨겨져 실현을 기다리는 소망의 힘"이 숨겨진 옹달샘처럼 그대로 지켜져야 한다는 입장이다.[36] 이러한 '정신주의'의 세계관과는 달리 세상사에 대한 사실적인 이야기꾼으로서의 소설장이인 '나'는 "그 보이지 않는 어둠 속의 세계와 삶의 현상들에 대해 인간 정신의 밝은 빛을 쏘아 비춰 그것을 가시적 삶의 질서로 끌어들이려는 노릇"이 필요하다는 입장이다.[37] 실제로 이청준의 소설은 '조 선생'이 말한 '정신주의'에 가까운 것이었는데, 여기에서는 잠재적인 힘이 현실적인 모습으로 분출하는 것을 긍정하고 있다. 하이데거의 존재론적 해석처럼 "하나의 사실이라는 것은 어떤 조작이나 은폐의 기도에도 불구하고 결국은 그 자체의 힘으로써 자신의 존재와 질서와 운명을

36 이청준, 「비화밀교」, 『벌레 이야기』, 2002, 115~120쪽.
37 위의 책, 122~123쪽.

스스로 증거하게 마련"[38]이기 때문이다. 그 해의 횃불의식은 비밀스런 밀교의식에서 벗어나 제단과 신전을 불태우고 산 아래의 현실세계로 넘쳐 내려옴으로써 소설의 양식이 될 수 있었던 것이다. 여기에는 잠재되어 있는 힘의 역동성을 미래의 꿈으로 투사하고 있는 작가의 인문학적 소망이 담겨 있다.

「흐르는 산」도 여러 가지 면에서 「비화밀교」와 매우 비슷하다. 대원사에 숨어든 '도섭'은 잠을 잘 때도 항상 좌선하듯이 앉은잠만을 주무신다는 '무불' 큰스님의 도량을 탐색하고자 한다. '무불' 스님은 "산이 높아야 물이 멀리 흐르는 법"이라고 말하는데, 이것은 "자기의 아픔이 산처럼 쌓여 지혜로 높아지면, 그 아픔과 지혜의 흐름이 자연 큰 자비의 물줄기로 먼 곳까지 미쳐가 세상을 널리 어루만져"줄 뿐만 아니라 "혼자 아파함이 헛된 일이 아니며, 그로써 세상과도 아픔을 함께"하는 것임을 의미한다. 그런데 '도섭'은 '무불' 스님의 '정신주의'를 받아들이지 않는다. '도섭'은 이 깊은 산중에서 큰 깨달음을 얻고 아무리 아파하고 후회해도 누구의 아픔도 덜어줄 수 없고 중생을 구제할 수 없다고 생각한다. 그는 인간이 직접 '아픔의 강물'로 흘러야 한다고 믿는다. 그러나 '도섭'이 해방이 되고 나서 마을 장거리에서 '큰 물줄기의 흐름'을 인도하는 사람들 중에서 자신이 절간에서 일경의 염탐으로부터 구해주었던 사람들을 발견함으로써 '무불' 큰스님의 산이 흘러내렸음을 깨닫는다.

「비화밀교」의 '정 선생'과 「흐르는 산」의 '무불' 스님의 '정신주의'는 높은 산과 같은 내면적 성숙이면서 잠재적인 힘인데, 이것이 때를 만나면 넘쳐흘러 그 자체의 힘으로써 자신의 존재와 질서와 운명을 스스로

38 위의 책, 132~133쪽.

증거하게 마련이다. 작가는 남의 아픔을 나의 아픔으로 앓으면서 오랫동안 참고 견디고 서로가 서로를 용서하는 과정에서만 운명 공동체의 잠재적 힘의 역동성이 가능하다는 것을 보여주었다.

1980년대 중반은 화합과 화해를 위해 과거의 잘못을 용서해야 한다는 정치적 담론이 당파적 이익에 복무하고 있을 때였다. 민족의 화합과 통합이라는 미명 아래 광주 학살의 피해자들과는 상관없이 학살자의 처지에 있었거나 방관했던 정치가들이 자신의 권력을 창출하기 위한 방편으로 용서를 주장했던 것이다. 이 시기에 발표된 「벌레 이야기」는 인간적 차원의 용서란 무엇인가를 심층적으로 분석하고 있다는 데 그 의의가 크다. 이 작품은 남편의 입장에서 딸 알암이의 유괴로 인한 아내의 상처를 추적해가면서 같이 아파하는 탐색담이다. 딸을 죽인 사형수가 아내의 용서를 구하고 주님의 사함을 받는 것에서 아내가 절망에 빠진 수수께끼를 풀어가는 과정이 서사의 핵심이다. 아내의 절망은 아내가 사형수를 용서하고 싶어도 용서할 수 없는 처지에 놓여 있다는 인식에 기인한다. 아내가 사형수를 용서하기 위해 교도소까지 찾아갔지만 오히려 그에게서 용서를 받는 기묘한 현상을 목도하고 절망의 구렁텅이에 빠져버린 것이다. "내가 그를 아직 용서하지 않았는데 어느 누가 나 먼저 그를 용서하느냐"는 인간적인 항변과 주님에게 용서의 표적과 기회마저 빼앗겨버린 아내의 절망과 허탈감은 사형수가 주님의 용서와 구원의 은혜를 누리면서 거꾸로 희생자 가족을 염려하고 주님의 용서를 구하는 역설로 드러날 때 아내는 세상을 살아갈 힘을 잃게 되는 것이다. 남편은 "비록 아이를 잃은 아비가 아니더라도 다만 저열하고 무명한 인간의 이름으로" 아내의 아픔을 함께 할 때 아내의 이런 상처와 절망을 이해할 수 있었던 것이다. 이러한 개인사적 사건은 광주 학살의 용서에 대한 알레고리 서사에 다름 아니다.

1990년대 이후에는 이청준이 정치적인 문제에도 관심을 갖기 시작한다. 소 값 하락을 걱정하는 아버지 '공만석' 씨가 서울에 삶의 뿌리를 내리기 위해 고난의 투쟁을 벌이고 있는 아들과 딸의 입장을 이해하고 자식들과 함께 '진짜 싸움'을 준비하는 「누군들 초장부터 꾼으로 태어나랴」(1992)와 6 · 25전쟁을 경험한 세대와 미경험 세대의 통일관의 차이를 보여준 「가해자의 얼굴」(1992)은 정치 · 사회적 문제를 직접 다룬 것으로 이청준의 소설로는 특이한 것이다. 특히 「가해자의 얼굴」에서 우리는 이청준의 통일관을 읽어낼 수 있다. '김사일' 씨가 사람과 사람 간의 화해스런 만남을 우선시키려는 '점진적 통일 과정'을 주장하는 데는 다음과 같은 체험과 이유 때문이다. 중학교 2학년 때 혜화동 자형의 집으로 피난처를 찾아온 보도연맹의 청년을 죽음의 사지로 쫓아 보낸 자책감, 그 부끄럽고 참담스런 허물의 값을 끝내 가해자의 자리에서 치르고 싶어하는 질긴 속죄의식, 보도연맹으로 끌려간 자형의 출현이나 소식에 대한 두려움을 억누르며 언제까지나 조그만 아이로 불안하게 기다려온 괴로운 자기 견딤, 그 가열찬 가해자 의식이나 속죄의식 때문이다. 운동권 딸이 주장하는 피해자 의식보다는 용서와 화해를 구하는 자기 속죄의식을 덕목으로 하는 가해자 의식이 가해자와 피해자, 억압과 수난의 악순환의 고리를 끊고 너와 나 사이에 진정한 화해와 이해를 지향하고 만남의 문이 열리게 될 것이라는 것이다. 이런 입장에서 보면 '모두가 내 탓'이라는 자기반성과 속죄의식이 없이는 통일은 요원한 일일 것이다.

## 5. 맺음말

이상에서 살펴본 이청준의 소설들은 시기적으로 약간씩 달리 나타나기는 하지만 전체적으로는 시골과 도시를 왕복하는 삶의 축과 현실과 언어 사이의 긴장을 유지하는 예술의 축이 만나는 지점에서 소설의 허구적 세계가 형성되었다. 작가는 삶의 과정에서 생래적이든 경험적이든 상처로 남은 죄의식이나 가해자 의식을 부끄러워하고 그것을 자신의 삶의 본질로 수락하는 내면의 흔적이나 떨림을 정직하게 그리고자 하였는데 이것이 그의 소설이었다. 갖가지 환경과 사회의 영향이 개인의 태도 및 가치체계로 흡수되는 현상을 내면화라고 하는데, 소설에서의 내면화는 흔히 외부 세계에 대한 개체의 수동적 태도 또는 심리적 적대 관계에서 일어난다.[39] 이청준 소설은 그런 내면화의 기록이라고 할 수 있다.

이청준은 도시 지식인으로서의 균형을 잡기 위해서 삶의 축의 도회 좌표와 예술의 축의 현실 좌표가 만나는 지점에서 사회적 현실을 진단하고 자유의 의미를 탐색하였다. 「퇴원」, 「병신과 머저리」, 「가수」, 「소문의 벽」, 「잔인한 도시」, 「빈방」 등이 여기에 해당한다. 그리고 도회 좌표와 언어 좌표가 만나는 지점에서는 현실에 좌절한 인물들의 갈등과 광기를 통해 시대가 작가에게 가하는 금제(禁制)를 탐구하였다. 「줄광대」, 「과녁」, 「매잡이」, 「황홀한 실종」, 「조만득 씨」, 「가면의 꿈」 등이 여기에 속한다.

시골내기 이청준이 도시 지식인으로서 균형을 잡고 작가로서의 명

39 위르겐 슈람케, 원당희 · 박병화 역, 『현대소설의 이론』, 문예출판사, 1995, 196쪽.

성을 어느 정도 얻은 다음, 작가로서의 정체성을 확립하기 위해 고향 좌표와 현실 좌표가 만나는 지점에서 자신의 존재론적 숙명에서 오는 상처 및 죄의식을 해소하고 치유하고자 하였다. 「귀향 연습」, 「눈길」, 「해변 아리랑」, 「안질주의보」 등이 여기에 해당한다. 이런 '젖은 속옷 제 몸 말리기'가 고향 좌표와 언어 좌표에서 만나면 소리의 세계를 탐색하고 남의 아픔을 함께 아파하거나 대신 아파하게 된다. 『남도 사람』 연작, 『언어사회학 서설』 연작과 「별을 기르는 아이」, 「구두 뒷굽」, 「흰 철쭉」, 「날개의 집」 등이 여기에 속한다.

존재론적 숙명에서 오는 상처가 치유되고 난 다음에는 시대적 압력에서 오는 상처와 죄의식을 해결하기 위해 작가는 인문주의적 상상력을 동원하여 화해와 합일의 세계를 소망한다. 이것은 개인을 감싸고 있는 공동체의 운명과 장래의 비전을 발견하려는 시도이며 새로운 가능의 세계에로의 꿈을 구체화하기 위한 노력이었다. 이 단계에서는 삶의 축과 예술의 축이 하나로 융합되어 주체와 객체가 합일되는 이상적 공간이 창조된다. 「시간의 문」, 「비화밀교」, 「흐르는 산」, 「벌레 이야기」, 「가해자의 얼굴」 등이 여기에 해당한다.

이러한 소설의 지형도에 따르면 이청준은 소설 양식의 창조로 개인의 실존을 증명하고 있다고 할 수 있다. 이청준의 소설쓰기는 그가 자신의 시대와 자신의 삶을 감당할 알맞은 '정신의 틀'을 짓는 일이었다. 그가 추구하는 세계는 비유적으로 말하면, 우리들의 신발 가게를 온통 같은 모양, 같은 크기의 정신의 신발로 가득 채워버리는 데서가 아니라 우리 삶과 정신의 다양성에 대한 믿음을 전제로 하나의 틀을 해체하고 다양성이 조화롭고 풍성하게 꾸며가는 문학의 시대정신이었다.[40]

이청준이 전 작품을 통해서 드러내고자 하는 것은 억압하는 부정적

권력의 실체로서의 현실과 그 현실에서 상처받은 개인인데, 작가는 억압하는 현실에 대항하여 투쟁하기보다는 상처받은 개인의 내면을 탐색함으로써 억압의 실체를 밝히고, 더 나아가서 존재의 근원이나 인간 구원의 문제까지를 조심스럽게 암시적으로 제시하고자 하였다. 특히 작가정신의 기저에는 매우 불완전하고 때로는 벌레 같은 인간이지만 그러한 존재를 인간의 이름으로 아파할 수 있는 감수성이 자리 잡고 있다. 이러한 감수성으로 전체주의에 대한 거부와 다원화 사회에 대한 열망을 실천하는 것이 그가 평생의 작업으로 탐구했던 소설질의 궁극적 목표였다. 그런 점에서 그의 문학의 동력은 '자유의 정신'이라기보다는 생존에의 의지이고, 그 결과로 얻은 것이 자기 구원이며 자유로운 삶의 공간으로서의 꿈의 실현이었다.

40 이청준, 「이상문학상 수상 소감—문학의 신발가게」, 『소문의 벽』, 앞의 책, 302쪽.

## 참고문헌


- 이청준, 『별을 보여드립니다』, 열림원, 2001.
- ______, 『병신과 머저리』, 열림원, 2001.
- ______, 『가면의 꿈』, 열림원, 2002.
- ______, 『예언자』, 열림원, 2001.
- ______, 『눈길』, 열림원, 2000.
- ______, 『시간의 문』, 열림원, 2000.
- ______, 『소문의 벽』, 열림원, 1998.
- ______, 『이어도』, 열림원, 1998.
- ______, 『숨은 손가락』, 열림원, 2001.
- ______, 『벌레 이야기』, 열림원, 2002.
- ______, 『자서전을 쓰십시다』, 열림원, 2000.
- ______, 『서편제』, 열림원, 1998.
- ______, 『가위 밑 그림의 음화와 양화』, 열림원, 1999.

- 권오룡 엮음, 『이청준 깊이 읽기』, 문학과지성사, 1999.
- ______, 「어둠 속에서의 글쓰기」, 이청준, 『소문의 벽』, 열림원, 1998.
- ______, 「잃어버린 '나'를 찾아서」, 이청준, 『키 작은 자유인』, 문학과지성사, 1990.
- 김윤식, 「심정의 넓힘과 심정의 좁힘－이청준론」, 『한국현대소설비판』, 일지사, 1981.
- 김윤식 · 정호웅, 『한국소설사』, 예하, 1993.
- 김　현, 『김현문학전집 2』, 문학과지성사, 1991.
- 박철화, 「고통, 화해, 성숙－이청준의 자아와 그 진실」, 이청준, 『가위 밑 그림의 음화와 양화』, 열림원, 1999.
- 우찬제, 「이청준」, 『약전으로 읽는 문학사 2』, 소명출판, 2008.
- ______, 「한의 역설－이청준의 『남도사람』 연작 읽기」, 이청준, 『서편제』, 열림원, 1998.
- 위르겐 슈람케, 원당희 · 박병화 옮김, 『현대소설의 이론』, 문예출판사, 1995.
- 이윤옥, 『비상학, 부활하는 새, 다시 태어나는 말』, 문이당, 2005.
- 이재선, 『현대소설사(1945～1990)』, 민음사, 1991.
- 이청준, 『나의 삶 나의 문학 오마니』, 문학과의식사, 1999.
- ______, 『신화의 시대』, 물레, 2008.
- 최인훈, 『광장』, 문학과지성사, 1993.

# 이청준 소설의 서사전략

탐구와 성찰의 격자구조

**김한식** • 상명대학교

## 1. 이청준 소설의 스타일

소설사에서 1960년대는 특별히 '새로움'이 강조된다. 소설의 제재가 전쟁의 비참과 암울에서 벗어나기 시작했으며 개인과 시민의 발견이 본격적으로 시작되는 시기로 평가된다. 이 시기를 대표하는 작가들이 식민지 체험을 깊이 가지고 있지 않은 해방 전후 출생한 이들이라는 점도 시기의 구분을 용이하게 만드는 요소이다. 역사적으로 4 · 19와 5 · 16이라는 중요한 사건이 시대의 초입에 발생하기도 했다. 그러나 시기 구분이 늘 그렇듯이 이전 세대와의 차별성을 강조해야 할 필요성이 구분의 가장 큰 동력으로 작용하고 있는 것도 사실이다. 비평이나 매체 등 여러 문학 제도들의 요구를 대표적인 예로 들 수 있겠다.

전후 세대 혹은 전후소설과 구분되는 이 시기의 소설을 대표하는 작가로는 최인훈, 김승옥, 이청준을 들 수 있다. 이들의 소설에서 전쟁은 여전히 매우 중요한 의미를 가지고 있으며 소재로도 자주 사용된다. 따라서 이들의 소설을 이전의 그것과 구분할 수 있는 요소는 전쟁과 같은 소재가 아니라 개인의 감각이라는 다소 추상적인 개념이 될 수밖에 없다. 개인의 감각마저도 이전 소설이 보여준 시대성 · 역사성과 대비하고, 각각의 작가들이 가진 차이를 최소로 인정할 때 성립할 수 있는 공통점이다.

김승옥의 감각적 문체는 오랫동안 1960년대의 새로움을 대표했다. 그의 단편 「무진기행」이나 「서울, 1964년 겨울」을 통해 확인할 수 있는 현실에 대한 감수성과 감각적 표현은 이전 소설과 구분되는 이 시기의 독특함으로 내세우기에 부족함이 없다. 최인훈의 '관념' 역시 우리 소설사에서는 보기 드문 특별한 스타일을 만들어 냈다. 『광장』의 이명준이나 「그레이 구락부 전말기」에 나오는 '창 타입의 사람'은 의도의 좌절과 사고의 과잉으로 괴로워하는 새로운 유형의 인물들이다. 최인훈 소설에서 개인은 늘 현실에 섞이지 못한다. 거리를 두고 있거나 고립되어 있다. 이처럼 김승옥과 최인훈 소설의 인물들은 현실이나 억압에 직접 반응하는 인물들의 아니라 개인의 감각이나 관념이 승한 인물들이다.

그렇다면 이들과 함께 1960년대 소설을 대표한다고 할 수 있는 이청준의 소설은 어떠한가? 김승옥이나 최인훈이 그렇듯이 이청준 소설의 인물들 역시 현실이나 억압에 직접 반응하기보다는 개인의 감각이나 관념을 통한 간접적 반응을 보여준다. 세계와 자아에 대해 직접적이고 분명한 신념을 가지고 있기보다는 그것의 다양성 혹은 해석 불가능성에 대해 이야기한다. 이청준은 하나의 완전한 서사를 들려주기보다는 인물이 직접 겪게 되는 사건과 그를 통해 알게 된 다른 이야기를 함께 제시한다. 세계에 대해 말하는 듯 하면서 자기 존재의 문제를 제기하기도 한다. 이러한 이청준 소설의 특징은 격자 구조 또는 중층 구조의 서사를 택하고 있는 소설에서 가장 잘 드러난다.

스타일은 소재나 주제의 공통점은 물론 작가 의식이나 문체까지를 아우르는 포괄적인 개념이다. 격자 구조는 서술 기법 혹은 방법에 붙여진 이름이지만 이청준에게는 기법 이상을 의미한다. 격자 구조는 두 개 이상의 이야기가 하나의 소설 안에 존재하며 이 둘 사이의 관계가 매우 긴밀하게 연결되어 있어 그것이 하나의 주제를 만들어내는 구조를 말한다. 그러면서도 격자소설의 안쪽 이야기와 바깥 이야기는 나름대로 완결된 서사를 가지고 있어야 한다. 결과적으로 격자소설에는 크게 세 개의 서사가 존재하는 셈이다. 안쪽 이야기와 바깥 이야기를 아우르는 큰 서사가 있고, 안쪽 이야기와 바깥 이야기라는 서사가 각각 존재하게 된다.

이 글은 이청준의 초기 작품들 중 격자 구조를 가지고 있는 작품을 통해 이청준 소설의 서사적 특징에 대해 살펴보려 한다. 데뷔작인 「퇴원」(1965)을 시작으로 「병신과 머저리」(1966), 「줄」(1966, 이후 「줄광대」로 개명), 「매잡이」(1968) 등의 작품들을 살펴 볼 것이다. 여느 작가들과 마찬가지로 이청준의 초기작들은 작가를 이해하는 데 매우 중요한 시사점을 가지고 있다. 이들 작품들은 작가 이청준을 문단에 알리게 된 출세작이자 대표작들이기도 하다. 무엇보다도 다른 작가들과 구분되는 이청준 소설의 특징을 확인하기에 적당한 작품이라 할 수 있다.

다음 2, 3, 4장에서는 이 작품들을 대상으로 앞서 말한 세 가지 서사를 차례로 살펴본다.

## 2. 추리소설의 서사

이청준의 격자소설은 바깥 이야기의 인물이 안쪽 이야기를 서술하는 형식을 취한다. 「줄광대」의 서사는 잡지사 기자인 '나'가 하늘로 '승천'한 줄광대의 이야기를 취재하는 형식이고, 「매잡이」의 서사는 소설가인 '나'가 소설의 소재로 쓰인 매잡이의 삶과 친구 민태원의 행적을 서술하는 형식이다. 「병신과 머저리」의 동생 역시 자신의 그림이 그려지지 않는 이유와 '형'의 소설 안쪽 이야기가 어떻게 마무리될 것인지를 궁금하게 만들면서 서사를 진행한다.

격자소설에서 전체 서사는 추리소설의 서사와 매우 유사하다. 바깥 이야기가 안 이야기를 추적하고 탐색하는 형식이기 때문이다. 추리소설은 이미 발생한 사건을 추적하는 형식으로 결과가 먼저 제시되고 원인이 이후에 밝혀지는 구조이다. 추리소설의 장점은 무엇보다 독자의 궁금증을 유발하기에 적당하다는 데 있다. 흥미를 끌 만한 사건이 작품의 초반에 제시되기 때문에 독자들은 결론에 이르기까지 지루함을 느끼지 않는다. 추리소설은 사건을 중심으로 결과와 원인을 맞추어가기 때문에 완만한 진행보다는 변화와 우연의 서사를 중요하게 활용한다.

「병신과 머저리」는 "형이 소설을 쓴다는 기이한 일은, 달포 전 그의 칼끝이 열 살배기 소녀의 육신으로부터 그 영혼을 후벼내 버린 사건과 깊이 관계가 되고 있는 듯했다"[1]로 시작한다. 형이 소설을 쓰는 일이 범상한 것이 아님을 짐작하게 한다. 소설을 쓰는 이유 못지않게 소설의 내용 역시 흥미롭다. "그것은 형이 6·25사변 때 강계(江界) 근방에서 패잔병으로 낙오된 적이 있었다는 사실과, 나중에는 거기서 같이 낙오되었던 동료를(몇이었는지는 정확치 않지만) 죽이고 그때는 이미 38선 부근에서 격전을 벌이고 있는 우군 진지까지 무려 천 리 가까운 길을 탈출해 나온 일이 있었다는 사실에 대해서"(13쪽) 다룬 소설이다. 낙오되었던 동료를 죽인 사건이나 천 리 가까운 길을 홀로 탈출해 나온 일 모두 평범하지는 않다. 평범하지 않은 서두에 이어 흥미 있는 사건이 이어질 것이라 기대하게 된다. 이처럼 「병신과 머저리」는 작품 초반에서 소설에 대한 독자들의 궁금증을 최대로 높여 놓는다.

「매잡이」의 서두 역시 호기심을 자극하는 표현으로 시작한다. 그대로 옮기면 "지난 봄 갑자기 세상을 등지고 만 민태준 형은, 그가 이승에 있었다는 흔적으로 단 한 가지 유물만을 남겨 놓고 갔었다. 아는 이는 다 알고 있는 일이지만 그것은 별로 값지지도 않은 몇 권의 대학 노트로 되어 있는 비망록이었다"[2]이다. 서술자는 죽은 이가 이승에 남겨놓은 단 하나의 유물에 대해 이야기한다. 아는 이는 다 알고 있다고 하지만 독자로서는 아무 것도 알 수 없는 그런 유품이다. 유물이라는 말도 호기심을 끄는데, 게다가 그것이 비밀스러움을 담고 있는 노트라면 그 내용이 궁금해지지 않을 수 없다. 「줄광대」의 경우도 작품 초반에 전체 이야기를 암시해 주는 서술이 나온다. "어디서 얻어들었는지, 부장은 C읍에 승천한 줄광대가 있다고 하더라면서, 꽤 근거가 있는 이야기로 재

1 이청준, 「병신과 머저리」, 『한국소설문학대계』 53, 동아출판사, 1995, 11쪽.
2 이청준, 「매잡이」, 위의 책, 73쪽.

미있는 기사 거리가 될 수 있을 테니 좀 자세히 취재를 해오라는 것이었다"[3]가 그것이다. 무엇보다 '승천'이라는 단어가 평범하지 않다. 누구라도 이 소설이 줄광대의 죽음을 다룰 것을 알 수 있지만 그것이 왜 승천이 되는지는 쉽게 알 수 없다.

그러나 이청준의 격자소설이 추리소설의 서사를 그대로 따르고 있다고 보기는 어렵다. 일반적인 추리소설의 서사는 이미 벌어진 사건을 시간을 거슬러 재구성하고 사건의 이유를 추적한다. 미처 알지 못했던 원인이나 여타 문제들이 새롭게 밝혀지기는 하지만 큰 틀에서 보면 서사는 이미 정해져 있는 결론을 향해 진행된다고 할 수 있다. 이에 비해 이청준의 격자소설에서 서사는 명확한 원인과 결과를 제시하고 있지 않다. 명확한 결론을 이끌어내기보다 과정 자체를 보여주는 데 주력하고 있다. 결과가 있고 결과의 원인을 추적하기는 하지만 결국 그 원인이 분명히 밝혀지지는 않는 서사이다. 따라서 이청준 소설에서 추리 서사는 '나'(독자들이 소설가로 착각하기 쉬운)의 사고 과정을 보여주고 독자가 그 사고 과정을 따라오게끔 만드는 기능을 주로 수행한다.

추리소설의 독자는 서술자가 문제를 풀어가는 과정에 참여하는 데서 즐거움을 느끼지만 이청준 소설을 읽는 독자는 서술자가 가진 고민을 함께 나누어 가지게 된다. 이는 꼭 즐거운 일이라고만은 할 수 없는바, 소설을 읽는 재미는 안쪽 이야기에서 구해질 수밖에 없다. 실제로 그의 소설에서는 안쪽 이야기에 등장하는 인물이나 사건에 대한 관심이 바깥 이야기가 주는 서사의 재미보다 큰 경우가 많다. 게다가 안쪽 이야기는 평범한 일상에서 벗어난 '먼 곳'에서 벌어진 일들이다.

---

3 이청준, 「줄광대」, 『시간의 문』, 열림원, 2000, 13쪽.

그렇다고 안쪽 이야기가 낯설고 기괴한 설득력 없는 에피소드로 이루어진 것은 아니다. 오히려 평범한 일상에서 느끼기 어려운 이야기 자체의 권위를 가지고 있다. 안쪽 이야기가 권위를 얻기 위해 자주 동원하는 것이 인물이 죽음이다. 격자소설 안쪽 이야기의 인물들은 모두 죽음을 맞이하게 된다. 「병신과 머저리」에서 안쪽 이야기에 해당하는 형이 쓴 소설에서는 김일병(혹은 관모)을 누가 죽였는지가 가장 흥미를 끄는 요소이다. 줄에서 떨어져 죽은 줄광대의 죽음, 사라져 가는 매잡이의 운명처럼 스스로 자신의 목숨을 놓아버린 곽씨의 죽음은 신비감마저 느끼게 한다. 또 이들은 자신의 죽음과 스스로의 생각에 대해 설명하지 않는다는, 설명할 기회를 갖지 않는다는 공통점을 가지고 있다. 서술자가 열심히 무언가를 밝혀내는 것 같지만 결국 많은 것이 가려진 채로 남는 셈이다.

이청준의 격자소설이 추리소설의 서사와 구분되는 가장 중요한 요소는 안쪽 이야기의 결론이 바깥 이야기에 큰 영향을 미치지 못한다는 데 있다. 이는 두 이야기 사이에 긴밀함이 떨어진다는 의미이기도 하지만 바깥 이야기의 인물이 가진 완강함이 영향을 허용하지 않는다는 의미가 더 강하다.[4] 또, 바깥 이야기의 인물과 안쪽 이야기의 인물이 가진 연관성이 매우 적다는 데에서도 원인을 찾을 수 있다. 전쟁 당시의 '형'이 가진 경험과 여인을 잡지 못하고 다른 남자에게 떠나보낸 '나'의 경험이 어떻게 연관될 수 있는지 소설 안에서 그 근거를 찾기는 쉽지 않

4 안쪽 이야기가 마무리 되었을 때 바깥 이야기의 인물은 어떤 식으로든 영향을 받아야 하지만 그러한 영향관계가 분명치 못하다는 의미이다. 이미 알고 있던 자기 문제를 확인하는 데 그치는 경우가 대부분이다. 이는 이후에 발표되는 소설들에서도 크게 달라지지 않는다. 이청준 소설의 이러한 특징은 환원론적이라고 비판 받기도 한다.

다. 오히려 둘은 환부의 유무로 구분되는 면이 더 크다.[5] 「줄광대」에서 줄을 탈 수 없게 되어 '승천'한 광대의 경험은 소설을 쓸 수 없는 기자의 현재와 긴밀한 연관을 가지고 있다고 보기 어렵다. 「매잡이」의 죽음과 민태원의 죽음, 그리고 소설가인 나의 경험을 연결하기 위해서는 여러 단계의 유추가 필요하다.

반대로 이러한 서사 구조는 이청준 소설을 단순히 서사가 주는 흥미 위주의 소설이 아닌 고민하는 개인이 부각되는 소설로 만들어준다. 추리의 서사를 중심으로 전개되는 것처럼 보이지만 실제로는 독자로 하여금 깊은 사색을 가능하게 해주는 고도의 긴장감을 갖춘 서사인 것이다. 열린 결말과 두 이야기 사이에 존재하는 간극은 독자의 상상력을 자유롭게 풀어주는 긍정적인 역할을 하게 된다. 대부분의 추리소설이 한 번 읽고 나면 흥미를 잃게 만드는 것과 달리 이청준 소설이 여러 번의 독서를 요구하고 그때마다 새로운 발견의 기쁨을 주는 이유도 여기에 있다.

## 3. 안 이야기, 탐구의 서사

격자의 안쪽 이야기는 인물이나 사건에 대한 탐구의 형식을 취하고 있다. 격자 밖의 인물에 의해 추적되고 밝혀지는 이야기이다. 이야기라는 단어가 어울리게 인물의 삶이나 사건의 선후 등 시작과 중간과 끝을

5 구분하자면 소설을 쓰는 형은 분명한 환부를 지니고 있는 인물이고 그림을 그리지 못하는 동생은 환부를 알 수 없는 인물이다.

분명하게 갖추고 있다. 자잘한 일상은 과감히 생략되고 중요한 내용들만 압축적으로 소개된다. 독자 입장에서는 바깥 이야기에 비해 이해하거나 공감하기가 훨씬 수월하다. 이청준 격자소설을 읽는 재미는 안쪽 이야기를 읽는 재미라고 해도 지나친 말이 아니다.

앞서 언급한 바와 같이 안쪽 이야기가 주로 죽음으로 마무리된다는 점은 기억해 둘 만하다. "죽음은 이야기꾼이 보고할 수 있는 모든 것에 대한 인준을 뜻"하고 소설가는 "죽음으로부터 그의 권위를 빌려오는 것"[6]이기 때문이다. 죽음을 피해갈 수 있는 사람은 없고 죽음 앞에서 경건하지 않은 사람도 없다. 죽은 사람은 산 사람과 갈등을 일으키지 않으며 그들의 일에 간섭하지도 않는다. 현재가 많은 사람들의 죽음 위에 건설되었다는 사실도 우리는 모두 알고 있다. 또 서술자의 고민이 해결되는가의 문제와는 무관하게 죽음은 하나의 이야기가 마무리 될 수 있는 가장 완벽한 형식이다.

「병신과 머저리」에서 김일병 혹은 관모의 죽음은, 누가 죽였는가라는 문제가 남기는 하지만, 형이 쓴 소설의 마무리이다. 「줄광대」나 「매잡이」의 죽음 역시 이야기를 마무리 짓는데 효과적인 결말이다. 줄광대나 매잡이의 죽음은 스스로 선택한 것이라는 점 때문에 숙연한 분위기까지 연출한다. 현대 소설은 과거 이야기에 비해 경험의 가치가 하락한 상태에서 창작될 수밖에 없다고 말한다. 근대 이후 공유되거나 이해할 수 있는 경험이 사라졌다는 의미이다. 그러나 죽음으로 마무리되는 이들의 경험은 매우 가치 있는 것으로 느껴진다. 이 역시 안쪽 이야기가 온전한 이야기에 가깝다는 인상을 주는 이유이다.

---

6 발터 벤야민, 「이야기꾼과 소설가」, 『발터벤야민의 문예이론』, 문학과지성사, 2005, 178쪽.

안쪽 이야기는 그 자체로 인간에 대한 탐구를 수반하고 있다. 인간성 혹은 인간 정신의 지극한 지점을 다루고 있기 때문이다. 이는 안쪽 이야기가 격자소설 전체의 주제나 바깥 이야기와 어떤 연관을 갖는가와 무관한 문제이다. 인물들은 어쩔 수 없는 상황에 처해 있으며 상상할 수 있는 가장 극단적인, 하지만 어찌 보면 가장 평범한 선택을 한다. 전통적인 이야기가 그렇듯이 이들은 공감에서 비롯되는 감동을 준다. 「병신과 머저리」가 상황의 절실함이 강조되는 쪽이라면 「줄광대」나 「매잡이」는 공동의 기억을 자극하는 쪽이라 할 수 있다.

「줄광대」나 「매잡이」에 한정할 경우 과거의 사라져가는 것에 대한 낭만적 향수도 중요한 관심거리가 된다(이는 이후 「과녁」이나 「서편제」 등 많은 소설에 등장한다). 또 이 이야기들은 시간적으로 뿐 아니라 공간적으로도 먼 곳의 이야기라는 특징을 가지고 있다. 집단의 기억 안쪽에 남아있기는 하지만 구체적 경험과는 약간의 거리를 두고 있는 이야기는 흥미를 끌기에 적당하다. 이는 먼 곳에서 오래 전에 벌어진 일이라는 과거 이야기의 존재 방식과도 무관하지 않다.

물론 안쪽 이야기 자체도 이해하기 쉽지만은 않다. 인물들의 행동이나 서사의 마무리가 이야기의 모든 문제를 해결해 주지는 않기 때문이다. 인물의 죽음으로 사건에 대한 자세한 증언을 들을 수 없다는 점도 완전한 해결을 방해한다. 결국 이야기는 신비를 간직한 채로 남게 되는 것이다. 「병신과 머저리」의 경우 소설 속 인물을 누가(누구를까지) 죽였는지는 끝내 밝혀지지 않는다. 성실한 독자들조차 다른 결론에 이를 수 있다. 줄광대나 매잡이가 죽은 이유도 생각하기에 따라 다양하게 해석될 수 있다. 사랑과 줄타기 중 하나를 선택해야 하는 것이 줄광대였다면 매잡이는 자신의 일이 사라지는 것과 함께 사라져야 할 운명이었거나, 거기에 저항하기 위해 죽음을 선택한 인물이 된다.

안쪽 이야기에 등장하는 장인은 자주 소설가와 비교된다. 이는 안쪽 이야기를 찾아가는 인물의 직업이 글쓰기와 관계된 경우가 많기 때문이고, 소설가 역시 언어를 다루는 장인으로 볼 수 있기 때문이다. 소설의 안쪽 이야기는 경험을 주고받을 수 있던 시대가 사라져 가는 세상의 인심을 그리고 있다고 볼 수 있다. 장인으로서의 소설가 역시 사라져 가는 부류에 속한다고 볼 때 이청준 소설에 자주 등장하는 글을 쓰지 못하는 소설가는 장인으로서의 소설가에 해당하는 셈이다.

부정적으로 말해 소설은 의사소통의 수단으로서는 그 효율이 매우 떨어지는 매체에 속한다. 벤야민의 말대로 얘기의 예술은 그 종국을 치닫고 있고, 그 이유는 진리의 서사적인 면, 즉 지혜가 사멸되어 가고 있기 때문인지도 모른다.[7] 굳이 진리라고까지 말할 수는 없지만 줄광대와 매잡이가 사라져가고 있는 현실도 과거의 무엇이 사라져가는 현재의 풍속을 보여주는 데는 부족함이 없다. 「매잡이」에서 서술자는 매잡이가 되려는 버버리 소년에 대해 "풍속이 사라진 시대—사라져간 풍속의 유민으로서의 소년은 내게 더 이상 아무런 의미도 있을 수가 없는 것이다"[8]라고 말한다. 소년이 서술자에게 의미가 없는 것이 작가들이 소설을 쓰지 못하는 이유와 어떻게든 관계되리라는 것을 짐작할 수 있다. 이렇듯 장인과 소설과의 비유는 안쪽 이야기가 바깥 이야기와 관계 맺는 방식의 하나라고 보아도 크게 무리가 없다.

7 발터 벤야민, 위의 글, 169쪽.
8 이청준, 「매잡이」, 앞의 책, 130쪽.

## 4. 바깥 이야기, 성찰의 서사

이야기의 흥미와는 무관하게 이청준 격자소설의 주제는 주로 '나'를 주인공이자 서술자로 하는 바깥 이야기에 담겨 있다. 바깥 이야기의 '나'는 우연한 기회에 안쪽 이야기를 '탐구'하게 되고 그 과정을 통해 자신을 '성찰'한다. 성찰의 핵심은 자기를 돌아봄이라고 할 수 있을 터인데, 소설에서의 성찰은 뚜렷한 성과 없이 결과의 반복으로 맺어지곤 한다. 앞서 말한 대로 '나'는 현재를 사는 평범한 시민이지만 좁혀보면 화가, 기자, 소설가 등 모종의 표현 활동에 관계된 일을 하는 사람이다.

바깥 이야기는 서술자의 현재 고민과 밀접한 관련을 가지고 있는데 고민의 내용은 자신의 천분을 수행할 수 없는 어떤 형편과 관련된다. 어떤 형편이라고 한 이유는 당사자 역시 일을 하지 못하는 이유를 정확히 알지 못하기 때문이다. 비록 이유는 모르지만 서술자는 그것을 알기 위한 방법으로 충실하게 다른 이야기를 탐구한다. 그러나 작품이 마무리될 때까지 일을 할 수 없는 이유는 밝혀지지 않는다. 여기에는 서술자의 문제와 안쪽 이야기의 문제가 동시에 존재한다. 서술자의 자아가 지나치게 완강하거나 안쪽 이야기의 메시지가 분명하지 않다. 어느 쪽이든 서술자는 안쪽 이야기를 통해서도 자신의 문제에 대한 이유를 알아내지 못한다.

여기서 이청준 초기 소설의 일관된 주제인 '알 수 없는 환부'의 문제가 드러난다. 알 수 없는 환부란 증상은 있으나 이유를 찾을 수 없는 개인의 병을 의미한다. 원인을 알 수 없다는 말은 곧 치료가 불가능하다는 의미이기도 하다. 「매잡이」에서 서술자는 자신의 '알 수 없는 환부'에 대해 "그나마 민 형의 경우처럼 자신의 삶에 대한 어떤 치열한 인내와 결단성, 심지어는 그 풍속의 미학에 대한 나름대로의 꿈마저도 깊이 지녀보질 못해온 터"[9]라고 하여 자신의 환부가 민 형의 그것보다 깊은 것임을 자인한다. 「병신과 머저리」에서 동생을 떠나 다른 이와 결혼하게 되는 혜인은 편지에서 "이유를 알 수 없는 환부를 지닌, 어쩌면 처음부터 환부다운 환부가 없는 선생님은 도대체 무슨 환자일까"[10]라고 말한다. 이 병은 소통의 문제와도 관련되어 있다. 대표적인 증상이 소설을 쓰지 못하거나 그림을 그릴 수 없는 것이고, 병은 그 이유이기 때문이다. 바깥 이야기를 기준으로 볼 때 탐구를 통한 성찰은 자기 환부의 돌아보기 이상도 이하도 아니다.

'알 수 없는 환부'는 이청준의 첫 소설 「퇴원(退院)」에서부터 등장하는 주제이다. 이청준의 데뷔작 「퇴원」의 주인공은 군에서 제대한 이후 '알 수 없는 병' 때문에 친구가 운영하는 병원에 입원한다. 그가 병원에서 하는 일은 병실의 창문을 통해 밖을 내다보는 것이 전부이다. 소설의 주인공은 독방에서 외부와의 접촉 없이 고립되어 생활한다. 독방의 문이 열릴 때는 간호사가 체온을 재거나 무슨 이름도 알 수 없는 주사약을 놓으러 올 때, 거리의 식당에서 자극성 없는 음식으로 배달해 오도록 준이 조처해 준 세 끼의 배달을 받을 때뿐이다. 증상이 있건 없건 '나'는 환자이다. 병원에서도 충분히 무기력한 시간을 보내던 주인공이 이제는 세상으로 나가야 하겠다는 의지를 되찾는 것이 소설의 결말이다.[11]

실제 무슨 이유로 주인공이 퇴원을 결심하게 되는지는 분명치 않다.

---

9 위의 책, 131쪽.

10 이청준, 「병신과 머저리」, 위의 책, 35쪽.

11 환부 없는 상처로 표현되기도 하는 어린 시절의 경험은 이후 지속적으로 이청준이 다루게 되는 '화두'이다. 그러나 소설에서는 그 경험이 증상의 원인이 되었다고 주장하기보다 증상의 원인을 알 수 없음이 더 많이 강조된다.

다시 돌아가게 된 창밖의 시계를 원인으로 드는 것이 보통이다. 그러나 병원 사내의 죽음을 원인으로 보는 것도 가능하다. 한 방에 누워 있던 사내의 병은 사실 내가 앓고 있는 병과 같은 성질의 것이었다. 이들은 병을 통해 세상과 단절되어 있었고, 사내의 죽음을 통해 주인공은 자신의 증상을 깊이 깨닫게 되는 듯하다. 비록 증상은 다르지만 질병으로 인해 처해 있는 환자들의 정신을 동일하게 읽어내야 '퇴원'이라는 말의 의미가 드러난다고 할 수 있다. 그렇다고 해서 「퇴원」에서 어떤 병이 문제가 되는지, 주인공이 어떤 해결책을 가지고 밖으로 나가는지를 확실히 알 수는 없다.[12]

「퇴원」에서 주인공이 앓고 있는 병은 이후 소설에서 다양한 방식으로 변주된다. 음악이 그렇듯 변주는 발전이나 반복을 포함한다. 이후 소설에서도 환부는 증상의 원인을 밝히는 방식이 아니라 결론을 드러내는 방식으로 표현되는 경우가 많다. 구체적으로는 '소설을 쓸 수 없음', '매잡이를 할 수 없음', '줄을 탈 수 없음', '말을 전달할 수 없음'을 예로 들 수 있다. 비약해서 말한다면 환부 없는 증상은 어떤 방식으로든 소통이 이루어질 수 없음으로까지 나아가게 된다.

이청준의 격자소설은 이러한 환부를 찾아가는 길로 우리를 이끌어 간다. 여전히 구체적인 환부의 내용을 보여주지는 않으면서 그럼에도 존재하는 환부의 실체를 찾기 위해 노력하는 서술자를 따라가게 만든다. 바깥 이야기는 '나'가 만난 사람들의 모습을 통해 환부의 치료 불가

12 '환부 없는 질병'은 동시대 다른 작가들의 작품에서도 확인할 수 있다. 서정인의 「후송」은 실제로 증상이 존재하지만 객관적으로 증명되지 않는 이명 현상을 앓고 있는 장교가 주인공인 소설이다. 최인훈의 「그레이 구락부 전말기」에 등장하는 주인공 역시 무기력증에 시달리고 있지만 그 원인에 대해서는 자세한 설명이 없다.

능성을 보여준다. 여기서 치료 불가능성은 이청준 소설의 평가에서 논쟁이 되는 부분이다. 치료 불가능성은 개인이 해결할 수 없는 현실 그대로를 보여주는 것이라는 평가와 현실에 대한 개인의 완강한 저항을 보여주는 것이라는 평가가 모두 가능하기 때문이다.

소통의 문제는 이청준 소설을 보는 매우 중요한 관점이 된다. 여기서는 격자 구조와 관계된 이야기만을 할 수밖에 없다. 언어를 통해 아무것도 소통할 수 없음은 근대 예술인 소설이 맞이하게 된 피하기 어려운 운명이다. 이야기꾼과 달리 소설가는 자신을 남으로부터 고립시킨다. 소설가는 고독한 개인을 다룰 수밖에 없고, 자신의 주요한 관심사를 더 이상 표현할 수 없는 직업이다. 남에게 조언을 받을 수 없기에 남에게도 아무런 조언을 해줄 수 없는 고독한 개인이 소설가의 모습인 것이다.[13] 소설가가 근대인을 대표하는 것은 아니지만 소설가의 운명은 근대인 모두의 운명을 상징하기도 한다. 이청준 소설의 바깥 이야기와 안쪽 이야기가 갖는 관계도 소설가와 타인의 관계와 크게 다르지 않다. 안쪽 이야기를 중심으로 바깥 이야기가 둘러싸고 있지만 처음과 끝이 근본적으로 달라지지 않는 것이 이청준 격자소설의 특징이기 때문이다. 마치 소설가가 아무런 조언을 받을 수 없는 운명을 타고난 것과 같이 안쪽 이야기의 탐구를 통해서도 바깥 이야기는 크게 달라지지 않는다.

13 발터 벤야민, 앞의 글, 170쪽.

## 5. 격자 구조의 의미

비록 초기 소설에 한정했지만 격자소설은 이청준 소설의 특징을 가장 잘 보여주는 서사이다. 이청준은 이야기의 탐구와 자기 성찰이라는 문제를 안팎의 서사로 엮어 소통 불가능성이라는 근대적인 주제를 다루고 있다. 격자소설의 서술자는 자기 이야기를 들려주는 사람이며 동시에 이야기를 찾아 헤매는 사람이다. 두 이야기를 묶어주는 추리소설적 서사는 독자들에게 단순한 흥미 이상을 전달해준다. 안팎의 이야기는 각각 독립된 의미를 가지고 있기도 하다. 안쪽 이야기가 비교적 완결된 구조를 가진 서사 형식이라면 바깥의 이야기는 안쪽 이야기의 탐구 자체를 서사의 주요 골격으로 삼는다.

격자소설은 이청준의 작가 의식을 잘 보여주기도 한다. 전통적인 이야기 형식을 따르면서도 그것에 근대적인 성찰의 형식을 담아내려는 시도가 격자 구조로 나타난 것이라 볼 수 있기 때문이다. 소설에 자주 등장하는 '장인'을 소설을 창작하고 있는 이청준의 모습과 비교하게 되는 이유가 여기에 있다.

또, 개인에 대한 작가의 관심을 읽을 수 있다. 문제의 발생과 해결 과정에서 가장 중요한 의미를 갖는 것은 개인이다. 실제로 이청준 소설에서 개인과 대비될 수 있는 타자가 구체적으로 등장하는 경우는 그리 많지 않다. 물론 작가가 보는 외부요인으로 사회와 집단, 역사와 현실, 신념과 당위의 이름으로 개인의 자유를 억압하고 간섭하는 것들을 상상할 수는 있다.[14] 그렇더라도 직접적으로 거론되는 경우는 많지 않으며

14 장편 『당신들의 천국』 정도가 이를 구체적으로 드러낸 경우라 할 수 있다. 이 소설 역시

개인의 존재론적인 문제보다 중요하게 보이지는 않는다.

표현과 소통의 대상이 되는 진실 역시 개인적 의미에 한정되는 경우가 많다. 이를 통해 이청준은 개인이 스스로를 분명하고 확실하게 주장하는 것이 어렵다는 생각, 개인의 상처를 공유하는 일이 근본적으로 불가능하다는 생각을 드러낸다. 개인이 처한 이러한 상황은 비극적이기는 하지만 인정하지 않을 수 없는 현실이기도 하다. 현실을 이렇게 본다면 이청준 소설이 "자신의 음성을 짐짓 낮추어 기법과 주제상의 겸손함을 보여주는 열린 구조"[15]를 택하게 되었다는 평가는 일면의 타당성을 갖게 된다. 결론을 짓기보다는 개방적으로 열어두는 것이 훨씬 진실에 가깝다는 생각이 가능하기 때문이다.

이러한 구조가 가진 문제점 또한 분명하다. 결론을 지연시키고 열어놓은 것은 그 자체로 이미 개인의 진실은 사회적인 맥락에서 자리 매겨지거나 인과적인 논리로 혹은 하나의 의미로 규정할 수 없다는 전제에서 출발하는 것이라는 비판이 가능하다. 이러한 생각의 연장에서 개인주체의 배타적인 옹호와 자기주장이야말로 이청준 격자소설의 이면에 숨어 있는 정치적 핵심[16]이라고 보는 견해도 있다.

이상의 긍정과 비판은 모두 이청준의 소설만이 아닌 1960년대 우리 소설이 가진 특징을 설명한 것이라 볼 수 있다. 개인이 소설의 주제로 들어오고 그들이 가진 존재론적인 고민이 소설의 주제가 되는 시대의 한복판에 이청준이 존재했다고 볼 수 있다. 그 시대가 만들어낸 새로움

---

각 장마다 다른 서술자를 등장시키고 있다.

15 권택영, 「이청준 소설의 중층구조」, 권오룡 엮음, 『이청준 깊이 읽기』, 문학과지성사, 1999, 166쪽.

16 김영찬, 「이청준 격자소설의 정치적 (무)의식」, 『근대문학연구』 제6권 제2호, 근대문학회, 2005. 10, 349쪽.

에 대해서는 어떤 쪽도 인정하지 않을 수 없다. 격자소설은 이를 표현하기 위해 고안해 낸 이청준 고유의 스타일이었다고 평가할 수 있다.

## 참고문헌


- 이청준, 「매잡이」, 『한국소설문학대계』 53, 동아출판사, 1995.
- ______, 「줄광대」, 『시간의 문』, 열림원, 2000.
- ______, 「병신과 머저리」, 『한국소설문학대계』 53, 동아출판사, 1995.

- 김영찬, 「이청준 격자소설의 정치적 (무)의식」, 『근대문학연구』 제6권 제2호, 근대문학회, 2005.10.
- 권오룡 엮음, 『이청준 깊이 읽기』, 문학과지성사, 1999.
- 발터 벤야민, 반성완 옮김, 『발터벤야민의 문예이론』, 문학과지성사, 2005.

# 기나긴 fort-da 놀이

『남도사람』 연작과 영화 <서편제>, <천년학>에 대하여

김형중 • 조선대학교

## 1. 이청준식 fort-da 놀이

많은 논자들이 이미 거론한 바 있듯이, 이청준의 소설에서 유달리 자주 등장하는 원체험 중 하나가 바닷가 텃밭에서의 유년기 체험에 관한 것이다. 다음은 「서편제－남도 사람 1」에서 묘사된 그 장면이다.

> 파도비늘 반짝이는 바다가 내려다보이는 해변가 언덕밭의 한 모퉁이－그 언덕밭 한 모퉁이에 누군지 주인을 알 수 없는 해묵은 무덤이 하나 누워 있었고, 소년은 언제나 그 무덤가 잔디밭에 허리 고삐가 매여 놀고 있었다. (…중략…)

소년은 날마다 그 무덤가 잔디에서 고삐가 매인 짐승 꼴로 긴긴 여름날을 기다려야 했다. 그리고 그 언덕배기 무덤가에서 소년은 더러 물비늘 반짝이며 섬 기슭을 돌아 나가는 돛단배를 내려다보기도 했고, 더러는 또 얼굴을 쪄 오는 여름 태양볕 아래 배고픈 낮잠을 자기도 했다. 그러면서 이제나저제나 밭고랑 사이로 들어간 어미가 일이 끝내고 나오기를 기다렸다. 하지만 여름마다 콩이 아니면 콩과 수수를 함께 섞어 심은 밭고랑 사이를 타고 들어간 어미는 소년의 그런 기다림 따위는 아랑곳이 없었다. 물결 위를 떠도는 부표처럼 가물가물 콩밭 사이를 오락가락하면서 하루 종일 그 노랫소리도 같고 울음소리도 같은 이상스런 콧소리 같은 것을 웅웅거리고 있었다. 어미의 웅웅거리는 노랫가락 소리만이 진종일 소년의 곁을 서서히 멀어져 갔다간 다시 가까워져 오고, 가까워졌다간 어느 틈엔가 다시 까마득하게 멀어져 가곤 할 뿐이었다.[1]

이와 유사한 장면들이 이청준의 여러 작품들에서 반복해서 등장한다. 「해변 아리랑」에서는 '아이'의 유년 시절로, 『당신들의 천국』에서는 '상욱'의 유년시절로, 「이어도」에서는 '천남석'의 유년시절로, 「귀향 연습」에서는 '남지섭'의 유년시절로, 『축제』에서는 '이준섭'의 유년시절로 변주되지만, 그 내용은 위 인용문과 대동소이하다. 요컨대 무덤이 있는 바닷가의 밭고랑에서 아이는 허리에 고삐가 매인 채로 밭을 매느라 고랑 사이를 멀어졌다 다가왔다 하는 어머니를 기다리고 있다.

이토록 자주 반복해서 등장하는 장면이라면 이를 두고 이청준 소설(최소한 어머니 계열 소설)의 원체험이라 해도 무리는 아닐 듯싶다. 사실 이

1 이청준, 「서편제」, 『서편제』, 열림원, 2008, 18~19쪽.

원체험은 작가 자신의 원체험이라 해도 무방해 보이는데, 그 훌륭한 증거 자료가 될 만한 것이 「소리의 빛－남도 사람 2」다. 이 작품에서도 앞서 인용한 「서편제」에서와 동일한 장면이 반복된다. 더군다나 작가는 자구(字句)하나 틀림없이, 동일한 문장들을 네 페이지에 걸쳐(「소리의 빛」 42~45쪽) 그대로 옮겨 놓는다. 마치 이 장면에 관해서는 정확하게 기억하고 있어서 달리 손볼 것이 없다는 듯이.

그러나 엄밀하게 말해서 이 장면을 작가의 '실제' 유년체험으로 바로 해석해서는 곤란하다. 프로이트도 말하거니와 원초적 기억이란 믿을 만한 것이 못된다. 왜냐하면 꿈과 마찬가지로 기억 역시 종종 '이차가공'되기 때문이다. 프로이트가 히스테리 환자들의 치료 과정에서 발견한 것이 바로 그것이다. 그들이 말하는 외상적인 장면, 즉 유년기의 원초적 장면(성인에 의한 유혹, 거세 위협, 부모의 성행위 등의)은 종종 실제 일어난 일이 아니라 신경증 환자가 어떤 이유로 상상해 낸 후, 실제 일어났던 것처럼 믿어 버리게 된 경우가 많았던 것이다. 그런 이유로 작가 이청준이 실제로 이런 장면을 경험했고, 그것이 그의 작가로서의 인생에 결정적인 영향을 미쳤을 것이라는 단순한 전기적 독법은 피해야 한다. 다만, 우리는 실제 일어났을 수도, 혹은 일어나지 않았을 수도 있는 그 장면이 작가 이청준에게 미친 '심리적 효과'에 대해서는 말할 수 있을 것이다. 왜냐하면 설사 실제로 발생한 적이 없는 경험이라 하더라도 그것이 한 작가 혹은 어떤 신경증 환자(작가와 신경증 환자는 아주 많은 점을 공유한다)에게 미친 심리적 영향력이 막대할 경우, 그것은 '심리적 사실'로 다루어질 필요가 있기 때문이다.[2] 그리고 종종 그런 심리적 사실이 실

2 이에 대해서는 홍준기, 「자끄 라깡, 프로이트로의 복귀」, 홍준기 외, 『라깡의 재탄생』, 창

제 사실보다도 훨씬 더 강력하게 한 사람의 인생을 좌우하기도 한다.

이 장면이 작가 이청준에게 미친 심리적 효과를 논하기 위해서는 우선 이 장면의 의미가 밝혀져야 할 터인데, 실마리는 아무래도 어머니를 두고 "진종일 소년의 곁을 서서히 멀어져 갔다간 다시 가까워져 오고, 가까워졌다간 어느 틈엔가 다시 까마득하게 멀어져 가곤 할 뿐"이라 묘사했던 부분일 듯싶다. 이와 유사한 어머니의 사라짐과 귀환의 테마에 대해서는 프로이트가 이미 논의한 적이 있다. 중기 저작인 『쾌락원칙을 넘어서』에서 프로이트는 자신의 손자가 고안해 낸 소위 '포트-다(fort-da)' 놀이에 대해 언급한다. 간략하게 그 놀이에 대해 설명하자면 이렇다.[3]

서양 나이로 한 살 반 된 손자가 어느 날 손에 잡히는 작은 물건은 아무것이나 방구석 혹은 침대 밑으로 집어던진다. 그리고는 '오오오오'라는 기괴한 소리를 낸다. 또 어떤 경우에는 실이 감겨 있는 실패를 침대 밑에 던져 넣은 뒤, 실을 당겨 그것을 다시 제 앞으로 오게 하고는 'da(다)'라고 길게 외치기도 한다. 프로이트는 전자의 '오' 발음을 독일어 'fort', 즉 '사라졌다'라는 의미로 해석한다. 그리고 후자의 'da'는 독일어 의미 그대로 '거기에'라는 의미로 해석한다. 그리고는 이렇게 덧붙인다. "그렇다면 그것은 사라짐과 돌아옴이라는 완벽한 놀이였다."[4]

프로이트는 이 놀이를 유아가 소위 '분리불안(separation anxiety)'을 극복하기 위해 고안해 낸 것이라 해석한다. 즉 어머니의 부재가 주는 불안, 그리고 어머니의 귀환이 주는 기쁨을 아이는 놀이를 통해 재현하고

---

작과비평사, 2002, 41~42쪽 참조.

3 이하 이 놀이에 대한 설명은 『쾌락원칙을 넘어서』(S. 프로이트, 박찬부 옮김, 열린책들, 1997) 20~22쪽을 요약한 것이다.

4 위의 책, 21쪽.

있다. 그럼으로써 어머니와 분리될 지도 모른다는 불안을 극복하는 것이다. 라깡 식으로 말하자면 어머니와의 상상계(the Imaginary)적 관계가 깨질지도 모른다는 불안감이 유아로 하여금 이런 식의 놀이를 행하게 했던 셈이다.

앞서 인용한 이청준의 유년기 밭 장면은 그것이 어머니의 사라짐과 귀환의 되풀이와 관련된다는 점에서 이 놀이를 연상시키는 데가 있다. 밭을 매는 어머니는 고랑을 사이에 두고 멀어졌다가 다가왔다가 멀어졌다가 다시 다가오기를 반복한다. 아이는 어머니의 사라짐과 귀환의 장면을 반복해서 목격하고 이를 통해 분리불안을 이겨낸다. 이 장면이 그토록 작가의 뇌리에 깊이 각인될 수 있었던 것도 이와 관련될 것이다. 유년기에 작가 이청준은 분명히 밭고랑을 사이에 두고 어머니를 도구로 'fort-da' 놀이를 한 적이 있었던 것이다. 그리고 그것은 어머니가 사라질 지도 모른다는 최초의 분리 불안과 관계된 것이므로 평생을 두고 그의 뇌리에 깊이 각인될 수밖에 없는 그런 놀이였다. 이것이 예의 그 원초적 장면의 의미다.

그렇다면 이 원초적 장면이 작가 이청준에게 그리고 그의 작품세계 전반에 미친 심리적 효과는 어떤 것이었을까? 여기 흥미로운 진술이 있다.

> 서울에서 지낼 땐 내 중요한 무엇을 잃고 잘못 살고 있는 것 같아 늘 고향 동네로 가 살고 싶고, 고향에 가 있으면 또 세상을 등지고 혼자 적막하게 유폐되어 버린 것 같아 다시 서울로 돌아가고 싶은 변덕스런 심사에 쫓기면서, 마음으로나 실제로나 그 고향 고을과 서울 사이를 끊임없이 오가며 떠돌고 있는 것이 저간의 내 세상살이 행적이다.[5]

사실 이 말은 작가 자신의 세상살이 행적일 뿐만 아니라 그가 쓴 작품 속 주인공들의 세상살이 행적이기도 하다. 이청준의 주인공들, 특히 고향과 어머니 관련 소설들의 주인공들은 거의 예외 없이 성인 주체가 되어서도 분리불안의 양가성에서 벗어나지 못한다. 그들은 어머니가 있는 고향으로 되돌아가고 또 그곳으로부터 벗어나기를 되풀이한다. 가령 「귀향 연습」의 주인공은 고향을 떠나면 몸에 온갖 '염증'이 생기는 병을 앓는다. 그래서 그는 귀향을 꿈꾸지만, 고향 지척까지 왔다가도 귀향하지 못하고 상경한다. 그의 삶은 귀향과 탈향의 반복, 사라짐과 귀환의 반복이다. 「이어도」의 주인공 천남석은 나고 자란 섬 제주도에서 벗어나지 못해 안달이지만 결국엔 시신이 되어서라도 고향의 바닷가로 되돌아온다. 그 역시 탈향과 귀향을 되풀이한다. 「눈길」의 화자가 어머니와 고향에 대해 갖는 양가감정, 『당신들의 천국』에서 조백헌 원장과 이상욱 과장이 각각 대변하는 자유와 사랑의 이데올로기도 넓은 의미에서는 예의 그 원초적 장면을 되풀이 한다고 볼 수 있다. 벗어남과 돌아옴은 이청준의 주인공들에겐 거의 운명에 가깝다. 그렇다면 이렇게 말해도 되겠다.

이청준은, 그리고 그의 주인공들은 성인이 되어서도 'fort-da' 놀이를 계속함으로써 가까스로 분리불안을 제어하고 있다. 다만 프로이트의 손자에겐 그 놀이의 도구가 실패였던 것이, 그리고 자신들의 유년기에는 밭고랑 사이를 오락가락 하던 어머니였던 것이, 성인이 되어서는 바로 자신 스스로를 놀이의 도구로 삼았다는 차이가 있을 뿐.

5 이청준, 「「서편제」의 회원」, 『서편제』, 앞의 책, 57쪽.

## 2. 아버지의 소리

그러나 『남도 사람』 연작으로 미루어 볼 때, 그 원초적 장면의 강력한 심리적 효과는 그것이 단순히 어머니로부터의 분리에 대한 불안과 관계되기 때문만은 아닌 듯싶다. 다른 작품들에서는 등장하지 않는 지극히 오이디푸스적인 삼각관계가 이 연작들의 원초적 장면에 더해진다. 다음은 앞서 인용한 원초적 장면에 이어지는 부분이다.

그러던 어느 날.

하루는 그 바다가 내려다보이는 뙈기밭가로 해서 뒷산을 넘어가는 고갯길 근처에서 이상스런 노랫가락 소리가 들려오기 시작했다. (…중략…) 어쨌거나 그날 그 모습을 볼 수 없는 노랫소리는 진종일 해가 지나도록 숲속에서 흘러 나왔고, 그러자 한 가지 이상스런 일이 일어났다. 밭고랑만 들어서면 우우우 노랫소리도 같고 울음소리도 같던 어미의 그 이상스런 웅얼거림이 이날따라 그 산소리에 화답이라도 보내듯 더욱더 분명하고 극성스럽게 떠돌아 번지기 시작한 것이다. 그러면서 어미는 뜨거운 햇볕 아래 하루 종일 가물가물 밭이랑 사이를 가고 또 오갔다. 그리고 마침내 산봉우리 너머로 뉘엿뉘엿 햇덩이가 떨어지고, 거뭇한 저녁 어스름이 서서히 산기슭을 덮어 내려오기 시작하자, 진종일 녹음 속에 숨어 있던 노랫소리가 비로소 뱀처럼 은밀스럽게 산 어스름을 타고 내려왔다. 그리곤 그 뱀이 먹이를 덮치듯 아직도 가물가물 밭고랑 사이를 떠돌고 있던 소년의 어미를 후다닥 덮쳐 버렸다.

그런 일이 있고 난 뒤부터 그날의 소리는 아주 소년의 마을로 들어와 집 문간방에 둥지를 틀고 살게 되었으며, 동네 안에 둥지를 틀고 들어앉게 된 소리의 남자는 날만 밝으면 언제나 그 언덕밭 뒷산의 녹음 속으로 숨어 들어가 진종일 지겹도록 산울림만 지어 내리곤 하였다. 사람의 모습은 보이지 않고 녹음이 소리를 숨기고 사는 양 한 소리였다. (…중략…)

소리는 얼굴이 없었으되, 소년의 기억 속엔 그 머리 위에 이글거리던 햇덩이보다도 분명한 소리의 얼굴이 있을 수 없었다. 그리고 언제나 뜨겁게 불타고 있던 그 햇덩이야말로 그날의 소년의 숙명처럼 아직 그것을 찾아 헤매 다니고 있는 자신의 운명의 얼굴이었다.[6]

아이의 친아버지는 이미 죽은 지 오래다. 아이가 어머니와 맺고 있는 상상계적 이자 관계는 그렇게 설명된다. 아버지는 부재하고, 그래서 여전히 어머니와의 미분리 상태를 꿈꾸는 아이에게 아직 오이디푸스적 삼각관계는 도래하지 않았다. 그러나 소리꾼의 등장과 함께 사정이 달라진다. 둘만이 존재하던 바닷가의 그 밭에 낯선 남정네의 소리가 들려온다. 그러자 "밭고랑만 들어서면 우우우 노랫소리도 같고 울음소리도 같던 어미의 그 이상스런 웅얼거림이 이날따라 그 산소리에 화답이라도 보내듯 더욱더 분명하고 극성스럽게 떠돌아 번지기 시작"한다. 그 낯선 소리꾼이 '소리'로 어머니를 유혹했고, 어머니는 그 유혹에 응한다. 바로 그 '소리'가 그 날 저녁 뱀처럼 어머니를 덮친다.

당연히 이 장면은 '어머니–나'로 이루어진 이자적 관계가 깨지고 '아버지–어머니–나'로 이루어진 오이디푸스적 삼각형이 그 모양새를 갖추는 장면으로 읽힌다. 실제로 그 소리꾼은 나의 (의붓)아버지가 되거니와, 뱀은 물론 남근 상징이고, 소리와 뱀이 등가인 것처럼 받아들여지고 있으니, 그렇다면 그가 어머니를 유혹했던 '소리'는 다름 아닌 라깡

6 위의 책, 19~20쪽.

적 의미에서의 '팔루스(phallus)'로 해석될 수 있을 것이다. 내게는 없거나 미약하게만 있고, 하지만 나의 연적인 아버지에게는 그것이 온전하게 존재하고, 어머니는 내가 아닌 그것을 욕망하고, 어머니가 욕망하는 그것을 내가 소유해야만 나의 결여가 완전히 채워질 것 같은 특권적 기표로서의 팔루스 말이다. 물론 라깡의 말 그대로 어떤 인간에게서도 결여로서의 욕망은 완전히 채워질 수 없는 것이고, 팔루스 역시 그 욕망을 채워주지는 못할 것이지만, 어쨌든 오이디푸스 단계에 들어선 아이는 바로 그 팔루스의 개입에 의해 어머니와 분리될 위기에 처하고, 바로 그런 이유로 그 팔루스의 주인인 아버지를 적대시한다.[7] 아이에게는 두 가지 선택지가 주어진다. 아버지의 팔루스를 거부하고 어머니와의 상상적 관계를 유지할 것이냐, 아버지의 팔루스를 인정하고 상징계(the Symbolic)에 편입될 것이냐. 전자의 선택은 아이를 정신병에 빠지게 할 것이고, 후자의 선택은 아마도 소설이 더 이상 진행되지 못하게 할 것이다. 아이는 그래서 그 중간쯤, 그러니까 상상계와 상징계 사이에 머문다. 의붓아버지의 소리와 함께 평생 그를 사로잡은 그 날의 햇덩이 이미지는 그가 아버지의 팔루스 앞에 평생 지우지 못할 만큼 주눅들었음을 암시한다. 그러나 그는 또한 아버지 곁에 아들로서 머물기를 포기하고, 그를 살해하고자 시도했으나 실패한 채 대처로 떠난다. 말하자면 그는 상상계에 머물지도 상징계에 편입되지도 못한 채 아버지를 상징하는 뜨거운 햇덩이의 환시와 어머니를 유혹했던 소리의 환청을 운명처럼 떠안은 채 남도 산하를 떠돈다. 그것이 아이에게는 '한'의 정체다.

요약하자면, 예의 그 원초적 장면이 작가 이청준의 의식 깊은 곳에

---

7 라깡의 팔루스 개념에 대해서는 홍준기, 앞의 글, 55~61쪽 참조.

각인되었던 것은 딱히 그것이 어머니와의 최초의 분리불안과 관계된 기억이기 때문만은 아니다. 그 장면이야말로 아이가 자신의 결여를 확인하고, 어머니의 욕망이 자신을 향해 있지 않음을 받아들이고, 그럼으로써 상징계로의 고통스런 입사식을 치를 것인가 말 것인가 하는 절대절명의 선택을 눈앞에 둔 상황의 기억이었기 때문이라고 해야 정확한 말이 될 것이다. 사실 이청준의 주인공들은 모두 이 상태에 머물러 있는 것으로 보인다. 앞서 살펴보았듯이 그들은 모두 어머니(그리고 고향)에게 접근하고, 그러나 마치 거기에 무슨 거대한 금기라도 있는 듯이 금방 서울로 탈향하기를 거듭한다. 그들은 여전히 상징계에 안착하지 못한 것이다.

## 3. 누이를 찾아서

이청준의 주인공들이 상징계에 안착하지 못한 채 여전히 어머니와의 상상적 관계를 꿈꾼다는 사실은, 『남도 사람』 연작에서 '사내'가 자신의 여동생에 대해 보여주는 모호한 태도(그리고 역으로 여동생이 사내에게 보여주는 태도의 모호함)의 이유가 된다. 그리고 그가 아버지에 대해 가진 살의의 기원도 여기에 있다.

이 연작이 이제 성인이 된 사내가 남도 곳곳을 헤매며 누이의 행방을 수소문하는 형식, 그러니까 잃어버린 누이 찾기의 형식으로 되어 있다는 사실은 익히 아는 바다. 바로 그 형식에 필수적인 인물들이 세 명의 현명한 화자들이다. 세 편의 연작엔 결정적으로 누이의 행방에 대해 알려주는 인물들이 각각 등장하는데, 「서편제」에서는 소릿재 주막의 주모가, 「소리의 빛」에서는 장흥읍 근처 주막의 천 씨가, 그리고 「선학동 나그네」에서는 선학동 주막의 사내가 그들이다. 흥미로운 점은 그들이 마치 어쩔 수 없다는 듯 이야기를 꺼내 놓고도, 정작 장님 소리꾼 처녀와 그의 오라비에 대한 얘기는 끝내 들추지 않는다는 사실이다. 그들은 오누이의 이야기를 먼저 꺼내 놓는 법이 없다. 그 이야기는 항상 마지막에, 정작 하고자 하는 이야기는 이것이었지만 내내 망설여왔다는 듯이 발설된다. 가령 이런 식이다.

> 아마 그 여자 어렸을 때 소리 장단을 부축해 준 북채잡이 어린 오라비가 한 분 계셨더라는데, 제가 여태 그걸 말씀드리지 않고 있었던가요?[8]

> 주인장 어렸을 적에 이 마을에 찾아 들었다는 그 소리꾼 부녀의 이야기 말이오. 그때 그 어린 계잡아이에겐 소리 장단을 잡아 주던 오라비가 하나 있었을 겝니다. 그런데 주인장께선 일부러 그 오라비의 이야길 빼놓고 있었지요.[9]

이 현명한 화자들이 두 오누이의 비밀, 그러니까 근친애적인 애정관계를 이미 알고 있고, 그것을 덮어 주듯 발설을 꺼려하고 있다고 해석하면 과장일까? 아마 그렇지 않을 것이다. 이 연작들에서는 둘의 관계가 표면서사와는 달리 텍스트의 무의식에 있어서는 강한 근친애적 욕망에 의해 추인되고 있음을 보여주는 의미심장한 구절들이 많다. 첫째로, 여동생이 장님이 된 사연에 대한 엇갈린 해석이 있다.

---

8 이청준, 「서편제」, 앞의 책, 33쪽.
9 이청준, 「선학동 나그네」, 위의 책, 84쪽.

"그래서 그 한을 심어 주려고 아비가 자식 눈을 빼앗았단 말인가?"

"사람들 얘기들이 그랬었다오."

"아니지…… 아닐 걸세."

사내가 다시 천천히 고개를 가로 저었다.

"사람의 한이라는 것이 그렇게 심어 주려 해서 심어 줄 수 있는 것은 아닌 걸세. 사람의 한이라는 건 그런 식으로 누구한테 받아 지닐 수 있는 것이 아니라, 인생살이 한평생을 살아가면서 긴긴 세월 동안 먼지처럼 쌓여 생기는 것이라네. 어떤 사람들한텐 사는 것이 한을 쌓는 일이고 한을 쌓는 것이 사는 것이 되듯이 말이네……. 그보다도 고인한테 좀 미안한 말이지만, 노인은 아마 그 여자의 소리보다 자식년이 당신 곁을 떠나지 못하게 해두고 싶은 생각이 앞섰을 지도 모르는 일일 거네."[10]

소릿재 주막의 주모는 사람들 말을 빌려 아버지가 딸에게 한을 심어 주고 그래서 소리를 비상하게 하기 위해 눈에 청강수를 찍었다고 말한다. 그러나 그 오라비 되는 사내는 그것이 아니라고, 한은 그렇게 생기는 것이 아니며, 사실은 노인이 딸마저 자신을 떠나지 못하게 잡아 두기 위해 그러했을 거라고 말한다. 후자의 해석은 어머니를, 그리고 그 대리표상으로서의 누이를 소유하고자 악행을 일삼은 아버지에 대한 적개심을 강조하는 전형적으로 정신분석적인 해석이다. 게다가 이 말 뒤에 이어지는 소릿재 주막 주모의 다음과 같은 말은 이러한 의심을 더욱 더 가중시킨다. "손님께서는 아마 그렇게 믿어야 마음이 편해지시는가 보군요."[11] 아버지에 대한 아들의 적개심은 대개 아버지를 악한으로

10 이청준, 「서편제」, 위의 책, 32쪽.

만들어야 자기 징벌의 대상에서 면제되는 법이다. 그러니 아버지를 소유욕으로 인해 딸의 눈을 멀게 한 자로 만들고자 하는 아들의 심리는 이해 못할 바 아니다. 사내에게 아버지는 연인을 앗아가고, 그 연인의 눈을 멀게 한 사랑의 방해자여야만 한다. 그래야 자신의 근친애적 욕망은 누이에 대한 연민으로 인정되고, 부친에 대한 살해 욕구 역시 정당화될 수 있기 때문이다.

부친 살해 욕구라고 했거니와 『남도 사람』 연작에서 사내는 의붓아버지에 대한 살해 욕구에 오랫동안 시달린 적이 있음을 여러 차례 거론한다. 그 중 한 구절을 인용하면 이렇다.

> 사내는 끝내 나어린 오뉘 소리꾼을 만들기가 소원인 것 같았다.
>
> 그러나 그 어린 사내녀석은 아비의 뜻을 따를 수가 없었다. 그는 오히려 사내와는 정반대의 생각을 품고 있었다. 언제부턴가 그는 자기 손으로 그 나이 먹은 사내와 사내의 소리를 죽이고 말 은밀한 계획을 꾸미고 있었다. 어미를 죽인 것은 바로 사내의 소리였다. 언젠가는 또 사내가 자기를 죽이게 될지도 모른다는 두려움이 항상 녀석을 떨리게 했다.
>
> —「서편제」, 27쪽

명백한 부친 살해 욕구의 표현인데, 정신분석적 견지(가령 『토템과 타부』의 부친살해 의식)에서 볼 때 부친살해 욕구는 여성의 독점자인 아버지에 대한 반란으로 해석되는 것이 일반적이다. 앞서 소리는 곧 의붓아버지의 팔루스를 상징한다고 말했는데, 위 인용문의 첫 문장은 의붓아버

11 위의 책, 32쪽.

지가 바로 그 팔루스를 오누이에게 강요했음을 보여준다. 즉 그는 자신의 팔루스를 강요함으로써 아버지의 질서, 즉 상징계로 오누이를 강제 편입시키고자 시도한다. 아는 바와 같이 여동생은 아버지의 소리를 배운다. 그러니까 아버지의 팔루스에 순응한다. 그러나 오라비는 다르다. 그는 아버지의 소리를 거부하고, 심지어 그를 죽이려고 맘먹는다. 아니 실제로 죽이려고 시도하기도 하는데(「서편제」, 29쪽), 부친 살해 시도의 저변에는 어머니와 누이를 가로챈 사랑의 방해자에 대한 심판 의식이 있었을 것임은 쉽사리 짐작할 수 있다. 물론 부친 살해 시도는 실패로 끝난다. 왜냐하면 그는 이미 팔루스의 위력에 주눅 든 바 있기 때문이다. 대신 그는 그 고통스런 삼각관계로부터 도피하는 방식을 택한다. 아버지와 누이 곁을 떠난 것이다. 그러자 그때부터 그의 운명은 소리(아버지의 팔루스)를 찾아(왜냐하면 그는 아버지의 팔루스에 완전히 굴복하지 못해 상징계에 입사하지 못했으므로), 그리고 동시에 누이(어머니의 대리표상)를 찾아(왜냐하면 그는 아직 상상계에 미련을 버리지 못했으므로) 떠도는 운명 앞에 속수무책으로 노출된다. 아마도 그를 지배하는 한의 정체가 이것일 텐데, 그러나 「소리의 빛」 말미에 그는 바로 이 한을 풀 수 있는 기회를 맞이한다. 누이와 해후한 것이다.

「소리의 빛」의 다음 장면은 오누이의 해후, 그리고 그들이 뽑어내는 가락과 장단이 일종의 상징적 정사 행위임을 암시한다.

> 여자는 소리를 굴렸다가 깎았다 멎었다가 풀었다 하면서 온갖 변화무쌍한 조화를 이끌어 냈고, 손님에 대해서도 때로는 장단을 딛지 않고 교묘하게 그 사이를 빠져 넘나드는가 하면, 때로는 장단을 건너가는 엇붙임을 빚어내어 그 솜씨를 마음껏 즐기게 하였다.

그것은 마치 소리와 장단이, 서로 몸을 대지 않고 능히 상대편을 즐기는 음양간의 기막힌 희롱과도 같은 것이었고, 희롱이라기보다는 그 몸을 대지 않는 소리와 장단의 기묘하게 틈이 없는 포옹과도 같은 것이었다.[12]

사용된 어휘들에 주목하면 이 문장들이 얼마나 성적인 암시로 가득 차 있는 지 쉽사리 납득이 간다. 둘은 사실 소리와 북 장단을 통해 오래 묵은 근친애적 열망, 그러니까 상상계의 복원 충동을 실현한다. 그렇다면 『남도 사람』 연작의 절정에 해당하는 이 문장들은, 소리를 통한 한의 승화로 해석되기보다는 상징적 정사를 통한 근친애적 충동의 승화로 읽어야 더 타당할 것이다. 그도 그럴 것이 이어지는 천 씨와 누이의 다음 대사는 작가가 사실은 바로 그런 방식으로 작품을 읽도록 독자에게 묘한 암시를 남기고 있음을 보여주기 때문이다.

"오라버니가 예까지 다시 절 찾아온다고 해도 우리 남매는 이제 이것으로 두 번 다시 상면을 할 수도 없는 처지고요."

심상찮은 여자의 말에 주인 사내가 문득 수상한 눈길로 그녀를 돌아다보았으나, 여자는 이미 마음을 굳게 작정해 버린 뒤인 것 같았다.

"오라버니가 제 소리를 아껴 주시는데, 저한테도 그 오라비의 한이나마 제 것 한가지로 소중스럽게 아껴 드릴 도리를 다해 드려야 할 듯싶소."

(…중략…)

하지만 여자는, 이제 비로소 형언할 수 없는 절망감으로 그녀 앞에 무너져 내리기 시작한 주인 사내조차 까맣게 잊어버린 듯 한숨 섞인 목소리로 혼자

---

12 이청준, 「소리의 빛」, 위의 책, 48쪽.

말처럼 중얼거리고 있었다.

“어르신네 곁을 찾아온 지도 벌써 10년이 넘었구요. 제 팔자를 생각해 보면 당치도 않게 편한 세월이 너무 길었었나 보아요. 이젠 그만 어디론가 몸을 좀 옮겨야 할 때도 되었지요…….”[13]

이 장면에서 눈여겨 볼 점은, 천씨가 “형언할 수 없는 절망감으로 그녀 앞에 무너져 내리기 시작”한 것이 그녀가 이제 떠나겠다는 말을 하기 전이란 사실이다. 그러니 그는 그녀의 이별선언에 절망하는 것이 아니다. 그가 절망하는 이유는 정작 따로 있다. 아마도 그것은 그녀가 무심코 뱉은 “우리 남매는 이제 이것으로 두 번 다시 상면을 할 수도 없는 처지고요”란 말 때문으로 보인다. 왜 두 번 다시 상면할 수 없는 처지가 되었을까? 작가는 그들 둘이 어젯밤 한 방, 같은 이부자리에서 잤음을 기록해 두었거니와, 인류 최대의 금기를 어긴 이들의 상면가능성은 항상 제로에 가깝다.

여기에 다시 오이디푸스 왕의 사례를 자세히 거론해 가면서, 근친상간의 금기를 깬 자에게 주어진 징벌이 맹목, 곧 눈멂이었다는 사실을 거론할 필요는 더 없을 듯하다. 다만 오이디푸스왕은 스스로의 눈을 멀게 했지만, 「서편제」 연작에서는 사랑의 방해자인 아버지가 직접 오누이의 근친애를 징벌했다는 차이는 부기해 둘 수 있을 것이다.

13 위의 책, 55~56쪽.

## 4. 보유 1 : 〈서편제〉가 잃은 것

『남도 사람』 연작은 사실 소설 자체보다도 임권택의 영화를 통해 더 유명해진 측면이 있다. 개봉 당시 한국 영화사상 최초로 100만 관객을 돌파할 정도로 이 영화에 대한 대중들의 관심은 지대했다. 영화의 질 측면에서도 이 작품은 고평을 받은 수작으로 알려져 있다. 그러나 과연 이 작품이 위에서 살펴본 『남도 사람』 연작의 은폐된 측면, 그러니까 텍스트의 무의식까지 제대로 번안했는지는 미지수다. 영화와 소설이 서로 다른 점을 거론하면서 이에 대해 살펴보자.

우선 눈에 띄는 차이는 초점 인물인 사내와 그 여동생의 관계다. 소설에서 둘은 아버지는 다르지만 어머니는 같은 오누이간으로 그려진다. 반면 영화에서는 송화와 동호(소설에서는 이 둘의 이름이 나오지 않는다)가 어머니도 다르고 아버지도 다른, 다만 한 의붓아버지에 의해 길러진 남남으로 그려진다. 게다가 송화가 여동생이 아니라 누나다. 동호의 어머니 금산댁을 만나기 전에 아비 유봉은 부모 잃은 송화를 데려다 소리꾼으로 이미 기르고 있었다. 그런 이유로 설사 둘 간의 사랑이 성사된다 하더라도 엄밀한 의미에서 둘은 근친상간의 금기를 어기지 않게 된다. 임권택이 의도한 것인지 알 수는 없으나 어찌되었건 텍스트의 은폐된 무의식으로서의 근친상간이란 주제는 심하게 약화된다.

둘째로, 초점 인물인 사내가 아버지와 누이를 떠나게 된 동기에 있어서도 차이가 발견된다. 소설에서 사내는 아버지의 팔루스인 소리를 받아들일 수 없어 그의 곁을 떠난다. 그러나 영화에서는 동호가 '이제는 소리로는 먹고 살기 힘든 세상이여', '소리 하면 쌀이 나와 밥이 나와' 같은 대사에서 미루어 짐작할 수 있듯이, 주로 가난과 생활고의 문제 때문에 떠나는 것으로 그려진다. 아울러 영화에서는 소설에서 찾아보기 힘든 문물의 변화(창극이 신극으로 바뀌고, 소리꾼이 브라스 밴드의 행진으로 바뀌는 등)를 대거 등장시키거나, 소설에는 등장하지 않았던 쇠락한 소리꾼 송도상이나 혁필화가 낙산거사 등을 등장시킴으로써 이들의 쇠락에 사회적 요인들이 작용하고 있음을 보여준다. 그들 모두 달라진 세상에 적응하지 못한 장인들이란 점에서 공통점을 가진다. 그러니까 소설이 주인공들의 심리적인 이유로부터 결별의 원인을 찾고 있다면 영화는 사회적 요인으로부터 결별의 원인을 찾는다. 당연히 근친상간이란 테마는 영화에서는 더더욱 심하게 은폐된다.

마지막으로, 오누이의 상태에 대한 언급에서도 영화와 소설은 차이를 보인다. 영화에서 동호는 서울 약재상 사장과의 통화내용(아이가 아프고, 동호 아내가 돈을 꾸러 왔었다는)으로 미루어 볼 때 기혼자이다. 송화 역시 마지막 장면에서 딸을 앞세워 눈길을 걸어가는 것으로 보아 결혼 여부와는 상관없이 가족을 이룬 적이 있는 것으로 보인다. 그러나 소설의 경우 사내의 가족에 대한 언급은 전혀 보이지 않고, 누이 역시 가족을 이룬 적이 있다는 정보는 끝까지 주어지지 않는다. 미혼 상태로 누이는 오라비를, 오라비는 누이를 기다리고 찾아다녔던 것이다. 결국 소설에서는 두 사람이 다른 이성에 대한 사랑을 포기함으로써 첫사랑으로서의 근친애를 간직해 온 것으로 해석될 여지가 많은 반면, 영화의 경우는 다시 한 번 근친애 테마를 부인하는 셈이다.

요약하자면 영화는 여러 가지 방식으로 소설 「서편제」의 무의식이라 할 수 있는 근친상간의 테마를 약화시키거나 억압한다. 그러니까 텍스트의 무의식마저 영화로 번안하는 데에는 실패했다고 보아야 할 것이다. 이는 문학 작품이 영화로 번안되는 것이 결코 쉬운 일이 아님을,

엄밀하게는 불가능한 일임을 보여주는 사례로서도 모자람이 없다.

그러나 이 말이 영화 장르가 소설 장르에 비해 열등한 장르라는 주장이 아니란 사실은 강조해 둘 필요가 있겠다. 영화는 소설에 비해 열등한 장르가 아니라 '다른' 장르다. 영화는 애초부터 시각 매체를 기본으로, 음향과 대사가 결합된 종합 예술이다. 반면 소설은 언어를 매개로 한 예술 장르다. 즉 언어가 가진 근본적인 모호성, 생산성, 다성성이 소설의 의미를 중층화하는 반면, 영화는 시각과 음향 대사를 통해 비교적 명확하게 작품의 의미를 드러내는 장르이다.

사실 〈서편제〉는 세간의 평 그대로 훌륭한 영화다. 그러나 그 훌륭함의 이유는 그것이 문학작품을 온전하게 번안해냈기 때문이 아니다. 영화 〈서편제〉가 훌륭하다면 그것은 촬영감독 정일성이 화면에 담아낸 남도 풍경들의 완벽한 구도, 김수철의 애잔하고도 감동적인 음악, 그리고 임권택이 연출해 낸 그 유명한 〈진도 아리랑〉 장면의 기나긴 롱 테이크(long take) 때문이다. 눈 먼 송화(오정해 분)를 뒤따르게 한 채, 유봉(김명곤 분)이 남도의 산하 사계절을 다 겪으면서 〈사철가〉를 부르던 장면, 기하학적 구도로 이루어진 논길을 세 사람이 걸어오면서 마치 인생에 대한 비유나 되는 것처럼 멀리서 왔다가 점점 가까이 다가오고, 흥겹게 노닐다가 화면 밖으로 사라진 후, 스산한 먼지바람만이 길을 덮던 장면(인생이 그러할 텐데), 그러니까 곳곳에서 빛나는, 영화 장르 아니고서는 보여줄 수 없는 바로 그 시각적 아름다움이 영화 〈서편제〉를 좋은 훌륭한 작품으로 만든다.

## 5. 보유 2: 〈천년학〉이 복원한 것

〈서편제〉(1993) 이후 14년 만에, 임권택 감독은 마치 전작에 무슨 미련이라도 남아 있었다는 듯이 같은 원작을 바탕으로 〈천년학〉(2007)을 다시 만들었다. 전작은 영화에 유봉선생으로 출연하기도 했던 김명곤이 각본을 썼던 데 반해, 〈천년학〉은 원작자인 이청준이 직접 각본을 썼다. 이 차이는 유의미하다. 왜냐하면 앞서 논의한 대로 영화 〈서편제〉가 원작 소설의 무의식적 측면까지 번안하는 데 일정정도의 실패를 보여주었다면 원작자로서는 각본을 맡은 김에 그 훼손된 부분을 다시 손보고 싶은 욕심을 버리기는 힘들었을 것이기 때문이다. 아니나 다를까 영화 〈천년학〉에서는 〈서편제〉와 달리 두 남녀의 이루지 못한 사랑 이야기가 서사의 전면에 부각된다.

〈천년학〉에서는 영화 초입부터 동호와 송화의 서로에 대한 감정이 단순한 우애의 감정 이상임을 보여주는데, 특별히 송화에게 호감을 가진 용택이란 인물에 대해 동호가 보여주는 질투, 이불 속에서 행해지는 송화와 동호의 발장난 같은 것들이 그것이다. 원작에는 없었던 인물 홍단심이 송화에게 보내는 질투도 단순히 누나에 대한 동생의 우애를 향한 것이라고 보기는 힘들다. 〈천년학〉의 중심 서사는 연애 서사이다.

특히 눈여겨보아야 할 것은 동호가 의붓아비 유봉에게 품는 오이디푸스적인 감정이다. 동호는 낙산거사의 설명에 거슬러 송화의 눈이 먼 것이 "오랫동안 혼자 산 홀애비가 품을 만한 욕심" 즉 송화를 "각시 삼으려는" 유봉의 흑심 때문이었다고 단정한다. 그는 〈서편제〉에서보다 훨씬 더 격렬하게, 그것도 연적에 대해서나 품을 만한 강렬한 감정으로 아버지에 저항한다. 그런 의미에서 〈천년학〉은 〈서편제〉에서 훼손되었던 원작의 근친애 테마를 전면적으로 복원하고 있는 셈이다.

그러나 영화 〈천년학〉을 〈서편제〉보다 탁월한 작품으로 만드는 것은 역시 원작에 대한 충실성 여부만은 아니다. 〈천년학〉이 시각 예술인 영화 장르로서도 성공적인 수작이라고 할 수 있다면 그것은 정일성 감독이 프레임에 담은 한국 산하의 아름다움에 있다. 〈서편제〉에서도 볼 수 있었던 것이긴 하지만, 이 영화의 거의 모든 장면은 철저하게 계산된 구도와 수려한 미장센, 그리고 유려한 카메라 움직임의 진수를 보여준다. 서사나 연기를 전혀 고려하지 않고 그 시각적 아름다움만으로도 이미 훌륭한 예술 작품이다.

## ▌참고문헌


- 이청준, 『서편제』, 열림원, 2008.

- 홍준기 외, 『라깡의 재탄생』, 창작과비평사, 2002.
- S. 프로이트, 박찬부 옮김, 『쾌락원칙을 넘어서』, 1997.

# 불교철학적인 물음에 비추어 본 이청준 소설

한순미 • 전남대학교

## 1. 불교철학과 반(反)재현주의의 접점, 그리고 이청준 소설

이청준의 소설은 '소설로 쓴 소설론'이라 할 정도로 소설쓰기를 통한 철학적 성찰과 미학적 방법론에 관한 탐구를 지속적으로 보여주었다. 그의 다기(多岐)한 소설 세계를 몇 갈래로 정리하는 것은 불가능하다. 다만 일별하였을 때 그의 소설이 동서양의 문학적 혈통을 두루 수용하면서 소설쓰기의 고뇌와 방법론을 모색해왔다는 점을 어렵지 않게 확인할 수 있다. 작가 이청준은 독문학을 전공한 이력답게 토마스 만, 카프카 등 독일 작가들과의 내적 연관성이 짙은 작품들을 내놓았는가 하면 한글세대라는 자의식적 규정과 함께 출발한 4·19세대를 대표하는 작가로서 언어에 관한 뚜렷한 자각을 바탕으로 씻김굿, 판소리 등 한국 전통문화를 소설의 주제로 삼아 폭넓은 작품 세계를 일구어왔다.

변신을 거듭해온 작가 이청준의 소설 세계를 살피기 위해서는 다각도의 연구 방법이 필요할 것이다. 특히 이청준의 소설은 작가의 문제의식과 작품 세계가 내적 긴장을 이루는 메타적 특성을 지니고 있는 경우가 많아서 연구 방법론은 오히려 작품을 읽어가는 과정 속에서 찾아질 때가 많다. 작품에서 제기하는 문제의식을 추출하면서 읽다 보면 작품의 구조가 작가의식과 중층적으로 관련되어 있음을 확인하게 된다. 이러한 읽기의 방식은 작가의식과 작품 세계 그리고 연구 방법을 아우르는 이점을 준다하겠는데, 이러한 생각으로 이청준의 소설을 다시 들여다보면 몇몇 작품들이 어떤 별자리를 그리며 다가온다. 그 중에서도 연작 『언어사회학 서설』(1973~1981)과 『남도 사람』(1976~1981)의 마지막 편을 동시에 완성하고 있는 「다시 태어나는 말」은 여러모로 관심을 가져야 할 작품이다. 단언하기는 어려우나 이 작품을 전후하여 이청준 소설의 오랜 화두였던 '언어'에 관한 문제의식이 일말의 해결점에 근접해가고 더 나아가 '미학과 사회학', '문학과 역사' 사이에 놓인 문학적인 물음들이 이전의 소설과는 약간 다른 방식으로 구조화된다. 그렇다고 이후에 나온 소설들이 이전의 소설들과 아주 단절되고 있다는 말은 아니다. 「다시 태어나는 말」(1981)을 잇는 「노거목과의 대화」(1984), 「비화밀교」(1985), 「지관의 소」(1989), 『인간인』(1·2, 1985~1991), 「날개의 집」(1998), 「인문주의자 무소작씨의 종생기」(2000)[1] 등은 모두 80년 이후에 나온 작

1 이 글에서 인용한 소설은 『이청준문학전집』(열림원, 1998~2000)에 따른다.(이하 작품 제

품들로서, 이 소설들의 밑바탕에는 불교철학적인 물음을 비롯한 동양철학적인 인식이 짙게 깔려 있다. 이러한 변모를 가능하게 한 요인으로 '80년 광주항쟁'이라는 외부적인 요인을 내놓을 수도 있겠지만 알다시피 시대적인 상황이 한 작가의 작품 세계를 바꾸는 직접적이고 유일무이한 요인이 될 수는 없다. 따라서 시대적인 상황이라는 외부적인 계기와 함께 작가 나름의 내적 고뇌를 더 심층적으로 독해할 때 그 지층에 놓인 문제의식의 결을 잘 드러낼 수 있을 것이다.

먼저 작가의 고뇌를 직접적인 어조로 드러내고 있는 「노거목과의 대화」의 한 장면을 읽어 보자.

> –그렇다면 당신의 진짜 죽음은 어디 있습니까?
>
> –언젠가도 말했듯이 그것은 바로 너의 삶 속에 있다. 그리고 지금 네게 말을 남겨주고 떠난 나의 새 삶 속에 있다. 그것은 어떤 본질로의 귀환, 너의 인간계의 불교식으로 말하면 그것은 저 사성체(四聖諦)를 통하고 무소착(無所着)의 경지도 넘어선 새로운 세계에로의 귀환이요, 그 귀환의 과정일 따름인 것이다.(…중략…)
>
> –우주 만상의 본질의 실상은 무엇입니까?
>
> –그것을 무엇이라고 말할 수는 없는 것이다. 인간들의 말로는 섭리라 하고 법(法)이라 하고 혹은 원소(元素)나 도(道)나 무(無)라고들 말한다. 그러나 그 어느 것도 그 본질을 바로 말하고 있지는 못한다. 인간의 말이란 원래 그토록 불완전한 것이기 때문이다. (…중략…) 우주의 본질이 침묵 속에 있고, 만유(萬有)의 생성은 없음[無]의 모태에서라고 한 것은 그런 뜻에서 일리 있는 말

---

목과 쪽수만을 제시)

이다. 하지만 그 모순, 그 본질이 침묵 속에 있음을, 말이 본질을 훼손하고 왜곡함을 다시 말로 설명해야 하는 일이야말로 노장(老莊)을 포함한 모든 인간들의 슬픈 숙명이자 아이러니인 것이다.[2]

위에서 보는 바와 같이 이 소설은 인간과 세계에 대한 철학적인 고뇌를 '나'와 '은행나무'의 대화를 통해서 전개한다. 위에서 인용한 은행나무(의 소리)의 대답을 대략 간추리면 무한한 우주와 생명의 본질, 그리고 시공간과 죽음의 문제 등 형이상학적인 내용들이다. 모든 생명체의 죽음은 무소착(無所着)의 세계를 넘어 무한한 우주 질서의 섭리로, 바로 그 질서 자체의 본질로 귀환하는 것이라는 대목에서 불교와 노장(老莊) 등 동양철학적 인식을 엿볼 수 있다. 침묵의 형태로 존재하는 우주의 본질을 인간의 언어로는 도저히 형용할 수 없다는 비극적인 언어 인식을 피력하는 부분에서는 불교의 언어 인식과도 상통하는 부분이 발견된다. 이러한 점은 이후의 이청준의 소설 세계를 지배하는 중심적인 사유의 원리가 되어[3] 삶과 존재가 일치하는 언어, 화해와 용서의 자리, 자유와 해방의 문학론 등 이청준 소설의 오랜 문제의식들은 다음과 같은 불교 철학적인 물음들로 나아간다. 즉 인간은 어떤 존재이며 인간의 고통과 그 근원은 어디에서 기인하는지, 상처와 고통으로 얼룩진 역사 속에서 찾아야 할 화해와 용서의 참된 자리는 어디이며 그것은 어떤 모습이어

---

2 「노거목과의 대화」, 268~269쪽.

3 같은 시기에 쓴 에세이 「말없음표의 속말들(1984)」(『말없음표의 속말들』, 나남, 1986, 132~133쪽)에서, 작가는 '서양적 논리어'와 '동양적인 침묵'의 두 가지 언어표현 양식을 들어 동서양의 언어를 비교 대조한 후 '말없음표'와 같은 동양적 언어표현의 양식에 대한 관심을 직접 표명하고 있다. 알다시피 여기서 말하는 침묵의 언어는 선불교의 오랜 가르침 중의 하나이다.

야 하는지, 또 그러한 물음 속에서 최종적으로 구해야 할 소설가(예술가)와 소설(예술) 세계는 어떠한 형상이어야 하는지가 이후의 작품 세계를 주조하는 숨은 물음들이다.

특히 '언어'에 관한 문제의식은 이청준의 소설 세계를 형성하는 초석이라 할 수 있다. '무엇을 어떻게 쓸 것인가'라는 소설 언어에 대한 고뇌는 그의 소설가소설(예술가소설)의 주요한 화두로 자리하여 의심 없이 믿어왔던 실재, 실체, 현실에 대한 방법적 회의를 제기함으로써 참 / 거짓, 진실 / 소문, 진정한 / 타락한, 사용가치 / 교환가치, 현실 / 허구 등 근대 철학적인 사유의 근원을 검토하는 작업으로까지 확장된다. 이런 과정을 거치면서 이청준의 소설은 뜻하지 않게 이원대립적 구조를 해체하려는 탈근대적 사유와 흐름을 같이하며 근대 재현주의에 대한 반성을 가져온다.

이 글에서는 이러한 이청준 소설의 여정을 불교철학적인 물음에 비추어 재조명해볼 것이다.[4] 더욱 풍부한 논의를 위해서 불교철학과 니체(F. Nietzsche), 하이데거(M. Heidegger), 데리다(J. Derrida)로 이어지는 (탈)근대 철학과의 친화성을 해명한 여러 연구 성과들[5]을 보충 받아 이 글의 방법론으로 삼고자 한다. 더 필요한 부분은 논의를 전개하면서 보충하기로 한다.

---

4 여기서 정리한 내용은 필자의 다른 논문들에서 다룬 바 있다. 이 글은 앞서 충분하게 논의하지 못한 내용들을 불교적인 관점에서 다시 살펴보기 위해서 기획되었다는 점을 미리 밝혀둔다.

5 이 방면의 연구 성과가 적지 않겠으나 그 중에서도 진은영의 『니체, 영원회귀와 차이의 철학』(그린비, 2007), 김형효의 『원효의 대승철학』(소나무, 2006)과 『데리다의 해체철학』(민음사, 1993), 그리고 김진, 「니체와 불교」, 『철학연구』 제89집(대한철학회, 2004. 2, 23~56쪽) 등을 주로 참조했다.

대승불교를 대표하는 사상가인 용수(龍樹, Nāgārjuna)는 모든 것은 그 자체로 홀로 존재할 수 없으며 이것과 저것이 관계하는 방식으로 존재한다고 본다. 용수의 존재 인식은 무자성(無自性)과 연기(緣起)의 개념에 기반하고 있다. 모든 것은 특정한 원인에 의한 결과가 아니라 서로를 조건짓는 인연에 의한 것이므로 공(空)이라고 말하고 그것은 또한 가설(假設)된 것이라는 공가중(空假中)의 논리가 바로 용수가 설한 중도(中道)사상의 핵심이다. 이렇게 실체가 아닌 연기와 관계의 사유를 지향하는 불교적 사유는 실체적 사유를 반대하는 니체 철학과도 이웃한다. 물론 니체는 불교를 '무(無)에의 동경'이라고 보고 불교적 사유를 영원회귀와 같은 능동적 니힐리즘이 아니라 수동적인 니힐리즘에 입각한 허무주의적인 것이라고 비판했다. 하지만 아이러니하게도 공(空)의 사유는 니체가 말한 '비실체성(unsubstance)'의 사유와 흡사한 데가 있다. 니체의 서구 형이상학 비판은 근대 형이상학을 존재자의 철학이라고 비판하고 존재의 사유로 돌아갈 것을 제안한 하이데거를 통해서 본격화된다. 하이데거가 말하는 '존재'는 명사화가 불가능한 동사적 사건을 뜻하는 바, 그것은 고정된 실체로서의 존재가 아니라 생멸(生滅)하는 존재를 가리키는 불교의 존재론과 다르지 않다. 이처럼 니체와 하이데거 철학의 핵심적 요체는 불교철학이 지닌 문제의식과 자연스럽게 만난다. 그리고 또 데리다가 제시한 텍스트론은 불교의 연기 사상과 직접적인 연결고리를 갖고 있다. "텍스트 바깥은 없다(Il n'y a pas de hors-texte)"라는 데리다의 명제는 텍스트의 의미가 차연(差延, différance)의 과정을 통해서 이루어진다는 것인데, 이 말은 일체는 연기(緣起) 밖에는 아무 것도 없다는 불교적인 표현으로 바꾸어 놓아도 무방하다. 인연에 따라 삶의 무늬가 달리 짜이듯이, 데리다의 차연은 "모든 것이 '상관적 차이(pertinent difference)'로 서로 얽혀 있어서, 한 쪽과 다른 쪽이 상즉상자(相卽相資)하는 의타기적(依他起的) 관계가 우주의 사실임을 말하는 로고스"[6]라고 말한 원효(元曉)의 화쟁(和諍), 즉 불일이불이(不一而不二)나 융이이불일(融二而不一)의 사상과 닮아 있다.

이상에서 정리한 용수의 공(空)사상, 니체와 하이데거의 철학, 데리다의 해체철학과 원효의 화쟁이 공통적으로 지향하는 바를 미학적인 관점으로 옮기면 '반(反)재현주의'라 할 수 있다. 차츰 살펴보겠지만 이청준의 후기 소설은 불교철학적인 물음을 통해 이 같은 근현대의 미학적 흐름에 근접하는 결과를 가져온다. 이 점을 눈여겨보면서 이 글에서는 80년 이후에 나온 이청준의 소설을 대상으로 하여 작가의 문제의식이 불교철학적인 물음 하에 어떻게 확장되어 갔는지를 읽어보는 데에 중점을 두고자 한다. 더 욕심이 있다면 이 글이 이청준의 소설 세계를 들여다보는 하나의 시각과 방법론을 덧붙이는 작업이 되길 바래본다.[7]

## 2. 가(假)의 언어를 넘어: 「다시 태어나는 말」과 「비화밀교」

앞서 말한 대로 이청준의 소설 세계에서 언어의 참모습을 찾아가는 일은 주요한 문제의식 중의 하나이다. 이러한 물음은 참 / 거짓, 비가시

6 김형효, 『원효의 대승철학』, 소나무, 2006, 253~254쪽.

7 그동안 이청준 문학은 다양한 시각과 방법론으로 조명되었다. 그 중에서도 이 글의 논의와 직접적인 관련을 갖고 있는 두 편의 논문을 언급하는 것으로 선행 연구 검토를 대신하고자 한다. 최진석 · 우찬제의 「이청준 소설의 도가적(道家的) 해석」(『한국문학이론과 비평』 제8집, 한국문학이론과비평학회, 2000, 264~298쪽)은 이청준의 소설 원리를 노장(老莊)철학으로 분석한 학제간 연구로서 방법적인 측면에서 많은 시사점을 주었으며, 이충희의 「이청준 소설 연구－불교적 세계관을 중심으로」(계명대 석사논문, 2000)는 이청준의 소설을 불교적 세계관에 입각하여 독해하고 있어 이 글과 문제의식을 공유하고 있다.

적인 세계 / 가시적인 세계 등 대립적인 세계 인식의 유형학을 낳고 이러한 두 겹의 세계 질서를 동시에 증거해야 하는 소설 언어의 숙명적 한계를 자각하는 것으로까지 나아간다. 진정한 언어의 모습을 찾기 위한 이청준의 소설적 노력은 곧 문학적 진실을 찾아가는 과정과도 같다 할 것이며 그런 과정 속에서 불교의 언어 인식과 세계 인식에 관한 고뇌를 발견할 수 있다.

불교의 중관(中觀)학파가 바라본 세계는 승의(勝義)와 세속(世俗), 즉 이제설(二諦說)로 요약된다. 그것은 승의제와 세속제의 불이성(不二性)을 통해서 세속제를 부정하는 것이 아니라 두 세계가 서로 상대적 관계에 있다는 것, 다시 말해 두 겹의 세계는 서로 대립하는 것이 아니라 문(門)의 양면처럼 의타적 상관관계에 있다는 것이다.[8] 여기에서 언어는 세속제를 넘어 승의제로 가기 위한 방편이며 궁극적인 깨달음으로 가기 위한 사다리와 같은 역할을 한다.[9] 그러므로 『금강경』에서 가장 흔하게 등장하는 '아니다[非]'라는 단어는 하나의 사실에 대한 단순부정어가 아

8 그러므로 불교와 언어문학의 관계를 다음과 같이 이원적으로 도식화하여 인식하는 종래의 주장은 잘못된 것임을 알 수 있다.
승의(聖)=종교=불교=신적인 세계=천상(天上)=피안(彼岸)=부처
↕ ↕ ↕
세속(俗)=예술=문학=인간의 세상=지상(地上)=차안(此岸)=중생
(서영애, 『불교문학의 이해』, 불교시대사, 2002, 554쪽; 525~589쪽 참조)

9 『능가경』 7권본인 『대승입능가경』 권 제4 「무상품」에서는 '문자어언'을 써야만 하는 이유가 잘 나타나고 있다. "凡愚不能覺 經經說分別 但是異名字 若離於語言 其義不可得 어리석은 범부들은 능히 깨닫지 못하여서, 경마다 분별하여 여러 다른 문자어언을 설한 것이니, 만약 이 어언 떠나서는 그 뜻을 얻을 수 없는 것이니라."(박건주, 『달마선』, 운주사, 2006, 43쪽) 또 대화를 통해 불교의 핵심적인 교리를 전달하고 있는 『금강경(金剛經)』 「정신희유분」에선 "以是義故 如來常說 汝等比丘 知我說法 如筏喩者 法尙應捨 何況非法 나의 설법이 뗏목의 비유와 같음을 아는 자들은 법조차 마땅히 버려야 하거늘 어찌 하물며 법이 아닌 것조차 버리지 못하는가?"(각묵, 『금강경 역해』, 불광출판사, 2006)라고 적고 있는데, 모두 불교의 언어관을 잘 보여주는 대목이다.

니라 잘못 인식하고 있던 내용을 차츰 알아가기 위한 장치인 것으로 이로써 가르침의 최종적 의미를 연기(延期, 緣起)하는 부정변증법적 사유를 보여주고 있다할 것이다. 이처럼 불교는 전달수단으로서의 언어 기능을 부인하는 것이 아니라 언어는 가명(假名)일 뿐 실체가 따로 있지 않다는 점을 강조하여 그것이 곧바로 진리 자체가 아니라는 점을 역설한다. 유식(唯識)학파 또한 그와 같은 관점에서 그 가유의 법이 어디에서 어떻게 나온 것인가를 밝히고자 하여 "모든 것은 오직 이 마음이 만든 것임을", 또 "심식이란 본래 일심(一心)에서 무명(無明)으로 인해 견분(見分)과 상분(相分)으로 이분되면서 나온 꿈의 세계인지라 망(妄)이고 환(幻)과 같은 것일 뿐이다"[10]라고 말한다. 이렇게 중관과 유식에서 말하는 불교의 언어관은 이제설을 통하여 세속의 언어를 모두 부정하고자 하는 것이 아니며 환(幻)에 집착함으로써 잘못된 인식에 이르는 오류를 파기하는 것을 목적으로 한다. 그러기에 불교의 언어관을 말할 때 유마거사의 침묵이나, 부처와 가섭 존자와의 염화미소를 떠올린다면 한 측면만을 강조한 것에 불과하다. 불교의 언어관에는 문자를 세우지 않음[不立文字]과 문자를 떠나지 않음[不離文字]의 두 측면이 공존한다.

위에서 언급한 불교의 이제설에 근거한 세계 인식과 가(假)의 언어 인식은 이청준의 소설에서도 거듭 발견되는 내용이다. 「이어도」는 실재하지 않는 이어도가 거꾸로 사람들의 삶을 지배해왔다는 점을 보여줌으로써 전설과 같은 허구의 세계와 현실적인 삶의 세계가 상대적으로 나뉜 것일 뿐 의타적 상관관계에 있는 이제임을 보여준다. 이와 같은 세계 인식은 특히 이청준의 소설가소설에서 '무엇을 어떻게 쓸 것인가'라

10 박건주, 위의 책, 15쪽 참조.

는 재현주의에 관한 물음과 만나 문제제기적인 성격을 띤다. 불교의 가르침이 언어라는 방편을 버리고선 말해질 수 없듯이 언어라는 매개체는 특히 소설가에게는 필수불가결한 것이기 때문이다. 이러한 비극적인 언어 인식에서 출발하여 일말의 해답을 찾고 있는 작품이 「다시 태어나는 말」이다. 소설가 주인공 지욱은 가짜의 언어가 아닌 참된 언어의 모습을 대흥사 일지암에 주석한 초의(草衣, 1786~1866) 선사의 다도(茶道)의 삶에서 발견한다. 초의의 「동다송(東茶頌)」과 「다신전(茶神傳)」에 들어 있는 음다법(飮茶法)의 규범들이 그가 발견한 말과 삶의 참모습이다.

> 물의 신이라고 하는 차는, 즉 인간의 정신 혹은 사유의 내용이요, 차의 체라는 물은 그 사유의 장(場)이 되는 말이라 할 수 있었다. 그 둘을 알맞게 조화시켜 온전한 다신을 탄생시키는 중화(中和)는 정신과 말의 관계규범에 해당했다.[11]

지욱은 초의의 다도에서 "말과 정신의 절제율"이 담긴, 즉 사람의 삶이 채워지는 "옹근 말들이 태어난 것"(156쪽)을 본다. '차와 물', '정신과 말'이 불이(不二)한 자리에서 '다시 태어나는 말'은 대흥사에 일지암[12]을 짓고 일체의 차별을 넘어서는 불이법에 기초한 초의의 다선일여(茶禪一如)[13]의 사상에 기반을 둔 것이다. 이런 말의 모습은 누이의 소리를 찾아

---

11 「다시 태어나는 말」, 154쪽.

12 해남 두륜산에 자리한 대흥사(大興寺)에 속해 있는 일지암(一枝庵)에 주석한 초의는 이곳에서 소치 허련과 추사 김정희, 다산 정약용 등과 어울리며 유교와 불교의 사상적 교유를 나누었다.

13 초의는 『선문사변만어(禪門四辨漫語)』를 지어 간화선과 화두를 중심으로 하는 백파긍선의 선(禪) 이해를 비판한다. 그러나 초의는 선종을 중심으로 교종을 통합하려 한 보조국사 지눌의 돈오점수(頓悟漸修) 수행법을 기반으로 하면서도 결국 임제의 돈오돈수(頓悟頓修)를 지향하는 백파와 불이(不二)의 세계를 지향한다. 이 같은 점이 다선일여 사상의

남도의 곳곳을 헤매는 사내의 모습과도 겹치면서 지욱이 찾고자 하는 말의 모습은 구체적인 삶의 모습으로 드러난다. 즉 진정한 말의 모습은 "사물과의 약속을 떠나 버린 말, 실체의 옷을 벗어 버린 말, 내용으로는 이미 메시지가 될 수 없는 말, 일정한 질서도 없이 그것들 스스로 원하는 형식으로밖에는 남아 있을 수가 없는 말"(152쪽)이 아니라 비가시적인 정신과 가시적인 형식이 조화를 이루어 "삶이 말이 되고, 말이 바로 삶이 되며, 그 삶으로 대신되어진 말, 거기서보다 더 자유로워질 수 있는 말의 마당"(188쪽)이다. 그것은 다시 말해 자신의 '삶'을 한마디의 '말' 속에 바쳐 살고 있는 '사람'들의 모습인 것이다.

하지만 초의의 다도 정신과 같은 언어의 모습은 현실 언어의 한계를 방편으로 취할 수밖에 없는 소설가에게는 그대로 수용될 수 없는 경지의 것이다. 그런 소설가의 고뇌를 「비화밀교」에서는 J읍의 제왕산 불놀이를 바라보는 민속학자 조승호와 소설가 '나'의 대화를 통해서 잘 보여준다. 조승호는 제왕산의 불놀이가 "종교로는 비교보다 밀교(密教)"에 가까운 경지의 세계라는 것, 그래서 "모든 것을 그저 느낌으로 전해 주고 전해 받을 뿐 설교할 교리나 통일된 명문의 경전이 없"(70쪽)는 비가시성의 세계, 즉 그 문자적 의미를 이해하지 못하더라도 만뜨라[密呪]만으로도 우주와 일체가 된다는 밀교적인 언어의 세계라고 주장한다. 이와 달리 소설가인 '나'는 그런 보이지 않는 음력(陰力)의 세계를 어떻게 소설의 언어로 가시화할 것인가라는 문제의식으로 다시 되돌아온다. 소설의 언어는 어쩔 수 없이 두 겹의 질서를 가시화하고 증거해야 하는

---

핵심이다.(조윤호, 「조선 후기 호남 지방의 유교와 불교 교류」, 『동아시아 불교와 화엄사상』, 초롱출판사, 2003, 137~161쪽 참조)

숙명 앞에서 '가(假)'의 언어를 그 방편으로 취할 수밖에 없기 때문이다.

지금까지 본 것처럼 이청준은 『언어사회학 서설』과 『남도 사람』 연작을 비롯하여 다수의 작품들을 통해서 말과 삶과 존재가 분리되지 않는 참된 언어의 모습을 추구해왔다. 그 해결의 실마리를 「다시 태어나는 말」에서는 불교인물 초의의 다도 정신에서 찾은 듯하면서도 「비화밀교」에서는 불완전한 방편으로서의 언어를 숙명적으로 껴안고 갈 수밖에 없다는 소설가의 비극적인 인식으로 다시 되돌아온다. 이와 같은 지난한 소설적 여정이 소중한 것은 소설가 주인공의 고뇌를 통해 언어와 세계에 관한 깊숙한 성찰을 담아내고 있기 때문이다.

## 3. 무명의 깨침에서 대승적 실천으로 가는 길: 『인간인』

불교의 공(空) 사상은 모든 것이 스스로 실체를 갖지 않는 무자성(無自性)의 존재이며 연(緣)에 의한 가유(假有)일 뿐, 하물며 유(有)조차도 잠깐의 이름[假名]에 불과하다는 인식에 기초해 있다. 곧 불교의 존재론은 연기와 관계의 사유에 기반해 있는 것이다. 이에 비추어 볼 때 이청준 소설의 주요한 특질인 짝패관계의 인물이나 추리소설적인 구조, 중층적인 서사 등은 불교적인 맥락에서 해석해볼 여지가 많아 보인다.

그 중에서 장편 『인간인』은 앞서 말한 소설적 특질들이 모두 들어있어 더욱 주목되는 작품이다. 무엇보다 이 작품은 "비극적인 깨달음과 구원의 구조"를 보여주기 위해서 이 소설을 썼다는 '작가의 말'(1991.12)에서 직접 볼 수 있듯이 대원사(大願寺)라는 사찰공간을 작품 무대로 하여 무명(無明)에 갇힌 인간 존재의 실상을 근원적으로 성찰하여 '사이[間]'

의 존재인 인간의 본질을 묻고 있다는 점에서 각별하다. 아울러 일제 말부터 1980년 5월 광주항쟁에 이르는 한국근현대의 역사적 시공간 위에서 불교철학적인 사유를 통해서 구체적인 실천의 방도를 모색하고 있는 점이 주요한 물음으로 추출된다.

'쫓는 자'가 '쫓기는 자'로 위장하고(1권의 남도섭) '쫓기는 자'가 '쫓는 자'로 둔갑하는(2권의 안장손) 주인공들의 모습을 통해 본래 모든 존재가 "쫓고 쫓기는 것, 나서 살고 숨어 사는 것, 우리 인생살이란 그런 처지의 윤회의 수레바퀴에 실려 흐르는 거 아닙니까. 이 사람이 쫓으면 저 사람이 쫓기고, 저 사람이 찾으면 이 사람이 숨어"(윤처사, 1권, 340쪽)사는 윤회의 질서 속에 있음을 보여준다.

뿐만 아니라 이 소설에는 유전(流轉)하는 삶의 질서를 닮은 짝패와 같은 인물군(群)이 다양하게 설정되어 있어서 총체적인 인간학적 탐구가 시도되고 있다. 1권에 등장하는 남도섭과 윤처사의 관계를 비롯하여 지상억과 박춘구, 용진행자와 곽행자, 도섭과 상준의 관계는 모두 서로가 서로를 비추는 거울이 됨으로써 그들이 존재하는 방식은 스스로 촉발된 욕망에 의해서가 아니라 타자와의 관계를 통해서 매개된 연기의 질서에 따라 움직인다. 소설의 제목 '인간인(人間人)'은 바로 이러한 인간 존재의 군상을 도상(圖象)으로 제시한 것이라 할 수 있다.

더 나아가 이 소설은 무자성한 인간 존재의 행위를 과연 선악(善惡)이라는 고정된 도덕적인 개념으로 판단할 수 있겠는가라는 윤리학적인 물음을 던지고 있다. 윤 처사의 말을 들어보자.

> 그 사람들이 지닌 허물이라는 건 진짜 죄가 아닌 때문이지요. 그 사람들이 죄를 지은 건 진세의 인간들이 일부의 편의대로 지어 만든 법이라는 덫에 대

해서일 뿐이에요. 우주 만물의 불변의 섭리인 불법 앞에선 사람은 누구나 평등한 존재인 겁니다. 더욱이 불가란 쫓는 자보다 쫓기는 자를 거둬 살피는 자비의 도량 아니던가요…… 이건 남 처사 자신으로 처지를 바꿔 생각해도 곧 알 수 있는 일이지요. 전에 들은 대로라면 남 처사님도 어디 죄를 지었다고 자인하시겠어요. 왜인들에게 그저 억울한 쫓김을 당하고 있는 것뿐이지요. 그런데 우리가 남 처사님 죄를 물어 세상으로 내려보내 값을 치르게 한다면 어찌 되는 겁니까. 그건 무고한 남 처사님의 삶과 그 전정을 무참히 짓밟고 빼앗는 일이 되지요. 뿐더러 절간은 일시적 세속의 법속으로 한 가엾은 생령을 무단히 심판하는 업을 짓는 것이 되구요. 그래, 남 처사님과 김 처사의 일이 무어 다를 게 있나요. 김 처사의 일인즉 바로 남 처사의 일이지요…… 그리고 바로 남 처사의 일인즉 이 산골 모든 은신자들의 일이구요.(윤 처사)[14]

윤 처사의 말을 요약하면, 사람들이 살아가면서 짓는 그 '허물'이라는 것도 사람들이 만들어 놓은 '법'이라는 '덫'에 비추어봤을 때 죄가 될 뿐 사람은 본래 평등한 존재라는 것이다. 그래서 쫓기는 자가 쫓는 자로, 쫓는 자가 쫓기는 자로 바뀔 수밖에 없는 불행한 역사적 상황을 지우고서 서로의 허물만을 탓해 가해자와 피해자로 구분하여 단죄하는 일이 과연 정당한 것인지를 묻는다. 그리고 억울하게 쫓기는 처지에서는 김 처사의 일이 곧 남 처사의 일이며, 남 처사의 일은 이 절에 은신하고 있는 모든 사람들의 일이기도 한 것이라는 말에서 앞서의 물음은 역사 속의 모든 사람들을 향한다.

다시 말해 모든 인간 존재가 완벽한 원칙이나 투철한 이념에 입각한

---

14 『인간인』 1권, 274~275쪽.

실체가 아니라 상호규정적인 방식으로 선악이 결정[15]되는 무자성한 연기의 존재들이라는 불교적 사유에 비추어 볼 때 그들의 허물은 비극적인 역사적 조건 속에서 생긴 것이므로 절대적인 선악의 입장에서 판단할 수 없다는 인식에 다다른다. 『인간인』은 역사 속의 수많은 사람들의 허물을 고정된 선악 개념으로 이분화하여 판단하는 것을 보류하는 불교의 선악론과 악인조차도 포용하는 평등사상을 그 밑바탕에 깔고 있는 것이다.

만약 이 지점에서 이러한 인물들이 지닌 숨은 의미를 읽지 않는다면 불교의 '공'사상을 허무주의로 오인하는 태도와 마찬가지로 이청준의 소설은 이러한 인간 존재의 실상을 그대로 수용하자는 소극적인 인간학에 머물러 있다고 비판할 수도 있을 것이다. 그러나 이런 인물들을 통해 이 소설이 궁극적으로 말하고자 하는 바는 가해자와 피해자라는 대립구도 안에서 이루어지는 역사적인 평가의 한계와 위험성을 보여주고자 한 것이며 그러한 존재 인식이 밑바탕이 될 때 비로소 진정한 '용서와 화해'의 자리를 모색할 수 있다는 것이다. 이러한 깊숙한 고뇌를 바탕으로 하여 무명에 갇힌 인간 존재가 자신이 지은 업(業)으로 인(因)하여 앞으로 겪게 될 결과(果)를 미리 자각하는 소승적 깨침을 거쳐 대승적 실천의 길로 나아가는 방도를 탐색하고자 한 것이다. 이것이 『인간인』의 심층적인 주제이다.

---

15 불교의 선악론에 따르면 선악의 관계가 상호규정적이어서 선으로 인하여 악이 있고, 악으로 인하여 선이 있다. 즉 선악의 존재 방식은 밝음[明]과 어둠[暗]의 관계처럼 서로 의타적으로 상관한다. "暗不自暗 以明故暗 暗不自暗 以明變暗 以暗現明 來法相因. 어둠은 스스로 어둡지 못하고 밝음이 있는 까닭으로써 어둡다. 어둠은 스스로 어둡지 못하고 밝음으로써 어둠을 변화시키고 어둠으로써 밝음을 드러나게 한다. 오고감이 서로 원인이 되는 것이다."(안옥선, 『불교의 선악론』, 살림, 2006, 8~21쪽, 82~90쪽 참조)

『인간인』의 1권과 2권의 서두에 제시된 두 가지 화두는 그런 점에서 중요하게 읽어야 한다. 잠깐 소설의 발단으로 되돌아가 보자. 쫓기는 자로 위장하여 대원사로 들어온 남도섭은 학승 하나가 6년간 참선 정진에 들어간 뒤로 영영 문이 열리지 않게 되었다는 소영각(消影閣)의 비밀에 유독 관심을 갖는다. 하지만 현재 소영문은 그 안에 특별한 비밀이 있어서가 아니라 사실 거기에 아무 것도 없기 때문에 호기심이 일어도 그것을 참는 걸로 참선 수련의 방편으로 삼게 된 그런 곳이다. 한편 2권의 안장손은 1970년대 말 대원사로 위장잠입하면서 절 입구 대원여관에 있는 소리꾼 난정으로부터 좌선수행을 고집하는 무불(無佛)스님에 관한 이야기를 듣는다. 누이의 억울한 옥살이로 인해 괴로워하는 장손에게 무불의 좌선 수행은 믿지 못할 만큼 놀라운 일이면서도 위선적인 모습으로 비친다. 장손은, 무불의 좌선 수행이 아픔을 지닌 마음으로 참지혜와 이웃에 대한 자비행의 큰 문을 열어나가려는 몸짓을 뜻한다는 노암스님의 말에도 아랑곳하지 않고 점점 그에 대한 불신을 키워간다.

이처럼 쫓기는 자로 위장한 도섭에겐 소영문의 전설이, 쫓는 자로 위장한 장손에겐 무불 스님의 좌선 수행이 우선 풀어야 할 마음의 숙제이다. 이 두 가지 마음의 숙제는 선불교적 수행 방법인 간화선(看話禪)과 묵조선(默照禪)[16]의 형태를 빌어 제시되고 있는데, 이는 도섭과 장손에게 '왜'라는 강한 의구심을 불러일으켜 자신의 내면을 깨치는 계기를 보

16 묵조선은 '자성청정(自性淸淨)'의 신념을 전제로 지극한 마음으로 본성을 관찰하면 본성이 저절로 작용을 일으키게 된다는 수행법이다. 중국 송나라 때 조동종(曹洞宗)의 굉지(宏智, 1091~1157) 선사가 추구한 것으로 달마대사가 그 원천이다. 간화선은 같은 시대의 대혜(大慧, 1089~1163) 선사가 주창한 수행법으로 화두(話頭)를 제시한 후 '왜'라는 의문을 일으켜 깨달음에 이르는 방식의 선법이다. 조주선사의 '무(無)'자 화두가 대표적이다. (김호귀, 『화두와 좌선』, 살림, 2008 참조)

여주기 위한 소설적 장치이다. 소영문 전설은 도섭에게 업(業)으로 인한 죄업과 윤회의 사슬을 벗어나기 위해서는 먼저 자신의 '안'을 깨달아야 한다는 자각을 준다. '바깥'으로 나아가는 실천은 그런 다음에 생각할 일이다. 장손은 세상 사람들의 고통을 온전히 자기의 것으로 끌어안고 앓는 무불의 좌선 수행을 통해 자기 안의 성찰과 고통 없이 그저 바깥을 향한 실천이라는 것이 얼마나 무모한 일인지를 깨닫는다. 즉 두 가지 화두를 종합하면 자기 '안'의 실상을 제대로 알 때 비로소 '바깥'을 향한 대승적 실천의 길도 진정한 의미를 가질 수 있다는 것이다. 그것을 우봉과 노암의 말 속에서 자세히 읽을 수 있다.

"세상만사, 시방 중생의 일은 하나같이 헛모양으로 흐르고 있을 뿐인 것을. 제 본성만 안으로 살펴 깨달으면 바깥일은 저절로 다 실상이 드러날 것을, 어찌 먼저 제 속을 살피려 하지 않고 거꾸로 세상일로 제 일값을 구하려 버둥대더란 말이냐. 그러니 매사를 거꾸로 보고 제 삶까지 거꾸로 살아온 것이 아니냐."(우봉)[17]

"…… 음허흠어 나무관세음 (…중략…) 이제 그 귀한 인연을 얻었으니 그 아픔에서 결코 도망을 쳐서는 안 되리라. 그 씨앗을 네 속에서 네 것으로 크게 길러갈 것이로다. 그 아픔이 네 온몸 속을 번져 창자까지 토해내도록 괴로움이 흘러넘쳐야 하리로다 (…중략…) 흠허흠어…… 그래 힘차고 깊은 자비의 강물로 세상으로 널리 흘러내려야 하리로다. 자비행이란 바로 그 아픔이 제 속에서 불어넘친 강물의 흐름인 즉 (…중략…) 고마운 일이로다, 고마운 인연이로다……."(노암)[18]

17 『인간인』 1권, 347쪽.

도섭에게 자신의 '안'을 들여다보라는 우봉의 말은 장손의 실천을 준비하는 밑거름이 된다. 도섭의 소승적 자각은 장손의 대승적 실천으로 이어진다. 그래서 장손은 도섭의 의구심을 물려받아 무불 스님의 좌선 수행에 대한 불신을 키워가며 절 안의 사람들 각각이 지닌 기구한 사연들을 자신의 아픔으로 겪는 과정을 거치면서 귀중한 실천의 '씨앗'을 품게 된다. 장손이 행한 대승적 실천이 값진 것은 도섭의 깨침과 절로 숨어든 사람들의 아픈 사연을 온전히 자기의 것으로 껴안는 자기고뇌를 통한 성장의 시간을 거쳤기 때문이다.

이렇게 보면 1권의 도섭과 2권의 장손은 서로 다른 시간대를 살아가는 무관한 두 사람이라기보다는 한 인물이 깨쳐 나가는 단계를 연속적으로 보여주는 분신(分身)과 같은 존재라 할 수 있다. 따라서 그들은 전혀 다른 둘[二]인 것처럼 보이지만 사실 하나[一]의 존재인 것이다. 이런 인물과 구조를 통해 『인간인』은 일제 말기부터 80년 광주항쟁까지의 거대서사를 따라가면서 동시에 불교적인 사유를 바탕으로 한 인간학적인 탐구를 미시적인 층위에서 보여준다.

마지막으로 덧붙여 둘 점은 『인간인』의 바탕을 이루고 있는 역사인식과 존재 인식이 이 소설의 실제 무대인 해남 대흥사(大興寺)[19]의 불교

18 『인간인』 2권, 261쪽.

19 '한듬절', '대둔사(大芚寺)'라는 별칭을 갖고 있는 대흥사는 1605년 서산 대사(1520~1604)가 의발(衣鉢)을 이곳에 둘 것을 유언한 뒤로 조선시대의 배불(排佛)정책 속에서도 면면하게 법맥을 이어와 13대종사와 13대강사를 배출한 선교 양종(禪敎兩宗)의 도량이다. 이 소설의 주요 무대로 등장하는 표충사는 서산 대사(휴정)의 위국 충정과 선풍을 기리기 위하여 제자들이 1669년에 건립한 사당으로 불가의 가르침을 이어받고자 사당을 꾸며 매년 추모 행사를 지내온 곳이다. 또 일지암과 대광명전은 초의 선사가 머물면서 다선 일매의 선 수행을 하던 곳이며, 대광명전 옆에 있는 보련각은 대흥사에서 배출된 고승들의 진영을 그려 모셔 오랫동안 선실로 사용된 곳이다. 소영각 또한 마찬가지로 이곳에 자리해 있다.(목정배 · 이응묵 · 이완우, 『대흥사』, 대원사, 2005 참고)

문화 전통과 어울려서 나왔다는 것이다. 이청준은 사찰공간 대흥사가 지닌 역사적 전통을 고스란히 수용하여 그것을 『인간인』의 주제와 서사를 짜는 씨실과 날실로 활용한다. 소승적 자기 구제와 대승적 실천의 방도를 초의 선사의 선교(禪敎) 일치의 다도 정신과 서산 대사의 호국(護國) 정신에서 다시 읽고 그 정신의 현재적 의미를 한국 근현대사의 지평에서 다시금 되묻고 있는 것이다. 이 같은 점을 기억하면서 소설의 결말부를 읽어야 그 속에 담긴 의미가 여실하게 다가온다.

> 한 어린 생명의 탄생을 위한 그 간절하고 장엄한 소망의 합창과 행렬! 장손은 이제 난정이 그 혼자만의 여자가 아니라, 그와 같은 소망으로 행렬에 함께하고 있는 모든 사람들의 여자이며, 그녀가 낳게 될 뱃속의 아이 또한 자신이나 다른 어떤 한 사람이 아니라 차 위의 모든 사람들의 아이라는 생각이 뜨겁게 솟구쳐 오르고 있었다. (…중략…) 아마, 그래 저들은 지금 이렇듯 오로지 한마음으로 아이의 무사 출생을 염원하고 있는 것이 아니냐…….[20]

장손은 5월 광주로 향하는 시위대의 구호 소리를 난정의 뱃속에 든 새로운 생명이 무사하게 태어나길 기원하는 합창 소리로 듣는다. 그 이유는 장차 난정의 뱃속에서 태어날 아이가 장손 "자신이나 다른 어떤 한 사람이 아니라 차 위의 모든 사람들의 아이"이기 때문이다. 또 장손이 듣는 그 구호 소리는 인간 존재가 추구해야 할 최종적 진실이라 할 '자유'의 호소이기 때문이다. 여기에서 '자유'는 모든 고통의 근원을 뚜렷하게 인식하여 그것으로부터 벗어난 불교적인 해탈의 경지와 같은

20 『인간인』 2권, 337~338쪽.

것이다. 또 그것은 자기 자신의 깨침으로부터 말미암아 타인의 고통을 향해 나아가는 소중한 실천의 씨앗인 것이다. 그 자유의 소리는 장손을 비롯한 절골 사람들이 갈망하는 새로운 세상을 향해 점화하는 실천의 불꽃인 것이다.

『인간인』은 불교적인 존재론, 선악론, 사상과 문화 등을 다층적인 맥락으로 수렴하여 인간 존재에 대한 근원적 성찰과 소승적 자각에서 대승적 실천으로 가는 방도에 대한 소설적 해답을 제시하고 있다.

## 4. 불이와 원융의 예술 세계 : 「날개의 집」과 『무소작』

앞서 읽어본 『인간인』의 결말부가 '소리'로 끝나고 있는 대목은 주의 깊게 되새길 부분이다. 그 '소리'가 갖는 상징을 이청준의 다른 작품들과 함께 해독함으로써 그의 소설이 추구하고자 한 미학적 형상을 가늠해볼 수 있을 것이다. 『인간인』에 등장하는 소리꾼 난정의 소리는 『남도 사람』 연작 전편에 등장하는 소리의 세계를 그대로 이어받고 있다. 소리꾼 난정이 지닌 소리는 송화라는 여인의 소리에서 비롯된 것이며 또 송화의 소리는 그 어미의 정한을 물려받은 것으로 이들의 소리는 "그저 그 어미의 소리로 잉태되고 소리 속에서 태어난 무성(無性)의 인간"(『인간인』 2권, 122쪽)들의 소리이다. 이처럼 소리의 힘은 존재의 근원을 만드는 원동력이다. 그런 소리의 내력을 전해들은 장손은 그 소리꾼 여인이 간직한 소리의 울림을 따라 점진적으로 깨우침을 얻어간다. 장손이 자기 안에 실천적인 씨앗을 품게 되는 과정은 곧 소리꾼 여자를 키워준 무성한 소리의 근원적인 힘을 점차 알아가는 과정인 것이다. 마침내 그런 소리의 울림은 『인간인』의 결말에서 80년 오월에 동참하는 사람들의 외침 소리와 난정의 뱃속에 든 아이의 몸부림 소리와 결합하면서 새로운 역사를 당기는 불꽃으로 점화된다. 이렇게 '소리'의 힘은 『남도 사람』 연작을 작동하는 주요한 에너지로 발원하여 『인간인』에서는 새로운 역사를 여는 힘찬 동력으로 자리한다. '소리'의 본바탕은 「다시 태어나는 말」에서 참된 언어의 표상으로 제시된 초의의 다도 정신과 소리꾼의 소리가락에서도 찾아진다. 이런 맥락을 확장하여 「지관의 소」에서 지관(止觀) 양화백의 '소 그림'에 흐르는 '영혼의 울림소리'를 읽는다면 이 소리가 지닌 미학성을 추출할 수 있다.

> 하여 나는 비로소 볼 수 있었다. 삶과 죽음의 경계마저 무심히 넘겨보고 있는 듯한 그 그윽하고 묵연스런 눈길, 맹렬한 연기와 불꽃이 사위고 난 모닥불의 은근한 연소와도 같은 그 영혼의 응시 속에 새롭게 태어난 그의 삶과 예술의 빛을, 그리고 또한 역력히 들을 수 있었다. 그 혼돈스럽고 고통스런 소용돌이를 안으로 깊이 삼킨 채, 여전히 질펀하고 거대한 흐름을 지어 흘러가고 있는 그 「홍수 뒷날」의 힘찬 강물처럼, 선생의 묵연스런 침묵 속을 굽이쳐 흐르는 천지개벽과도 같은 우렁찬 영혼의 울림소리를. (…중략…) 진정한 예술 작품은 바로 그 하나뿐인 것으로 우리에게 더욱 오래 기려질 값을 지니는 것이었다. 더욱이 그것이 우리가 새로 만난 귀한 자유인의 힘찬 넋이 담겨진 것일진대.[21]

소 그림에서 나오는 '우렁찬 영혼의 울림소리'는 보는 대상이 물리적으로 존재한다는 것을 전제하는 견(見)의 상태가 아니라 모양이나 형태

21 「지관의 소」, 319쪽.

를 갖추지 않은 소리와 같이 감각작용의 상대적 받아들임 쪽에 더 비중을 둔 관(觀)[22]의 성격을 지니고 있다. '보다'라는 의미를 갖고 있는 견(見)과 관(觀)의 차이를 재현과 미메시스의 관계로 바꾸어 생각하면 지관이 그린 그림은 주체와 대상 간의 거리를 지운 미메시스(mimesis, 존재론적 닮기)의 예술 세계라 할 수 있다. 지관의 그림이 진정한 소리의 세계로 다다를 수 있었던 이유는 『인간인』의 장손이 다른 사람들의 아픔을 온몸으로 껴안음으로써 대승적인 실천의 길로 나아갈 수 있었던 것처럼 천민 도공들의 수난사에 대한 꼼꼼한 자료 수집을 통해서 그들의 고통을 온몸으로 겪었기 때문이다. 이러한 소리와 그림의 세계는 「시간의 문」에 등장하는 사진작가 유종열의 사진, 「날개의 집」의 화가 세민이 그린 소 그림, 『무소작』의 이야기꾼 무소작의 이야기를 통해서 반복된다. 그러한 점을 이 장에서는 「날개의 집」과 『무소작』에 등장하는 예술가 주인공을 통해서 자세히 읽어볼 것이다.

「날개의 집」의 세민이 화가로 성장하는 과정은 마치 무지의 껍질을 깨고 깨달음을 얻는 줄탁동기(啐啄同機)의 과정에 비견된다. 병아리의 부리질과 어미닭의 부리질이 같은 순간[同機]에 이루어져야만 어둠 속 알에서 병아리가 밝은 세상으로 나올 수 있는 것처럼 어린 세민은 자기 안의 요구와 자기 바깥의 세계가 맞부딪히는 경험, 그리고 그 과정에서 끝없는 부정과 회의를 거듭하면서 화가로서의 참된 길을 깨쳐 나간다. 참된 예술가와 예술 세계는 스승 유당의 말 속에 들어 있다.

그렇듯 흙을 파고 산을 갈아온 것은 그러면서 그 아픔을 몸으로 배우자는

22 견(見)과 관(觀)에 대한 내용은 성법, 『마음 깨달음 그리고 반야심경』, 민족사, 2006, 38쪽.

> 것 아니냐. 이제부터 다시 이를 악물고 그걸 배우도록 하여라. 그것이 네 몸 속 뼛속까지 스며들고 가득 차도록 깊이 안아 들이거라. 그 아픔으로 다시 흙을 껴안고 산을 껴안는 것, 그것이 바로 다름아닌 사랑인 게다. 이 땅이나 산하, 우리들 사람살이에 대한 참된 배움이요 사랑이 되는 게다. 아마도 그런 아픔과 사랑을 배움으로해서만이 비로소 네가 진심으로 소망하는 그림을 그릴 수 있게 될게다.[23]

스승 유당이 세민에게 말하는 내용은 유마대사의 것과 동일하다. 즉 중생이 아프면 나도 아프다는 유마힐의 말[24]은 사람살이에 대한 아픔과 사랑을 배우고 나서야 진정한 그림을 그릴 수 있다는 유당의 가르침과 그대로 겹친다. 그런 과정을 거친 세민이 마지막으로 완성한 그림에선 그래서 아픔도 사랑도 전혀 구별되는 법이 없다. '아픔을 앓아가는 사랑', 아픔을 다 사랑으로 앓아버린 세민의 그림에선 오직 '충만한 평화와 기쁨의 빛만' 남는다. 유당의 가르침을 따른 세민(世民)의 그림은 마치 그의 이름처럼 세상과 민중의 고통이 하나로 융합되어 나와 타인, 개인과 사회, 예술가와 세계 등 대립과 갈등이 모두 사라진 경지를 구현한다. 이런 모습은 이야기꾼 무소작의 일대기인 『무소작』에서 반복된다. 꽃씨 할머니 이야기를 삶의 씨앗으로 품은 무소작은 고향을 떠나 여러 곳을 돌아다니다가 다시 고향으로 돌아와 이야기 장수가 된다. 그는 다시 어린 시절에 들었던 꽃씨 할머니 전설만을 남기고 고향을 떠나게 되는데, 그가 사라진 자리마다 이야기꽃이 피어난다.

---

23 「날개의 집」, 101쪽.
24 유마힐의 이 말 속에는 대승보살의 정신이 함축되어 있다. 장순용 옮김,『유마경』, 시공사, 1997, 105~122쪽 참조.

> 무소작 노인은 말하자면 자신이 그 꽃씨를 뿌리고 다니는 할머니로 변하여 자신의 이야기 속으로 사라져간 셈인데, 그의 그런 이야기의 행적을 뒤찾아 다닌 그 이야기 공부꾼도 그의 마지막 행적, 그러니까 그가 그 이야기 속의 할머니와 함께 마지막 꽃씨를 뿌리고 세상에서 모습을 감춰간 종생의 자리는 아무데서도 찾아볼 수가 없었다는 것이다.[25]

무소작이 지나간 자리에는 그의 이야기가 꽃씨처럼 산종될 뿐, 그가 머문 종생의 자리는 흔적조차 찾을 수 없다. 여기에서 주인공 무소작의 이름에 대한 불교적인 해석[26]을 덧보탤 수 있다. "어디에도 머무르지 않으며 마음을 내는 것[無所住應生其心 不住於色應生其心]"이라는 『금강경』의 구절에 비추어 보면 '무소작'은 어디에도 집착하는 마음을 내지 않아 결국 어디에도 종착한 곳이 없는 무소주(無所住)와 무소착(無所着)의 세계를 변이하여 붙인 이름이라 생각된다. 화가 세민과 이야기꾼 무소작은 어떠한 소유를 목적으로 하지 않고 그저 자연적 무위(無爲)를 통해 타인의 고통을 함께 나누는 자리이타행을 실현한 존재들이다. 따라서 세민과 무소작의 삶이 그려낸 예술 세계는 무자성한 존재가 무의도적으로 행한 자리에서 생겨난 깨달음의 결과물로 주어진다. 이들 예술가 주인공이 종착한 예술 세계는 주체와 대상, 삶과 죽음의 경계를 지운, 즉 하

25 『무소작』, 125쪽.

26 무소작이라는 이름에 대해 남진우는 세 가지 의미로 해석하고 있다. "無小作으로 풀이하면 아무것도 거두는 것이 없는 존재로서 그가 종국적으로 추구한 것이 끝내 허무에 이를 뿐이라는 것을 가리킬 것이고, 務小作으로 풀이한다면 작은 것이라도 거두기 위해 끝없이 애쓰는 존재로서, 평생에 걸친 주인공의 추구를 나타낼 것이다. 그는 생의 마지막에 無所(lr nulle part), 즉 어디에도 없는 곳에 도달한다."(남진우, 「이야기의 시원, 시원의 이야기」 작품해설, 133쪽, 127~157쪽)

나가 아니면서도 둘도 아닌 불일이불이(不一而不二)의 세계이다. 달리 말해 세민과 무소작의 생애를 통해서 보여준 예술가와 예술의 형상은 이청준이 줄곧 추구해온 존재와 언어의 일치, 말과 삶의 일치에 대한 소설적 표현이며 그것은 불교적인 맥락에서 볼 때 소승적 자기 구제와 대승적 이타행이 조화를 이룬 모습에 다름 아니다.

이와 같은 내용을 「날개의 집」과 『무소작』은 원환적인 서사구조에 담고 있다. 두 편의 소설은 세민과 무소작이 각각 화가와 이야기꾼으로 성장하는 과정을 시간적인 순서에 따라 배열하고 있는 것 같지만, 사실 그들의 예술 세계가 완성되는 순간은 화가 세민이 떠났던 고향으로 다시 되돌아오고 이야기꾼 무소작이 어린 시절에 품은 씨앗으로 되돌아오는 원환의 형상을 띤다. 원환적인 소설의 구조에 담긴 예술가 주인공의 성장 과정을 불교도상학으로 해석해 보면 인간의 본성을 찾아 깨달음의 세계에 이르는 심오한 선종의 사상을 담고 있는 심우도(尋牛圖)의 단계와 유사하며 또 그것은 온전히 말로 전할 수 없는 진리를 오직 마음의 관법(觀法)에 의해서만 깨닫게 하기 위한 도상인 원상(圓相)[27]이 뜻하는 바와도 다르지 않다. 그러기 때문에 이들 예술가 주인공들이 "생동하는 문제적 주인공으로서 주어진 상황과 대면하고 있다기보다는 작가가 생각하고 있는 관념을 떠맡아 연기하는 배우의 역할을 수행하

27 불교에서 말하는 원상(圓相)의 의미는 다음과 같다. "기하학적으로 볼 때 원은 시작도 없고 끝도 없는 점의 연속이다. 끊이지 않고 이어져 시작도 끝도 없는 영원성을, 그리고 원호에 둘러싸여 있는 내포(內包)는 전체성(全體性)의 사상과 상통한다. 또한 원은 크기의 대소를 불문하고 그 자체로 완전성을 지닌다. 이는 불교의 원만(圓滿), 원각(圓覺), 원통(圓通), 또는 원공(圓空)의 개념과 상통한다."(허균, 『사찰 장식, 그 빛나는 상징의 세계』, 돌베개, 2007, 101~102쪽) 또 불교를 포함하여 동양에서는 하늘, 도(道)와 태극(太極)을 대개 원의 형상으로 그린다. 그것은 무한한 존재를 상징한다.(송항룡, 『시간과 공간 그리고 지금 바로 여기』, 성균관대 출판부, 2007, 58~59쪽)

는 데 머물고 있다"[28]라고 여긴다면 무자성한 존재가 둥근 원형과 같은 시간대를 따라 마침내 주객이 분리되지 않은 불이(不二)와 원융(圓融)의 예술 세계로 깨달아가는 '과정' 속에 담긴 의미를 작게 여길 수 있다. 세민과 무소작이 도달한 예술 세계가 값진 것은 그것이 기나긴 방황과 수련의 과정에서 문득 다가온 깨달음의 소리이기 때문이다. 세민의 소 그림은 지관의 소 그림에서 흘러나오는 자유로운 영혼의 소리를 이어받고 있으며 무소작의 이야기는 모든 고통의 근원을 직시하고 타인의 고통을 껴안은 장손의 실천적 씨앗을 발아하고 있는 것이다. 이들의 예술 세계에서 흘러나오는 울림소리는 바로 이청준이 오랜 소설쓰기의 여정에서 구한 자유정신의 거주지이며 예술가와 예술 세계에 대한 미학적 형상인 것이다.

## 5. 나오며

지금까지 이 글에서는 80년 이후에 나온 이청준의 후기 소설들을 불교철학적인 물음에 비추어 읽어보았다. 살펴본 바와 같이 이청준의 소설은 불교의 존재론, 선악론, 언어관, 세계관 등 불교철학적인 사유를 통해 그동안의 문제의식들을 확장하고 그 해결책을 모색하였다. 이청준은 「다시 태어나는 말」에서 불교인물 초의의 다도 정신에서 가(假)의 언어를 넘어선 참된 언어에 대한 일말의 해답을 찾는다. 그러나 이러한 해답은 「비화밀교」에서 '무엇을 어떻게 쓸 것인가'라는 소설가의 고뇌

28 남진우, 앞의 글, 133쪽.

를 통해 다시 언어에 관한 문제의식을 제기하면서 재현주의 미학에 대한 반성적인 물음을 내놓는다. 『인간인』은 불교의 존재론, 선악론, 사찰공간의 사상과 문화 등을 다층적인 맥락으로 수렴하여 인간 존재에 대한 근원적 성찰과 소승적 자각에서 대승적 실천으로 가는 방도에 대한 소설적 해답을 제시하고 있다. 마지막으로 「날개의 집」과 『무소작』 등 예술가소설에서는 주체와 객체, 삶과 죽음 등 이원대립의 구도를 지운 자유정신의 예술가와 불이(不二)와 원융(圓融)의 불교예술 세계를 구현하고 있다.

이상에서 본 것처럼 불교철학적인 물음은 이청준 소설의 심층에 자리하여 소설 세계를 이끄는 동력이 되어 왔다. 그래서 이청준의 소설쓰기는 마치 불교철학적인 화두를 하나씩 하나씩 풀어나가는 과정에 비견된다. 여러 가지의 물음에 대한 소설적 해답을 탐색하는 가운데 이청준의 소설은 자연스럽게 불교철학과 탈근대적 사유가 만나는 접점에 근접한다.

## 참고문헌


- 이청준문학전집, 열림원, 1998~2000.
- 이청준, 『말없음표의 속말들』(산문집), 나남, 1986.

- 각 묵, 『금강경 역해』, 불광출판사, 2006.
- 김 진, 「니체와 불교」, 『철학연구』 제89집, 대한철학회, 2004.
- 김형효, 『데리다의 해체철학』, 민음사, 1993.
- ______, 『원효의 대승철학』, 소나무, 2006.
- 김호귀, 『화두와 좌선』, 살림, 2008.
- 남진우, 「이야기의 시원, 시원의 이야기」, 『인문주의자 무소작씨의 종생기』, 열림원, 2000.
- 동국대 한국문학연구소, 『불교문학 연구의 모색과 전망』, 역락, 2005.
- 목정배・이응묵・이완우, 『대흥사』, 대원사, 2005.
- 박건주, 『달마선』, 운주사, 2006.
- 서영애, 『불교문학의 이해』, 불교시대사, 2002.
- 성 법, 『마음 깨달음 그리고 반야심경』, 민족사, 2006.
- 송항룡, 『시간과 공간 그리고 지금 바로 여기』, 성균관대 출판부, 2007.
- 장순용 옮김, 『유마경』, 시공사, 1997.
- 안옥선, 『불교의 선악론』, 살림, 2006.
- 이충희, 「이청준 소설 연구-불교적 세계관을 중심으로」, 계명대 석사논문, 2000.
- 조윤호, 「조선후기 호남 지방의 유교와 불교 교류」, 『동아시아 불교와 화엄사상』, 초롱출판사, 2003.
- 진은영, 『니체, 영원회귀와 차이의 철학』, 그린비, 2007.
- 최진석・우찬제, 「이청준 소설의 도가적(道家的) 해석」, 『한국문학이론과 비평』 제8집, 한국문학이론과비평학회, 2000.
- 한순미, 「부재를 향한 끝없는 갈망—『남도 사람』 연작 다시 읽기」, 『현대소설연구』 제20호, 한국현대소설학회, 2003.
- ______, 「근대 재현적 주체의 죽음과 탈주의 욕망—이청준의 예술관을 검토하기 위한 시론적 연구」, 『국어국문학』 제136집, 국어국문학회, 2004.
- ______, 「가(假)의 관점에서 바라본 이청준의 소설 인식」, 『한국언어문학』 제55집, 한

국언어문학회, 2005.
• 허　균, 『사찰 장식, 그 빛나는 상징의 세계』, 돌베개, 2007.

# 이청준, 한스런 삶에서 화해의 문학으로

김병익 • 문학평론가

뛰어난 정신은 가난하고 메마른 자리에서 크고 풍요한 보람을 일구어내고 아름다운 영혼은 괴롭고 슬픈 삶에서 고결하고 진지한 세계를 만들어냅니다. 일흔 해 한 생애를 소설문학의 창작에 바치고 지난 해 여름 이승을 떠난 이청준에게서 우리는 이 뛰어난 정신과 아름다운 영혼의 모범을 발견합니다. 그는 자기에게 내려진 갖은 불행과 고통을 깊은 한으로 싸안으면서 오히려 그 불행과 고통의 의미를 헤아리고 화해를 향한 소망을 찾아내며 자신에게 가해지는 억압과 모욕을 견뎌내고 그 포악한 정체를 드러내며 용서의 도저한 태도를 보여주었습니다. 그는 40권의 분량에 이르는 끈질긴 집필 작업을 통해 이 세계의 진상을 밝히며 시대의 진의를 탐구했고 40 몇 해에 걸친 시간을 바친 창작을 통해 문학으로써 가능한 인간의 진실과 운명에의 사랑을 열어왔습니다. 저는 그의 1주기를 맞으며 처음 갖는 이 추모 학술 모임에서 이청준의 이러한 내면적 도약과 창조적 성취가 어떻게 가능할 수 있었던 것인지 그 비의를 알고 싶었습니다.

이청준은 외진 바닷가의 작은 마을에서 태어났고 어릴 적 아버지와 형들이 잇달아 세상을 버린 슬픈 사연을 안으며 가난한 집안에서 자랐습니다. 그는 도시로 진학하면서 자기 몸을 의탁할 친척집 아주머니가 어머니의 인사치례로 싸준 게 구럭을 쓰레기통에 팽개쳐 버린 장면을 바라보아야 했던 기억을 여러 차례 떠올리고 있습니다. 그 게 구럭은 광주로 오는 긴 버스 시간 동안에 썩어 악취를 풍기고 있었던 것입니다. 이때 느낀 참담함에서 이청준은 아마 슬픈 부끄러움을 속깊이 담아두었을 것입니다. 대학 시절 그는 그의 작은 한 몸을 누일 방이 없어 학교 교실로 도둑처럼 숨어들어가 추운 며칠 밤을 지새워야 했던 고역도 고백하고 있습니다. 순찰하는 경비원의 눈길을 피해 캄캄한 한밤을 떨며 그는 분명 외로운 절망에 젖어 무언가에 대한 복수심으로 힘겨워했을 것입니다. 고등학생 시절 시골집을 빚쟁이에게 내주고 떠돌이 생활을 해야 할 어머니의 안부가 걱정되어 고향으로 내려왔다가 그러리라 싶은 아들을 기다려 따뜻한 저녁 밥상을 차려주고 다음날 새벽 눈길을 걸으며 배웅해준 어머니와의 슬픈 작별을 그는 명작 「눈길」에서 되살려냈습니다. 이 안타까운 회상에 젖어 어머니의 손길을 다시 받아들인 것은 눈 위에 찍힌 아들의 발자국을 하나하나 되밟는 어머니의 한없는 발길이 열어준 따뜻한 슬픔 때문이었을 것입니다. 이청준은 모욕의 참담함을 존재의 부끄러움으로, 복수심을 부르는 절망을 글쓰기의 열정으로, 가난이 깨운 원한을 따뜻한 화해의 전망으로 바꾸기 위해 오래 고뇌했고 고통스럽게 탐색했습니다. 그의 문학은 바로 이 고뇌와 탐색의 작업이었고 마침내 이르게 된 귀향과 화해의 경지가 그의 소설이 당도하게 된 서사적 결론이었습니다.

이청준은 우리 정치-경제사에서 가장 소외되고 박대 받는, 그러나 문화적으로는 가장 풍요롭고 서정적인 땅 남도에서 태어났고 자랐습니다. 그는 외딴 시골 출신으로서 광주로 진학했고 다시 서울로 유학했으며 그리고 서울에서 사회생활을 했고 작품을 썼으며 작가로 몸을 세웠습니다. 그는 스스로 쓴 한 약력을, 자신이 서울 사람으로 입성하기까지의 힘들고 애먹이는 잦은 이사 다니기의 기록으로 대신한 적이 있었지만 그의 늙은 마음과 마지막 몸은 결국 고향 땅에 위탁하게 됩니다. 그러면서 그는 고향 호남의 서러운 처지를 끝내 외면하지 못했고 광주 시민들이 당해야 했던 혹독한 수난과 원한에서 결코 자유롭지 못했습니다. 그럼에도 그는 「비화밀교」에서 마침내 화해의 말을 열었고 「귀향연습」에서 고향에서야 몸과 마음의 병을 치유할 수 있으리란 희망을 찾아냈습니다. 드디어 「서편제」와 「다시 태어나는 말」에서 고향의 소리를 통하여만 영원을 향한 구원의 길이 열릴 수 있음을 알려주고 있습니다. 여기서 그는 소리가락과 차 마심으로 자연과 함께하는 품위있는 삶의 모습을 그리워하며 용서하는 마음을 가르치고 있습니다. 노년의 그는 자신의 내면을 한 많은 고향의 땅으로 귀화시켰고 그의 문학을 신화와 전설로 농익은 자연의 숨결로 익혀냈으며 그의 언어도 호남의 가락과 문체로 토속화하기에 이릅니다. 그는 떠나버렸던 집에서 우리 민족의 유구한 전래의 정서를 발견했고 버려버린 고향에서 삶의 끝없이 깊은 뜻과 한없는 아름다움의 전통을 되찾아냈던 것입니다. 그의 긴 문학적 도정은 이러한 출향과 귀향의 변증이 일구어낸 모색과 축적, 되씹기와 되찾기의 힘겨운 과정이었습니다.

이청준이 살아야 했던 시대는 행운과 고통이 뒤범벅하고 있었지만 고통은 그의 작가적 상상력을 키우는 데 오히려 크게 기여했고 행운은 그의 문학적 위치를 높이 자리매김하는 바람직한 역할을 했습니다. 그의 행운이란 크게 보아 식민지 말기에 태어나 민족의 발전과 더불어 그의 성장과 활동이 이루어짐으로써 현대 한국사의 발전을 그의 성숙으로 향유할 수 있었다는 점을 가리킵니다. 그는 해방 후 교육을 받기 시작함으로써 같은 호남 출신의 비평가가 지목한 '모국어로 공부하고 모국어로 글을 쓴' 최초의 한글 세대였으며 대학에 입학하면서 4·19에 참여하여 실천적인 민주화 세대의 첫 주체가 되었고 사회생활을 시작하면서 일기 시작한 산업화와 더불어 근대화를 추동하는 중심 세대였다는 역사적인 행운을 누렸습니다. 한글–민주화–근대화의 3중의 민족적 소명을 짊어진 이청준 세대는 선배들과 달리 역사로부터의 피해와 오욕을 피할 수 있었고 후배 세대들이 고통받아온 이념적 경직과 탈근대의 방종에 젖지 않을 수 있었습니다. 그러나 그 60년대 세대가 누려온 시대적 행운에는 가시도 많이 돋혀 있었습니다. 해방 후로부터 한국 전쟁에 이르는 동안의 전란과 그 후유, 몇 차례의 정변과 유신 독재의 억압, '전짓불 모티브'로 묘사되는 삶과 죽음의 전율적인 선택의 공포, 급속한 산업화와 사회적 변동이 초래한 가치 혼란과 고향상실감이 그것들입니다. 이청준은 그의 시대가 제기한 이런 부정적 문제들을 자신의 문학적 탐구 과제로 환치시켜 소설 창작의 가장 큰 성과로 거두어들였습니다. 『당신들의 천국』은 이상향의 건설을 위한 정치권력과 인간의 자유가 싸우며 얽힌 갈등을, 『소문의 벽』과 『씌어지지 않은 자서전』은 지배자의 감시 아래 작가의 자유로운 글쓰기가 부닥치는 현실적인 고통을, 그리고 초기의 중단편들은 스러지는 전래 민속 예술의 애잔함 혹은 작가와 지식인들의 내적 자유를 향한 갈망 등등으로 근대와 전통, 권력과 자유, 이상과 현실이란 우리의 지적 인식과 사유에서 작동하고 있던 날선 대립항들을 그는 자신의 소설 주제로 발전시켰습니다.

여기서 이청준의 작가적 천부를 짚어 올리지 않을 수 없습니다. 명문 광주일고의 학생회장이라면 으레 진학하는 서울대 법대를 마다하고 그는 서울대 문리대로, 그것도 독문학과로 진학했고 일생의 업으로 작가의 길을 택했습니다. 이 선택은 한국전쟁 중 가족이 학살당한 친척 형이 보복을 포기하고 산으로 들어가면서 그에게 출세를 피하라고 권한 데서 영향을 받았을지 모르지만, 그는 권력 대신 언어예술을 향한 소명의 길을 택함으로써 이 세계의 패악과 인간들의 허위와 평생에 걸친 싸움을 벌이며 거기서 빚어지는 엄청난 고통을 감수하는 운명을 스스로 짊어져 간 것은 이청준 자신의 실존적 엄숙성의 표현일 것입니다. 그는 문단 생활의 초년기에 취직을 했지만 그 직장은 문필 작업의 연장인 잡지 편집자 일이었습니다. 그리고 그 후의 30여 년 동안 그는 전업 작가로 오로지 글쓰기만으로 한 생애를 바쳤고 그 가난한 수입으로 가족을 부양했습니다. 더 편하고 보기 좋은 자리, 더 많은 수입과 권세가 보장된 직책을 스스로 멀리하며 오직 소설 창작의 험하고 고된 노역으로만 살았던 것입니다. 그것은 인간의 전 존재를 진실 탐구와 세계 창조의 삼엄한, 그렇기에 외롭고 괴로운 삶의 아픔을 담담히 그러나 당차게 받아들이겠다는 선택된 자의 운명을 가리킵니다. 작가가 존경받아야 할 이유가 여기에 있고 이청준에 대해 우리가 가장 높은 경의를 드려야 할 연유가 여기에서 비롯됩니다.

자신의 존재 전부를 문학에 건 선택 위에서 발휘되는 이청준의 타고난 지성과 뛰어난 재능을 저는 여기서 다시 높이 평가하지 않을 수 없습니다. 다른 자리에서도 고백한 바 있지만, 가령 『소문의 벽』이 정치적 폭력에 대한 매서운 폭로를 감행하고 있음에도 당시의 혹독한 검열의 손길을 피할 수 있었던 것은 전적으로 그의 교묘한 창작 테크닉과 고도의 문학적 성취 덕분이었습니다. 그는 그다운 독특한 중층 구조와 추리적 기법을 개발하여 한국 전쟁과 유신 독재, 현실의 억압과 권력의 통제 속에서 자유로운 글쓰기와 정신적 · 정치적 자유의 탐구란 아슬아슬한 주제들을 다루면서 그 동기와 사연들을 중첩하고 연계하며 복잡하지만 필연성을 가지고 교묘하게 얽히고설키게 매어놓음으로써 벌거벗은 권력의 악독한 입질을 피할 수 있었던 것입니다. 그의 과감한 문제 제기, 노골적인 현실 비판, 서슴없는 진실 해명의 언어들은 단연 작가란 그의 시대에 무엇을 하는 존재인가를 도저하게 보여준 예가 될 것입니다. 그의 숱한 작품들에서 발휘되는 갖가지의 기법과 문체들, 예컨대 그다운 독특한 곡언법의 문체, 결코 정상적일 수 없는 실재 세계에 대한 비틀기의 우화적 수법, 발견술적 해명을 유도하는 역접(逆接)의 어법 등 이청준 소설의 진골을 이루는 기법들은 그의 이 같은 문학적 성과를 일구어내기 위한 방법론이며 문체적 성과들입니다. 그는 묘사의 사실성보다 인식의 사실성을 지향하는 데서 작가적 탁월성을 드러내며 당장의 성급한 주장보다 한 차원 높여 해석하고 영원한 시간의 눈으로 평가하는 치열한 인식과 치밀한 사유 그리고 진지한 전망에서 그의 지적 고결성이 고양됩니다. 그리고 오랜 문학적 탐구와 내적 사유를 거친 후 마침내, 그는 귀에 순하는 부드러운 삶을 받아들이며 고향으로 회심하고 화해와 용서를 권고하게 되는데 이때 그의 언어는 순접의 화법으로 바뀌고 남도 특유의 방언적 어투를 사용하며 문장 스스로가 그의 세계관의 방법적 표현으로 피어나게 됩니다. 그 같은 언어 추구의 승화에 이르러 마침내 그는 태어난 땅으로 그의 몸을 누이며 '신토불이'의 지경으로 귀순한 것이었습니다.

그는 그의 실제의 삶을 규정하는 현실로부터 탈출하는 대신 그 안으로 더 깊이 들어가 거기서 궁극의 의미와 전망을 찾아냈습니다. 그의 문학은 그런 그의 생애가 일구어낼 수 있는 세계 인식의 표현이며 그의 삶은 그의 문학이 형성될 근원으로 자리했습니다. 이랬기에 그의 작품들은 항상 독자들의 공감과 사랑이 되었고 동료 문학인들의 존경과 격려였으며 평단의 평가였고 한국 소설 문학의 표징이었습니다. 10년 전 그의 회갑을 기념하는 『이청준 깊이읽기』의 서지에 의하면 이미 그에 대한 독자적인 연구서가 4권, 논문과 비평이 150편에 이르러 있었습니다. 지금쯤은 그 숫자들이 아마 두 배는 되었으리라 짐작됩니다. 그러나 '이청준학'은 지금부터 시작일 것입니다. 그의 문학과 삶에 대해, 그의 정신과 기법에 대해, 그의 시대와 그가 남긴 영향에 대해 앞으로 더욱 숱한 연구와 비평이 이루어질 것이며 또 그래야 할 것입니다. 그의 고향 땅에서 그의 동료와 후배들에 의해 열리고 있는 '소설가 이청준 선생추모 학술회의'는 분명 이 같은 '이청준학'의 시발이 될 것이 분명하며 동시에 '이청준 기림'의 씨앗이 될 것도 확실합니다. 그것은 이청준에 대한 경의이며 그를 사랑하는 이들의 보람일 것이고 그래서 한국문학의 축복이 될 것입니다.

# 이청준 문학과 문학 공간으로서의 장흥

**한승원** · 소설가

장흥 땅은 어느 곳이든지, 발 디디는 곳마다 이청준 선생의 문학이 발에 밟힙니다.

이청준 선생과 함께 선생의 고향인 진목리에 간 적이 있습니다. 마을 한가운데에 사장 마당이 있는데 그 가장자리에 늙은 팽나무가 서 있습니다. 수령이 몇 백 년쯤인 거대한 나무입니다. 늙었지만 가지와 잎사귀들이 푸르고 튼튼했습니다.

선생은 그 팽나무를 가리키면서 말했습니다.

"'나무 위에서 잠자기'를 쓰게 한 것이 저 나무입니다."

어린 시절에 선생은 그 나무에 올라가 놀았던 것입니다. 개구쟁이들 가운데는 가지 위에서 몸을 비스듬하게 누인 채 잠을 자는 아이도 있었던 것입니다. 선생도 그들처럼 잠을 잤었는지 모릅니다.

*

스무 살 적, 아직 이청준 선생과 일면식도 없을 때, 나는 고등학교 졸업하고 농사짓고 김양식을 하고 살았었는데, 씨암탉 한 마리를 사기 위해 대덕장터엘 갔습니다. 거기서 진목리에 살고 있다는 한 상투를 짜 올린 중년 남자를 만났습니다. 그를 따라 진목리까지 걸어갔습니다.

장터에서 연평마을을 지나 저수지 옆길을 타고 가다가 오른쪽 산굽이의 비탈진 자드락길로 들어섰습니다. 고개 하나를 넘고 또 다시 하나를 넘고, 가파른 산골짜기를 타넘은 다음에 한 마을에 이르렀는데, 그 마을이 진목리였습니다.

*

그 뒤 사십대 초반에 들어 선생의 소설 「눈길」을 읽었습니다. 그 소설 속의 어머니와 아들이 아침 일찍이 신화처럼 눈 하얗게 덮인 길을 걸어 대덕 장터 버스 정류장까지 가고, 아들을 보내고 난 어머니는 혼자서 되돌아가며, 아들과 함께 찍어 놓은 발자국들 하나하나에다가 눈물을 흘려 담으며 마을로 되돌아갑니다. 그 길이 제가 스무 살 적에 한 상투잡이를 따라 걸어간 길입니다.

이제 그 길은 이청준 선생의 소설 「눈길」로 인해서 하나의 전설이 되었습니다.

*

진목리에서 산굽이 하나를 보듬고 돌아 바다 쪽으로 담배 한 대참쯤 나아가면 '갯나드리'라는 편편한 곳이 나오는데, 거기에 작은 뜸 하나가 형성되어 있습니다. 그 뜸에 선생의 홀로된 형수가 선생의 조카와 더불어 살고 있습니다. 그리고 그 집 뒤편 산언덕 밭에 선생은 어머니와 더불어 누워 있습니다.

선생이 누워 있는 산언덕은 광활한 간척지를 내려다보고 있습니다.

그 간척지는 예전에 갯벌이었습니다. 그 갯벌에는 석화밭이 있었습니다. 마을 사람들이 울력을 해서, 목침만한 돌멩이들을 실어다가 줄지어 놓아두면 그 돌에 석화가 돋는 것입니다.

마을 사람들은 석화 밭에 쓸 돌멩이들을 산에서 거룻배로 실어다가 풉니다. 그 작업은 반드시 밀물이 가득 밀려든 때(만조시)에 했습니다. 그런데 돌멩이를 가득 실은 배의 바닥으로 물이 스며들면 배가 가라앉아 사람이 죽는 일도 일어납니다.

『석화촌(石花村)』이란 선생의 소설은 바로 그 석화밭에서 일어난 이야기를 형상화 시킨 것입니다. 그 속에 등장하는 남자주인공이 '거무'인데 그 인물에 대하여 선생과 나는 훗날 많은 이야기를 나누었습니다.

거미들 가운데는 물에서 사는 종이 있는데, 그 거미는 신통하게도 발이 물속에 빠지지 않고 동동 뜹니다. 그 소설은 신화적인 분위기가 느껴지게 하는 작품입니다. 거무에게서 그러한 분위기가 느껴지는 것입니다.

나는 훗날 『흑산도 하늘 길』이란 소설을 쓰면서 '거무'라는 여자를 등장시켰는데, 주인공의 첩이 된 그녀는 잠녀(潛女 혹은 海女)입니다. 나는 '거무'를 '검', '곰' 따위의 신(神)의 뜻을 가진 존재로 읽었으므로 그렇게 이름 붙였습니다.

선생과 나는 장흥 바닷가에 태어나 바다를 공유한 채 작가생활을 한 까닭으로 그러한 신화적인 분위기를 공유할 수 있었을 터입니다.

*

지금은 간척지로 변해버린 그 갯벌 밭에서 선생의 어머니는 농게를 잡아 자루에 담았고, 광주의 학교에 가는 선생 손에 잡혀 주면서 얼른 뒤 돌아보지 말고 가라고 손사래를 쳤습니다.

선생은 그것을 손에 들고 장흥 대덕에서 광주까지 5시간 가까이 만원버스를 타고 가야 했습니다.

광주에 도착한 선생은 농게 자루를 들고 일가 누님 집에 갔는데, 기껏 가져다 준 그것을 일가 누님은 쓰레기통에 버렸습니다. 게들은 이미 다 죽어 있었고, 상해서 고린내가 났으므로 게장을 담아 먹을 수가 없게 된 것이었습니다.

그 사건이 선생의 가슴 속에 얼마나 아프게 각인되어 있었던지, 그 이야기는 장차 『축제』 속에도 나오고, 그 외에 다른 산문 속에서도 나옵니다.

*

젊어 혼자 된 며느리는 바다 갯벌에 갯것을 하려고 갔다가 깜깜해졌는데 아직 돌아오지 않습니다. 시어머니는 며느리를 마중 나갔습니다. 마을에서 갯나드리쪽으로 발밤발밤 걸어가면서 “악아!” 하고 부릅니다. 며느리는 산굽이 저쪽의 먼 어둠 속에서 “어무니!” 하고 소리칩니다. 서로를 부르며 걸어가고 걸어온 고부가 깜깜한 어둠 속에서 만나 마을로 돌아옵니다.

그 가슴 아리는 이야기는 실제의 것이었고, 그것은 선생의 「축제」라는 소설 속에 그대로 나옵니다.

갯나드리 뜸을 중심으로 한 그곳은 이청준 선생의 아픈 문학의 현장입니다.

*

예전에, 강진에서 장흥읍의 남외리쪽으로 들어오는 신작로 옆에 자그마한 주막 하나가 있었습니다. 들판 한가운데 있는 그 주막은 선생과 내가 스무살 직전까지 있었습니다. 무슨 이야기인가 들어 있음직한 주막.

『남도 사람』 연작을 보면 그 주막집이 나옵니다.

*

선생의 「서편제」, 「소리의 빛」, 「선학동 나그네」의 주제는 결국 ‘소리’를 형상화 시키는 데 있습니다.

주인공인 나그네가 이 주막 저 주막을 더듬고 다니면서 소리를 하고 다니는 장님 여인의 삶을 추적합니다. 그 주인공의 뒤에는 작가의 그림자가 따라다닙니다. (때문에 소설적인 분위기는 늘 장흥의 산하하고 연관이 있게 됩니다.)

그 작품들은 비가시적인 소리를 가시적인 빛, 혹은 환상적인 모양새로 형상화시키는 데에 목표를 두고 있습니다.

*

> 소리를 들을 때마다 그의 머리 위에 이글이글 불타오르는 뜨거운 여름 햇덩이가 있었다. 어렸을 적부터의 한 숙명의 햇덩이였다.
>
> —「소리의 빛」 한 대목

소리는 나그네의 어머니를 잡아먹었고, 그 소리는 어머니로 하여금 핏덩이를 생산하게 했고, 그 핏덩이가 장차 장님 여인이 되었습니다.

작가는 한 서린 소리를 만들기 위하여 그 여인을 장님으로 만들었습니다.

선생은 소리를 그윽한 어떤 것으로 형상화시킬 목적으로 하나의 장치를 만들었는데 그것은 '선학동'입니다. 그 선학동은 진목리와 회진 사이에 있는 바다 어디쯤으로 상정되어 있습니다.

*

> 선학동(仙鶴洞)—그곳에는 예부터 기이한 이야기 한 가지가 전해 오고 있었다. 이야기는 포구 안쪽에 자리 잡은 선학동의 뒷산 모습으로부터 연유한 것이었다. 그 산세가 영락없는 법승의 자태를 닮고 있었기 때문이다. 마을 뒤쪽으로 주봉을 이루고 있는 관음봉은 고깔처럼 뾰죽하게 하늘로 치솟아 오른

모습이 영락없는 법승의 머리통을 방불케 하였고, 그 정봉을 한참 내려와 좌우로 길게 펼쳐 내려간 양쪽 산줄기는 앉아 있는 법승의 장삼자락을 형용하고 있었다. 선학동 마을은 이를테면 그 법승이 장삼자락에 안겨 있는 형국이었다. 그런데다 마을 앞 포구에 밀물이 차오르면 관음봉쪽 산심의 어디선가로부터 둥둥둥둥 법승이 북을 울려대는 듯한 신기한 지령음(地靈音)이 물 건너 돌고개 일대까지 들려오곤 한다는 것이었다.

(…중략…)

"연전에 한 여자가 이 동네엘 찾아들었지요. 그 여자가 지나간 다음부터 이 고을에 다시 학이 날기 시작했어요……"

"…… 연고를 알고 보니, 노인은 그때 이 주막에 앉아 소리를 하면서 선학동 비상학을 즐기셨던 거드구만요…… 해저물녘 포구에 물이 차오르고 부녀가 그 비상학과 더불어 소리를 시작하면 선학이 소리를 불러낸 것인지 소리가 선학을 날게 한 것인지 분간을 짓기가 어려운 지경이었어요…… 노인넨 그냥 비상학을 상대로 소리만 즐긴 게 아니라 어린 딸아이의 소리에 선학이 떠오르는 이 포구의 풍정을 심어주려 했다고나 할까…… 하여튼지 한 서너 달 그렇게 소리를 하고 나니 노인네 뜻이 그새 어느 만큼은 채워졌던가 봅디다……"

(…중략…)

"여자가 간 뒤로 이 선학동엔 다시 학이 날기 시작했다니께요. 여자가 이 선학동에 다시 학을 날게 했어요. 포구 물이 막혀버린 이 선학동에 아직도 학이 날고 있는 것을 본 사람이 그 눈이 먼 여자였으니 말이오……"

(…중략…)

그녀의 소리는 한 마리 선학과 함께 물 위를 노닐었다. 아니, 이제는 그 소리가 아니라 여자 자신이 한 마리 학이 되어 선학동 포구 물 위를 끝없이 노닐었다.

(…중략…)

사내는 그때 그런 몽롱한 마음가짐 속에서 또 한 가지 기이한 광경을 보았다. 사내가 다시 눈을 들어 보았을 때, 길손의 모습이 사라지고 푸르름만 무심히 비껴 흐르는 고갯마루 위로 언제부턴가 백학 한 마리가 문득 날개를 펴고 솟아올라 빈 하늘을 하염없이 떠돌고 있었다.

—이청준의 「선학동 나그네」 끝 부분

선생은 '천상천하 최고의 아름답고 그윽한 소리'라는 비가시적인 관념을 위와 같이 가시적인 모습으로 형상화시키기 위하여 세편의 연작소설을 쓴 것입니다.

*

여기에 사용되는 공간이 장흥이라는 공간입니다.

*

장흥이라는 시공은 얼마 전에 '문학관광특구'로 지정되었습니다. 그것을 있게 한 것은 이청준 선생의 문학으로부터 시작된 것이라 해도 과언이 아닙니다.

장흥이라는 곳은 발을 디디는 곳마다 이청준 선생의 문학작품의 냄새를 맡을 수 있습니다.

선생은 어머니에게 진 빚과 고향에 진 빚을 말하곤 했습니다. 그런데 선생의 살아서의 모든 작업은 그 빚 갚기를 위한 것이었습니다. 그 빚 갚기를 온전하게 한 결과 선생은 선생의 고향 마을 인근에 선학동을 창조했고, 지금 그곳에서 영원을 살고 있습니다.

# 작가 이청준과 나

소설과 그림의 만남

**김선두** • 중앙대학교, 화가

십여 년 전 어느 맑은 늦가을 한적한 오후. 선생과 나는 눈길을 함께 걸었다. 가는 길가에는 쑥부쟁이가 소담하게 피어 있었고, 우리들의 인기척에 놀란 꿩이 푸드득 솔밭 저 너머로 날아갔다. 옥색바다엔 언제나처럼 물새들이 한가로이 노닐고 어부들의 통통배가 가끔 지나갔다.

소설속의 「눈길」은 오랜 세월 사람의 인적이 없던 관계로 이어졌다 끊어졌다 하였다. 가던 도중 산 논엔 사람 키보다 훨씬 넘는 무성한 갈대가 길을 지워버려 애를 먹었다. 어느 산모롱이를 돌고나니 저 멀리 들판 너머에 육중한 느낌의 천관산이 푸른 영기를 머금은 채 마치 세잔의 그림에 자주 등장하는 생 빅토와르 산처럼 웅장하게 앉아 있었다.

가을 눈길은 참 아름다웠다. 더구나 선생과 함께 한 느린 풍경이라니.

선생은 가는 길에 당신의 소설에 대한 이야기는 물론 길가에 피어있는 풀꽃의 이름, 어릴 적 고향 마을 기인들의 전설 같은 이야기, 초등학교 다닐 무렵의 아련한 추억들을 풀어 놓았다. 선생은 그 때 임권택 감독의 영화 〈축제〉 촬영을 돕기 위해 고향에 오래 머물고 있었다. 그동안 미뤄두었던 후배와의 약속을 위해 바쁜 촬영스케줄에도 불구하고 「눈길」의 현장을 함께 가주었던 것이다. 선생의 고향 후배에 대한 배려와 사랑의 마음은 이렇게 항상 융숭 깊었다.

선생은 고향을 테마로 한 그림을 그리고 있던 내가 당신의 고향 동네 인근의 소설 무대를 한 번 답사하고 싶다는 마음을 내 비췄더니, 하얀 백지에 문학 지도를 자세히 그려주었다. 「서편제」, 「살아있는 늪」, 「침몰선」, 「해변 아리랑」, 「소리의 빛」, 「선학동 나그네」 등등의 장소가 선생이 손수 그린 지도위에 빼곡하게 적혀있었다. 나는 그 해 그 지도를 들고 소설 무대를 찾아가 소설 속의 인물들과 시공을 초월하여 만났던 기억이 새롭다. 그 경험은 당시 남도 진경산수 작업을 하고 있던 내게 많은 깨달음을 주었다. 무엇보다도 이전의 일련의 내 작업들이 그 터의 삶을 더 깊이 있게 담질 못했다는 것, 내용보다는 새로운 형식 실험에 너무 치우쳤다는 것을 알게 되었다.

선생은 콩나물처럼 단순화된 내 그림의 나무들을 보시곤 "그림이 기호화되면 더 이상 볼 것이 없어진다. 너무 기호화되는 것을 경계해야 한다. 또한 나무에서 해학성이 두드러진다. 잘못 가면 가벼워 질 수 있다"고 애정 어린 일갈을 하신 적이 있다.

선생의 소설을 논할 때 흔히 관념적인 작가라고 쉽게 생각한다. 선생의 소설은 결코 그렇질 않다. 문학평론가 이윤옥은 이를 두고 "그에 대한 오해는 그의 작품 활동이 자기 정체성에 대한 문제로 시작되었기 때문일 것이다. 예컨대 초기작인 「병신과 머저리」의 중심 화두는 '나는 누구인가'인데 그것을 찾아가는 과정은 결코 관념의 유희가 아니다. 관념적인 소설은 소설의 바탕이 되는 언어 기호에 삶의 실체가 실리지 않은 것을 말한다. 그런 글은 알맹이가 없는 빈껍데기 글이다, ……삶이 실렸을 때 그 언어는 관념적일 수 없다"라고 하였다. 그림도 마찬가지다. 그 지역의 삶이 담기지 않은 그림을 진경이라 할 수는 없을 것이다. 선생은 내 그림이 더욱 진경답기를 바랐다.

"무서운 깊이 없이 아름다운 표면은 없다"는 니체의 말처럼 선생은 "모든 예술의 바탕은 아픔이다. 예술은 삶의 행복한 기록이 아니고 아픔의 기록이다"라고 늘 말씀하셨다. 그 때 선생의 눈엔 내가 진경을 그린다하였지만 풍경의 중심에 가 닿기엔 여러 가지로 미흡했다는 것을 아셨다. 그에 대한 안타까운 심정을 살짝 내비친 것이라 생각하니 부끄럽기 짝이 없다.

한 번은 백두대간을 종주하면서 작업을 한다고 선생께 말씀드린 적이 있다. 선생 왈 "작품이 너무 어마어마해질까 걱정이요. 산자락 아래 보편적 삶과 자연을 담을 것이지 거대한 이념에 의탁하진 마시오"라고 당부하셨다. 그 당부 말미에 당신은 고향의 큰 산을 소재로 글을 쓸 때 산보다는 그 산자락의 삶, 그 산자락 아래 사람들의 신산스럽고 다양한 인생들 때문에 더 재미있게 글을 쓴다고 하셨다. 작품의 제목도 '백두대간'보다는 '큰 산 줄기'가 어떠냐고 하시며 은근히 제목도 권해주셨다. 혹여 '백두대간'이라는 용어에 깃든 허장적거나 이념적인 요소를 경계하신 것이다.

선생은 "작가는 못났기 때문에 글을 쓴다. 잘났으면 정치하고 사업할 일이지 예술을 하지 않는다"며 예술의 순수성을 항상 올곧게 지니고 계셨다. 예술이 종교나 이데올로기에 힘입는 것을 또한 극도로 경계하였다. "작가가 종교에 귀의하면 그것으로 결론이 난 상태이기 때문에 더 이상 할 일이 없어진다. 예술은 진세에서 꽃이 핀다. 예술은 인간이 지닌 어쩔 수 없는 고통, 한계에서 출발한다"고 하셨다. 또한 "이데올로기란 하나의 권력이다. 그것이 힘있는 자의 것이든 힘없는 자의 것이든, 이데올로기에 의한 작품은 그 이데올로기가 사라지면 작품도 같이 사라져버린다"라고도 하셨다. 작가는 거창한 이념이나 종교가 아닌 자신의 일상에서 만나는 구체적 사실로부터 감동을 길어 올려야 한다는 것이다.

이 글을 쓰기 위해 오래 전 일기장을 들추다보니 일기장에 선생이 어느 저녁 술자리에서 "작가는 썩어야 산다" 말씀이 적혀 있다. 딱 단 한 줄 전후 맥락 없이 적혀있다. 선문답 투의 선생 말씀이 워낙 인상적이어서 적어놓은 것 같은데 솔직히 무슨 뜻으로 하신 것인지는 헷갈린다. 여러 가지로 해석할 수 있겠지만 아마도 이런 뜻이 아닐까. 장르를 떠나서 작품이란 개인의 한풀이나 사적인 이야기에서 끝나서는 안 된다는 것. 개인을 떠나서 독자나 감상자들에게 공감을 주기 위해선 시공을 뛰어 넘는 보편성을 지녀야 한다는 것이 아닐까 한다. 선생의 모든 소설 안에 깃들어 있는 "개인의 구원이 만인의 구원으로 이어져야 한다"는 문학적 핵일지도 모르겠다. 이는 또한 선생께서 늘 강조하신 자기만의 독창적인 형식과 아우라를 지녀야한다는 역설적 표현이다. 문학이 자신의 구체적 삶에서 출발하지만 개인의 한풀이나 사적인 넋두리에 그쳐서는 곤란하다는 것이다.

선생과 나의 인연은 짧지 않다. 올해로 24년이다. 선생과 나는 같은 동향 출신의 예술가라는 숙명으로 문학과 그림이 함께 하는 책 작업을 여러 차례 함께 했다. 선생과 일찍이 만날 수 있었다는 것은 내 삶의 행운 중의 큰 행운이 아닐 수 없다. 선생과 함께한 책 작업으로 나의 삶과 예술을 읽는 시야가 한층 밝아졌다.

선생은 당신의 글에 내 그림이 들러리가 되는 것을 정녕 원치 않았다. 한 발 더 나아가 다른 주문을 하셨다. 내 작품전 서문 글에서 "그림이 문학적 설화성을 넘어 회화작품으로 다시 태어나야하는 과제, 비록 문자 작품을 바탕 소재로 취했더라도 그림이 문학 작품의 내용을 충실히 베껴내고 설명하는 작업이 아니기 때문에 문학을 넘어서서 또 다른 세계로 나아가기"를 염원하셨다. 문학과 미술의 대화가 아니라 오히려 대결을 통해 문학을 넘어서라는 주문이다. 한마디로 나의 그림이 그 자체만으로 '우리 삶의 대지와 우주의 숨겨진 중심에 닿아 그 생명과 삶의 대지, 그 대지의 꿈과 노래'가 되라는 것이다.

선생은 당신과 나의 관계를 망년지교라 하셨지만 선생은 동향의 대선배 작가인 동시에 나의 예술적 토대이자 고향이며 정신적 스승이었다. 고결한 향기를 품은 예술적 고향. 지금 그 고향이 사라졌다. 토대가 무너졌다. 길 잃은 강아지처럼 어디로 가야할 지 막막하기 그지없다.

"고향으로 다시 돌아올 수 없는 자, 작가라 할 수 없다"라는 선생의 말씀이 떠오른다. 선생이 하늘 길을 가시기 얼마 전 "김화백이 이 돌의 무게를 알랑가 몰라" 하며 내게 주신 뭉클한 가르침들이 굳게 박힌 검은 수석을 보면서, 훗날 부끄럼 없는 떳떳한 작가로 다시 선생을 뵐 때를 생각해본다. 이제 슬픔을 거두고 내 앞에 펼쳐진 붓길이나 열심히 걸어가야겠다.

# 제2부

## 남도문학과 지역문학

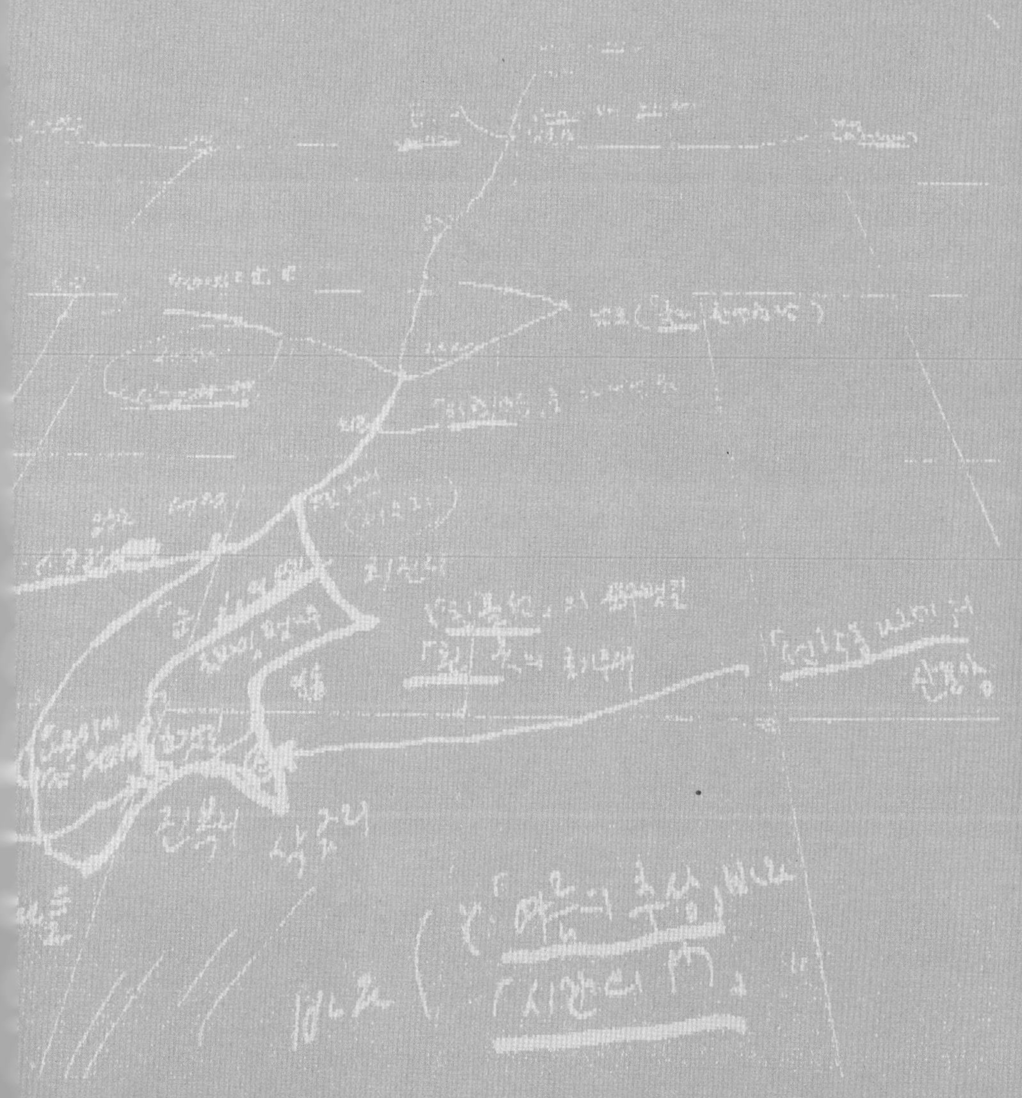

# 세계화와 지역문학의 여러 층위들

**구모룡** • 한국해양대학교

## 1. 지역문학이라는 곤경을 생각하면서

지금도 그렇지만 지역문학 논의의 시발은 지역적 불균등성이라는 문화정치학에서 비롯한다. 일국(一國) 차원에서 중심부에 문화 자본과 역량이 집중되고 지역이 소외되는 한편 지역의 창의성마저 중심부에 흡수되는 현상에 대한 비판적 담론으로 형성된 것이다. 이렇게 시작된 지역문학론은 거듭 논리를 더하면서 진화해 왔다. 돌이켜 1980년대에 일정한 수준을 만들었고 1990년대에 침체기를 맞다 2000년대에 이르러 새로운 전기를 맞고 있다는 생각이 든다. 실제 지역문학은 가능성이자 곤경이다. 가능성이 지역이야말로 가장 구체적인 장소이고 삶의 터전이며 창조적 토대라는 가치에 연원한다면, 곤경은 이러한 지역의 가치들이 쉽게 발현되지 못하는 현실에서 발생한다. 1980년대가 가능성을 신뢰한 시기라면 1990년대는 곤경에 직면한 기간이라 할 수 있다. 그리고 2000년대는 곤경을 극복하는 대안을 모색하면서 새로운 단계의 지역문학이 논의되는 때이다.

개인적 고백이지만 지역문학에 관한 신념에 비하여 의지의 피로는 크다는 생각이다. 숱한 곤경들을 극복하기도 어렵거니와 가중되는 장애들로 인하여 지역문학에 대한 기대들이 퇴색하고 있기 때문이다. 중심부 해체가 이루어지거나 지역의 생산력이 획기적으로 나아지지도 않는 상황에서 기왕의 문학이 지녔던 위상마저 무너지고 있어 이중고를 겪고 있는 것이 지역문학의 현주소이다. 하지만 새로운 출구가 없는 것은 아니다. 2000년대에 이르러 전지구적 차원의 세계화와 더불어 지역화가 대안으로 떠오르고 있기 때문이다. 중심보다 다양한 주변들에 대한 관심이 비등하면서 각 지역들이 지닌 내발적 역량들이 강조되고 있다. 다시 말해서 중심부로부터 대타화된 지역이 아니라 지구적 관점에서 지속가능한 구체적 장소로서의 지역 개념이 대두한 것이다. 이렇게 보면 21세기 지역문학은 지구적으로 사고하고 지역적으로 실천하는 과정의 산물이라 할 수 있다. 다시 지역문학이 시대정신과 맞물리고 운동성을 얻고 있다.

1980년대 이래 나는 변함없이 지역문학론을 전개해 왔다.[1] 많은 경우

1 구모룡, 「지역문학운동의 과제와 방향」, 『앓는 세대의 문학』, 시로, 1986; 『지역문학과 주변부적 시각』, 신생, 2005 참조.

반복을 피할 수 없었으나 가장 핵심적인 논리의 진화로 일국적 시각에서 세계체제론적 시각으로의 변전을 들 수 있을 것 같다. 이 글을 통해서 그 동안 전개해온 지역문학론을 요약하면서 2000년대 지역문학의 방향을 제시하려 한다.

## 2. 20세기 지역문학론의 진화

우리 사회에서 중심과 주변의 마니교적 이원론을 찾기는 어렵지 않다. 거의 일상의 수준에서 이러한 이원론이 작동하고 있기 때문이다. 중심의 특권적 시선에 의해 지방은 자주 차별된 표상으로 그려지고 중심에 반발하는 지방의 심리는 그 이율배반적 정념으로 크게 왜곡되고 있다. 중심과 주변은 이처럼 서로 다른 심상지리(心象地理)를 포지한다. 중심은 스스로 대표성과 일반성을 견지하고 주변부는 예외성과 특수성을 인식한다. 말할 것도 없이 중심의 문화표상과 지방의 문화표상이 다르다는 분열적 문화 경험의 가장 직접적인 원인은 자본과 권력의 중심 집중에서 찾아진다. 하지만 이에 못지않은 원인으로 경험을 배타적으로 적용하는 지방주의(localism)를 들 수 있다. 지방의 위치에서 지방의 경험을 폄하하거나 이와 정반대로 이를 우월한 가치로 격상시키는 태도는 동전의 양면과도 같다. 모두 열등한 지방이라는 관념에 공감하는 것이다. 실제 이러한 지방주의는 중심주의와 더불어 중심과 주변의 이원론을 강화하고 지속하는 공범관계를 형성하고 있다.

지방주의의 이율배반적 지향성은 여러 가지 양상으로 나타난다. 가장 흔하게 지방의 경험과 유산 그리고 기억들이 지닌 순수성을 전면에 내세우는 것이다. 여기서 말하는 순수성은 대체로 전근대적이거나 반근대적인 문화양식들에 내재해 있는 특성들을 의미한다. 그런데 고유한 풍토 환경, 전통, 문화유산 등에서 자기정체성을 찾는 이러한 입장은 비역사적이다. 이는 역사 속에서 접변하는 문화현실의 구체성을 외면한다. 또한 생활세계와 분리된 가치를 강제하는 위험성을 드러내며 폐쇄적인 논리의 순환성에 함몰된다. 지방주의의 이율배반적 양상으로 들 수 있는 다른 하나는 지방 스스로 문화적으로 자립해야 한다는 자립주의이다. 이러한 입장이 주장하는 지향은 그 궁극이 주민자치 지역공동체라는 점에서 납득되는 바 없지 않다. 하지만 이 또한 지방의 다층적인 모순 현실을 외면하기 쉽다. 가령 문화 생산과 소비의 주체를 인위적으로 구획된 지방이라는 장소에 한정하는 우를 범하는 것은 자립주의의 한계이다. 이러한 입장은 현대의 문화가 교류하고 교섭하는 과정임을 애써 외면한다. 실제에 있어 불가능한 자립을 강조한다는 점에서도 이것의 비현실성은 지적될 수 있다. 이 같은 입장이 간혹 문화 생산의 수준을 연고주의와 혼동하는 것은 당연하다. 지방의 순수성을 가장 중요한 척도로 내세우는 이나 지방의 자립성을 강조하는 이는 모두 지방을 권력화한다는 점에서 비슷한 인식구조를 드러낸다. 그러나 이러한 배타주의는 역설적으로 중심주의를 승인하고 강화한다. 지방주의의 이율배반적 양상의 또 다른 예로 중심의 시선으로 지방을 계몽하는 지방주의자들의 입장을 들 수 있다. 이들은 우세한 중심의 문화를 일반적인 것으로 받아들이면서 지방의 낙후와 후진을 중심의 독점 탓으로 돌린다. 다시 말해서 이들은 지방을 계몽하는 문화전도사로 자처하는 한편 중심 독점을 비판하는 이중적 문화전략을 구사한다. 그런데 이러한 입장이 지니는 문제는 지방문화의 특수한 국면들을 간과하기 쉽다는 것이다.

그 실상에 있어 중심과 주변들의 관계는 중층적인 복잡성을 지닌다. 이것은 마치 프랙털과 같이 부분들과 전체의 다층적인 연관성을 드러낸다. 따라서 중심 / 주변, 서울 / 지방의 이분법은 실제의 복합국면을 단순화시킬 우려가 있다. 이러한 단순화는 무엇보다 하나의 중심을 고착화시킨다. 중심과 주변들이 맺는 관계의 복잡성을 사유한다는 것은 앞으로 있을 중심해체로 가는 단계를 설정하는 일과 연결된다. 주변의 다양한 문화적 부상으로 중심으로 흡수 통합되거나 중심에 의해 지배 관리되는 종속적 지역문화지형이 변화할 것이기 때문이다. 이러한 점에서 우리 안에 고착된 중심과 주변의 심상지리를 바꾸어 가야 할 필요가 있다. 중심의 시점에서 그려진 심상지리와 주변의 시점에서 그려진 심상지리의 비대칭적 이항대립에서 벗어나 주변과 중심의 다층적인 연관을 사고하는 새로운 심상지리를 그려가야 하는 것이다. 그런데 이러한 심상지리를 그림에 있어 기존의 입장 가운데 하나로, 중심인 서울도 하나의 지방이 아니냐는 견해를 들 수 있다. 말할 것도 없이 서울을 지방이라고 할 수 없으니 지역이라는 중립적 개념을 사용하여 부산지역이 있듯이 서울지역이 있다는 주장이 제기된 것이다. 하지만 이러한 주장은 지역이라는 중립적 담론으로 실재하는 지역적 불균등성을 극복할 수 있는 것은 아니라는 점에서 심상지리 재구성에 있어 한계가 있을 뿐 아니라 예의 자립주의의 한 양상을 크게 벗어나지 못한다.

지역문학이란 무엇인가? 어떤 특정 지역을 제재로 한 문학인가? 어떤 특정 지역에서 생산된 문학인가? 또한 지역을 어떻게 설정할 것인가? 일국적 시야에서 중앙에 대한 지방이라는 규정부터 세계체제의 각 지역에 이르는 다층적인 스펙트럼을 들 수 있지 않은가? 그리고 어떤 특정 지역에서 생산된 문학이라고 할 때 이는 그 지역의 문화자본 혹은 문화적 생산력을 따지는 문화론적 전망으로 나아가야 하는 것이 아닌가? 이럴 때 이는 지역문학이 아니라 지역문학연구의 대상이 되는 것은 아닐까? 가령 어떤 특정 지역을 연구의 대상으로 구획지어 지역문학이라고 할 때 이는 지역연고라는 관점에서 자료의 고고학을 지향하는 것이 아닐까? 그렇다면 이는 지역문학의 문제라기보다 기초인문학의 기본전제와 관련된 것은 아닐까? 이와 같은 다양한 물음들이 말하듯 지역문학을 이해하는 시각은 여러 가지로 착종되어 있다. 그만큼 대상과 방법 그리고 이론에 있어 여러 가지 관심사가 되고 있다는 것이다. 여기서 얽혀 있는 논란의 실타래를 풀어가면서 지역문학을 생산적인 담론으로 바꾸어가는 일이 요청된다.

지역문학이 본격적으로 논의된 것은 국가 독점 근대화가 파생시킨 지역모순에 대한 인식과 관련된다.[2] 중심의 정치, 경제, 문화적 독점 체제 하에서 서울이 문화자본과 상징권력을 장악하고 각 지방을 종속적 위치로 전락시키고 있으며 이에 따라 지역의 문학이 부당하게 평가받고 있다는 것이다. 이러한 관점에서 중심에의 종속을 탈피하기 위한 지방의 독립은 필연적이다. 실제 이러한 지역문학 담론은 현금에도 매우 우세한 편이다. 그러나 이러한 지역문학 담론은 대체로 과장된 수사학을 보인다. 타자를 비난함으로써 주체를 세우려는 '비난의 수사학'을 반복하고 있는 것이다. 말할 것도 없이 문학의 장에서 자본과 권력의 중심부 독점이 없는바 아니다. 또한 이러한 독점 시스템이 인정과 평가를

2 구모룡, 「주변부 지역문학의 위상—20세기 후반 부산지역문학론」, 『오늘의 문예비평』 가을호, 2003, 20~24쪽.

왜곡하고 있는 것도 사실이다. 하지만 이러한 모순구조가 '나'의 무능과 한계를 대신해 주는 것은 아니다. 어디까지나 문학과 예술은 주체로부터 시작된다. 주체정립이 먼저고 다음으로 타자와 주체의 동시 해부가 뒤따르는 것이다. 물론 중심부에 집중된 문학적 장의 모순은 끊임없이 비판되어야 한다. 지방의 훌륭한 시인과 작가들이 제대로 평가되지 못하거나 지방의 능력 있는 시인과 작가 지망생들이 인정받지 못하고 있다면 이러한 현실과 싸워야 하는 것은 췌언의 여지가 없다. 실증적 증거를 필요로 하는 이러한 일은 지방의 비평가와 문학연구가, 나아가서 역량 있는 문인들 모두에게 부여된 과제에 속한다. 그런데 중앙의 매체 독점과 인정과 평가 독점의 측면이 있다고 하더라도 지방의 모든 문제들—소외, 낙후한 생산력, 낮은 수준 등등을 중심의 탓으로 환원하는 논리는 한계가 있다. 매체가 중심에 독점되어 있기 때문에 중심의 모든 매체가 지방을 홀대한다고 보는 것은 지나치다. 많은 경우 중심의 매체들은 열려 있으며 경우에 따라 지나칠 정도로 지방의 역량을 흡인하는 양상을 보이고 있는 것도 사실이다. 문제는 이러한 점에서도 발생한다. 그것은 중심이 지역문학을 흡인하는 과정에서 지역의 생성적인 가치들을 배제하거나 중심 모방 욕구를 증대시키는 경우이다. 그리고 중심의 자본이 지역의 활력을 흡수하는 한편 지역을 그들의 시장으로 삼으려는 의지는 변함없다. 지역문학을 매체나 제도, 유통 구조의 관점에 한정하여 설명하는 것은 일정한 한계를 지닌다. 매체와 제도 그리고 유통구조의 불합리가 지역문학을 제약하는 요인들임엔 틀림이 없으나 이들로써 지역문학 현상의 본질을 말할 수는 없기 때문이다. 지역문학 현상은 무엇보다 문학의 지역적 생산으로 설명되어야 한다. 이 경우 지역문학은 특정 지역에서 생산되는 문학의 총량을 의미하게 된다. 실제

각 지역에서 생산되는 문학의 양상은 다양하다. 동인지, 무크지, 반연간지, 계간지, 신문, 사보 등 각종 문학단체와 소집단 그리고 지역단체가 발간하는 매체들은 헤아리기 힘들 정도다. 많은 이들이 이처럼 많은 문학의 지역적 생산을 지역문학의 범주로 설정한다. 아울러 이러한 문학의 지역적 생산 경과를 추적하여 자료를 발굴하고 비정(比定)하며 나아가 주류문학사가 빠트리거나 왜곡한 부분을 바로잡는 것을 지역문학연구의 목표로 삼기도 한다.[3] 이러한 연구가 드러내는 의의는 크다. 크고 작은 근대문인들이 전국을 무대로(경우에 따라서 국가의 경계를 넘어서) 활동하였다는 점에서 지역문학 연구를 통해 새로운 자료들이 발굴되는 고고학적 성과는 주목된다. 또한 묻혀 있던 지역문학의 역사를 재구함으로써 지역문화 정체성을 일깨우고 지역문화사를 가능하게 한다. 그런데 문학의 지역적 생산의 역사를 밝히는 이러한 연구와 지역문학을 이론적으로 규정하는 일은 어느 정도 논리의 층위를 달리 하는 듯하다. 이는 지역성의 색인을 지니지 못한 작품을 지역문학의 범주에 둘 수 없다는 사정과 연루된다.

지역문학을, 지역을 그 내용으로 하는 문학이라고 범박하게 규정할 수 있을 것이다. 문학이 담고 있는 장소와 삶이 지역을 표상하는 경우들이다. 지역 표상으로서의 지역문학이라는 개념이 내포하는 내용도 여러 가지다. 가장 단순하게는 지역 사실을 현상적으로 담고 있는 것에서 지역의 구체성을 탐색하거나 그것을 매개로 민족과 세계를 해석하는 경우에 이른다. 지역을 내용으로 하는 지역문학을 말하는 많은 이들

3 이러한 지역문학연구의 대표적인 성과로 박태일의 『한국 근대문학의 실증과 방법』(소명출판, 2004)을 들 수 있고 이의 방법론으로 박태일의 「인문학과 지역문학의 발견」(『현대문학이론연구』 제21집, 현대문학이론학회, 2004)을 참조할 수 있다.

이 공감하는 바는 지역문학이 구체적인 것을 그 출발점으로 한다는 것이다.[4] 구체적인 것의 진실성에 기대온 문학적 전통을 상기할 때 구체성으로서의 지역문학이 지니는 지위는 매우 높다 하겠다. 또한 이 점은 지역문학의 리얼리즘에의 경사를 의미하기도 한다. 말할 것도 없이 지역문학이 곧 리얼리즘인 것은 아니다. 지역문학은 구체적인 사상(事象)을 매개한다는 리얼리즘의 정신을 내적 원리로 삼는다. 이러한 점에서 구체적인 것을 추구하는 정신은 모두 지역문학과 만나게 된다. 경우에 따라서 구체성의 진실을 탐색하는 모든 문학은 지역문학이라는 규정도 가능하다. 또한 이러한 지역문학의 강조로써 구체적인 삶을 담지 못하는 현대문학에 대한 경계(警戒)가 되기도 한다.[5]

그 동안 전개된 지역문학 담론은 크게 네 가지로 대별된다. 1) 지방주의적 지역문학론 2) 변증법적 지역문학론 3) 비판적 지역주의 지역문학론 4) 자료학으로서의 지역문학론. 이 가운데 1)과 2)는 1980년대의 이론이고 3)은 냉전체제가 와해된 1990년대 이후 등장한다. 달리 말해서 1)과 2)는 일국단위의 논리라면 3)은 전지구적 자본주의 세계체제를 내용에 담고 있다.

---

4　가령 다음의 진술이 그렇다 : "우리가 지역에 관심을 두는 이유는 삶의 현실성을 회복하자는 의도가 크다. 우리가 살아가는 지금 이곳의 삶에 문학이 뿌리를 내려야 한다는 면에서 지역은 우리에게 생활감각으로 살아있는 곳이며 구체성을 담보하면서 우리에게 다가오는 공간이다. 단절되고, 의미 없는 반복만이 되풀이되는 일상이 아니라 생활세계와 문학이 긴장감을 가질 수 있는 연결 통로를 지역에서 찾아보자는 것인데, 문제는 그를 위해 지역에 대한 새로운 관심과 인식의 노력이 요청된다는 것이다." 이현식, 「지역문학과 지역문예지」, 『작가들』 상반기호, 2003, 11쪽.

5　최원식, 「지방을 보는 눈」, 『생산적 대화를 위하여』, 창작과비평사, 1997.

### 1) 지방주의적 지역문학론

한국 근대문학사에서 '지역문학'이 본격적으로 논의된 것은 1980년대인데 국가 독점 근대화가 파생시킨 지역모순에 대한 인식과 관련된다. 중심의 정치, 경제, 문화적 독점 체제 하에서 지방이 종속적 위치로 전락하고 있다는 지방의 시각은 근대의 모순에 대한 인식과 연관된다. 여기서 지역문학 담론의 첫 번째 양상으로 들 수 있는, 중심에의 종속을 탈피하기 위한 지방의 문화적 자립이라는 명제를 지닌 지방주의(localism, 또는 지역중심주의)가 생성한다. 그런데 이러한 지방주의는 타자를 비난함으로써 주체를 세우려는 왜곡된 인정투쟁의 측면을 지닌다. 이는 지역문학의 존재의의를 우리 사회가 안고 있는 중심주의에 대한 저항이라는 맥락에서 찾는데, 지역문학이라는 행위에 저항의 심리적 합리화 기제를 부여한다. 이러한 현상이 한계를 지니는 것은 한편으로 대타의식이라는 동기에 과도하게 의미가 실리는 것이고 다른 한편으로 자기 소외를 재생산하는 폐쇄적인 생산 구조 속에 갇히게 된다는 것이다.[6] 이러한 관점에서 지방주의적 지역문학론은 타자에 종속된 문화정치학을 벗어나지 못했다는 비판을 피할 수 없다.

지역문학론이 저항과 종속의 순환논리에서 벗어나야 하는 것은 당연하다. 그럼에도 과장된 수사학을 지닌 지방주의적인 주체정립이 존재하는 것은 문학의 장(champ)에서 자본과 권력의 중심부 독점이 숨길 수 없는 현실이며 이러한 독점 시스템이 인정과 평가를 왜곡하는 것도

6 "인정투쟁"이 가지는 도덕적 함의는 분명히 있다. 인정투쟁의 목표는 상호 인정이라는 상호주관성의 실현이다. 따라서 지역문학 개념의 혁신을 통한 한국문학 전체의 변화라는 목표가 중요한 과제가 되어야 한다. 인정투쟁에 대한 것은 악셀 호네트, 문성훈 · 이현재 역, 『인정투쟁』, 동녘, 1996 참조.

사실이다. 이러한 점에서 중심부에 집중된 문학적 장의 모순에 대한 지속적인 비판은 지방주의적 지역문학론이 얻어낸 효과라 할 수 있다. 하지만 이러한 문화사회학은 지방주의의 특수 과제인 것은 아니며 이로써 지방의 낮은 문학적 생산력을 대신하는 것은 아니다. 즉 중앙의 매체 독점과 인정과 평가 독점의 측면이 있다고 하더라도 지방의 모든 문제들—소외, 낙후한 생산력, 낮은 수준 등등을 중심의 탓으로 환원하는 논리는 한계가 있다는 것이다. 매체가 중심에 독점되어 있기 때문에 중심의 모든 매체가 지방을 홀대한다고 보는 관점은 왜곡되어 있다. 많은 경우 중심의 매체들은 열려 있으며 경우에 따라 지나칠 정도로 지방의 역량을 흡인하는 양상을 보이고 있다는 사실이다. 문제는 중심이 지역문학을 흡인하는 과정에서 지역의 생성적인 가치들을 배제하거나 중심 모방 욕구를 증대시키는 경우이다.

### 2) 변증법적 지역문학론

1980년대 처음 대두한 지역문학론은 지방주의 혹은 지역 중심주의로 채워진다. 이는 중앙에 대한 지방의 예속 관계를 타파하기 위하여 강력한 저항을 실행할 지방중심의 주체 정립이 요구된다는 논리이다. 지역소외 구조를 해체하는 일이 지역민의 자발적인 실천행위 없이 불가능하다는 점에서 이러한 논리가 설득력을 얻는다. 그렇지만 앞에서 설명하였듯이 80년대 초기의 지방주의 지역문학론은 자기의 문제보다 타자의 문제를 강조하는 편향을 보인다. 구조적 모순을 타파하는 일과 병행하여 내적 역량을 기르는 일은 중요하다. 그러나 자기반성 없는 이분법은 기존의 모순구조의 변이형태로 귀결될 수 있다. 이는 중앙과 지방의 대립만 주목할 뿐 중앙과 지방이 한데 얽혀 있는 전체라는 사실을 간과한다. 여기서 지역적 불균등성이 한국사회의 중심모순은 아니며 부차적 모순이라는 지적이 등장하게 된다. 중앙과 지방 모두 한국사회가 안고 있는 구조적 모순의 보편성에서 자유로울 수 없기 때문이다. 다만 이러한 모순이 지방에 가중되어 있다는 것은 사실이다. 이러한 점을 감안하여 수정된 논리로 등장한 것이 중앙과 지방을 함께 인식하자는 변증법적 지역주의이다. 이것은 한국 사회의 보편성과 지방의 특수성을 변증법적 연관성으로 파악한다. 그래서 이것은 지방이라는 종속적 의미를 담은 용어보다 지역이라는 가치중립적 용어를 선호한다. 중앙과 지방의 대결보다 한국 사회 전반의 문제해결을 우선 과제로 설정한다. 1980년대 후반까지 변증법적 지역주의는 지역문학의 핵심 논리이자 창작 방법론이 된다.

### 3) 비판적 지역주의 지역문학론

지역문학론은 지역 간의 차별과 소외라는 사회적 모순 상황에서 형성되는 담론이다. 특히 이것이 80년대의 반민주적 상황에서 이론적 전망과 실천 계기를 보였다는 것은 의미심장한 일이다. 그렇다면 민주화 이후의 한국 사회에서 지역문학론이 가지는 위상의 변화를 생각할 수 있다. 특히 냉전체제 와해 이후의 전지구적 자본주의는 지역문제를 재인식하게 한다. 세계자본주의의 반(半)주변부에 속한 한국사회가 빠른 속도로 세계 시스템에 흡수되는 것은 피할 수 없는 일이며 이와 함께 안으로 중심부에 자본과 권력이 집중되는 것은 당연하며 주변부 지역의 소외 현상은 그 어느 시기보다 두드러지게 된다. 전지구적 자본주의[7]는 주변부적 다양성, 지역적 다양성을 규격화하거나 표준화하여 모든 사회 체계와 문화를 동질화하려 한다. 즉 사회 전체에 대한 효율적인 관리를 목표로 하는 사회 시스템이 형성되면서 중심부의 비대화와 주변부의 빈곤화라는 양상이 뚜렷해지고 있는 것이다. 이러한 상황에서 지역주의가 새롭게 의미 있는 문맥을 얻는 것은 당연한 이치이다. 새로운 지역주의는 중심부 중심의 사회 시스템에 저항하면서 새로운 사회 시스템을 창안하고 실천하는 방향으로 나아간다. 이것은 문화적 다양성을 지키고 보존하려는 반-시스템 운동이 된다. 그런데 이러한 문화적 다양성은 근본적으로 생명의 다양성에서 유발되는 것이므로 신지역주의는 생태환경을 지키고 보전하는 생태-시스템 실현 운동과도 연관된다. 이러한 신지역주의는 아리프 딜릭 등이 말한 비판적 지역주의(critical localism)를 주된 내용으로 한다.[8] 이것은 일국적 수준의 논리로 등장한 과거의 지방주의(지역 중심주의)나 변증법적 지역주의와 달리 전지구적 시스템과의 연관에서 지역을 인식한다. 비판적 지역주의에서 지역은 새로운 가치 생성의 공간이다. 이는 전통적인 의미인 소외를 나타내는 표지이기보다 새로운 의미에서 창조를 가능하게 하는 진지라 할 수 있다. 지역은 전통과 근대, 식민성과 근대성, 문명과 자연 등의 제 가치들이 혼재한 장소이며 서로 양립하는 가치들이 종합되는 가운데 형성적인 가치들이 발생하는 공간이다. 일국적 수준을 넘어 전지구적 자본주의라는 세계체제의 전망을 지닌 비판적 지역주의는 자기비판을 가장 중요한 계기로 앞세운다. 그 다음으로 비판의 과녁은 타자를 향하

---

7 아리프 딜릭, 정남영 역, 『전지구적 자본주의에 눈뜨기』, 창작과비평사, 1998.

8 A. Dirlik, *The Postcolonial Aura*, Westview Press, 1997, p.85.

며 이러한 비판의 양날로써 담론의 합리성을 견지한다. 세계체제의 수준에서 진행되는 중심과 주변의 구조는 마치 프렉털과 흡사하게 세계 모든 지역에서 나타나고 있다. 비판적 지역주의는 이러한 지역이야말로 약속의 땅이자 새로운 이념이 발상하고 퍼지는 전도의 공간이라 생각한다. 그래서 이것은 지역 수준의 역사와 행위가 일국적 사회 시스템 변혁에서부터 세계체제의 개편을 요구하는 방향으로 연결된다고 본다. 일견 추상적인 논리로 보일지 모르나 오늘날 생태공동체 운동은 일국 수준에서든 세계체제의 수준에서든 분명 '반시스템'을 목표로 움직이고 있는 것이 사실이다. 비판적 지역주의는 그래서 밑으로부터의 세계화라는 테제와 결부된다. 지금 세계체제의 수준에서 전개되는 세계화는 결코 문화적 다양성이나 자유의 확대를 의미하지 않는다. 오히려 세계 수준에서 주변부 혹은 반(半)주변부의 다양한 문화를 표준화하고 모든 문화를 동질화하려는 강제가 작동하고 있다고 보아야 한다. 세계문화나 세계 도시라는 개념은 달러로 표상되는 중심부 자본의 운동에 비춰 그리 낯선 것이 되지 못한다. 그러나 이러한 중심부 중심의 세계화는 피할 수 없이 주변부의 문화적 다양성은 물론이고 생명의 다양성을 말살하게 되어 있다.

### 4) 자료학으로서의 지역문학론

자료학으로서의 지역문학론은 앞서 설명한 세 가지 지역문학론과는 논리의 층위가 다르다. 이는 지역문학의 내적 논리이기보다 지역문학 연구의 의미를 담고 있다. 지역의 많은 연구자와 문인들이 지역의 작고 문인들을 발굴하고 그들의 문학을 정리하고 해석해오고 있는데 지역문학은 여전히 엄청난 자원을 지닌 두꺼운 지층과 같다. 따라서 아직 발굴되지 못한 시인 작가들과 그들의 작품을 찾아 해석하고 평가하는 작업은 간단없이 이뤄져야 한다. 자료학은 모든 학문의 근본이므로 이를 바탕으로 지역문학의 특수성과 보편성을 밝히는 연구는 아무리 강조해도 지나침이 없다. 그럼에도 이러한 자료학이 단순하게 지역에서 글을 쓰는 사람들의 작품의 총량을 대상으로 하는 것은 아니다. 지역이라는 사람 사는 곳의 역사성, 사회성, 장소성을 담보하는 작품들이 지역문학이기 때문이다. 따라서 자료학은 이러한 관점에서 고래(古來)의 지역문학에 대한 탐구를 확장하고 장소와 공간의 변증법을 실현하는 작품을 재평가하며 세계화 시대에 새로운 지역문학을 창안하는 방법론으로 진전되어야 한다. 지역문학을 매체나 제도, 유통 구조의 관점에 한정하여 설명하는 것은 일정한 한계를 지닌다. 매체와 제도 그리고 유통구조의 불합리가 지역문학을 제약하는 요인들임엔 틀림이 없으나 이들로써 지역문학 현상의 본질을 말할 수는 없기 때문이다. 지역문학 현상은 무엇보다 문학의 지역적 생산으로 설명되어야 한다. 많은 이들이 이처럼 문학의 지역적 생산을 지역문학의 범주로 설정한다. 아울러 이러한 문학의 지역적 생산 경과를 추적하여 자료를 발굴하고 비정(比定)하며 나아가 주류문학사가 빠트리거나 왜곡한 부분을 바로잡는 것을 지역문학 연구의 목표로 삼기도 한다. 이러한 연구가 드러내는 의의는 크다. 크고 작은 근대문인들이 전국을 무대로(경우에 따라서 국가의 경계를 넘어서) 활동하였다는 점에서 지역문학 연구를 통해 새로운 자료들이 발굴되는 고고학적 성과는 주목된다. 또한 묻혀 있던 지역문학의 역사를 재구함으로써 지역문화 정체성을 일깨우고 지역문화사를 가능하게 한다. 그런데 문학의 지역적 생산의 역사를 밝히는 이러한 연구와 지역문학을 이론적으로 규정하는 일은 앞서 말한 대로 어느 정도 논리의 층위를 달리 한다. 이는 지역성의 색인을 지니지 못한 작품을 지역문학의 범주에 둘 수 없다는 사정과 연루된다.

## 3. 생성적 경계영역으로서의 지역문학의 방법론

중앙과 지방의 이분법은 중심과 주변의 중층관계를 봉인한다. 실제 중심과 주변은 그 수준에 따라 다양한 양상으로 설명된다. 먼저 세계체제의 관점에서 중심부-반(半)주변부-주변부의 계서를 들 수 있다. 다음으로 지역적 세계체제(유럽, 동아시아, 아메리카 등)에서도 이 같은 양상은 흡사하게 드러난다. 가령 프랑스, 독일, 영국, 북유럽 국가들과 이탈리아와 스페인 그리고 동유럽 국가들, 아시아의 일본과 NIES 그리고 중국과 북한, 동남아시아 여러 나라들, 미국과 멕시코 그리고 남미 여러 나라들의 관계가 다소의 차이에도 불구하고 세계체제를 닮은 지역체제라 할 수 있다. 말할 것도 없이 세계체제와 지역적 세계체제는 상호관계 속에 있다. 이러한 세계체제 혹은 지역적 세계체제의 양상은 일국적 상황에서도 재연된다. 가령 서울-부산-밀양의 관계를 중심부-반주변부-주변부에 유비하는 관점은 가능한 일이다. 이처럼 중심과 주변은 다층적인 중첩관계를 형성한다.

중심부, 반주변부, 주변부에서 가치의 혼재 현상이 두드러진 곳은 반주변부이다.[9] 특히 급속한 근대화를 통하여 주변부에서 반주변부로 진

---

9 반주변부의 가능성은 모레티 등에 의해 시사되고 있다. 김용규, 「세계체제하의 비평적

입한 우리 사회의 경우 가치의 혼란은 심각하다. 쉽게 말하면 주변부적 가치가 중심부적 가치에 의해 급격하게 파괴되면서 가치의 혼돈 상태를 겪고 있는 것이다. 이러한 상황에서 지식인은 서구화를 추구하여 전통에서 탈출하는 것과 정체성의 근원으로서 전통을 재확인하는 것 사이에서 딜레마를 경험한다. 또한 서구와 전통의 양극에 빠지지 않으면서 이 둘의 병존을 통하여 삶의 전체적인 형태를 바꾸어가는 성찰적 노력을 시도하기도 한다. 이처럼 반주변부는 말 그대로 혼란을 의미하는 것은 아니다. 문제는 자기에 대한 성찰이다. 이럴 때 반주변부는 혼성가치의 장이 된다. 우리의 경우에도 이러한 혼성가치는 전통과 근대의 복합, 서구와 동아시아의 긴장된 만남에 의해 상생적 고도화를 이룰 수 있는 조건을 제공하고 있다.[10]

서구의 근대성이 전지구를 변화시켜온 것이 사실이라고 하더라도 그들이 변화시켜온 것과 전지구적 동질화는 엄연히 구별된다. 세계체제는 지역적 세계체제와의 중첩된 역장 속에서 변화하고 있으며 이러한 변화는 세계적인 것과 지방적인 것 사이의 변증법으로 구체화된다. 이러한 점에서 반주변부는 경계영역이다. 이는 전통과 근대, 근대성과 식민성, 서구와 동아시아, 문명과 자연, 도시와 시골 등 이질적인 것들이 저항하고 교섭하며 혼합되는 영역으로 앞서 말한 혼성가치의 장이다. 경계영역은 우월한 가치에 대한 모방욕망으로 흔들리는 주체를 드러내는 한편 성찰과 저항으로 재정립되는 주체를 보여주기도 하는 공간이다. 따라서 이것은 종속과 추락을 지시하기도 하고 생성과 창조를

---

모색들」, 『비평과 이론』 봄·여름호, 한국비평이론학회, 2001, 198~206쪽.

10 이수훈, 『세계체제, 동북아, 한반도』, 아르케, 2004, 115~117쪽.

지향하기도 한다. 반주변부의 생성적인 문학은 바로 이러한 경계영역의 변증법에서 창출된 것이라 할 수 있을 것이다.

지역문학이 담지하는 지역성은 이러한 경계영역의 생성적이고 창조적인 특성을 의미한다. 그렇다면 일국적 수준에서 이러한 지역문학의 발현형태는 어떠한가? 가령 중심부 서울의 경우 생성적인 지역문학의 가능성은 차단되어 있는 것인가? 그렇지 않다. 서울은 일국적 차원에서 중심부이나 지역적 세계체제나 세계체제의 차원에서 반주변부에 속한다. 따라서 세계화로 지칭되는 중심부의 논리에 유인될 가능성이 높은가 하면 또한 성찰적인 저항 또한 가능한 지역이다. 말할 것도 없이 중심부 서울의 문학적 균열은 다른 지역에 비하여 클 수밖에 없다. 문학이 문화산업에 편입되거나 텔레비전과 새로운 미디어에 종속되는 양상이 가속화되는 중심부적 문화현상이 커짐과 아울러 이러한 흐름에 저항하는 경계영역의 형성적 서사가 생산되기도 한다. 세계도시 서울은 여타의 반주변부 도시들보다 시장의 전지구화에 빠르게 호응하고 있다. 산업으로서의 문화라는 관념은 이제 일반적인 흐름이 되었다. 음반, 영화, 신문, 책 등 모든 종류의 매체들뿐만 아니라 식품, 건강관리, 관광, 교육 등의 문화적 재화를 생산하는 기업들의 경쟁이 매우 치열해지고 있는 것이다. 사고의 진지성, 집중력을 요하는 문학능력[literacy]의 쇠퇴를 불러오는 요인들이 많아짐과 더불어 문학생산에 더 많은 유희성을 개입시키려는 자본측의 공세가 만만찮다. 이러한 가운데 삶과 역사를 사유하는 문학의 자리가 줄어들고 있는 것은 당연하다. 하지만 바로 이러한 상황은 또한 생성적인 가치를 유발하는 요인이 된다. 한편 반주변부 지역의 사정은 어떠한가? 중심부 서울보다 창발적인가? 그렇지 않다. 이러한 지역이 경계영역의 특성을 더 많이 구비하고 있음에는 틀림없으나 낮은 문화적 생산력과 중심부 문화자본에 의한 지역의 사물화와 대상화 등의 요인으로 문화적 활력들이 현저하게 약화되고 있기 때문이다. 많은 경우 지역에 바탕을 둔 문화자본은 중심부 문화산업에 흡수되거나 중심부 유행장르들을 모방하며 또 다른 경우 박제된 지역성, 지역의 박물지 기술에 치중한다. 지역 전통의 사물화는 오늘날 문화산업의 전략목표에 해당한다. 지방의 문화와 전통은 그 역사성이 소거된 채 소비의 대상으로 전락하고 있다. 그러나 이러한 현실에 비춰 지역문학의 미래가 암울하다고 단정할 수 없다. 경계영역으로서의 지역의 창발성은 항존한다. 문제는 누가 어떻게 타자화, 대상화, 사물화 되고 있는 지역에 역사성과 구체성을 불어넣어 형성적인 서사를 그려내는가에 달려 있는 것이다.

지역 또는 지역문화는 누구의 산물인가? 지역 / 지역문화는 스스로 창안하고 발견한 것이 아니라 중심부에 의해 발명된 것임에 틀림이 없다. 요즘 와서 퇴계와 율곡과 고산과 다산을 지역문학사로 편입하여 설명하려는 경향이 있으나 그들의 시문이 놓인 위치는 분명 중세적 보편과 연관되어 있었음에 분명하다. 이들과 달리 근대의 지역문학과 지역문화는 근대화의 산물이다. 이는 중심부가 전개한 근대 기획의 대상이자 형성물이다. 이래서 이것은 양면성을 지닌다. 지역문학은 지역과 지역문화가 처한 이러한 양면성을 정확하게 인식하는 데서 출발한다. 다시 말해서 근대와 전통, 중심과 주변, 근대성과 식민성, 서구와 아시아, 문명과 자연 등 대립항들이 만드는 대립들의 함정에 빠지지 않고 생성의 공간, 희망의 공간을 만드는 일이다. 이러한 일은 무엇보다도 자기를 구체적으로 아는 데서 시작된다. 이는 자기가 발 딛고 사는 대지를 사유의 단초로 삼되 그 대지에 매몰되지 않는 자의식—두 제곱된 사유이다. 그런데 많은 경우 지역문학은 자기 땅에서 유배되어 있다. 대지로부터의 소외를 피할 수 없는 조건으로 받아들인 탓이다. 이래서 지역문학은 먼저 자기로부터의 글쓰기가 되어야 한다. 그러나 이것은 가까운 것들을 대상으로 하는 서술이 아니다. 오히려 멀리 보며 구체적으로 쓰기—전지구적 시각, 지역적 실천—가 요청되는 것이다. 자기를 쓰되 자기를 둘러싼 문맥들의 구체적 전망을 그려내는 방법이다.

이러한 점에서 자기로부터의 글쓰기가 중심부에 대한 거부로 이해되는 것은 잘못이다. 중심부 거부에는 거부를 통하여 그것을 인정하고 공존하려는 교활한 전략이 틈입하기 쉽다. 한국문학은 일국적 차원에서든 지역적 차원에서든 반주변부 문학이다. 지역문학에 요구되는 것은 이러한 반주변부성의 중층성이다. 다시 말해서 지역을 프랙털 모형으로 사고하는 시점이 필요한 것이다. 이러한 지역문학의 관점에서 지역문학은 두껍게 씌어져야 한다. 말할 것도 없이 이러한 방법이 트리비얼리즘이나 지역사실의 박물학적 기술을 뜻하는 것은 아니다. 일상과 생활수준의 구체성을 해부함으로써 지역적 삶의 몸체를 그려야 한다는 것이다. 지역의 신체에 각인된 근대성과 식민성, 전통과 근대를 두껍게 이야기함으로써 중심과 주변, 세계적인 것과 지방적인 것의 변증법을 모색할 수 있을 것이다.

지역문학의 또 다른 방법은 다시 쓰기이다. 지역문학에서 지역성은 역사성과 동의어이다. 그러나 현금의 지역문학은 그 공간성과 시간성을 상실하고 있다. 중심의 환상에 들려 파편화되고 있기 때문이다. 지역문학은 추상성, 강제된 보편성 등에서 탈피하여 자신의 과거와 현재의 역사성에 개입해야 한다. 이럴 때 지역문학은 단순한 장소성에서도 벗어날 수 있다. 그런데 장소성과 역사성은 단순한 지역적 유산이 아니다. 유산으로서의 지역은 또 다른 족쇄에 불과하다. 다시 쓰기로서의 지역문학은 지역적 유산을 드러내고 기념하는 것이 아니라 지역의 문제가 근대의 문제이고 세계의 문제임을 밝혀내는 기획이다.[11] 이것은 안이하게 기존의 역사적 사실을 재구성하는 것이 아니며 지역을 새롭게 이해하려는 지역연구와 병행하는 글쓰기의 모험이라 할 수 있다.

중심과 주변의 계서는 결코 가치의 계서가 아니며 자본의 계서이다. 그러나 지역문학은 이러한 계서를 전복하는 혁명적 저항을 지향하고 있지 않다. 지역문학은 이러한 문제설정이 또 다른 종속을 유발하고 재확인하게 한다는 사실을 알고 있다. 지역적 시각, 지역적 글쓰기는 지금껏 위로부터 만들어진 근대, 국가, 민족 등이 지역을 타자화 하고 대상화하고 종속화 하였음을 드러내고 이러한 기존의 울타리들을 해체하려 한다. 경계영역은 경계의 안팎이 교섭하는 과정이 보이는 지점이다. 지역문학의 과제는 이러한 과정을 볼 수 있어야 하다는 데서 찾아진다. 새로운 시선의 정립이 무엇보다 요긴하다. 이러한 시선의 형성으로 지역문학의 형성적 글쓰기는 존재증명의 새 역사를 서술하는 길을 만들 것이다.

문화의 세계화가 중심과 주변의 이분법적 단순화로 이해되는 것은 아니다. 자본 영역과 정치 영역과 달리 문화의 세계화는 복잡한 양상을 지닌다. 세계화는 한편으로 중심부 문화의 주변부 유입으로 나타나기도 하지만 주변부 문화의 변용을 가져오기도 한다. 아울러 주변부 문화에 대한 중심부 차용이 가능할 뿐 아니라 둘이 섞여 혼종화 되는 현상[hybridity]을 만들기도 한다. 이러한 점에서 지역문화의 세계화를 뜻하는

11 이러한 다시 쓰기의 기획은 아리프 딜릭, 「동아시아 정체성의 정치학」, 『발견으로서의 동아시아』, 문학과지성사, 2000, 110~112쪽에서 시사를 얻었다.

글로컬 문화(glocal culture) 개념이 만들어지는 것이다. 그렇다면 세계화 시대에 지역문학은 어떠한 의미를 지닐까? 이에 대한 설명 이전에 먼저 모든 문학은 지역문학(local literature)이라는 관점을 전제할 수 있다. 지역 언어를 매개로 지역 사람들의 생활양식을 재현하는 문학은 곧 지역문학이다. 가령 토마스 하디와 위섹스 지역은 많은 이들에 의해 거론되는 사례이다. 그의 소설은 대부분 이 지역의 장소와 공간에서 형성된 이야기들을 담고 있다. 그렇기 때문에 그의 문학은 문학연구자는 물론 인류학자와 인문지리학자의 연구 대상이 된다. 베네딕트 앤더슨은 국민국가 형성에 미치는 소설의 영향을 설명하면서 토마스 하디와 위섹스를 든다. 위섹스 사람들이 이 소설을 읽으면서 자기들이 같은 공동체에 있음을 상상하였다는 것이다. 또한 잭슨이나 다비 같은 인문지리학자들도 토마스 하디의 지역소설을 통해 지역지리를 구성하고 장소경험을 서술하며 지역의 사회적 공간이 내포한 의미를 파악했다는 것이다.[12] 비단 토마스 하디만의 특수한 예는 아닐 것이다. 김정한과 낙동강 지역의 관계 또한 지역문학의 전범이 되기에 족하다. 문제는 이러한 지역문학이 세계화 시대에 가지는 의미이다.

세계화는 전 지구적 공간을 균질화 하여 매끈한 표면을 만들려 한다. 그러나 이러한 균질화가 평등과 다양한 가치의 공존을 의미하는 것이 아니다. 이보다 동일한 교환 체계를 강요하는 것을 뜻한다. 차이와 특수성을 담보하는 지역문학은 이러한 세계화에 대하여 저항적이다. 지역문학이 지니는 일차적 의의는 일방적 세계화에 대한 저항에 있다. 다

---

12 심승희, 「문화지리학의 전개과정에 관한 연구」, 『문화 역사 지리』 제13권 2호, 한국문화역사지리학회, 2001, 67~75쪽.

음으로 지역문학은 지역의 특수한 언어와 생활양식을 세계화한다. 말할 것도 없이 지역문학의 세계화는 쉽지 않다. 주변부 사람들의 이야기에 귀 기울일 사람들이 많지 않기 때문이다. 이러한 현상은 일국적인 차원에서도 설명이 가능하다. 서울의 지배적인 미학을 좇다보면 지방의 작가들은 자기 땅으로부터 소외될 수밖에 없다. 아울러 자기가 딛고 선 땅의 이야기를 하면 관심을 기울여 주는 이 적다. 그럼에도 세계적으로 뛰어난 작가들의 문학이 지역문학이라는 사실은 중요하다. 간혹 지역문학의 가능성을 혼종성에서 찾는 경우가 없지 않다. 혼종성은 식민지를 겪은 나라들의 지역문학이 보일 수 있는 강점이 될 수 있다. 또한 반(半)주변부 지역의 문화 혼종성은 기존의 경계들을 허물면서 새로운 정체성을 형성할 수 있다. 하지만 이보다 더 중요한 것은 지역의 역사성이다. 지역의 특수한 국면을 통해 지역적 삶의 심층을 파고든다면 혼종성은 부차적인 특성으로 확인할 수 있을 것이기 때문이다. 어떤 의미에서 혼종성을 지나치게 강조하는 것은 세계화의 문화전략에 포섭될 수 있다. 혼종성이 탈영역화의 가능성이 되기도 하지만 재영역화의 기미도 되는 것이다. 그러므로 저항과 협상의 구체적인 과정에 대한 천착이 중요하다. 지역문학은 지역이라는 프리즘을 통하여 중층적으로 확장된 시각으로 세계를 읽어내는 문학이어야 한다. 그러므로 이것은 폐쇄적인 지방주의에 갇혀서는 안 된다.

## 4. 장소와 공간의 지역문학론

그 동안 지역문학은 일국단위에서 논의되었다. 엄밀히 말해서 지방

(local)문학을 대상으로 삼은 것이다. 이러한 지방문학을 고찰하는 일은 보편성 지향의 근대문학에서 주변으로 밀려나 있거나 중심의 문학제도에서 벗어나 있는 지방성(locality)을 복원하는 일과 연관되었다. 따라서 지방주의(localism)의 입장이 도드라지는 한편 지방문학에 대한 자료학적 탐구가 진전을 이뤄 각 지역의 연구자들이 지역문학을 연구하고 그 성과를 바탕으로 지역문학사를 기술하는 양상을 보이게 되었다.[13]

그런데 지금껏 지역문학 연구가 축적되고 지역문학의 논리가 심화되었지만 중심과 주변의 이분법적 구도에 의한 문화정치학적 편향이라는 한계가 없지 않았다. 또한 20세기말 전지구적 자본주의 시대의 도래와 더불어 국민-국가 내의 지방이라는 관점이 지니는 한계가 드러나면서 기존의 '지역문학' 개념이 모호해지고 있다. 다시 말해서 일국 단위에서의 지역(local)과 세계단위에서의 지역(regional)을 중층적으로 이해하는 지역문학의 논리가 요청되고 있은 것이다. 지역문학의 확장된 개념은 특정 지역의 문인들의 생산 활동의 총량을 의미하지 않는다. 이보다 지역이라는 장소와 공간을 문학 속에 담아내는 방식을 뜻한다. 그런데 장소와 공간은 구체적인 실존으로 자리하는 곳이자 존재를 확대해 나가는 인식의 장이다. 장소와 공간의 지역문학은 정체성을 담보하는 장소에서 사회적인 권력과 제도가 자리한 공간과 지정학적인 관계가 얽혀있는 세계 공간으로 그 스펙트럼이 펼쳐진다. 그러므로 이것은 장소의 현상학과 공간 문화론 그리고 '지정학적인 미학'[14]을 포함한다.

---

13 이강언 외, 『대구 경북 근대문인연구』, 태학사, 1999; 강희근, 『경남문학의 흐름』, 보고사, 2001; 박태일, 『한국 지역문학의 논리』, 청동거울, 2004; 『경남부산 지역문학연구』 1, 청동거울, 2004; 김병택, 『제주현대문학사』, 제주대 출판부, 2005; 구모룡, 『지역문학과 주변부적 시각』, 신생, 2005; 남기택 외, 『경계와 소통, 지역문학의 현장』, 국학자료원, 2007; 김동윤, 『제주문학론』, 제주대 출판부, 2008 등.

장소와 공간의 지역문학론은 한편으로 지역, 장소, 공간에 대한 구체적인 접근을 강조하는 오늘날 지적 흐름과 연관되고[15] 다른 한편으로 문화정치학에 편향된 지역문학 담론을 극복하자는 의도와 관련된다. 또한 비판적 지역주의의 연장선에서 지정학적인 미학을 수립하는 일과 연관된다. 지역문학을 지역을 그 내용으로 하는 문학이라고 규정하는 것은 간단하나 생산적이다. 문학이 담고 있는 장소와 삶이 지역을 표상하는, 지역 표상으로서의 지역문학이라는 개념이 내포하는 내용도 여러 가지다. 가장 단순하게는 지역사실을 현상적으로 담고 있는 것에서 지역의 구체성을 탐색하거나 그것을 매개로 민족과 세계를 해석하는 경우에 이른다. 20세기 후반부터 활성화되고 있는 지역문학 담론의 핵심은 문화정치학에 집중되어 있다. 중심부에 의해 지역이 소외되어 있으니 중심부를 비판하고 지역의 존재의미를 부각해야 한다는 것이다. 그러나 엄밀히 말해서 지역문학(local literature)은 중심부라는 대타자를 공격하면서 성장하는 사생아적 문학이 아니다. 지역문학은 토마스 하디의 위섹스, 오르한 파묵의 이스탄불처럼, 이병주의 지리산, 박경리의 통영과 하동, 김정한의 낙동강, 김원일의 진영, 현기영의 제주처럼, 구체적인 장소와 공간을 통해 형상화된 문학이다. 무엇보다 지역문학은 지역이라는 구체적인 장소의 터 위에서 발생하고 생산되어야

---

14 이는 전지구적인 자본주의 세계체제라는 관점으로 문화와 문학을 이해하는 것으로 프레드릭 제임슨이 개념화한 바 있다. 프레드릭 제임스, 조성훈 역, 『지정학적 미학－세계체제에서의 영화와 공간』, 현대미학사, 2007.

15 그 동안 장소와 공간의 관점에서 논의된 문학론으로 대표적인 것을 들면 다음과 같다. 심승희, 앞의 논문; 「'장소 기억하기'와 '장소 만들기'로서의 문학」, 『문학수첩』 겨울호, 2006; 박현수, 「문학의 공간 : 공간과 장소의 시적 변증법」, 『문학수첩』 겨울호, 2006; 장석주, 『장소의 탄생－우리시의 문학지리학』, 작가정신, 2006.

한다. 지역문학이 그 지역을 드러내는 방식은 몇 가지 층위를 지닌다.

① 색인으로서의 장소와 공간

② 경험으로서의 장소

③ 장소와 공간의 변증법

④ 지정학적 미학－지방과 지역의 중층적 관계 인식

①은 지역문학 속에 등장하는 장소들이 색인 기능에 그치는 경우이다. 많은 지역문학에서 구체적인 장소들은 이미지나 배경으로 활용된다. 자주 단순한 장식으로 또는 지명이 가지는 고유성으로 작품 속에 삽입되는 것이다. 그러나 이러한 색인으로서의 장소는 지역의 구체적 삶과 생활양식이라는 맥락으로 연결되지 못하는 한계가 있다. 이 점에서 ② 장소경험에 대한 이해를 바탕으로 하는 지역문학이 중요하다. 실제 각 지역에서 장소를 색인과 배경으로 하는 작품들이 여전히 많이 생산되고 있다. 하지만 기억과 경험이 없는 장소 예찬이 가지는 한계는 분명하다. 모든 풍경에는 기억과 역사가 내재해 있다. 사람들은 이러한 풍경을 통해 정체성을 얻고 타자와 교섭한다. 풍경과 장소와 공동체는 서로 교차하고 중첩된다.[16] 이러한 점에서 작품 속의 장소는 그 속에 등장하는 이미지나 사건 그리고 인물과 유기적 연관성을 지닐 때 맥락적 의미를 획득한다. 지역문학의 장소성은 이러한 작품을 통해 유발된다. 그러므로 지역문학은 지역이라는 땅의 분위기와 장소감(senses of place) 나아가 장소의 혼(genius loci)－사물이 존재하는 구체적인 실존[17]을 담는

16 P. J. Stewart & A. Strathern(ed), *Landscape, Memory and History*, Pluto Press, 2003, pp.1~4.

작품이라고 할 수 있다. 혹자는 이러한 규정에 대하여 지나치게 소재주의로 가는 것이 아니냐, 라고 물을 수 있을 것이다. 그러나 이러한 규정이 단순한 소재주의를 의미하는 것이 아니며 삶의 구체적인 정황을 재현한다는 지향을 가진다. 장소는 추상적인 위치가 아니라 구체적인 사물들로 이루어진 총체성이다. 지역문학은 이러한 장소의 구체적 총체성을 구현하면서 문학의 보편성을 추구한다. 지역문학에 대한 해석과 평가는 이러한 장소성에서 시작되고 장소성의 성취 과정에 집중되는 것이 타당하다.

여기서 우리는 '지역소설'이라는 개념을 창안한 인문지리학자 다비(H. C. Darby)의 견해를 들 수 있다. 19세기 중반에 이른 영국에는 지역소설이라 칭할 수 있는 장르가 형성되는데 월트 스코트, 제인 오스틴을 거쳐 토마스 하디에 이르러 완성된다. 토마스 하디는 위섹스를 다룬 소설을 18편 발표한다. 그는 동일 장소를 선택적으로 반복함으로써 일종의 연작소설처럼 느껴지는 지역소설을 쓴 것이다. 이리하여 위섹스라는 장소가 창조되는 것이다.[18] 이처럼 토마스 하디가 보여준 성과에서 우리는 장소경험에 바탕을 둔 지역문학의 개념을 찾을 수 있다.

그런데 장소는 지나치게 경험적이어서 시적 지향을 갖기 쉽다. 이-푸 투안이나 에드워드 렐프 같은 현상학적 인문지리학자들은 장소를 일체감을 부여하는 곳, 사물과 의식이 합일되는 지점으로, 공간을 개방성, 자유, 위협으로 본다. 그리고 경험에 의해 공간은 장소가 된다.[19] 에

---

17 C. 노르베르크 슐츠, 민경호 외 역, 『장소의 혼』, 태림문화사, 1996, 27쪽.

18 심승희, 앞의 논문, 68~70쪽.

19 Yi-Fu Tuan, *Topophilia-A Study of Environmental Perception, Attitudes, and Values*, Prentice-Hall Inc, 19740; 이-푸 투안, 구동회 · 심승희 역, 『공간과 장소』, 대운, 1995; 에드워드 렐프, 김덕현 외 역, 『장소와 장소 상실』, 논형, 2005 참조.

드워드 렐프는 현대의 장소 상실을 비판한다. 그는 장소의 혼, 장소감, 장소의 분위기가 사라지는 무장소성, 장소상실 등 커져가는 근대 사회 현상을 지적하고 있다. 특히 도시화 과정은 원초적인 장소들을 해체하고 추상화하는 경향이 크다. 이러한 가운데 장소회복을 말한다고 한다면 그것은 동일성으로 회귀하는 시적 회감(回感)의 원리와 다를 바 없다. 장소회복이라는 차원에서 장소문제를 지역문학에 대입하게 되면 지역문학은 시적 범주 나아가서 서정적 서사에 한정된다. 유년, 향토성, 훼손되지 않은 고향 등이 지역문학의 주된 테마가 되는 것이다. 가령 오영수의 서정적 지역소설이 그 한 예일 것이다. 말할 것도 없이 이러한 테마도 중요한 지역문학의 자산이다. 그렇다면 지역문학에서 위대한 시적 성취가 있을 수 있다. 그리고 지역문학에서 이러한 의미의 장소를 발견해가는 것은 중요한 과제이며, 이를 통해 시적 보편 나아가 중심부적 미적 가치 혹은 주관적 심미 감각에 대한 의식, 무의식의 경사(傾斜)에서 벗어나는 것도 하나의 가능성이다.[20]

지역문학의 장소가 의미를 발하는 또 다른 층위는 ③ 장소와 공간의 변증법이다. 앞서 말했듯이 종종 장소가 안정감과 위안, 합일된 의식을 부여한다면 공간은 불안정과 위협, 불화의 의식을 가져다주는 것으로 구분된다. 그래서 공간들은 주체의 경험적 진폭에 따라 장소로 바뀌게 되는 것이다. 이럴 때 장소와 공간의 변증법은 중층적인 형태로 확장된다. 예를 들어 지역의 어떤 장소는 민족문제의 공간적 집약이 될 수 있

20 중심부와 주변부의 이분법적인 적용은 옳지 않다. 상호 문화접변(acculturation)과 경계영역의 혼종현상(hybrid)이 나타나기 때문이다. 그럼에도 미적 준거가 다를 수 있거나 중심부적 가치들이 주변부에 억압적일 소지는 많다. 특히 현대시를 평가하는 데 있어 최근 이러한 현상이 두드러지고 있다.

다. 땅은 농민이라는 계급의 문제를 집약하면서 지역과 사회라는 보다 넓은 공간의 의미를 포괄한다. 이러한 장소와 공간의 변증법에서 총체성의 문학이 나온다. 이러한 총체성의 문학은 두 가지 지향을 가지는데 그 하나가 리얼리즘적 총체성이라는 관점에서 사회적 공간을 반영하는 문학이다. 가령, 이병주, 박경리, 김정한, 김원일, 김춘복 등의 소설은 이러한 맥락의 지역문학의 양상이라 할 수 있다. 그렇다면 이들 이후 지난 수십 년간 사회적 총체성으로서의 지역문학은 있었는가? 쉽게 그렇다고 답할 수 없을 것이다. 또 다른 총체성은 생태학적 지역문학을 의미한다. 지역의 구체적인 장소는 자연사물과 생태학적인 연관 속에서 보다 큰 세계를 구성한다. 이러한 의미의 지역문학은 현재 가능성으로 존재한다.

장소와 공간의 변증법은 ④지적학적 미학을 상정하게 하는데 이는 지방(Local)과 지역(Region)의 중층적 관계를 숙고하게 한다. 세계단위와 일국단위의 지역은 상호 연관성을 지닌다. 냉전체제의 하위체제가 분단체제라는 매우 간명한 설명은 말할 것도 없지만 세계단위 안에서 국가 경계가 느슨해지면서 국가 단위의 지역이 세계단위에 연동되기도 한다. 이처럼 중층적이고 복합적인 지역개념이 시사하듯 지역문화 또한 복잡한 인식을 요구한다. 중심부, 세계화, 대중문화와 주변부, 지역화, 고유문화가 맺는 관계도 획일적인 일방향성, 대타적 저항성 등으로 나타나지 않는다. 경우에 따라서 지역은 새로운 가치 생성의 공간이 되기도 한다. 만약 지역을 전통과 근대, 식민성과 근대성, 문명과 자연 등의 제가치들이 혼재한 장소이며 서로 양립하는 가치들이 종합되는 가운데 형성적인 가치들이 발생하는 공간-경계영역으로 볼 수 있다고 한다면 지역의 문화는 이러한 생성적 가치를 고양하는 것을 가장 중요한 과제로 삼아야 한다. 지역문화가 제대로 꽃 피려면 오늘날 지역과 지역문화가 처한 양면성을 정확하게 인식하는 데서 출발해야 한다. 즉 근대와 전통, 중심과 주변, 근대성과 식민성, 서구와 아시아, 문명과 자연 등 대립항들이 만드는 대립들의 함정에 빠지지 않고 생성의 공간, 희망의 공간을 만드는 일이다. 대안으로서의 지역문화는 이러한 반주변부의 잡종성에서 찾아진다. 다시 말하지만 지역을 프랙털 모형으로 사고하는 시점이 필요하다. 지역의 신체에 각인된 근대성과 식민성, 전통과 근대를 중층적으로 인식함으로써 중심과 주변, 세계적인 것과 지방적인 것의 변증법을 모색할 수 있을 것이다.

지역문학의 원근법과 세계화의 원근법[21]은 다르지 않다. 오늘날 세계체제의 밖은 없기 때문이다. 문제는 이러한 현실을 일면적으로 사고하지 않는 것이다. 긍정과 부정의 차원이 아니라 현실이라는 점에서 경합하는 다수의 얽힘 현상에 주목하지 않을 수 없는 것이다. 이러한 대목에서 지정학적 미학이 발생한다. 지정학적 미학은 지역적이고 전지구적인 '인식지도 그리기'와 연관된다. 이는 우리가 어떻게 지역과 세계를 분절하는지를 보여주며 가장 지역적인 것과 가장 세계적인 것을 연계시키는 방식을 제공한다. 이러한 지정학적 미학은 지정학이 인문지리학의 하나이며 문화학에 속한다는 것을 알게 한다.[22] 장소는 세계의 나머지와 맺는 관계를 통해서 이해가 된다. 이는 달리 말해 지방을 통해 지역을 읽어낼 수 있다는 것이다. 그리고 이러한 과정이 하나의 창작방법론이 될 때 로컬문학으로서의 지역문학이 가져야 할 바람직한

---

21 강상중 · 요시미 슌야, 임성모 외 역, 『세계화의 원근법』, 이산, 2004, 71쪽.
22 콜린 플린트는 지정학을 인문지리학의 하나로 본다. 콜린 플린트, 한국지정학연구회 역, 『지정학이란 무엇인가』, 길, 2007, 19쪽.

방향이 설정되며 구체적인 장소의 경험이 지역주의(regionalism)와 맺는 사고방식이 문제가 된다. 21세기 지역소설이나 지역문학은 적어도 로컬리즘에서 리저널리즘으로 진전되어야 한다.

## 5. 오르한 파묵을 예로 들며 : 다층적 스케일로서의 지역문학

다시 '지역'이라는 말뜻을 새길 필요가 있다. '지방'이라는 말 대신 '지역'이라고 쓴 것은 서울에 대응하는 지방이라는 말 속에 깃든 위계나 서열을 의식한 탓일 것이다. 주권이 국가에 위임된 근대의 국민국가 체제에서 어느 사회 할 것 없이 불균등 발전구조를 지니는 것이 사실이다. 특히 후진 사회일수록 근대화 과정에서 일극 중심으로 집중되는 현상이 심한데 우리 사회의 서울(수도권)중심주의가 그렇다. 서울과 여타 지방이라는 이분법적 구도는 거의 돌이킬 수 없는 지경에 이른 듯하다. 사정이 이러하다면 '지방'을 굳이 '지역'이라고 명명한다고 하여 현실이 달라지는 것은 아니다. 말할 것도 없이 '지방'이라는 용어와 달리 '지역'이라는 개념이 서울-지방이라는 구도를 어느 정도 중화하는 면이 없지 않다. 그래서 '지역'을 선호하는데 여기에도 문제가 없는 것은 아니다. '지역'이라는 말이 만드는 중화 효과가 '지방'의 현실을 이해하는 데 장애가 되는 경우가 있기 때문이다. 이러한 이유에서 요즘 들어 '지방 / 지역'이라는 용어보다 '로컬'이라는 개념이 일반화되고 있다.

'로컬'은 지리학에서 세계를 보는 한 층위이다. 우리가 지니고 있는 잘못된 인식지도를 설명하기 위하여 지리학적인 개념을 들면, '로컬'은 몸(body), 가족(family), 사회(community) 등의 차원에 해당한다. '로컬'보다 더 큰 스케일로 '국가(민족)적(national)', '지역적(regional)', '세계적(지구)적(global)' 영역을 들 수 있는데 이들은 스케일에 따라 중층적으로 확장된다. '로컬'은 앞서 말한 '지방 / 지역'에 상응한다. 하지만 후자가 일국적인 중심-주변의 관계에 치우친 것과 달리 로컬-내셔널-리저널-글로벌을 연동시킨다는 점에서 의미가 있다. 만일 '지역'이라는 개념을 중심부 서울에 대한 대타의식으로 사용한다면 사회 체계나 구조, 상징자본과 권력에 한정되는 한계를 지니게 된다.

지역(지방)이 자본과 제도의 차원에서 상대적으로 중심부로부터 소외되었다는 사실이 지역의 문학을 규정하는 전제가 될 수는 없다. 만일 이러한 전제에 기초하여 지역문학의 논리를 세우려는 이가 있다면, 그는 외부를 향한 선망과 분열을 되풀이하거나 문학적 낙후의 문제를 외부의 탓으로 돌리면서 자족하게 될 것이다. 그런데 아쉽게도 지역(지방)의 다양한 문학 집단에서 활동하고 있는 많은 문인들이 이와 같이 잘못된 논리에 감염되어 있는 것이 사실이다. 먼저 선망과 분열은 중심부 따라하기라는 양상으로 나타난다. 이는 서구 근대의 이미지를 좇다 침몰하거나 돌연 전통으로 회귀할 수밖에 없었던 식민지 모더니스트와 같이 자신의 터전을 망각하고 중심부의 미적 패션을 가 닿아야 할 보편으로 받아들이는 태도와 흡사하다. 이러한 태도에 내재한 인정욕망은 중심부에 대한 노예적 위치를 용인하는 대신 지역(지방)에 대한 상징적 우위의 자리를 획득하게 한다. 그러나 정작 중심부라고 설정하고 있는 공간(서울) 또한 더 큰 스케일(리저널, 글로벌)에서 볼 때 지역(지방)에 지나지 않을 뿐 아니라, 미적 혼종성과 다양성을 지니고 있다는 점에서 당착이 생기게 된다. 다음으로 문학적 낙후를 외부의 탓으로 만회하려는 경향은 지역(지방)에서 상당히 심각하게 만연되어 있다. 지역(지방)의 문학매체들이 자기 혁신을 이루지 못하고, 지역(지방)의 문인들이 문단활동과 문학을 구분하지 못하는 요인 가운데 내부의 자족성이라는 원인이 존재한다. 이러한 내적 원인은 외적 요인과 쌍생아처럼 구별되지 않는다.

다시 '로컬'이라는 개념으로 돌아와 보다 생산적인 논의를 이어가 보자. 앞에서도 말했듯이 '로컬'은 그것만으로 존재하지 않으며 여타의 스케일과 연계되어 있다. 가장 직접적이고 구체적인 일상생활 속에서 우리는 사회와 국가 그리고 세계를 매일 접하고 있지 않는가? '로컬'의 시각이란 '로컬'만을 바라보는 것이 아니라 '로컬'의 관점으로 이해하려는 것이다. 마찬가지로 민족적 시각이 있고 동아시아적 시각 나아가 지구적 시각이 있는 것이다. 사실 '민족시'라는 개념은 별 저항 없이 받아들여져 쓰이고 있다. 민족적 상상력의 산물이라는 것인데 더불어 동아시아적 상상력이나 지구적 상상력도 가능한 것이 현실이다. 가령 중국의 소수민족 가운데 하나인 이족 출신의 시인인 지디마자의 『시간』이라는 시집은 시인의 고향 이야기가 민족 이야기이고 나아가 중국 그리고 지구적 자본주의 세계에 대한 이야기임을 알게 한다. 이는 그의 시적 사유의 전개와도 무관하지 않지만 자신의 존재 위치를 매우 구체적으로 지각하는 과정과 결부되어 있다. 고향 사람에 대한 사랑이 인류애로 이어지는 데 전혀 비약이 없다. 그만큼 언어와 상상력이 구체성을 담보한 채 풍부하다. '지구적 사고, 지역적 실천'은 처음 커뮤니케이션 학자들에 의해 제기되었지만 환경운동가나 지역문학자의 논리로도 손색이 없다. 전자가 '지구적'인 데 중점을 둔다면 후자들은 '지역적'에 더 관심을 가진다. 만일 우리가 '지역문학'이라는 개념을 필요로 한다면 이와 같은 맥락에서 그것의 존재 의미를 찾을 수 있을 것이다.

그런데 중심부의 문학이 지역(지방)문인들이 생각하는 것처럼 그렇게 생산적인 것만은 아니다. 엄밀하게 통계를 내어본 것은 아니나 우리 문학의 원천을 구성하는 내용의 대다수가 지역(지방)에 바탕을 두고 있는 것으로 보인다. 소위 '미래파' 논쟁 이후 신세대 시인들에 대한 중심부 매체들의 과도한 애착으로 그들의 존재가 비대해 보이는 측면이 없지 않는데 우리 시의 전반적인 실상과는 거리가 있는 것으로 판단된다. 사실 뉴욕의 문화가 흑인이나 라틴아메리카와 아시아계 이민자들에 의해 활성화되고 있듯이 중심부 문화라는 것은 외부의 생산력을 흡인하면서 성장한다. 조금이라도 주의 깊게 우리 문학의 현실을 들여다본 이라면 우리 문학은 한국의 지역문학에 의해 떠받쳐지고 있음을 알기 어렵지 않을 것이다. 논의를 확대해가기 위하여 세계체계론을 들여오면 20세기 들어 소위 반(半)주변부 지역의 문학적 융성을 말할 수 있다. 다시 말해서 동유럽과 라틴아메리카 그리고 아시아에서 허다한 작가들이 노벨문학상을 받은 바 있는데 이 또한 세계의 자본이 집중된 중심부가 반드시 문학적 생산력이 높을 것이라는 가정을 깨트리는 증거들이다. 이러한 점에서 오르한 파묵의 다음과 같은 발언이 주목된다.

> 그러니까, 단지 제 아버지뿐만 아니라 우리 모두는 세상에 중심부가 있다는 생각을 지나치게 중요시하는 것 같습니다. 하지만 글을 쓰기 위해 우리를 오랜 세월 동안 방에 가두는 것은 이와는 정반대의 것인 어떠한 믿음입니다. 어느 날엔가 우리가 쓴 것들이 읽히고 이해될 거라는, 왜냐하면 사람들은 세계 어디에서나 서로 닮아 있기 때문이라는 믿음입니다. 하지만 이것은 주변부에 있다는 분노에서 비롯한 상처와 고뇌가 뒤섞인 낙관주의입니다. 저는 이것을 저 자신 그리고 아버지가 쓴 것들을 통해 익히 알고 있습니다. 도스토옙스키

가 평생 서양에 대해 느꼈던 사랑과 분노의 감정을 저 역시 여러 차례 느꼈습니다. 하지만 제가 그에게서 진정으로 배운 것, 진정한 낙관주의의 원천은 이 위대한 작가가 서양과의 애증 관계에서 출발해 이 애증의 다른 쪽에 세운 완전히 다른 세계였습니다.[23]

이처럼 오르한 파묵은 중심부를 모방하지 않고 주변부의 시각으로 시차(視差)를 이해하고 넘어선다. 그런데 젊은 오르한 파묵을 오랜 동안 괴롭힌 것은 그가 "중심에서 떨어져 있다는 생각", "변방에서 살고 있다는 느낌"(53쪽)이었다. 그는 "중심부에 있지 않다"(54쪽)는 생각에서 서양문학을 읽고 쓰고자 하지만 "변방에 있다는 감정과 진정성에 대한 우려"(58쪽)를 놓치지 않는다. 그리하여 그는 "진정한 모든 문학은 인간들이 서로 닮았다는 이러한 순진하고 낙관적인 믿음에 근거"한다는 생각으로 "중심부가 되지 못한 세계에 호소하고 싶어"(59쪽)했던 것이다. 인용문에서 말한 "주변부에 있다는 분노에서 비롯한 상처와 고뇌가 뒤섞인 낙관주의"를 견지하면서 오르한 파묵은 글을 쓴다. 그리고 "슬픔 혹은 분노에 이끌려 앉았던 책상에서 그 슬픔과 분노 너머에 있는 다른 세계에 도달하게"(61쪽) 된 것이다. 그리하여 그는 다시 다음과 같이 말한다.

제가 어렸을 때 그리고 청년 시절에 느꼈던 것과는 정반대로, 이제 제게 있어 세계의 중심부는 이스탄불입니다. 이건 단지 제가 거의 평생을 이곳에서

---

23 오르한 파묵, 「아버지의 여행가방」, 오르한 파묵 외, 이영구 외 역, 『노벨문학상 수상연설집 아버지의 가방』, 문학동네, 2009, 60~61쪽.(이하 본문에 쪽수로 표기함)

보냈기 때문만은 아닙니다. 그건 삼십삼 년 동안 모든 거리들, 다리들, 사람들, 개들, 집들, 사원들, 분수들, 이상한 주인공들, 상점들, 지인들, 어두운 지점들, 밤과 낮들을 저 자신과 모두 동일시하며 제 책에서 서술했기 때문입니다. 어느 시점 이후에는, 제가 상상했던 이 세계도 제 손에서 벗어나게 되고, 이 세계는 제 머릿속에 존재하는 도시들보다 더 사실적이 됩니다. 그럴 때면 그 모든 사람들, 거리들, 물건들 그리고 건물들은 마치 모두 함께 자기들끼리 말을 하고, 마치 제가 이전에 느낄 수 없었던 관계를 맺고, 마치 저의 상상 속 또는 저의 책 속에서 나와 자기들끼리 스스로 살기 시작한 것 같습니다. 그리하여 바늘로 우물을 파듯 인내심을 가지고 상상하면서 건설한 이 세계가 무엇보다 더 현실적으로 느껴집니다.(62쪽)

흔히 이스탄불을 동서가 융합된 장소(혹은 공간)라고 말한다. 그렇기에 오르한 파묵이라는 작가가 탄생할 수 있었을 것이라고 추단할 수도 있을 것이다. 그러나 이스탄불이기에 오히려 서구문학을 세계문학으로 착각할 요인들이 더 많았음을 상기할 필요가 있다. 도스토옙스키가 그러했고 카프카가 그러했듯 그 또한 주변부 도시에서 "소외될지 모른다는 두려움"(59쪽), "한 공동체가 집단으로 경험하게 되는 모욕", "멸시받을지도 모른다는 우려, 다양한 분노, 초조, 끊임없이 무시당한다는 생각", "민족적 자만심과 우월의식에 대한 두려움"(60쪽)들을 이겨내고 주변부적인 삶의 구체적인 전체성에 육박한다. 이제 오르한 파묵에게 "세계의 중심부는 이스탄불"이다. 나는 오르한 파묵의 이러한 문학적 경험이 지역문학의 훌륭하고 위대한 전범이라고 생각한다. 그러나 우리의 지역문학은 나르시시즘에 빠져있거나 아니면 패배주의에 사로잡혀 있다.

## 참고문헌


- 강상중 · 요시미 슌야, 임성모 외역, 『세계화의 원근법』, 이산, 2004.
- 강희근, 『경남문학의 흐름』, 보고사, 2001.
- 구모룡, 「주변부 지역문학의 위상-20세기 후반 부산지역문학론」, 『오늘의 문예비평』 가을호, 2003.
- ______, 「지역문학운동의 과제와 방향」, 『앓는 세대의 문학』, 시로, 1986.
- ______, 『지역문학과 주변부적 시각』, 신생, 2005.
- 김동윤, 『제주문학론』, 제주대 출판부, 2008.
- 김병택, 『제주현대문학사』, 제주대 출판부, 2005.
- 김용규, 「세계체제하의 비평적 모색들」, 『비평과 이론』 봄 · 여름호, 한국비평이론학회, 2001.
- 남기택 외, 『경계와 소통, 지역문학의 현장』, 국학자료원, 2007.
- 박태일, 「인문학과 지역문학의 발견」, 『현대문학이론연구』 제21집, 현대문학이론학회, 2004.
- ______, 『경남부산 지역문학연구 1』, 청동거울, 2004.
- ______, 『한국근대문학의 실증과 방법』, 소명출판, 2004.
- ______, 『한국지역문학의 논리』, 청동거울, 2004.
- 박현수, 「문학의 공간 : 공간과 장소의 시적 변증법」, 『문학수첩』 겨울호, 2006.
- 심승희, 「'장소 기억하기'와 '장소 만들기'로서의 문학」, 『문학수첩』 겨울호, 2006.
- ______, 「문학지리학의 전개과정에 관한 연구」, 『문화 역사 지리』 제13권 제1호, 문화역사지리학회, 2001.
- 이강언 외, 『대구 경북 근대문인연구』, 태학사, 1999.
- 이수훈, 『세계체제, 동북아, 한반도』, 아르케, 2004.
- 이현식, 「지역문학과 지역문예지」,『작가들』 상반기호, 2003.
- 장석주, 『장소의 탄생—우리시의 문학지리학』, 작가정신, 2006.
- 최원식, 「지방을 보는 눈」, 『생산적 대화를 위하여』, 창작과비평사, 1997.
- 아리프 딜릭, 「동아시아 정체성의 정치학」, 『발견으로서의 동아시아』, 문학과지성사, 2000.
- 악셀 호네트, 문성훈 · 이현재 옮김, 『인정투쟁』, 동녘, 1996.
- 에드워드 렐프, 김덕현 외 옮김, 『장소와 장소 상실』, 논형, 2005.

- 오르한 파묵, 「아버지의 여행가방」, 『노벨문학상수상연설집 아버지의 가방』, 오르한 파묵 외, 이영구 외 옮김, 문학동네, 2009.
- 이-푸 투안, 구동회 · 심승희 옮김, 『공간과 장소』, 대윤, 1995.
- 콜린 플린트, 한국지정학연구회 옮김, 『지정학이란 무엇인가』, 길, 2007.
- 프레드릭 제임스, 조성훈 옮김, 『지정학적 미학—세계체제에서의 영화와 공간』, 현대미학사, 2007.
- A. Dirlik, *The Postcolonial Aura*, Westview Press, 1997.
- C. 노르베르크 슐츠, 민경호 외 옮김, 『장소의 혼』, 태림문화사, 1996.
- P. J. Stewart & A. Strathern(ed), *Landscape, Memory and History*, Pluto Press, 2003.

# 기념관에 갇힌 장소와 기억

## '4·3 평화기념관'과 기억의 정치학

**정선태** • 국민대학교

과거로부터 희망의 불꽃을 점화할 수 있는 재능이 주어진 사람은 오로지,
죽은 사람들까지도 적으로부터 안전하지는 못하리라는 것을
투철하게 인식하고 있는 특정한 역사가뿐인 것이다.
그런데 이들 적은 승리를 거듭하고 있다.[1]

1 발터 벤야민, 반성완 옮김, 「역사철학테제」, 『발터 벤야민의 문예이론』, 민음사, 1983, 346쪽.

## 1. '4·3 사건'의 현장에서

내가 학생들과 함께 제주도를 찾은 것은 2007년 10월 말이었다. 현대사와 현대문학이 만나는 '장소'를 찾아 나선 길이었다. 그때의 답사 체험을 정리하는 자료집을 만들면서 나는 다음과 같이 적었다.

> 다양한 설명이 가능하겠지만 무엇보다 문학은 삶의 현장으로부터 자유로울 수 없다. 문학이 지나간 삶의 결들을 읽어내는 데 효과적인 텍스트라 일컫는 것도 이 때문일 것이다. 특히 한국현대문학은 지난했던 역사적 시간만큼이나 가빴던 삶의 숨결들을 생생하게 담아내고 있다. 따라서 문학텍스트는 역사와 만나는 의미 있는 장(場)일 수 있다. 동시에 그 문학텍스트가 생성, 생산된 삶의 현장을 '다시 읽는' 작업은 문학작품을 더욱 풍요롭게 읽어내는 데 적지 않은 도움이 될 터이다.
>
> 문학과 역사 그리고 '지금-여기'의 현장……. 시간은 죽음을 욕망한다. 그러나 문학은 시간을 새로운 생명의 태반(胎盤)으로 바꾸어놓는 힘을 지니고 있다. '훌륭한' 문학작품은 선택적으로 기억하고 선택적으로 망각하는 인간의 욕망과 이기심을 향한 준열한 비판의 끈을 늦추지 않는다. 이때 비판은 고착화한 삶과 나태한 사유를 뒤흔드는 생성의 관계를 지향한다. 역사가 끊임없이 재해석되듯이 문학이 그러한 것도 '지금-여기'의 삶을 새롭게 구성하고자 하는 우리의 욕망 때문이다.
>
> 문학텍스트가 '현장'을 만날 때 우리의 감각은 훨씬 날카롭게 벼려지곤 한다. 강의실에서 읽는 소설이나 시를 역사 또는 문학사의 현장에서 다시 만날 때 그 울림은 넓고도 깊은 파장을 남길 것이다. '한국현대소설의 작가와 현장'에서 발견하고자 했던 것도 바로 문학텍스트를 역사적 현장에 포개놓고 바라

볼 때 우리의 감각과 의식에 육박해 오는 울림이었다. 그 울림이 진원지를 떠나 미처 예상하지 못한 크기의 동심원을 그려나갈 때, 그리고 그것이 '나'를 울리고 '우리'를 휘감고 '그들'까지 감쌀 때, 문학은 다시금 그 질긴 생명의 힘을 여축하고 갈무리할 수 있을 것이다.

그래서 우리는 '현장'으로 떠나기로 했다. 문학이 태어난 역사의 현장으로, 문학이 숨 쉬고 있는 '지금-여기'의 삶의 현장으로. 시간과 공간이 인간 존재의 기본 '형식'이라고 할 때, 그 시공간을 가리고 문학을 말하다 보면 많은 것을 잃을 것이라는 초조감이 어딘가 똬리를 틀고 있었음에 틀림없다. 그러나 우리는 '현장'의 타전(打電)에 응답할 수 있는 능력과 타자의 고통에 공감할 수 있는 힘을 새삼 발견할 수 있으리라는 기대를 버리지 않았고, 그 기대는 현실이 되어 이렇게 우리 앞에 놓여 있다.

2007년 10월 30일부터 11월 1일까지 우리는 제주도에 있었다. 우리의 첫 번째 답사지인 그곳에는 찬바람이 불고 있었다. 해방공간의 역사적 격랑 속에서 가파른 '시간의 오름'을 허위단심 올랐던 사람들의 숨결이 바다를 만나고, 굴을 지나고, 오름들을 휘돌고, 곶자왈을 훑고서 찬바람으로 내리치고 있었던 것이리라. 북촌의 너분숭이에서 이덕구 산전에 이르기까지, 신흥리 방사탑에서 검은 돌담들을 지나 평화공원에 이르기까지, 묵시몰굴에서 알뜨르비행장을 거쳐 송악산에 이르기까지 차가운 바람의 기세는 꺾일 줄을 몰랐다.[2]

'낯선 곳' 제주도에서, 60년이라는 시간을 뛰어넘어 '4·3 폭동', '4·3 항쟁', '4·3사건' 등 다양한 이름으로 불리워 온 '4·3'의 현장과 그 기억

---

2 국민대 국어국문학과, 「역사의 망각, 문학의 기억 : '4·3 문학'의 현장 제주를 가다」, 『한국현대소설의 작가와 현장 자료집』 제1권, 2007, 1쪽.

을 생생하게 체험하고 재구성하기란 쉬운 일이 아니었다. '4 · 3'은 보는 이의 관점이나 이해관계에 따라 '폭동'(4 · 3 민간인희생자유족회)일 수도 있고 '항쟁'(4 · 3 연구소)일 수도 있을 것이다. 그리고 이보다 가치중립적인 성격이 강한 '사건'(제민일보취재반 『4 · 3은 말한다』)이라 부를 수도 있을 것이다. 1996년 4 · 3 민간인희생자유족회와 4 · 3 연구소가 '폭동'이나 '항쟁'과 같은 극단적인 용어를 쓰지 않는다는 합의를 도출해내면서 '4 · 3'에 대한 보다 '가치중립적인' 논의가 가능해지긴 했지만, 어떤 이름으로 불리든 해방 후 제주도에서 수많은 인명이 정치세력 간의 이념 투쟁의 소용돌이 속에서 희생당했다는 사실만은 변함이 없다.

'제주 4 · 3사건 진상규명 및 희생자 명예회복에 관한 특별법' 제2조에서는 '제주 4 · 3사건'을 "1947년 3월 1일을 기점으로 하여 1948년 4월 3일 발생한 소요사태 및 1954년 9월 21일까지 제주도에서 발생한 무력충돌과 진압과정에서 주민들이 희생당한 사건을 말한다"고 규정하고 있지만, 7년이 넘게 제주라는 섬에서 벌어진 참상을 감당하기에는 역부족이라 아니할 수 없다. 제주 민중의 입장에서 볼 때 '지옥의 시간'에 다름없었을 이 기간을 어떻게 역사사전이나 법 조항 몇 마디로 정리할 수 있겠는가. 그러므로 더욱 우리는 현장의 목소리에 귀를 기울이는 노력을 포기할 수는 없다. 내가 "현장의 타전(打電)에 응답할 수 있는 능력과 타자의 고통에 공감할 수 있는 힘을 새삼 발견할 수 있으리라는 기대"가 배반당할지도 모른다고 생각하면서도 굳이 '그곳'을 몸으로 확인하고 싶었던 것도 이 때문이다.

'4 · 3사건'은 역사와 기억이 투쟁을 벌이는 장이다. 직접적인 투쟁의 주체는 국가와 희생자(유족 포함)이지만, 이념이나 권력이 개입할 경우 대결구도는 보다 복잡다단한 양상을 띠게 된다. 잘 알려져 있듯이 '4 · 3사건'은 사건의 종결 이후 줄곧 국가권력에 의해 망각이 강요되었으나, 1987년 민주화운동 이후 그 의미와 성격을 다시 자리매김하려는 움직임이 활발하게 전개되었다. 그리고 노무현 정부에 들어서 특별법 제정과 대통령의 사과, 피해자 명예회복, 기념공원 및 기념관 건립, 관련 교과서 내용 수정 등으로 이어졌다.[3] 그러나 내연(內燃)하고 있는 갈등은 언제든 기억투쟁으로 비화할 수 있다. 김대중 정권 및 노무현 정권에 아래에서 잠정적 화해 상태로 접어들었던 기억투쟁은 이명박 정권이 출범하면서부터 다시금 수면 위로 떠오르기 시작했고, 지금도 현재진행형이다.

나는 '4 · 3사건'의 고통스런 기억이 깃든 장소들을 둘러보면서 현기영의 「순이삼촌」(1979)의 마지막 구절을 떠올렸다.

> 그 옴팡밭에 붙박인 인고의 삼십 년, 삼십 년이라면 그럭저럭 잊고 지낼 만한 세월이건만 순이삼촌은 그렇지를 못했다. 흰 뼈와 총알이 출토되는 그 옴팡밭에 발이 묶여 도무지 벗어날 수가 없었다. 당신의 딸네 모르게 서울 우리 집에 올라온 것도 당신을 붙잡고 놓지 않는 그 옴팡밭을 팽개쳐보려는 마지막 안간힘이 아니었을까?
>
> 그러나 오누이가 묻혀 있는 그 옴팡밭은 당신의 숙명이었다. 깊은 소(沼) 물귀신에게 채여가듯 당신은 머리끄덩이를 잡혀 다시 그 밭으로 끌리어갔다. 그렇다. 그 죽음은 한 달 전의 죽음이 아니라 이미 30년 전의 해묵은 죽음이었다. 당신은 그때 이미 죽은 사람이었다. 다만 30년 전 그 옴팡밭에서 구구식 총구에서 나간 총알이 30년의 우여곡절한 유예(猶豫)를 보내고 오늘에야 당신의 가슴 한복판을 꿰뚫었을 뿐이었다.[4]

---

3 상세한 내용은 http://www.jeju43.go.kr/, 「주요업무추진현황」 참조.

우리를 제주도로 이끈 것은 '순이삼촌'이라는 비극적 여성의 숙명이었다. 1949년에 있었던 마을 소각 때 두 아이를 잃고 깊은 정신적 상처를 앓게 된 이 여성의 처절한 기억투쟁에 어떤 식으로든 동참하고 싶었던 것이다. '순이삼촌'의 기억 속에 각인되어 그의 정신을 끊임없이 교란시켜온, 급기야는 그를 죽음으로 내몬 폭력의 역사를 제주도에서 만날 수 있을까. 만날 수 있다면 우리는 거기에서 무엇을 발견할 수 있을까. 기대와 달리 그곳에서 '기억의 장소'를 발견하기란 쉬운 일이 아니었다. 증언자들의 기억에 의존해 어렵사리 찾아간 곳에서는 60년의 세월이 가로막고서 우리의 접근을 좀처럼 허락하려 하지 않았다. 하지만 "북촌의 너분숭이에서 이덕구 산전에 이르기까지, 신흥리 방사탑에서 검은 돌담들을 지나 평화공원에 이르기까지, 묵시몰굴에서 알뜨르비행장을 거쳐 송악산"에 이르는 '장소들'에서 우리는 제주도가 간직한 현대사의 아픈 숨결들을 들을 수 있었다.

## 2. '4 · 3평화기념관'과 기억의 재현

그리고 그로부터 몇 개월 후, 2008년 3월 '4 · 3평화기념관'이 문을 열었다는 소식을 접했다. "제주 4 · 3사건 희생자의 넋을 위로하고 역사적 의미를 되새겨 평화와 인권을 위한 교육의 장"으로 활용하게 될 제주 4 · 3 평화공원조성사업이 2002년부터 2010까지 국비 993억원을 투자할 계획인 가운데 제주 '4 · 3평화기념관'이 3월 28일 개관했다는 소식

4 현기영, 「순이삼촌」, 『순이삼촌』, 창비, 2003[1979], 73~74쪽.

이었다.[5] 그러나 평화기념관은 문을 열기가 무섭게, 아니 정권이 바뀌기가 무섭게 이념투쟁의 소용돌이에 휩싸였다.

재향군인회와 뉴라이트전국연합 등 90여 개 보수단체 대표들로 구성된 국가정체성회복국민협의회는 최근 전국 일간신문에 잇따라 광고를 내 "평화기념관이 '제주 4 · 3사건 진상조사 보고서'에 서술된, 날조 · 왜곡된 내용을 근거로 전시물을 제작하면서 남로당 폭도들의 만행을 축소 · 은폐하는 등 대한민국의 정통성을 부정하고 있다"고 주장했다.

또 교과서포럼이 펴낸 대안교과서에서도 4 · 3사건을 "남로당이 일으킨 무장반란, 북한 김일성의 국토 완정(완전정복)론 노선에 따라 일어난 것"으로 기술하는 등 부정적인 평가를 내놓았다. 이에 앞서 지난 1월엔 대통령직 인수위원회가 총리실 산하 제주 4 · 3 위원회의 폐지를 거론하기도 했다.

박찬식 제주 4 · 3 연구소장은 3일 "4 · 3 위원회에 신고된 희생자 1만 5천여 명 가운데 어린이와 여성, 노약자가 전체의 33%를 차지하는 것은 무슨 뜻이냐"며 "4 · 3은 세계 냉전체제와 한국 분단체제가 빚어낸 사건이지만, 아무도 책임지지 않고 제주섬 사람들에게만 상처를 남겨 놓았다"고 말했다.

김두연 4 · 3 유족회장은 이날 오전 제주시 봉개동 제주 4 · 3 평화공원에서 1만여 명이 참석한 가운데 열린 60돌 기념 위령제에서 "극우 · 보수 단체들은

5 「'제주4 · 3' 고통의 역사 한눈에」, 『한겨레』, 2008.3.24. 제주4 · 3평화기념관은 총사업비 380억 원으로 지하2층, 지상3층 연면적 11,455㎡로서 기념 · 추모의 공간, 역사적 진실을 기록하는 공간, 역사교육 및 교훈의 공간 그리고 제주의 향토성을 바탕으로 한 한국 현대사의 전문역사관, 과거사 청산 및 평화통일 지향하는 복합공간으로 구성되어 있다. 지하 1층에는 4 · 3 영상 상영, 세미나, 마당극 등의 장소로 활용 될 대강당과 4 · 3 유물 및 전시 자료의 보존관리를 위한 일반 · 특수수장고가 있으며 지상 2층은 4 · 3 아카이브, 열람실, 교육실 등으로 4.3을 보다 심도 있게 알아 볼 수 있도록 구성되었고, 지상 3층은 학예연구실, 세미나실 등이 있다.

4 · 3사건을 왜곡하는 행위를 중단하라"며 "계속 4 · 3의 진실을 왜곡하려고 한다면 법적 대응을 포함해 모든 조처를 취하겠다"고 경고했다. 김태환 제주지사도 "제주 4 · 3사건을 이념 갈등으로 이끌어가려는 일부의 시도는 결코 바람직하지 않다"고 말했다.[6]

예상하지 못한 것은 아니지만 2008년 이명박 정부가 출범하자마자 보수세력들은 '4 · 3사건'에 대하여 대대적인 이념공세를 펼치기 시작했다.[7] 그렇다면 1987년 이래, 특히 김대중 정권과 노무현 정권 기간 동안 힘겨운 투쟁을 거쳐 쟁취한 '4 · 3평화기념관'이 다시금 논란의 대상으로 떠오른 것을 어떻게 보아야 할까. 정치공동체 구성원이 공유할 수 있는 역사적 기억이란 도대체 무엇일까. 아니, 국가 주도 아래 건립된 '평화기념관'이라는 것 자체를 문제 삼아야 하지 않을까.

물론 평화기념관의 순기능적 측면을 굳이 폄하할 필요는 없을 것이다. '4 · 3사건'이 무엇인지도 모르는 사람들에게 제주도가 겪은 역사적 비극을 '계몽'하는 텍스트로서, 희생자의 영혼을 '위로'하는 장이자 억압된 기억을 양성화하는 하나의 '미디어'로서 충분히 평가해야 할 것이다. 그리고 2011년 현재 이 평화기념관을 찾는 사람들이 매년 20만 명이 넘는다는

---

6 「보수단체 "4 · 3은 폭도 반란", 제주 유족 · 단체들 강력반발」, 『한겨레』, 2008.4.4.

7 특히 2008년 3월 27일 '국가정체성회복국민협의회 일동'이 발표한 '성명'에서는 '4 · 3사건'의 성격에 대하여 "당시 제주도의 공산주의자 및 동조자들이 불법적인 '무장폭동'으로 대한민국 건국을 저지하려 했던 것은 결코 미화되거나 정당화 될 수 없는 잘못된 선택이었다는 사실은 오늘 날 남북한에 전개되고 있는 현실이 웅변해 주고 있다. 역으로, 그들이 반대했던 대한민국의 건국이야말로 올바른 선택이었다. 따라서, 만약 대한민국을 폄훼하는 방법으로 4 · 3사건을 재조명하려 한다면 그것은 4 · 3사건 발생 당시의 역사적 과오를 오늘의 시점에서 되풀이하는 아이러니에 불과하다. 4 · 3사건의 재조명은 반드시 이 사건의 성격을 '민중봉기'나 '민중항쟁'이 아니라 '무장폭동'으로 규정하는 데로부터 출발하지 않으면 안 된다"고 명시했다.

점에 비추어보면 그 교육적 효과를 충분히 가늠할 수 있을 것이다.

그러나 그렇다고 해서 '4·3사건'이라는 국가폭력에 희생당한 '순이 삼촌'들의 고통이 사라지지는 않을 것이다. 정치권력의 변화에 따라 그 고통은 더욱 깊어질 가능성도 없지 않다. 제주해군기지 건설을 둘러싼 제주 강정마을 사람들의 대결에서도 볼 수 있듯이 역사적 기억은 계기만 주어지면 언제든 반목과 증오의 무기로 비화할 수 있으며, 그 이면에는 국가권력의 감시와 조종의 시선이 자리 잡고 있다.

이 지점에서 '4·3평화기념관'이라는 텍스트가 지닌 의미가 무엇인지를 다시 물어야 한다. 이 평화기념관에서는 과연 '무엇'을 기념하고자 하는가. 그리고 '어떤 평화'를 '누구'에게 전달하고자 하는가. 평화기념관의 설립으로 기억을 둘러싼 투쟁은 종지부를 찍을 수 있을 것인가.

백화점이 각종 상품을 수집, 분류, 전시함으로써 소비를 조장하는 근대적 공간이듯이, 국가 기념관은 '국민'의 다양한 기억을 수집, 분류, 전시함으로써 국민국가의 '신화'를 소비하는 공간이다. 또, 백화점의 상품들이 생산과정으로부터 소외되어 소비대상으로만 인지되듯이 기념관에 진열된 기억들 또한 그러하다. 그런 점에서 백화점과 기념관은 상동성을 지닌다. 이를 자본과 국민국가의 '무의식적 공모'라 할 수 있지 않을까.

'4·3평화기념관'의 경우는 어떠한가. '4·3평화기념관'은 '4·3사건'의 기억을 누가, 어떤 방식으로 전유/횡령(appropriation)하고 있는지를 보여주는 하나의 텍스트이다.[8] 백화점이 생산과정을 생략한 채 상품에 방향제를 뿌려 소비자들의 욕망을 자극하는 것처럼, 기념관은 비극적

---

8 기념관뿐만 아니라 최초의 역사박물관과 이것을 본떠서 만들어진 박물관들은 의식적으로든 무의식적으로든 '과거를 전유하려는(appropriated the Past)' 지배계급들의 수단이었다. 하비 케이, 오인영 옮김, 『과거의 힘』, 삼인, 2004, 109쪽 참조.

사건이 초래한 다종다양한 기억의 결들을 지워버리고 이를 정형화하여 소비하도록 한다.

여기에서 기억의 재현 가능성과 그 의미에 관한 오래된 논란을 피해 갈 수 없다. 기억은 재현할 수 있는가. 좁혀 말하자면 '4 · 3평화기념관'에 전시된 기억은 '4 · 3사건'에서 비롯된 수많은 기억들을 재현할 수 있는가. 이와 관련하여 다음과 같은 진술에 주목할 필요가 있다.

> 기억된 역사적 사건은 기억 그 자체로서보다 객관적인 문화적 형상물로 재현된다. 재현은 단순한 기억의 재생이나 모방이 아니라 또 다른 하나의 실재를 만들어내는 것이다(장 보드리야르). 따라서 문화적 재현물에 대한 적절한 이해는 재현의 구조와 재현 과정, 즉 항쟁에 대한 재생산의 기제를 체계적으로 분석함으로써 효과적으로 도달할 수 있다.[9]

잘 알고 있듯이 지나간 사건은 선택적으로 기억되거나 망각된다. 동일한 사건도 그 사건을 대하는 개인이나 집단의 가치관, 계급적 위치, 이념 등에 따라 전혀 다른 기억의 스펙트럼 속에 놓일 수 있다. "재현은 단순한 기억의 재생이나 모방이 아니라 또 다른 하나의 실재를 만들어내는 것"이라는 말도 이런 맥락에서 이해할 수 있다. 그런데 '또 다른 하나의 실재'를 만들어내고 이를 전시하는 주체가 '국가기구'일 경우 문제는 더욱 심각해진다. 이때 개인들의 기억은 '국가화'할 수밖에 없다. 국가에 의해 인정받은 기억만이 시민권을 얻을 수 있으며 공인받지 못한 기억들은 개인들의 (무)의식 속에 유폐되었다가 병리적 현상으로 출몰한다.

---

9 나간채, 「기억투쟁과 문화운동의 전개」, 『집합적 기억투쟁』, 역사비평사, 2004, 16쪽.

재현체계를 둘러싼 투쟁이 불가피한 것도 이 때문이다. 즉, "어떤 사실이나 진실도, 어떤 논쟁과 투쟁도 표현되거나 재현되지 않고 일어날 수는 없다. 확실성 확보를 위한 경쟁과 투쟁은 따라서 그 자체로 재현체계를 장악하기 위한 투쟁이 된다. 오늘 재현체계는 누가 어떻게 장악하고 있는가? 이것은 확실하고 분명한 것을 규정하는 절차나 제도를 어떤 세력이 지배하고 있는지 묻는 질문이기도 하다."[10] '4 · 3평화기념관'이라는 재현 시스템의 성립은 냉전체제 아래에서 기억을 억압당해왔던 '4 · 3사건'의 당사자들이 국가를 상대로 한 투쟁에서 얻은 결과물이라고 할 수도 있을 것이다. 하지만 지금까지 이어지고 있는 '4 · 3사건'과 '4 · 3평화기념관'을 둘러싼 논란을 굳이 예로 들지 않더라도 국가가 재현의 주체로 등장하는 순간 다양한 개인의 기억들은 국가의 기억으로 동화되거나 국가의 기억에서 다시금 배제되는 악순환을 반복할 수밖에 없다.

'평화기념관'이라 했을 때 누가, 왜, 어떻게, 어떤 평화를 기념하는가라는 물음을 피할 수 없다. 다시 말해 평화를 기념하는 주체, 이유, 방법, 내용 등을 치밀하게 따져보아야 '평화기념관'의 존재 이유를 입증할 수 있을 것이다. 그러나 어떤 경우에도 기념의 주체가 국가인 경우 가해자(국가)와 피해자(개인) 사이에 형성된 '평화'는 잠정적일 수밖에 없다.

10 강내희, 「재현체계와 근대성 : 재현의 탈근대적 배치를 위하여」, 『문화과학』 제24호, 문화과학사, 2000.12, 27쪽.

## 3. 기념관과 기억의 상품화, 기억의 공동화

막스 베버의 말을 빌리면, 물리적 강제력 즉 폭력에 기초한 국가는 "공포와 희망—주술적 세력이나 권력자의 복수에 대한 공포, 내세 또는 현세에서의 보상에 대한 희망—이라는 지극히 강력한 동기와 그 외에 매우 다양한 종류의 이해관계"[11]를 통해 구성원의 복종을 유도한다. 공포뿐만 아니라 희망을 통해서도 구성원의 복종을 유도해낸다는 말에 유의해야 한다. 국민국가는 유일하게 합법적인 폭력을 휘두를 수 있는 기구이며, 국가는 공포와 희망을 함께 이용함으로써 국민을 효율적으로 지배하고자 한다. 억압당했던 기억을 '해방'하고 이를 기념관에 전시함으로써 기억의 당사자들 또는 희생자들에게 희망을 주고 보상을 약속하는 국가의 기획을 의심해야 하는 이유도 여기에 있다.

막스 베버를 끌어들이지 않더라도 폭력은 국민국가의 존재근거이다.[12] 두루 아는 바와 같이 폭력은 물리적인 형태로만 현상하는 것은 아니다. 자본과 이에 근거한 국민국가는 다양한 상징적 장치와 기구를 동원하여 폭력성을 은폐한다. 국가가 과거를 국가적 차원에서 소환하거나 기억을 동원하는 것은 구성원의 신체와 영혼을 국유화하기 위한 프로젝트의 일환이다. 다양하고 이질적인 기억들을 배제=포섭함으로써 동질적=허구적인 국가 또는 국민의 기억을 창안하고, 이에 근거하여 국가 또는 국민의 정체성을 확립하고자 하는 것이다. 노무현 정권이 그

---

11 막스 베버, 전성우 옮김, 『직업으로서의 정치』, 나남출판, 2007, 24~25쪽.

12 이와 관련하여 카야노 도시히토는 이렇게 말한다. "현재와 같은 형태의 국가는 근대에 들어와 폭력이 집단적으로 행사되는 방식이 변화함으로써 성립되었다. 즉 폭력의 실천이 국가의 존재에 선행한다. 국가의 존재는 폭력이 행사되는 특수한 형태에 입각하고 있다." 카야노 도시히토, 김은주 옮김, 『국가란 무엇인가』, 산눈출판사, 2010, 35쪽.

랬듯이 '4 · 3사건'과 관련하여 과거의 국가권력이 행사한 폭력에 대해 사과하는 것도, 이명박 정권이 지금 '4 · 3사건'을 의도적으로 외면하고 폄하하는 것도, 국가가 국민을 포섭=배제하고자 하는 전략에서 크게 벗어나지 못한다. 국가권력에 의한 '4 · 3평화기념관' 건립도 그런 전략의 하나이며, 따라서 이 기념관은 '국민'의 아이덴티티를 강화하는 방향으로 얼마든지 재배치=재활용될 수 있으리라는 것은 어렵지 않게 예상할 수 있을 것이다.

국가가 주도하여 만든 기념관은 이질적인 기억들을 수집, 분류, 전시하는 국가적 공간이다. 아니, 국가가 기억의 헤게모니를 쥐기 위해 주도하는 모든 '기념' 행위는 국가의 정체성을 강화하기 위한 전략의 일환이다.

> '기념(commemoration)'은 어떤 특정한 인물이나 사건 등을 생각나게 하며, 기억을 새롭게 하는 모든 행위이다. 기념행위는 근대 국민국가가 출현하면서 적극적으로 개발되고 활용되었다. 국민국가는 기념의 다양한 방법들을 통해 국가와 민족에 대한 정체성과 동화(同化)를 창조 또는 강화하거나, **저항을 예비하지 못하도록 스스로를 통제하고 규율할 수 있는 인간을 양성**하는 데 노력을 기울여왔다.[13] (강조—인용자)

기념관은 다양하고 이질적인 장소와 기억의 언어들을 '살균처리'하여 '상품화'하는 공간이다. 이를 통해 국민국가는 정체성의 강화를 모색했으며 궁극적으로 "저항을 예비하지 못하도록 스스로를 통제하고 규

13 정호기, 「기념관 건립운동의 변화와 동학 : 민주화운동 기념관들을 중심으로」, 『경제와 사회』 제65호, 2005 봄, 230쪽.

율할 수 있는 인간을 양성"하고자 했다. 요컨대 기념관이란 기억의 '살균처리장치'라 할 수 있으며, 이 살균처리장치 속에서 다양하고 이질적인 기억들은 장소성(場所性)을 박탈당한 채 장식품으로 전시되고 소비된다. 그리고 '4 · 3평화기념관'의 경우, 전시된 기억들을 관람(소비)하면서 사람들은 아픈 역사를 되새길 수도 있지만 동시에 저항이 얼마나 무력한지를 학습하기도 할 것이다. 다시 말해 처참하게 학살된 사람들에 동정을 표할 수도 있겠지만 무의식적으로는 국가권력의 '전능성'을 내면화할 수도 있을 것이다. 기념관은 흔히 아픈 역사를 반복하지 않게 한다는 '목표'를 내세우지만, 저항을 예비하지 못하도록 한다는 명시하지 '못한' 의도 역시 분명히 포함하고 있다. 이리하여 기념관은 지배서사를 강화하는 데 적지 않은 기여를 하게 되는 것이다.

또 하나 잊지 말아야 할 것은 기념관과 기억산업(industry of memory)이 긴밀하게 관련되어 있다는 점이다.

> 유물은 우리 시대의 최대의 성장산업이다. 오늘날 박물관의 95%가 2차대전 이후에 세워졌으며, 유적도시가 우후죽순처럼 돋아나고 있다. (기억의 형태를 마비시킨) 노스탤지어는 곳곳에 있다. 조상들은—은유적으로—'파헤쳐지고' 고대유물들은 뿌리 뽑히고 추억들에는 인공향신료가 뿌려진다. 이 시대가 상품화 시대이기 때문에, 이것은 과거에 대한 마땅한 대우이다. 그리고 그것은 왜 근대성이 역사의 특정 계열만 선별하여 보호하는지를 설명해 준다. 무엇보다도 상품화될 수 있는 인공역사는 보호되지만, 예를 들어 쉽게 상품화될 수 없는 그 밖의 제의의 역사는 그만큼 보호되지 못한다.[14]

---

14 제이 그리피스, 박은주 옮김, 『시계 밖의 시간』, 당대, 2002, 134쪽.

'4 · 3평화기념관'의 경우는 어떠할까. 다시 강조하지만, 이 기념관을 '견학'하고 '관람'하면서 역사적 진실을 구명하는 것이 얼마나 어려운지, 평화의 가치를 지켜나가는 것이 얼마나 소중한지를 배울 수 있을 것이다. 또 많은 사람들은 이곳에서 '고통에 응답하는 능력'을 익히기도 할 것이다. 그러나 그 이면에 아픈 역사를 '상품화'하여 '판매'하고자 하는 의도는 없는지 깊이 되물을 수 있어야 한다. 다음 기사를 참조하면, '제주도4 · 3사업소'에서는 평화기념관을 일종의 관광 상품으로 보고 있는 듯하다.

올해 제주 4 · 3평화기념관 관람객 목표는 22만 명. 제주도 4 · 3사업소에 따르면 20일 현재 4 · 3평화기념관 관람객은 22만 56명으로, 관람객 목표를 40일 앞서 달성했다.

제주 4 · 3평화기념관은 지난 2008년 3월 개관한 이후 관람객이 꾸준히 늘고 있다. 첫 해 관람객은 12만여 명에 그쳤으나, 2009년 13만 7,000여 명, 지난해는 20만 2,026명을 기록했다.

올해 역시 목표로 삼았던 22만 명을 조기에 달성함에 따라 올 연말까지 23만 명은 충분히 다녀갈 것으로 예상된다.

제주 4 · 3평화기념관을 찾는 이들의 비중은 도민보다는 도외가 높다. 특히 도외 청소년 단체의 비중이 전체의 42.1%를 차지하는 등 도외 관람객이 전체의 81.9%인 15만 7,735명이나 된다.

한편 지난 2008년 개관 이후 20일 현재까지 제주 4 · 3평화기념관을 찾은 누적 관람객은 68만 433명이다.

물론 그렇지 않을 수도 있다. 보다 많은 사람들이 찾아와 역사의 진실과 평화의 가치를 배울 수 있기를 바라는 게 '사업소' 쪽의 진심일 수도 있을 것이다. 그러나 '목표치'를 설정하고, 이곳을 비극적인 역사적 사건이 일어났던 곳을 찾아가 그때의 현장을 목격하기 위한 관광을 뜻하는 '다크투어리즘(dark tourism)'의 명소로 자리매김하려는 의도 역시 간과할 수 없다.

중요한 것은 이곳을 찾는 관람객 수가 아니다. 관람객들이 이곳에 진열되어 있는 '기억의 전시품'들을 보고 그것을 '4 · 3사건'의 전부인 것처럼 생각할 수 있다는 점에 주의해야 한다. 국가에 의한 기억의 공식화는 언제나 배제의 영역을 남긴다. 이곳 평화기념관에 전시된 다양한 유품, 사진, 기록 등은 어떤 식으로든 '검열'이라는 필터를 거친 것들일 수밖에 없을 것이다. 이 필터를 통과한 기억들만으로는 '배제의 영역'으로 남은 장소들과 언어들을 상상할 수가 없다. 기념관에 전시된 기억들은 특권화하고 나머지는 공동화(空洞化)한다. 여기에서 기념관에 전시되지 못한 '비공식적 기억'을 어떻게 '처리'할 것인가라는 문제가 대두한다.

과연 산재하는 기억의 장소와 편재하는 기억의 언어들이 기념관에 수집, 분류, 전시될 수 있을까. 예컨대 '4 · 3사건' 당시 제주도민이 무참하게 학살당한 정방폭포나 북촌의 애기무덤, 소개작전으로 온 마을이 불타버린 영남마을과 다랑쉬마을, '순이삼촌'의 아이들과 많은 민간인이 '쓰레기처럼' 파묻힌 옴팡밭, 제주의 '마지막 빨치산' 이덕구가 끝까지 싸웠던 한라산 중턱의 이덕구 산전, 토벌대의 총탄을 피해 숨어지내다 노인 아이 할 것 없이 몰살당한 목시물굴 등이 과연 과거를 기억하면서 평화를 약속하는 '평화기념관'에 '전시'될 수 있을까. 『4 · 3을 말한다』 외 수많은 구술자료는 물론이고 문자화하지 못한 언어들은 어떠할까. 이런 장소들과 침묵과 신음을 포함한 언어들은 자료실이나 기념관에서 '정리' 또는 '전시'할 수 없는 '차이'를 항상적으로 지닐 수밖에 없다. 추론하건대 국가는 이들을 무시, 배제함으로써 국민의 역사에서 삭제해 갈 것이다. 따라서 기억의 공식화 즉 기억의 특권화는 특정 기억(들)의 공동화를 예고한다는 점을 경계해야 마땅하다.

## 4. 내부식민지의 기억과 국민국가의 서사

제주도는 국민국가에 의한 동화와 배제의 메커니즘이 치밀하게 작동하는 '장소'이자 한국 현대사의 대표적인 '내부식민지'이다. '내재하는 외부'로서 제주도는 1948년 8월 15일 이승만을 중심으로 한 남한 단독정부 수립과 이어진 한국전쟁의 소용돌이 속에서 국가권력이 휘두르는 폭력 앞에 고스란히 노출되어 상상하기 어려운 고통과 희생을 당해야 했다. 따라서 제주도는 한국에서 국가권력이 행사하는 폭력의 양상들을 독해할 수 있는 '살아있는' 텍스트라 할 수 있을 것이다. 현기영의 「순이삼촌」은 '육지것들'이 제주사람을 대하는 태도의 일단을 서북청년단 출신인 '고모부'의 입을 빌어 이렇게 말한다.

> 고모부는 다른 사람들 귀에 거슬리는 줄도 모르고 다시 이북 사투리로 말을 꺼냈다.
>
> "도민(島民)들이 아직두 서청(서북청년단－인용자)을 안 좋게 생각하구 있디만, 조캐네들 생각해보라마. 서청이 와 부모형제들 니북에 놔둔 채 월남해 왔갔서? 하도 빨갱이 등쌀에 못니겨서 삼팔선을 넘은 거이야. 우린 빨갱이라문 무조건 이를 갈았다. 서청의 존재 이유는 앳세 반공이 아니갔어. 우리레 무

데기로 엘에스티(LST) 타구 입도한 건 남로당 천지인 이 섬에 반공전선을 구축하재는 목적이었디. 우리레 현지에서 입대해설라무니 순경두 되구 군인두 되었디. 기린디 말이야, 우리가 입대해보니끼니 경찰이나 군대나 영 엉망이드랬어. 군기두 문란하구 남로당 빨갱이들이 득실거리구 말이야. 전국적으로 안 그랜 향토부대가 없댔디만 특히 이 섬이 심하단 평판이 나 있드랬디. 이 섬 출신 젊은이를 주축으로 창설된 향토부대에 연대장 암살이 생기디 않나, 반란이 일어나 백여 명이 한꺼번에 입산해설라무니 공비들과 합세해버리디 않나……. 그 백여 명 빠져나간 공백을 우리 서청이 들어가 메꾸었디. **기래서 우린 첨버텀 섬사람에 대해서 아주 나쁜 선입견을 개지구 있댔어. 서청뿐만이가서? 야, 기땐 다 기랬어. 후에 교체해개지구 들어온 다른 눅지 향토부대두 매한가지래서. 사실 그때 눅지사람치구 이 섬 사람들을 도매금으로 몰아쳐 빨갱이루다 보지 않는 사람이 없댔디.** 4·3폭동이 일어다디, 5·10선거를 방해해설라무니 남한에서 유일하게 이 섬만 선거를 못 치렀디. 군대는 반란이 일어나디. 하이간 이런 북새통이었으니끼니…….”[15] (강조—인용자)

‘고모부’의 발언은 해방 직후 이념 대립 속에서 제주도와 제주사람이 어떤 위치에 있었는지를 명확하게 보여준다. 서북청년단뿐만 아니라 ‘육지것들’은 모두 제주사람들을 ‘빨갱이’로 간주했다는 그의 말은 아마도 사실에 가까울 것이다. 해방 후 미국의 방조 아래 남한단독정부를 수립한 이승만 정권은 자신의 정치권력을 안정화하기 위해 희생양을 필요로 했고, 그 대상으로 ‘선정된’ 곳이 제주라는 ‘섬’이었다. ‘고모부’의 발언은 기실 당시 이승만 정권의 지배 전략에 근거한 것이었다. ‘고모

15 현기영, 「순이삼촌」, 앞의 책, 62~63쪽.

부'로 대표되는 서북청년단 및 대동청년단 등 어용단체들을 국가의 위력을 등에 업고 제주사람들에게 무차별 폭력을 가했다. 1949년을 전후한 시기에 대대적으로 자행된 폭력의 목표는 더 이상 대한민국 정부에 반대하는 세력 따위가 아니었다. 고립된 섬 제주, 대한민국의 일부이면서 대한민국이 아닌 제주, 내재하는 외부 제주에서 '시범'을 보임으로써 국가권력의 위력을 과시하고자 했던 것이다. 그리하여 예상되는 반발들을 사전에 차단하고자 했던 것이다. 이것이 '공포의 효과'이다. 그런 점에서 '4 · 3사건'은 대한민국이라는 국가에 동조 또는 동의하지 않는 세력이나 개인들을 훈육하기 위한 프로그램의 하나였다고 볼 수 있으며, 그 프로그램을 실천에 옮길 수 있었던 것은 섬이라는 지리적 조건과 제주의 사회적 환경 때문이었다고 할 수 있다.

이처럼 국가권력은 지배의 효율성을 위해 내부에 '식민지'를 창안, 제국주의 국가가 식민지를 바라보는 프레임으로 이 내부 식민지를 억압하고 배제한다. 이념적 차원에서뿐만 아니라 지리적, 언어적, 문화적 차원에서 특정 장소를 배제함으로써 공포를 유발하고, 다양한 경로를 통해 이 공포를 전파함으로써 국가의 통일성과 국민의 균질성을 확보하고자 하는 것이다. 그러므로 "1947년 3월 1일을 기점으로 하여 1948년 4월 3일 발생한 소요사태 및 1954년 9월 21일까지 제주도에서 발생한 무력충돌과 진압과정에서 주민들이 희생당한" '4 · 3사건'은 대한민국이라는 국가의 이념적 토대가 무엇이었는지를 말해줄 뿐만 아니라 국민국가가 형성되는 과정에서 왜 '내부식민지'가 필요했는지를 시사해준다.[16]

---

16 하비 케이는 다음 진술을 참조하라. "궁극적으로 성공적인 헤게모니 지배에서 중요한 것

해방 이후에 생산된 이른바 '제주문학'의 주요 흐름 중 하나를 '육지것들로부터 소외당한 자의 고통의 형상화'라고 말할 수 있다면, 우리는 국민국가가 배제, 억압한 '제주의 기억'을 국민국가 비판이라는 맥락에서 재조명할 수 있어야 한다. 그 기억을 국민국가 서사의 일부로 수용·편입하는 것만으로는 충분하지 않다. 국가폭력에 따른 개인들의 고통에 대해 대통령이 사과하는 것으로 끝나지 말아야 하는 것도 이 때문이다. 역사적 고통의 기억은 '착한' 대통령의 사과로 마무리 지을 수 있는 성격의 것이 아니다.

국민국가는 편재하는 기억의 장소와 산재하는 기억의 언어를 '일원화=공식화'함으로써 국민국가 서사의 외연을 확충한다. 그리고 '4·3평화기념관'은 기억의 일원화=기억의 공식화를 추진함으로써 내부식민지 제주도에 가한 폭력과 그 기억(들)을 축소·은폐하기 위한 제도적 장치이다. 국가는 이렇게 기억들을 관리함으로써 기념관 또는 국민국가의 서사로 편입되지 못하는 / 않는 기억들을 삭제해나간다.[17] 결국 '4·3평화기념관'은 '4·3의 기억'을 국민의 역사로 회수=동원하여 동화시키려는 기획의 일환이며, 국가에 의해 인증을 받지 못한 기억들은 다시금

은 대안체제에 대한 '급진적' 또는 '혁명적' 염원과 꿈에 고취된 불만과 반란이 커지는 것을 피하고 금지하고 방지하기 위해, 논란 및 논쟁거리를 제공하고 자극하는 열망을 중립화하고 흡수하고 주변화하고 억압함으로써 봉쇄해야 한다는 점이다." 하비 케이, 앞의 책, 112쪽.

17 이와 관련하여 다음을 참조하라. "국가에 의해 지정된 기념일은 한 국가가 공식적으로 관리하는 과거의 사건, 그 사건을 기념해야만 하는 기억관리 담론에 의해 구성된다. 국가의 기념일은 그 국가 속에 살고 있는 사람들에게 권유되거나 강요되는 공식기억이며, 기념일은 공식기억을 집합적 기억으로 전환시키려는 국가 기억관리술의 발현이다. 기념일은 이데올로기적 국가기구가 과거의 기억을 관리하는 메커니즘을 보여주며, 국가에 의해 관리되는 기념일의 표상, 기념일을 통한 과거의 기억은 일종의 시민종교이자 집단적 기억을 형성시켜나가는 장치이다." 노명우, 「새로운 기억관리 방식 : 기억산업의 징후」, 『문화과학』 제40호, 문화과학사, 2004.12, 157쪽.

억압의 굴레에 갇히게 될 것이다. 국가에 의한 기억의 절단과 편집 과정에서 공인받지 못한 기억들에 대한 식민지화가 지속될 것이다.

따라서 우리는 '4 · 3평화기념관'에 대한 비판의 시선을 늦추지 말하야 한다. 예컨대 지리산 백무동 입구와 뱀사골 입구의 '기념관'처럼, 희생자를 기리는 컨셉의 '4 · 3평화기념관'이 '토벌대'의 공적을 기리는 공간으로 전유될 가능성은 없을까. 정권이 바뀌면서 '4 · 3사건'을 대하는 국가권력의 태도가 바뀐 것을 두고 특정 정권의 잘못으로만 돌릴 수는 없는 노릇이다. 국가가 기념관이라는 미디어를 통해 기억을 관리하는 이유가 무엇인지를 래디컬한 방식으로 물을 수 있어야 한다. 중요한 것은 국가의 공증이 아니다. 역사적 존재로서 개인과 그 개인이 소속된 집단'들'의 복수(複數)의 기억'들'이다. 획일화되고 균질화된 기억, 장소성을 박탈당한 기억, 비언어적인 특성을 배제한 기억은 우리의 상상력을 현저하게 약화시킨다. "공동체도 없고, 집단적 과거도 없을 때에는, 무엇이 기억되어야 하는가? 상호주체적인 의미를 잃어버렸을 때는 무엇이 경험될 수 있는가? 집단기억이 고갈되었을 때, 공동체의 운명은 무엇인가?"[18]라는 질문을 되새겨야 하는 것도 이 때문이다.

## 5. 국민의 역사로 회수되지 않는 / 못하는 기억들을 위하여

자본과 국가권력에 기댄 기억의 재구성이란 필연적으로 국민국가주의 신화를 승인하는 방향으로 나아갈 수밖에 없다. 그렇다면 무엇이 문

---

18 시모네타 팔라스카 참포니, 「이야기꾼과 지배서사」, 제프리 K. 올릭 엮음, 최호근 · 민유기 · 윤영휘 옮김, 『국가와 기억』, 민주화운동기념사업회, 2006, 61쪽.

제인가. 국가기억에 대항하는 기억의 재구성은 어떻게 가능한가. 기억의 주체는 '민중'인가, '국민'인가? 아울러 획일적이고 균질적인 국민의 역사로부터 '4·3'을 둘러싼 내부식민지 제주의 파편화한 구전기억의 구원(Rettung)은 가능한가. 제주뿐만 아니라 한국전쟁을 전후하여 전국 곳곳에서 자행된 민간인 학살과 그들의 기억은 어찌할 것인가. '광주의 기억'은 또 어떠한가.

억압받지 않는 기억이 우리의 상상력을 풍요롭게 하고, 이 상상력을 바탕으로 새로운 세계를 모색할 수 있다면 우리는 '4·3사건'을 둘러싼 다양하고 이질적인 기억들의 단수화 또는 '미라화'에 저항하는 새로운 '기억투쟁'을 전개해야 한다. 구술사적 및 문화사적 방법론을 통한 기억의 복수성(複數性)을 회복하고, 이를 이론화할 수 있어야 한다.[19] 뿐만 아니라 국가의 관리를 거부하는 다양한 기억의 발굴과 다양한 미디어를 통한 지속적인 재현이 필수적이다. 기억의 재현 가능성과 불가능성을 둘러싼 논란은 쉽게 그치지 않을 것이다. 그럼에도 기억들은 쉼 없이 재구성되어야 하고 흘러야 하며 다른 기억들과 만나야 한다. 이것을 벤야민은 '국민의 역사'를 비판하는 경험기억의 지속적 재구성이라 말한다.

19 다음의 진술을 참조하라. "'아래로부터의 역사'로서 구술사를 자리매김한다는 것은 지배이데올로기에 의해 억눌리고 뒤틀린 민중의 기억을 불러내어 민중의 실제적 경험을 드러내고, '기억을 둘러싼 투쟁'에 개입하려는 것이다. 다시 말하면 민중에게 강요된 기억의 허구성을 폭로하고 그 내면에 간직된 기억을 드러냄으로써 지배이데올로기에 의해 구성된 역사를 허물고 민중의 기억으로 다시 쓰는 '대안적 역사서술'을 해나가려는 것이다. 물론 지배—저항의 단순한 이분법을 넘어서야 한다. 민중의 기억은 순수하게 독자적·자율적으로 존재하지 않기 때문에 민중의 기억에 각인된 지배의 흔적 혹은 이미 지배에 포섭된 민중의 기억을 비판적으로 독해함으로써 지배와 저항의 복잡한 맞물림을 인식할 수 있어야 할 것이다." 이용기, 「구술사의 올바른 자리매김을 위한 제언」, 『역사비평』 58호, 역사비평사, 2002. 2, 381쪽.

> 기억은 어떤 사건을 세대에서 세대로 계속 전해주는 전통의 연쇄를 만들어 낸다. 기억은 보다 넓은 의미에서는 서사시의 예술적 요소이다. 또 기억은 서사시적인 것의 예술적 변형물들을 포괄하고 있다. 이러한 여러 변형들 중에서 첫째로 꼽을 수 있는 것은 이야기하는 사람에 의해 실제 행해지고 있는 변형이다. 기억은 마지막에 가서 모든 이야기를 서로 얽어 짜는 그물을 만든다.[20]

그렇게 하지 못할 경우 우리는 벤야민이 말했듯 과거로부터 또는 기억으로부터 희망의 불꽃을 점화할 가능성을 포기해야만 할 것이다. '4·3평화기념관'은 '4·3사건'에 관한 기억들, 기념관에 갇힌 기억들과 그렇지 않은 / 못한 기억들 사이의 새로운 투쟁을 알리는 출발 신호인지도 모른다. 어디 '4·3평화기념관'뿐이겠는가. 사회체제가 그렇듯이 기념관이라는 기억의 제도화 역시 지속적인 투쟁에서 자유로울 수 없다. 그리고 지속적인 기억투쟁을 통해서만 과거는 새로운 세계를 상상하는 힘으로 전환될 수 있을 것이다.

> 그 나름의 한계는 있더라도 역사에 대한 진지함이란 무엇보다도 과거의 의미를 이해하려는 노력이다. 다양한 역사의 목소리에 귀를 기울이는 일은 사건이 벌어진 과거의 상황을 폭넓게 파악하고, 모순되는 몇몇 이야기의 신빙성을 판단하며, 여러 형태의 증언이나 증거의 의미를 평가하고, 과거와 현재의 관계를 설명하는 전형을 탐구하려는 과정이 되어야 한다.[21]

---

20 발터 벤야민, 반성완 옮김, 「얘기꾼과 소설가」, 앞의 책, 182쪽.
21 테사 모리스-스즈키, 김경원 옮김, 『우리 안의 과거』, 휴머니스트, 2006, 332쪽.

## 참고문헌


- 국민대 국어국문학과, 「역사의 망각, 문학의 기억 : '4 · 3문학'의 현장 제주를 가다」, 『한국현대소설의작가와현장 자료집』 제1권, 2007.
- 「'제주4 · 3' 고통의 역사 한눈에」, 『한겨레』, 2008.3.24.
- 「보수단체 "4 · 3은 폭도 반란", 제주 유족 · 단체들 강력반발」, 『한겨레』, 2008.4.4.
- 강내희, 「재현체계와 근대성 : 재현의 탈근대적 배치를 위하여」, 『문화과학』 제24호, 문화과학사, 2000.12.
- 나간채, 「기억투쟁과 문화운동의 전개」, 『집합적 기억투쟁』, 역사비평사, 2004.
- 노명우, 「새로운 기억관리 방식 : 기억산업의 징후」, 『문화과학』 제40호, 문화과학사, 2004.12.
- 이용기, 「구술사의 올바른 자리매김을 위한 제언」, 『역사비평』 제58호, 역사비평사, 2002.2.
- 정호기, 「기념관 건립운동의 변화와 동학 : 민주화운동 기념관들을 중심으로」, 『경제와 사회』 제65호, 2005 봄.
- 현기영, 「순이삼촌」, 『순이삼촌』, 창비, 2003[1979].

- 막스 베버, 전성우 옮김, 『직업으로서의 정치』, 나남출판, 2007.
- 발터 벤야민, 반성완 옮김, 『발터 벤야민의 문예이론』, 민음사, 1983.
- 시모네타 팔라스카 참포니, 「이야기꾼과 지배서사」, 제프리 K. 올릭 엮음, 최호근 · 민유기 · 윤영휘 옮김, 『국가와 기억』, 민주화운동기념사업회, 2006.
- 제이 그리피스, 박은주 옮김, 『시계 밖의 시간』, 당대, 2002.
- 카야노 도시히토, 김은주 옮김, 『국가란 무엇인가』, 산눈출판사, 2010.
- 하비 케이, 오인영 옮김, 『과거의 힘』, 삼인, 2004.

- http://www.jeju43.go.kr/, 「주요업무추진현황」

# 지역문학 담론에 대한 비판적 고찰

김형중 • 조선대학교

## 1. 문학 권력 논쟁 재론

돌이켜 보면 2000년대 초반 한국 문단의 중요한 이슈였던 '문학 권력 논쟁'은 그 생산성이 의심스러웠던 것만큼이나 그 맹점도 명확했다. 그것은 일종의 장내 투쟁의 성격이 강했는데, 피에르 부르디외의 다음과 같은 구절은 '문학권력논쟁'이 (무)의식적으로 놓치고 있는 것이 무엇이었던가를 되돌아보게 한다.

잘 드러나지 않는 장의 또 다른 특성은 하나의 장에 참여한 모든 사람들이 기본적인 이해 관계, 다시 말해 그 장의 존재 자체와 관련된 모든 것을 공유하고 있다는 것이다. 이로부터 모든 적대 관계에 감춰져 있는 객관적인 공모가 비롯된다. 사람들은 투쟁이란 마땅히 투쟁하여야 할 것, 자명한 것 속에 억압되어 있는 것, 지배 견해에서 유기된 것, 다시 말해 게임 규칙, 목표, 그리고 사람들이 게임을 행하고 게임에 참여하고 있는 그 모든 전제들 등, 그 장 자체를 이루고 있는 모든 것에 대한 적대자들 사이의 합의를 전제로 한다는 사실을 잊고 있다. 투쟁에 참여한 사람들은 장에 따라 제법 완벽하게 게임 목표의 값어치에 대한 믿음을 만들어내는 데 이바지함으로써 그 게임의 재생산에 기여한다.[1]

인용한 구절의 요지는 어떤 담론의 장에 대해 적대적인 논자들마저도 사실은 그 장의 유지와 재생산에 있어서는 공모자란 점에 있다. 가령, 한국의 문학장이 일종의 갈등상태를 겪고 있다고 할 때, 갈등의 선편을 쥐고 있다고 하는, 혹은 권력으로부터 소외당했다거나 그것에 저항하고 비판한다고 자칭하는 문학 권력 비판론자들마저도 사실은 그 문학장의 요소이자 장의 유지에 일조하는 공모자란 얘기다.

상식적으로 생각해 보아도 그들이 문학장 내에서 통용되는 일정의 지식, 즉 한국 문단 내부의 이러저러한 인맥과 학맥, 문학 담론을 생산해 내는 매체와 제도, '문학적'이라고 분류되는 언어의 사용 방식이나 문학 생산물의 유통 경로 등에 관한 사전 지식을 논쟁의 상대자들과 공유하지 않고서야 그 장 내부에서 그럴듯한 비판의 목소리를 낼 수는 없었을 것이다. 그들이 문인인 것은 그들이 바로 그 문학장 내에서 교육받고, 그 문학장에서 통용되는 게임의 규칙을 습득했으며, 그리하여 그

1 피에르 부르디외, 문경자 역, 『혼돈을 일으키는 과학』, 솔, 1994, 130쪽.

문학장 내에서 소통 가능한 언어로 말할 수 있을 만큼은 장의 규칙에 친숙하기 때문이다. 말하자면 그들은 지금 장내 투쟁을 하고 있는 셈인데, 우리가 알다시피 장내 투쟁이란 것이 대개 모종의 밀실 담합으로 끝난다는 것은 상식에 속하는 일이다.

반의어란 의미론적으로 오로지 한 가지 특성에서만 변별될 뿐, 실제에 있어 그것을 제외한 나머지 자질들을 완전히 공유한다는 언어학의 상식을 참조해도 좋겠다. 가령 이런 놀이가 있다고 가정해 보자. '남자'라고 말하면 '여자'라고 말해야 하는 '반대말 놀이'. 실상을 들여다보면 '남자'란 단어와 '여자'란 단어는 상식과는 사뭇 다르게 어떤 '비슷한 말'보다도 더 근친적이다. 남자와 여자는 광물이나 식물이 아니라 동물이고 그 중에서도 포유류, 중에서도 영장류에 속한다. 그 모든 동일성에 비하면 아주 하찮은 차이인 생물학적 성별(심지어 어떤 경우 이 성별마저도 두 단어 간의 의미를 구별해주는 자질이 되지 못한다)만이 이 두 단어를 반대말로 규정하는 근거가 되어 줄 뿐이다.

이제와 생각해보면 문학권력 논쟁은 어쩌면 반대말 놀이였던 지도 모를 일이다. 사실상 모든 것을 공유하면서 단 하나의 차이(세대라든가, 현재 장내에서 누리고 있는 지위라든가, 특정 사안에 대한 입장에 있어서의 차이라든가, 관여하고 있는 문예지의 위상과 같은)만을 나누어 갖는 언어들의 놀이. 그리하여 이 놀이에서는 진 자나 이긴 자나 다 승자가 된다. 왜냐하면 문학장은 바로 그 논쟁을 먹고 살아 남기 때문이다.

이런 반론이 가능하겠다. 모든 담론은 장을 이루게 마련이고, 그 장을 통해서만 스스로를 유지 재생산한다. 문학 또한 마찬가지다. 그렇다면 작금의 한국문학이 그와 같은 장내 투쟁을 통해 스스로를 재생산하는 것이 무에 그리 못마땅할 일이란 말인가? 한 나라의 문학이 사라지지 않기 위해서라면 문학장은 어떻게든 유지되고 재생산되어야 하는 것 아니겠는가?

문학이란 문학장 없이 존재할 수 없는 것, 혹은 문학이란 문학장의 형태로만 존재할 수 있는 것임을 감안할 때 이 말은 분명 맞는 말이다. 그러나 작금의 지배적인 한국문학장이 갖는 배타성에 주목한다면 사실상 그 문학장이 이런 식으로 유지되어서는 안 된다는 느낌을 지울 수가 없다. 한 문학장의 건강성은 그 내부에서 각축을 벌이고 있는 문학 담론들간의 게임 규칙이 공평한가 혹은 얼마나 다양한 담론들이 상호 동등한 조건하에서 마주치고 갈등하고 이합집산하면서 새롭고 창조적인 규칙을 생성해내는 데 기여하고 있는가와 같은 기준으로 평가될 일이다. 랑시에르의 어법을 빌려 표현하자면 한 사회 문학장의 (정치적)건강성은 '몫이 없는 자들'의 (언어 이전의) 소리가 제 몫의 시간과 공간 그리고 언어화 방식을 요구하며, 지배적으로 분할된 감성적인 것들의 체계에 항상적 균열을 도입하고 있는가 아닌가를 기준으로 판가름 할 일이다.[2] 그렇다고 본다면, 작금의 한국문학장이 폐쇄적이라는 판단에 동의하지 않을 지역 문인이 몇이나 될까?

'지역 문인'이라고 했다. 속내를 들켜버린 셈이 되고 말았지만, 사실상 이 말은 한국의 문학장이 갖는 가장 큰 배타성 중의 하나가 바로 '중앙중심주의'라는 점을 상기시키고자 하는 말이다. 중앙 문단에서 활동하지 않고서야 이즈음 어디 문인이라고 명함이나 내밀 수 있던가? 지역 신문 신춘문예 당선이 어엿한 문인으로서의 창작 활동을 보장해 주는 법이 있던가? 하다못해 문학 권력에 대한 자신의 입장을 밝히려고 해도

2 자크 랑시에르, 오윤성 옮김, 『감성의 분할』, 도서출판b, 2008.

어디에다 무슨 수로 그렇게 할 것인가? 장외에 있는 문학에의 열정이 처한 지위가 이와 같다.

필자가 '문학 권력 논쟁'이란 말 앞에 거의 예외 없이 '소위'라고 하는 제한적 수사를 다는 이유도 여기에 있는데, 지역 문인의 시각에서 볼 때 이 논쟁은 중앙의 문인들이 세워놓은 지배적인 문학장 내부에서의 국지적인 갈등으로 비칠 소지가 다분했기 때문이다. 문학 권력 논쟁은 그 내부에 자본의 중앙집권, 문학의 중앙집권, 말하자면 우리 사회의 뿌리 깊은 '중앙중심주의'에 대한 비판을 포함하지 않을 경우, 애초부터 반쪽짜리 논쟁을 피하기 힘들었다.

## 2. 오리무중의 지역문학

그러나 도대체 지배적인 문학장 밖에서 문학을 하(고 있다)는 그 '지역 문인'이란 누구를 일컫는가? 아울러 지역 문인이란 개념의 전제가 되는 '지역문학'이란 도대체 어떤 문학을 일컫는가?

우선 작가가 특정 지역과 맺고 있는 연고에 따른 정의가 있을 수 있겠다. 즉 '특정 지역을 연고로 둔 문인이 산출한 문학작품들의 총합'을 일컬어 지역문학이라고 해야 하지 않겠는가[3] 라는 주장이다. 다른 말로 표현하자면 작가 자신이나 그 부모의 출생지 혹은 거주지가 중앙이 아

3 예를 들어 양영길은 "지역은 인위적 · 행정적 구분이 아닌 자연적 · 생태적 구분이어야 하며, 작가는 성장 시기와 부모의 고향에 대한 고려가 필요하며, 독자는 지역언어와 관련되어야 한다는 점을, 그리고 작품은 진정한 의미의 지역문학인 1차적 자료와 다소 유연하게 접근할 2차적 자료로 나누어야"한다고 말한다. 양영길, 『지역문학과 문학사 인식』, 국학자료원, 2006, 71쪽.

닌 작가에 의해 생산된 문학을 지역문학이라고 하자는 견해라 하겠는데, 그러나 그런 식으로 치자면 한국 문단에 지역 문인 아닌 문인이 몇이나 될까라는 의구심이 든다. 가령 황지우 시인은 해남 출신 지역 문인인가? 이성복은 대구 문인인가? 출신지가 아닌 거주지를 중심으로 생각하더라도 사정은 마찬가지이다. 작가 한승원은 이제 중앙에서 창작하지 않고 지역에 내려와 거주하면서 창작에 전념하고 있으니 지역 문인인가? 아닐 것이다. 아무래도 이 크지 않은 국토로 이루어진 나라, 그것도 각종 통신 및 교통수단이 고도로 발달해 있는 현대의 한국에서 연고 중심의 지역문학에 대한 정의는 적절하다고 보기 힘들겠다.

다음으로 작품이 특정 지역과 맺고 있는 관계에 따른 정의가 있을 수 있다. '작품의 소재와 언어가 특정 지역의 풍물과 방언으로부터 취해진 문학'이라든가 혹은 해당 지역에서 씌이고 발표된 문학 작품을 지역문학의 범주에 포함시킬 수 있지 않겠는가 하는 주장이 여기에 해당한다.[4] 그러나 이 역시 곧바로 반론에 부딪치고 마는데, 우리가 충청도 사투리가 가득하다는 이유로 이문구의 문학을 충청도 문학이라고 하지 않는다는 사실, 혹은 조정래의 『태백산맥』을 두고 그 배경이 지리산 자락 보성 근방 어디라는 이유로 전라도 문학이라고 하지 않는다는 사실만을 상기해 보더라도 이 정의는 지역문학과 문인에 대한 합당한 정의가 못 됨을 짐작할 수 있다. 이문구와 조정래, 박상륭이나 박경리가 지역 문인이 아님은 누구나 다 아는 사실이다. 또한 해당 작품이 집필된

---

4 실제로 지역 문학과 관련된 많은 연구 성과들이 이러한 전제하에 수행되고 있다. 몇 가지 예들로는 박태일의 「경남지역 계급주의 시문학 연구」(『어문학』 80집, 2003), 한정호의 『지역문학의 이랑과 고랑』(도서출판 경진, 2011), 이태희의 「인천지역 문학동인지 연구」(『인천학 연구』 3, 2004), 민현기의 『대구 지역 문학운동의 역사적 성격과 그 활성화 방법 연구』(『어문학』 80집, 2003) 등이 있다.

지역을 기준으로 지역문학의 범위를 설정하고, 이 작품들을 연구하는 경우도 사정은 마찬가지인데, 대개 해당 지역에서 창작된 작품들에 대한 문학사적 기술에 집중되고 있는 이 분야 연구들의 한계는 결국 작가론이나 작품론의 나열로 귀착하는 경우가 많다. 말하자면 작가의 연고, 혹은 작품의 소재나 집필 장소가 아무리 지역적이라 하더라도, 독자의 지역적 범위나, 작품 출판의 경로, 혹은 작가의 지명도에 따라 지역문학이나 지역 문인으로 부르기 힘든 예를 우리는 얼마든지 볼 수 있는 것이다. 그렇다면 지역문학은 아무래도 달리 정의되어야 하지 싶다.

이보다 한 발 더 나아간 '지역문학'의 정의로는 소위 '지역 정체성'과 문학을 관련짓는 경우가 있다. 가령 '한 지역의 정체성을 잘 담아내서 그 지역 독자들에게 특별히 사랑받는 작가와 작품'을 각각 지역 문인, 혹은 지역문학이라고 하자는 주장이 있을 법하다. 그러나 이 역시 곰곰이 따져보면 그다지 지혜로운 대답은 아님이 금방 판명되는데, 일단 이 대답에 뒷받침이 될 만한 예가 (최소한 현대문학의 경우) 그다지 많지 않다. 선거철이면 반드시 드러나고야 마는 특정 정당에 대한 지지율 외에, 요즘 같은 시절에 한 지역 특유의 '정체성'을 규정할 만한 잣대를 찾기가 힘든 것이다. 요즘 같은 시절이라 함은 인터넷과 영상 매체에 의한 문화의 전국화 혹은 세계화 경향을 주로 염두에 둔 말이다. 사실상 감수성이나, 정보, 혹은 문화적 향유 방식이 거의 전세계적으로 통일되어 가고 있는 시점에 지역의 정체성 운운하는 것은 다소 어불성설로 들린다. 오히려 이 범주에서 지역문학을 논하기 위해서는 차라리 지역간 문화적 단절이 심했고, 학맥과 문파의 구분이 비교적 명확했던 고전 문학을 대상으로 삼는 것이 보다 합당해 보인다.

게다가 '지역의 정체성'(이라는 이 수상쩍은 범주!) 운운하는 말들이 최근 사용되는 용례는 어딘지 모르게 반문학적인 데가 있어 보이는데, 그런 주장 내부에는 어떤 의도, 혹은 이데올로기가 스며들어 있음을 쉽게 확인하게 되기 때문이다. 다음과 같은 예가 있다.

> 문화예술은 부가가치가 아주 높은 미래산업입니다. 문화예술의 보고인 광주가 도약의 기회를 맞이하고 있는 것입니다. 시는 기회를 현실로 만들기 위해 최선을 다하고 있습니다.[5]

> 전남의 미래는 '해양레저관광'에 있습니다. 전남은 관광의 보고이며 여기에 희망이 있습니다. 전라남도는 이를 위해 차근차근 준비해왔고 이제 하나씩 결실을 맺고 있습니다.[6]

필자가 거주하고 있는 도시 광주(빛도 없고 예술도 없고 의로움도 요즘에는 별로 없다)에서 2000년대 초반 소위 문화중심도시 사업 계획이 발표되고 구체화되기 시작하던 즈음의 발언들이다. 문화예술을 '부가가치가 높은' 산업으로 보는 발상, 그리하여 어떻게든 특정 지역의 정체성을 예향이나 의향으로 규정하고, 그 지역 예술을 산업적인 차원에서 육성함으로써 '기회를 현실로'(많이 들어본 이야기다) 만들겠다는 (노골적으로 속물적인)발상이 담겨 있는 인용문이다. 문화예술을 거론하지는 않고 있지만 아래 인용문의 경우도 산업적인 차원에서 지역 정체성을 규명하려는

---

5 고재유 전 광주 시장과 웹진 '전라도 닷컴'과의 인터뷰 기사(2001.10.23. 1주년 기념 타블로이드판).

6 허경만 전 전라남도지사와 웹진 '전라도 닷컴'과의 인터뷰 기사(2001.10.23. 1주년 기념 타블로이드판).

시도에 있어서는 하등의 차이가 없다. 지역 정체성을 규명한다는 것은 사실상 지역의 문화적·예술적·지리적·환경적 요인들을 자본주의적 산업체제 내부로 편입시키고자 하는 시도와 긴밀하게 맞물려 있음을 확인하게 되는 지점이다. 지방자치제의 개막과 함께 시작된 그 무수한 지역 축제들(광주·전남의 경우 우선 떠오르는 것만도 함평 나비축제, 장성 홍길동 축제, 영광 단오제, 곡성 심청제, 영암 왕인박사 축제, 광양 전어회 축제, 완도 장보고 축제, 광주 김치 축제, 순천 세계 음식문화 대축제, 무안 연꽃 축제 등등이 있다. '우선 떠오르는 것만' 이 정도다)이 규명해낸 지역의 정체성이란 것이 다 이런 식이다. 과문한 필자로서는 심청과 곡성이 어떤 관련이 있는지, 장성과 홍길동이 어떤 관련이 있는지, 함평과 나비가 어떤 관련이 있는지 도통 모를 일이다. 지역 풍물이나 문화 생산물들에 대한 산업화 의도가 먼저 있고, 그리고 지역 정체성의 규명 작업이 그에 맞추어 창작된다고 해도 과언이 아닌 형국이다. 이와 관련하여 '향토성', '고향' 같은 개념과 그 내포적 의미들이 근대가 고안해낸 '상상'의 산물이라는 오성호[7]와 오태영[8]의 지적은 경청할 만하다. '지역성'이란 개념도 어떤 의미에서는 상상적 발견물이라 할 수 있을 것이다. 다만 1920년대 향토의 발견은 가혹했던 식민지 상황과 관련되는 반면, 오늘날의 지역 정체성 발견은 아무래도 경제주의적 발상과 관련이 있어 보인다. 그런데 이런 경제주의적 발상은 이제 비단 행정가들의 입을 통해서만 들리는 것이 아니게 되었다.

명소화된 문학공간은 이제 지역의 관광자원 정도에 머물지 않고 다양한 양

7 오성호, 「「향수」와 「고향」, 그리고 향토의 발견」, 『한국시학연구』 제7호, 한국시학회, 2002, 164쪽.
8 오태영, 「'향토'의 창안과 조선문학의 탈지방성」, 『한국근대문학연구』 14호, 한국근대문학회, 2006, 234쪽.

태의 문화적 생산물을 파생시키면서 실익을 극대화할 수 있는 문화적 생산 거점이 될 수 있다고 이해되는 추세다. 각종 문화예술과 관련된 문화콘텐츠 산업이 확실한 신성장동력으로 자리잡고 있는 이즈음 문학공간 또한 '굴뚝 없는 공장'의 아주 유망한 신종 상품일 수 있다는 인식이 부각되고 있다. 이 논문은 문학작품의 주요 문학공간은 지역사회와 연관해 새롭게 명소화하면서 유형 무형의 실익을 극대화하려는 21세기형 문화산업 형태를 점검하고 몇 가지 주목할 만한 사례를 통해 그것의 진정한 실현 가능성을 구체적으로 제시하는 데 목적을 둔다.[9]

오늘날 '잘된 콘텐츠에는 고전이 보인다.' '고전은 황금알을 낳는 거위'로 일컬어지며 고전은 문화콘텐츠 창작 소재의 무궁한 보고로 자리하고 있는 듯하다. 국가적 관심으로까지 그 개발과 활용이 중요시되는 문화콘텐츠의 원천으로 우리 고전이 자리하고 있다고 하니 인문학의 위기가 심심치 않게 언급되고 있는 상황에서 국문학 전공자로서, 특히 고전문학 전공자로서는 반가운 일이 아닐 수 없다.[10]

신자유주의가 문학 연구에 어떤 영향을 미치고 있는지에 대한 지적들은 여러 차례 제기되었거니와, 문학 전공자들의 학술 논문 서두를 장식하고 있는 저 인용문들에서 필자가 발견할 수 있는 것은 관광자원, 산업, 신성장동력, 유망한 신종 상품, 실익의 극대화, 콘텐츠, 황금알을

9 박덕규, 「문학공간의 명소화와 문화산업화 문제」, 『한국문예창작』 16호, 한국문예창작학회, 2009, 202~203쪽.
10 신선희, 「고전문학과 지역문화 스토리텔링」, 『한국문예창작』 16호, 한국문예창작학회, 2009, 307쪽.

낳는 거위 같은 경제학적 용어와 비유들뿐이다. 80년대 한국문학이 정치에 의해 봉합(바디우의 의미에서)되었듯이, 신자유주의 시대 한국문학이 이번에는 경제에 의해 봉합되고 있음을 실감하게 하는 언급들이다. 이런 판국에 지역 정체성을 규명한다고 하는 시도가 관제적 산업주의와 구별될 수 있는 방도가 있을지 염려스러울 수밖에 없는데, 아무래도 정체성 규명 작업은 이런 방식으로 진행되어서는 곤란하지 싶다.

물론 다른 방식의 지역 정체성 규명 작업이 있을 수 있다. 가령 제주의 경우 4·3항쟁, 광주의 경우 오월항쟁 등과 같은 역사적 자산들을 문학화함으로써 지역 문학의 정체성을 구성하자는 주장이 여기에 해당된다. 그러나 달리 생각하면 과연 '오월정신'(이런게 존재한다면)이 광주지역의 정체성으로 규정되는 것이 타당하고 바람직한 일인가 싶기도 하다. 전북의 동학 유적지가 전북 지역의 정체성을 규정하는 타당한 기준이 될 수 있을까? 아마 아닐 것이다. 왜냐하면, 그간 오월을 다룬 문학, 동학을 다룬 문학, 4·3항쟁을 다룬 문학이 그토록 염원하던 것이 바로 그 처절했던 역사적 사건들이 다만 한 지역의 특수한 사건으로 머물지 않고 전국화, 세계화되기를 바라는 심정으로 씌어졌다는 점을 우리는 기억하고 있기 때문이다. 광주 시민 치고 오월항쟁의 기억과 교훈이 오로지 광주 지역의 정체성을 규명하는 작업에 동원되기를 바라는 자 아무도 없을 줄 믿는다. 4·3이나 동학혁명도 마찬가지이다. 문학작품을 예로 들더라도 임철우의 역작 『봄날』이 지역문학이기를 바라는 사람은 아무도 없을 것이다. 결국 '지역 문인', 그리고 '지역문학'을 정의하려는 대부분의 시도는 그야말로 '오리무중'에 빠지고 만다.

## 3. 등단과 등장

오리무중에 빠지고 말았으니 일단 지역문학을 어떻게 정의할 것인가라는 문제는 접어 두고, 그간의 지역문학 논의들이 빠뜨리고 있는 사실 하나를 지적하고자 한다. '문학 향유 행위'에 대한 배려가 없다는 점이 바로 그것이다. 작품을 통해서 혹은 작가를 중심으로 지역문학을 정의하려고 하는 대부분의 시도가 실패하고 마는 이유도 여기에 있는데, 그 시도들은 모두 문학을 이루는 중요한 구성요소로서의 향유자라는 존재를 염두에 두지 않는다. 혹은 문학의 생산이란 곧 감성적인 것의 분할 방식 일반과 관련된다는 사실도 염두에 두지 않는다. 굳이 '해석학적 순환' 같은 개념을 들먹이지 않더라도 읽히지 않고서야 문학일 수 없는데도 말이다. 물론 이런 현상은 비단 지역 문학에만 국한된 이야기는 아니다. 소위 '문학의 위기론'에 대해서도 우리는 똑같은 말을 할 수 있을 것이다.

가령 이즈음 현저해진 문학의 소수문화화 경향에 대한 책임을 영상문화의 거대한 산업화, 인터넷 보급률의 급속한 확대, 노동중심주의의 전일화에 따른 여가 시간의 박탈 등과 같은 거대한 외적 원인에만 돌리는 것은 책임회피에 다름 아닐 줄 안다. 필자의 견해로는 그러한 외적 조건의 변화에 더하여 우리 문학장 특유의 '창작중심주의' 혹은 '창작신비주의'가 문학의 위기에 일조한 면이 크다고 보는데, 다른 말이 아니라 그간 한국에서 '문학한다'라는 말은 곧 '작품을 쓴다'라는 말과 거의 완전히 동일시되어 왔단 사실을 지적하는 것이다.

엄밀한 의미에서 '읽는' 행위는 '문학하는' 행위가 될 수 없다는, 창작중심주의적이고 전문가중심주의적인 편견으로 인해 득을 보는 것은 물론 예의 그 지배적인 '문학장'이고 공고화되어 버린 '감성적 분할'이다. 문학장 내에서 통용되는 장르 분류, 문학 이론, 문학적 언어 운용법 등을 습득하고, 그 장 내부를 관류하는 유행이나 행동 방식(정확히는 사교술) 등을 체득하지 않고서야 아무래도 문학 작품을 쓰기는 힘든 일이다. 그리하여 문학을 하기 위해서는 기존 문학장의 규칙을 배워야 하고, 그렇지 못할 경우 문학장에 진입하기를 포기해야만 하는 상황이 벌어지는데, 물론 문학장에 진입하기를 포기한다는 말은 이런 상황에서는 곧 '문학하기'를 포기한다는 말과 같은 의미가 되고 만다. 이런 논리에 따르면 창작하는 것만이 문학 행위이다. 달리 말해, 기존 문학장에 진입하는 길만이 문학을 할 수 있는 유일한 방도이다.

이때 문제가 되는 것이 바로 '등단 제도'이다. 엄밀하게 말해서 등단 제도란 말은 '등장 제도'란 말로 대체되어야 맞을 것이다. 즉 등단이란 해당인이 지배적인 문학장의 규칙들을 충분히 습득했는가에 대한 일종의 시험 역할을 하는 제도, 장내에 들어서기 위해서는 필연적으로 거쳐야 하는 입사식과 같은 것이다. 장내에 편입되기 위한 게임의 규칙들을 이 자가 충분히 습득했는가, 그리하여 '문인'이라고 하는 이름에 걸맞은 자질을 갖추었는가 등등의 여부를, 이미 문학장 내에서 규칙의 달인이자 규칙의 생성자들로서의 자리를 굳건히 한 권위 있는 기성 문인들에 의해 시험받는 절차이다. 이 시험을 통과하지 않고서는 문학한다는 말을 입밖에 내는 것 자체가 무안한 일이다.

게다가 이 시험에도 위계가 있어서 어느 지역, 어느 문예지, 어느 신문 신춘문에 출신인가에 따라 예우와 위계가 달라진다. 가급적 중앙에서, 그것도 유력한 문예지나 일간지를 통해 등단하지 않고서야 문학장 내에서 무게 있는 위치를 약속받기 힘든 것이 오늘날 우리 문학장의 작동방식이다. 말하자면 등단은 이중의 기능을 수행하는 셈인데, 문학장의 내부와 외부를 가르는 기능, 그리고 문학장 내의 위계를 정하는 기능이 바로 그것이다. 등단 제도는 그리하여 문학장의 배타적 중앙중심주의에 기여하고, 동시에 문학을 둘러싼 감성적인 것의 분할 방식을 견고하게 유지하는 데에 기여한다. 문학의 중요한 구성 요소로서의 향유자 문제가 문학장 내에서 논의되기 힘든 이유도 여기에 있다. 일단 등단이라고 하는 시험에 통과하여 문학장 내에 들어서는 순간 기득권을 부여받는 문인이 일반 독자들과 자신을 같은 지위에 두기는 힘든 일이다. 아무래도 짧게는 수년, 길게는 수십 년의 습작 시절에 대한 보상을 마다할 자 그리 많지 않을 줄 안다. 그리하여 문학은 여전히 창작자들, 전문가들의 것으로만 남는다. 이렇게 볼 때, 문학장 내에서는 몫이 없는 자들로서의 일반 독자와 전문 창작인을, 문학장 내부 인사와 일반 향유자 사이를 나누는 철의 장벽 역할을 하는 것이 바로 등단 제도임에는 틀림이 없어 보인다. 문학의 위기에 대한 책임으로부터 문인들 스스로가 자유롭지 못하다고 했던 말은 이런 사정을 염두에 두고 한 말이다. 향유자는 문학하지 않는 이들이란 관습적 사고에 딴지를 거는 문인이 없었던 것이다.

그렇다면 등단 제도를 폐지해야 한다는 말인가? 그리하여 문인과 독자의 구별을 없애고, 아마추어와 전문가의 구별도 없애고, 작품과 습작의 경계도 허물자는 말인가? 그렇다면 다음과 같은 현상은 도대체 어쩌란 말인가?

> 남은 것은 형해화 되어 버린 제도이며 조직이고 형식화된 권력일 뿐이다. 이 권력을 둘러싸고 문학의 논리가 아닌 정치의 논리가 개입되고 있는 것이

중앙의 보수적 문인 조직이다. 그런데 이것은 지방 차원으로 가면 더욱 심해진다. 적어도 내가 보는 한에서는 문학에 대한 열의나 능력보다는 예산과 이권의 패권장으로 변해버린 것이 지방 문단 조직이다. 여기에 값싼 문인 지망생들이 대거 몰려들어 그런 분위기에 일조한다. 세력을 만들고 파벌이 형성되면서 지방문단조직은 권력기관이 된다. 그것이 권력기관이 되는 이유는 지방 문예지 발간과 문예진흥기금, 지방 정부 차원의 예산지원에 이들이 일정한 영향력을 행사하기 때문이다.[11]

이현식의 저와 같은 발언이 12년 전의 것이라고 해서, 그 시효가 다 했다고 말할 사람은 그리 많지 않을 줄 안다. 사실상 위와 같은 뼈아픈 지적은 비단 이현식이 문제 삼았던 인천 지역에만 국한되는 현상이 아니다. 차마 입에 담자니 제 지역 문인들 얼굴에 먹칠이나 할까 저어해서 발언들을 못하고 있을 뿐 지역에서 활동하면서 아예 생각하기를 그만 두지 않는 이상 이와 같은 현실에 대해 문제의식을 가지고 있지 않은 이 몇 안 될 것이다. 등단 제도 필요론이 부각되는 것도 사실은 이 때문이다. 그나마 등단 제도라도 있어야, 그것도 명예고 이권이라고 '값싼 문인 지망생들이 대거 몰려들어' 문학자연(文學者然) 하는 그 못난 행태라도 덜 보지 않겠는가?

앞에서 나는 중앙집권적 문학장의 배타성에 대해 비판한 바 있거니와, 지금은 지역 문학의 파행 또한 그에 못지않음을 지적하고 있는 셈이다. 지역 문단이라고 하는 그 좁고 열악한 환경 내에서마저 '등단'이라고 하는 배타적 등장 관행은 여전해서 바로, 그 등장 관행으로부터

11 이현식, 「지역문학의 새로운 가능성과 의미」, 『작가들』 여름호, 2000, 41쪽.

자신들이 당하고 있는 배제를 미등단 문인들에게 고스란히 반복하는 경우가 잦았다. 사실상 지역에서 이루어지고 있는 문학 활동의 태반이 '등단'을 중심에 둔 창작 교육이나, 등단한 문인을 중심으로 한 매체 제작, 혹은 등단을 지망하는 향유자들을 사이에 두고 벌어지는 이권 다툼이나 세력 다툼의 지경에까지 이르고 만 주요한 원인이 바로 여기에 있다. 중앙과 지역을 불문하고 창작을 해야 문학을 하는 것이라는 식의 창작 신비주의, 그러기 위해서는 등단을 해야 한다는 등단 중심주의, 그리하여 문학의 향유란 모름지기 등단하지 않고서는 제대로 된 것이라 볼 수 없다는 전문가중심주의로부터 오늘의 지배적 문학장은 그 구조적 악순환을 되풀이할 핑계를 가져오는 것이다. 향유자는 줄고, 자격미달의 문인은 늘고, 문학은 위기에 빠졌지만, 문학에 대한 신비주의는 여전히 남아 있는 파행의 재생산 또한 여기에서 비롯된다. 중앙집권적 문학장으로부터 배제당한 지역 문인들 역시 전체 문학장을 두고 볼 때에는 공모자이자 수혜자였던 것이다.

지역문학이 살아남는 데에 있어, 조금 더 적극적으로 말하자면 지역문학이 문학의 위기라고 하는 작금의 비관적 상황으로부터 문학을 구해내는 데에 있어 관건이 되는 지점이 바로 여기다. 이제 문학을 창작중심주의적인 시각과는 다른 방식으로 사고할 때가 온 것이다.

이쯤 해서, 필자가 '지역문학의 정체성' 규명 작업을 오리의 안개 속에 그대로 내버려 둔 채 벗어나 버린 이유도 밝혀야 하겠다. '지역문학이란 무엇인가'라는 문제제기는 철회되어야 한다. 문제는 정체성을 규명하고 정의를 내리는 데 있지 않다. 정작 문제는, 지역문학이 어떻게 작동되어야 하는가, '문학의 위기' 상황에 대한 돌파구로서의 역할을 어떻게 해야 할 것인가 하는 점에 있다. 데리다의 표현을 빌리건대, 지역문학이란 정의내릴 수도 정체를 규명할 수도 없는 유령과 같은 것이지만, 그것이 미치는 효과는 실로 광범위할 수 있는, '실체 없는 효과'이다.

## 4. 문학사회와 향유자 중심 문학

짐작했겠지만, 이상의 논의는 '문화사회론'의 논리에 빚진 바 크다. 문학 또한 문화의 일부임이 분명한 이상 이러한 차용이 크게 문제되지는 않을 것이라 생각한다. 여기서 '문화사회'란 개념을 길게 설명할 여유도 없고 그럴 필요도 없을 줄 안다. 다만 강내희 교수의 글 한 구절을 다소 길게 여기 옮겨 놓음으로써 설명을 대신한다.

> "문화사회"라는 용어도 생소하려니와 그 의미나 개념, 혹은 그 기획의 내용과 취지 등이 우리에겐 그렇게 많이 알려져 있지는 않지만 서구의 좌파들이 1970년대 이래 꾸준히 제창해온 사회기획의 하나다. 경제적 이성의 기획을 비판하며 대안적 사회 건설을 줄기차게 모색해온 앙드레 고르에 따르면 "문화사회"는 독일 좌파들이 "노동사회"와 대비하여 사용한 사회의 이름이다. 노동사회에서 개인들의 사회적 활동은 완전히 혹은 거의 전적으로 자본주의적 임금노동에 의해 규정되고, 일상 자체가 임금노동과 그것을 위한 부수적 활동으로 이루어진다. 반면에 문화사회는 개인이 임금노동을 위해 바치는 시간이 최대한 줄어든 사회, 사회구성원에게 가처분시간, 자유시간을 최대한 제공함으로써 임금노동과 무관한 자율적인 활동을 추구할 수 있게 하는 사회이다. 문화사회를 구성하는 데 핵심적인 조건의 하나는 자유시간의 충분한 확보이다. 자유시간은 상품의 생산과 소비로부터 자유로운 시간, 이윤창출이라

는 자본주의적 명제가 부과하는 압박에서 벗어나 개인이 자율적인 삶을 추구할 수 있는 시간이다. 이 시간의 특징은 쉽게 판매 대상이 되지 않는다는 데 있다.[12]

백 번 옳은 말이거니와, 필자는 특별히 문화사회적으로 시간이 구성된다 할지라도 그 '판매 대상이 되지 않는', '가처분 시간' 동안 그 시간의 소유자들이 무엇을 할 것인가라는 점 또한 커다란 논의의 과제라고 본다. 후기 자본주의 사회에 이를수록, 사회 구성원들은 비노동 시간마저 경제활동에 종사하도록 고무된다는 사실을 강조하고자 함이다. 소비도 경제활동이다. 그리하여 여가 시간은, 직접 소비를 하거나, 소비에의 욕구를 충전하는 시간으로 돌리려는 경향이 바로 후기 자본주의 문화산업의 감추어진 전략이다. 1초가 길다 하고 우리들의 여가시간을 파고드는 그 무수한 광고들을 보라. 소파에 가만 누워 TV를 보는 것만으로도 우리는 이미 후기 자본주의 문화 산업의 포로이다.

결국 문제는 노동하지 않는 시간의 창출 못지않게 창출된 시간을 어떻게 하면 '판매의 대상'이 되지 않도록, 자기 자신을 위해, 문화 자본이 아니라 자신이 창출한 욕망을 위해, 그리고 기꺼이 아무런 보상 없는 비자본주의적인 가치들을 위해 사용할 것인가 하는 점이다. 문화 향유자들의 자발적인 욕망을 다시 한 번 노동사회의 소비 논리에 견인당하도록 내버려두지 않고, 조직하고 발산하도록 하는 방식이 문제인 것이다. 문학을 포함해서, 스스로를 자본주의적 소비 메카니즘과 구별하고

12 강내희, 「문화사회를 위하여」, 심광현 · 이동연 편저, 『문화사회를 위하여』, 문화과학사, 1999, 18~19쪽.

자 하는 모든 문화 부문의 고민은 여기에 모아져야 한다.

굳이 이 인용문에 의거하지 않더라도 필자는 평소 '시를 읽는' 행위만으로도 우리가 충분히 반자본주의적이 될 수 있다고 믿어왔던 터이다. 무슨 이야기인가 하면, 가령 시집 한 권을 읽기 위해 필요한 것들을 상기해 보면 쉽겠다. 일단 시간이 필요하다. 노동으로부터 자유로운 시간 말이다. 동시에 영상 매체들에 익숙해진 속도감을 일단 접어 두어야 한다. 초당 24장의 필름(초고속 카메라의 경우 수만 장)이 후다닥 지나가버리는 속도, 모니터에 전라의 여신이 꿈틀거리게 하는 데 필요한 찰나와도 같은 속도, 요컨대 우리 사회 특유의 그 '빨리 빨리' 신화를 버리지 않고서 시를 제대로 감상하기는 힘들다. 게다가 시에서 다루는 정서나 주제라고 하는 것이 어디 한 번이라도 '자본주의적'인 적이 있었던가? 그리하여 시를 읽는다는 행위는 자본주의적 속도에 저항하는 행위에 다름 아니며, 노동을 중심으로 꾸며진 그 모진 일과표에 비노동의 시간을 도입하는 행위이기도 한 것이다. 동시에 반자본주의적인 가치들을 학습하는 행위이기도 함은 말할 필요가 없다. 말하자면 '노동사회'의 규율에 완전히 반하는 행위라는 말이다. 감성적인 것들의 지배적 분배 체계는 이런 식으로 교란당할 수 있다.

결국 문학 향유자들이 늘고, 문학을 향유하는 시간이 는다는 것은 곧 노동사회와 적대적인 어떤 사회(그것을 딱히 문화사회라 부르지 않더라도)를 앞당긴다는 말에 다름 아니다. 랑시에르의 '감성적인 것의 분할'이라는 개념이 지역문학 논의에 있어 반드시 점검되고 넘어가야 하는 것도 이 때문이다.[13] 오늘날 문학이 해야 할 기능, 동시에 문학이 위기를 극복하

---

13 이에 대해서는 이미 졸고 「한국문학의 미래와 문학의 민주주의」(『문예중앙』 겨울호,

고 당당하게 문화사회의 주요한 공공영역으로서의 지위를 회복해야 한다는 당위와 필요성이 바로 여기에 있다. 동시에 지역문학이라고 하는 정의 불가능한 어떤 것에 대해 아직도 이야기할 여지가 남아 있다면 바로 이 지점이다.

---

2010)에서 상론한 바 있으므로 여기서는 재론을 피한다.

## 참고문헌


- 강내희, 「문화사회를 위하여」, 심광현 · 이동연 편저, 『문화사회를 위하여』, 문화과학사, 1999.
- 김형중, 「한국문학의 미래와 문학의 민주주의」, 『문예중앙』 겨울호, 2010.
- 민현기, 「대구 지역 문학운동의 역사적 성격과 그 활성화 방법 연구」, 『어문학』 80집, 2003.
- 박덕규, 「문학공간의 명소화와 문화산업화 문제」, 『한국문예창작』 16호, 한국문예창작학회, 2009.
- 박태일, 「경남지역 계급주의 시문학 연구」, 『어문학』 80집, 2003.
- 신선희, 「고전문학과 지역문화 스토리텔링」, 『한국문예창작』 16호, 한국문예창작학회, 2009.
- 양영길, 『지역문학과 문학사 인식』, 국학자료원, 2006.
- 오성호, 「「향수」와 「고향」, 그리고 향토의 발견」, 『한국시학연구』 제7호, 한국시학회, 2002.
- 오태영, 「'향토'의 창안과 조선문학의 탈지방성」, 『한국근대문학연구』 14호, 한국근대문학회, 2006.
- 이태희, 「인천지역 문학동인지 연구」, 『인천학 연구』 3, 2004.
- 이현식, 「지역문학의 새로운 가능성과 의미」, 『작가들』 여름호, 2000.
- 한정호, 『지역문학의 이랑과 고랑』, 도서출판 경진, 2011.
- 자크 랑시에르, 오윤성 옮김, 『감성의 분할』, 도서출판 b, 2008.
- 피에르 부르디외, 문경자 옮김, 『혼돈을 일으키는 과학』, 솔, 1994.

# 한국문학은 세계문학일 수 있을까

## 지역문학으로서의 한국문학

**조영일** • 서강대학교

## 1. 『세계문학의 구조』에 대한 평가들

저는 작년 『세계문학의 구조』라는 책을 펴낸 적이 있습니다. 제목에서 드러나고 있듯이 이 책은 한국문학을 직접적으로 다루고 있는 책이 아닙니다. 그래서 그런지 학계나 문단, 그리고 신문지면으로부터 제대로 된 서평이나 비평을 받지 못했는데, 그 대신에 한국문학계와 직접적인 관계가 없거나 있다 하더라도 다소 거리가 있는 분들로부터 이런저런 평가를 받았습니다. 대표적인 것만 열거하자면 다음과 같습니다.

1. 장정일, 「정말 안중근을 돈키호테라 여기는가」, 『시사인』, 2011.7.15.
2. 이현우, 「한국에 톨스토이 없는 이유는? '식민지' 없어서!?」, 『프레시안』, 2011.7.15.
3. 이성민, 「전쟁, 즉 근대문학의 부정성」, 『연세대학원신문』, 2011.9.(187호)
4. 한윤형, 「세계문학의 구조: 정말로 문학 바깥에서 바라보았을까?」, 저자의 블로그, 2011.8.4.
5. 박가분, 「조영일과 『세계문학의 구조』」, 『오늘의 문예비평』 겨울호, 2011.

편리하게도 위 글들은 전부 해당 언론의 인터넷사이트나 필자의 블로그 등에서 읽을 수 있습니다. 순서대로 QR코드를 첨부합니다.

(1) 장정일 (2) 이현우 (3) 이성민 (4)한윤형 (5) 박가분

이 다섯 개의 서평 중 저에게 가장 많은 비판을 하고 있는 것이 장정일의 서평이고, 그 다음은 한윤형의 서평입니다. 후자의 경우, 서평자가 문학에 문외한인지라 약간 핀트가 어긋난 부분이 있지만, 전자의 지나친 비판에 대해 일정 정도 교정을 하고 있다는 점에서 가치가 있는데,[1] 그렇다고 해서 두 사람이 완전히 대립하고 있는 것은 아닙니다. 어떤 부분에서는 저에 대한 비판에서 의견의 일치를 보기도 합니다. 사실

1 참고로 이에 대해 장정일은 댓글로 이의를 제기하고, 한윤형도 그에 대해 역시 댓글로 답을 하고 있습니다.

여기서 일치를 보는 부분은 일반 독자들도 이의를 제기하는 것이기도 하는데, 오늘 이야기할 내용은 바로 이와 관련된 것입니다.

## 2. 지역문학으로서의 한국문학의 롤-모델들 찾기

이 문제에 대해 이야기하기 위해서는 먼저 『세계문학의 구조』에 대해 이야기할 수밖에 없는데, 제가 이 책에서 주장한 핵심은 다음과 같습니다.[2]

1. 근대문학이란 보편적인 예술양식이 아니다.

2. 왜냐하면 그것은 국민전쟁(식민지 지배)을 경험한 나라에서만 발달한 것이기 때문이다.

3. 따라서 근대문학의 발전은 모든 나라가 꼭 성취해야 할 목표가 될 수 없으며, 또 인위적으로 한다고 해서 되는 문제도 아니다.

즉 저의 관점에 따르면, 한국문학은 결코 세계문학이 될 수 없는 것입니다. 그런데 다른 부분에서는 장정일의 서평에 동의하지 않더라도 적어도 이 부분만큼은 장정일의 손을 들어주시는 분이 계시는 것 같습니다. 그분들은 아마 저에게 다음과 같은 질문을 던지실 것입니다. "좋다. 장정일의 서평에 문제가 있다는 것은 알겠다. 하지만 그렇다고 해

2 보다 자세한 내용은 맨 뒤에 별첨으로 첨부한 「『세계문학의 구조』 요약」을 참조하시기 바랍니다.

서 『세계문학의 구조』의 아킬레스건이 사라지는 것은 아니다. 예컨대 당신의 주장과 대치되는 베케트와 조이스의 문학, 카프카의 문학, 그리고 라틴아메리카의 문학에 대해서는 뭐라고 말할 것인가?"

이 물음은 정확히 다음과 같은 장정일의 언질과 관련이 있습니다.

> 아직 번역되지 않은 파스칼 카자노바의 『세계문학공화국』은, 조영일과 달리 식민 경험을 가졌던 나라에서 세계 주류 문학의 판도를 바꾼 작가들이 나왔다고 한다. 제임스 조이스와 사뮈엘 베케트를 낳은 아일랜드가 그런 예로, 아예 가라타니 고진은 "우리가 보통 '영문학' '영문학' 하지만, 어떻게 보면 영문학이란 실은 아일랜드 문학입니다"라고 말하기도 했다. 언제 아일랜드가 제국주의 전쟁을 일으키고 식민지를 거느렸던가? 여기에 대독일 지배 아래 카프카, 미국의 속국이나 다름없었던 라틴아메리카 작가들을 더해보라![3]

편의상 이를 요약하면, 다음과 같습니다.

> 1. 피식민지 경험을 가졌던 나라에서도 세계 주류 문학의 판도를 바꾼 작가들이 나왔다.
>
> 2. 제임스 조이스와 사뮈엘 베케트를 낳은 아일랜드, 대독일 지배 아래 카프카, 미국의 속국이나 다름없었던 라틴아메리카의 작가들이 그 증거다.

"변방의 문학도 세계문학이 될 수 있을까?" 하는 물음은 한국문학의 세계화가 이야기될 때마다 항상 제기되는 것입니다. 그리고 논의는 자

3 장정일, 「정말 안중근을 돈키호테라 여기는가」, 『시사인』, 2011.7.15.

연스럽게 이에 해당되는 성공모델을 찾는 것으로 이어집니다.

### 1. 일본문학과 아일랜드문학, 체코문학, 라틴아메리카문학

이때 우선적으로 들고 올 수 있는 것은 물론 일본문학입니다. 지리적으로나 문화적으로나 우리와 매우 가까운 나라이기 때문입니다. 하지만 우리 안에 존재하는 양가감정은 공개적으로 일본을 롤-모델로 설정하는 것을 허락하지 않는 측면이 있습니다. 그 한 예가 일본문학의 해외적 성공을 작품의 질보다는 일본정부의 지원으로 보는 입장입니다.

> 일본 정부는 1945년부터 1990년까지 2만여 종의 해외 출간을 지원했다. 한국은 한국문학번역원을 통해 79년부터 현재까지 25개국 796건을 지원하는 데 그쳤다.[4]

위 주장은 노벨문학상 발표가 나면, 의례 나오는 기사에서 반복되는 내용인데, 전혀 근거 없는 내용으로 일본에 대한 양가감정을 활용한 한국문학 활성화 논리에 불과합니다. 즉 국가적 지원에 의한 번역이라면 도리어 한국에서 활발하게 이루어져 왔습니다. 한국문학번역원이라는 국가기관이 따로 있을 정도이니까요. 그래서인지 아이러니컬하게 일본에서는 최근 이런 한국을 배워야 한다는 이야기까지 나오고 있다고 합니다.[5]

---

4 「한국서 노벨문학상 나오려면」, 『문화일보』, 2005.10.14.

5 백원근, 「일본문학의 해외소개 역사와 현황」, 김영희 · 유희석 엮음, 『세계문학론』, 창비, 2010 참조.

어쨌든 이런저런 이유로 일본을 제외하고 나면, 등장하는 게 위에서 이야기되는 제임스 조이스, 사무엘 베케트, 프란츠 카프카, 그리고 호르헤 루이스 보르헤스나 가브리엘 가르시아 마르케스와 같은 작가들입니다. 확실히 그들의 문학이 세계문학이라는 것은 이의를 제기할 수 없는 사실이니까요. 그런데 그들의 예가 한국문학의 세계화 가능성의 근거가 될 수 있을까요? 바꿔 말해, 그들을 롤-모델로 삼는 것은 가능할까요?

결론부터 이야기를 드리자면, 그렇지 않습니다. 식민지 지배를 경험했다는 점에서 아일랜드, 체코, 그리고 라틴아메리카는 우리와 유사할지 모릅니다. 하지만 조금만 들여다보면, 전혀 그렇지 않다는 것을 금방 알 수 있습니다. 쉽게 말해, 이 나라들은 똑같이 지배를 당했던 우리보다는 오히려 그들을 지배한 쪽과 유사한 국가들입니다. 즉 아일랜드, 체코, 라틴아메리카는 한국이나 베트남보다 서유럽과 압도적으로 많은 공통분모를 가지고 있습니다.

아일랜드와 라틴아메리카의 문학이 세계문학이 될 수 있었던 가장 큰 이유는 물론 문화전달의 신경이라고 할 수 있는 언어(영어, 스페인어)를 지배자와 공유하고 있었기 때문이라고 할 수 있습니다. 특정 언어의 사용이란 거기에 담긴 문화까지 사랑하지 않고서는 불가능하다는 점에서, 우리들이 일본어에 대해 가지고 있는 생리적 위화감 따위는 그들에게 없었을 뿐만 아니라 도리어 다행으로 여기는 측면까지 있었습니다.

그도 그럴 것이 베케트나 조이스는 '아일랜드문학으로서' 유명해진 것이 결코 아니기 때문입니다. 우리의 경우만 봐도 그것은 매우 명백한데, 베케트나 조이스를 번역하고 논하는 사람은 100% 영문학자들이고, 보르헤스나 마르케스를 번역하고 논하는 사람은 대부분 스페인문학자들입니다. 그렇다면, 카프카는? 당연히 독문학자들입니다.

이것이 의미하는 것은 이렇습니다. 베케트나 조이스가 세계적인 작가인 것은 분명하지만, 그들의 유명세만큼 아일랜드문학이나 체코문학의 위상 자체가 높은 것은 아니라는 사실입니다. 이런 어긋남은 우리로서는 잘 이해가 가지 않을 수 있기에 다음과 같은 정식화로 그것을 명료하게 표현하고 싶습니다.

> 베케트나 조이스, 카프카는 아일랜드, 체코 출신으로서 가장 세계적으로 유명한 작가일지 모르지만, 그렇다고 해서 꼭 그들이 아일랜드, 체코의 국민작가인 것은 아니다.

그래도 감이 안 오신다고요? 그렇다면 그들이 걸어온 경로를 잠깐 살펴보기로 하지요. 이런 작가들에게는 몇 가지 특징이 있습니다. 첫째는 자신의 민족적 아이덴티티를 거부했다는 점, 둘째는 유럽(파리)을 자신의 정신적 고향으로 삼았다는 점, 즉 놀랍게도 그들은 자신이 아일랜드인임을 부정함으로써, 그리고 체코인임을 부정함으로써 세계적인 작가가 된 것입니다. 이것이 의미하는 것은 명확합니다. 그들은 자신의 문학이 아일랜드문학이나 체코문학이 아니라 영문학이나 독문학에 속하기를 원했고, 바로 그럼으로써 세계적인 작가가 되었다는 것입니다.

### 2. 조이스와 베케트의 경우

좀 더 구체적으로 살펴보지요. 제임스 조이스의 경우, 자전적 소설 『젊은 예술가의 초상』에서 그려지고 있는 것처럼 아일랜드에 머무는 대신에 '망명'(조이스의 표현)을 선택합니다. 그리고 무려 40여 년간 유럽을 떠돌아다닙니다. 그리고 그는 게일어는 거들떠보지도 않고 평생 지배자의 언어인 영어로 작품을 썼습니다. 사무엘 베케트는 어떠했을까요? 그 역시 아일랜드를 떠났을 뿐만 아니라 아예 프랑스에 귀화했고(그렇습니다. 그는 아일랜드인이 아니라 프랑스인입니다) 프랑스어와 영어로 작품 활동을 했습니다.

따라서 이 두 사람을 아일랜드문학의 대표자라고 생각하는 사람은 두 가지 점에서 큰 오류를 저지르고 있는 셈입니다. 첫째는 (세계적으로 유명하지만) 사실상 아일랜드문학이라고 볼 수 없는 문학을 아일랜드문학의 대표로 간주하고 있다는 점에서. 둘째는 그럼으로써 정작 '진짜 아일랜드문학(아일랜드에서 생산되고 아일랜드의 현실을 다루는 작품들)'에 대해서는 무관심하다는 점에서. 그렇다면 왜 이런 문제가 발생하는 것일까요? 이유는 간단합니다. 진짜 아일랜드 작가들은 세계적으로 유명하지 않기 때문입니다.

여기에서 우리는 서로 다른 두 가지 관점이 교차하고 있음을 알 수 있습니다. 첫째는 '출생주의'(이것이 확장되면 내셔널리즘이 될 것입니다)에 대한 집착이고(조이스와 베케트는 아일랜드 출신이다!), 둘째는 제국주의적 문학담론(영문학, 프랑스문학)에 의해 만들어진 유명세에 대한 집착입니다. 이런 의미에서 우리는 아직 아일랜드문학, 체코문학이 어떻게 생겼는지 전혀 감도 못 잡고 있다고 할 수 있습니다. 그런데 아마도 이런 무지는 앞으로 계속 지속될 텐데, 왜냐하면 우리에게 중요한 것은 세계적으로 유명한 문학이지 우리와 마찬가지로 비실비실한(즉 영향력이 없는) 민족문학이 아니기 때문입니다.

### 3. 카프카의 경우

다음은 조이스, 베케트 못지않게 복잡한 카프카입니다. 장정일은 서평에서 '대독일 지배 아래 카프카'라는 표현을 쓰고 있는데, 이는 애써 지적하기도 멋쩍은 잘못입니다. 주지하다시피 당시 프라하는 독일제국이 아니라 오스트리아-헝가리제국에 속해 있었습니다. 그거나 이거나 마찬가지가 아니냐고 말할 수 있겠지만, 그것은 영어를 쓴다고 해서 미국과 캐나다를 한 나라로 보는 것이나 마찬가지입니다.

보통 카프카는 독일문학가로 간주됩니다. 약간의 교양이 있는 사람은 그를 체코작가(프라하에서 나고 생활을 했다는 이유로)라고 말하겠지만요. 하지만 카프카는 지배층의 언어인 독일어로만 작품을 썼으며(체코어를 유창하게 말할 수 있었음에도 불구하고), 더구나 그는 유대인이었습니다.

당시 프라하에는 세 민족(체코인, 독일인, 유대인)이 뒤엉켜 살고 있었는데, 다수는 물론 체코어를 말하는 체코인이었습니다. 1900년 시점의 통계에 따르면, 당시 프라하의 인구는 약 45만 명이었고, 그중에 독일어를 사용하는 인구는 3만 4천 명 정도에 불과했다고 합니다.[6] 이런 상황에서 그가 체코인으로서 정체성을 가지고 있었다고 보기 힘듭니다. 더구나 카프카와 같은 유대인은 체코인들로부터 사실상 독일인 취급을 받았습니다.[7] 왜냐하면 그들에게는 독일어를 말하는 독일인과 독일어를 말하는 유대인의 구별이 그리 중요하지 않았기 때문입니다.

따라서 카프카를 단순히 '지금의' 체코라는 나라에 살았다는 이유만

---

6 池內紀, 『カフカの生涯』, 白水社, 2010 참조.

7 말년에 카프카는 이디시어 극단과의 만남을 계기로 유대인으로서의 정체성에 큰 관심을 갖게 됩니다. 그 후 히브리어를 공부하면서 팔레스타인으로의 이주를 심각하게 고민하게 되는데, 이른 죽음으로 그것은 결국 이루어지지 못합니다.

으로 한국의 작가들과 동일시하는 것은 역사적 · 문화적 맥락을 몰라도 한참 모르는 것이라 하겠습니다. 물론 조이스든 베케트든 카프카든 그들이 태어나고 성장한 곳이 제국의 주변이었던 터라 영국이나 프랑스 작가들에게는 자연스럽게 내재되어 있었던 제국주의적 경험이 그들의 작품에 직접적인 영향을 주었다고 보기는 힘듭니다.

하지만 '식민지의 지배경험'은 비단 국민적 경험에 의해서만 유통되는 것이 아닙니다. 그것은 그와 같은 국가에 의해 만들어진 문화(문학)에 의해서도 전염됩니다. 다르게 말하면, 이는 피해자로서의 의식을 버리고 가해자로서의 의식에 동참할 때는 우회적으로나마 제국주의적 경험을 흡수하는 게 가능하다는 의미입니다. 물론 여기서의 '동참'은 어디까지나 정치적인 차원의 것이라기보다는 문학적인 차원의 것입니다(미학이란 바로 이런 '동참'과 연동되어 있는 학문입니다). 따라서 그것은 필연적으로 뒤틀린 방식으로서만 가능한데, 조이스, 베케트, 카프카의 모더니즘이란 바로 이런 '뒤틀림'과 무관하지 않습니다.

정리하자면, 조이스나 베케트, 그리고 카프카는 외세의 지배에 대항한 민족주의의 발흥을 몸소 체험한 작가들입니다. 그들이 산 시대가 그러했지요. 하지만 그들은 소위 민족적 정체성을 받아들이기를 거부했을 뿐만 아니라, 망명을 선택하여 근대문학이 발달한 나라(이들은 모두 식민지를 경영하는 국가들이었습니다)의 문학예술에 자신의 생명줄을 대었고, 바로 그렇게 함으로써 세계적인 작가가 되었다고 해도 과언이 아닙니다.

따라서 조이스, 베게트, 카프카를 제국주의를 경험하지 못한 국가(식민지 지배를 받은 국가)에서도 제대로 된 근대문학이 가능하다는 증거로 삼는 것은 확실히 한국에서도 세계적인 작가가 나올 수 있다는 희망(환상)을 굳건히 하는 데에는 보탬이 될지는 모르지만, 그것은 어디까지나 '근대문학의 보편성'에 대한 생리적 믿음을 고수할 때 발생하는 신기루가 아닌가 합니다.

## 3. 라틴아메리카문학의 기원 : 『백년간의 고독』의 성공에 대하여

"그렇다면, 라틴아메리카문학은?" 하고 질문을 하실 분이 계실지 모르겠습니다. 확실히 라틴아메리카문학은 베케트, 조이스, 카프카의 예와는 조금 다르지요. 그런데 우리가 이야기하는 소위 '라틴아메리카문학'이 과연 어떤 것인지 자문을 해보신 분이 혹시 계신가요? 이 부분에 대해 조금이라고 진지하게 생각해본 적이 있다면, 장정일처럼 '미국의 속국이나 다름없었던 라틴아메리카'라는 식의 표현은 사용하지 않을 것이 분명합니다.

장정일이 언제부터 '종속이론'에 심취했는지는 모르지만, 라틴아메리카가 언제부터 그리고 언제까지 미국의 속국이었는지 알려주시면 고맙겠습니다. 물론 비유적인 것이라고 주장할 수도 있습니다. 하지만 그런 것이라면, 전후 한국이나 일본도 미국의 속국이었고, 유럽 일부와 사회주의권을 제외하고는 전 세계가 미국의 속국이었다고 주장해야 할 것입니다. 그런데 지금 그런 식의 주장을 할 사람은 '늦게 도착한 종속이론가'인 장정일 정도밖에 없을 것입니다.

그렇다면 다시 본론으로 돌아와 라틴아메리카문학은 도대체 어떻게 세계적인 문학이 되었을까요? 여기서 먼저 주의할 점을 일반적으로 이야기되는 '라틴아메리카문학'이란 엄밀히 말해 '라틴아메리카문학' 전체를 통칭한다기보다는 특정 국가들의 문학만을 가리킨다는 사실입니다. 이는 남미축구가 강하다고 해서 남미의 모든 나라가 축구를 잘 하지는 않는 것과 유사합니다. 이는 '중남미 문학선'이니 '붐 그리고 포스트붐 문학선'이니 하는 기존에 나온 책들을 살펴보는 것으로 충분합니다. 그러면 아마 뜻밖의 사실 하나를 발견하실 수 있을 것입니다.

그것은 바로 남미 면적의 무려 절반이나 차지하고 있는(면적으로 세계 5위) 브라질의 작가가 빠져있다는 것입니다. 우리는 보르헤스든 마르케스든 푸엔테스든 요사든 '라틴아메리카 작가'라고 뭉뚱그려서 이야기하기 때문에(그들의 국적 따위에는 관심이 없습니다) 의식하지 못했을지 모르지만, 사실이 그렇습니다. 그렇다면 소위 '라틴아메리카 문학'에 브라질문학은 왜 빠져있는 것일까요? 이유는 간단합니다. 라틴아메리카에서 브라질만 유일하게 포르투칼어를 사용하기 때문입니다.

이것은 소위 '라틴아메리카문학'을 '라틴아메리카'의 문학이라기보다는 '스페인어를 사용하는 문학'으로 받아들여야 하는 이유입니다. 실제로 '라틴아메리카문학'의 작가들은 이웃나라인 브라질보다는 대서양 반대편이 있는 스페인과 문화적 동질감을 느끼며, '라틴아메리카 문학'이라는 것을 번역하고 소개하는 사람들도 대부분 스페인문학 전공자들입니다. 따라서 멕시코의 소설가 푸엔테스가 다음과 같이 말한 것도 무리는 아닙니다.

> 스페인 없이 우리가 존재할 수 있을까? 우리 없이 스페인이 존재할 수 있을까?[8]

---

8 카를로스 푸엔테스, 서성철 옮김, 『라틴아메리카의 역사』, 까치, 1997, 420쪽.

여기서 지배를 당한 쪽의 작가가 라틴아메리카(브라질을 뺀)의 정체성을 그곳을 지배한 스페인과 연결시키는 것에 의아해할 분이 있을지 모르겠습니다. 하지만 따지고 보면 이것은 북미(앵글로아메리카)가 항상 자신들의 정체성을 유럽(영국, 프랑스)의 연장선상에서 이해하려고 하는 것과 크게 다르지 않습니다.

그렇다면 그들은 왜 지배자들과의 연관성을 애써 강조하는 것일까요? 우리로서는 잘 이해가 가지 않은 이런 현상(예를 들어, 한국인이 자신의 정체성을 일본에서 찾는다면, 아마 친일파로서 낙인이 찍힐 것입니다)을 이해하는 열쇠는 앵글로아메리카든 라틴아메리카든 유럽의 지배자들로부터 독립을 쟁취한 것은 원래 그곳에 살던 인디언이나 인디오들이 아니라 실질적으로 그것을 지배하고 있던(하지만 본토인들에 의해 차별을 받았던) 크리올(criole)[9]들이었다는 데에 있습니다.[10]

남미에서 브라질 다음으로 큰 나라라고 하면, 아르헨티나(라틴아메리카에서 스페인어를 사용하는 나라 중 가장 큰 나라)를 들 수 있습니다. 그런데 이 나라는 땅만 남미에 있지 백인의 비율이 무려 97%에 달하는 사실상 유럽국가입니다. 우루과이 역시 백인 88%, 메스티소 8%, 흑인 4%로 원주민은 사실상 전멸한 상태입니다. 마르케스의 나라인 콜롬비아의 경우도 크게 다르지 않습니다. 백인과 원주민의 혼혈인이 58%, 백인이 20%, 백인과 흑인의 혼혈인 물라토가 14%, 흑인이 4%, 흑인과 원주민 혼혈이 3%로 순수 원주민은 공룡처럼 사라졌다고 해도 과언이 아닙니다.

---

9 단어는 두 가지 의미로 사용된다. 첫째는 유럽인의 자손으로 식민지에서 태어나 그곳에서 자라난 사람을, 둘째는 유럽계와 현지인 사이의 혼혈인을 가리킨다.

10 참고로 베네딕트 앤더슨은 크리올 부호들을 봉건영주에 비유했습니다. 앤더슨, 윤형숙 옮김, 『상상의 공동체』, 나남, 2002, 91쪽 참조.

푸엔테스의 나라인 멕시코의 경우도 원주민의 비율은 30% 정도에 그치고, 원주민 비율이 매우 높은 페루조차 50%를 넘지 못합니다. 잉카 제국이 있었던 나라인 칠레의 경우, 원주민은 고작 3%(백인과 혼혈인이 97%)에 지나지 않습니다. 쿠바는 백인과 흑인의 혼혈인 물라토가 51%, 백인이 37%, 흑인이 11%, 중국인이 1%이고, 도미니카공화국도 물라토 73%, 백인16%, 흑인 11%로 구성되어 있습니다.

따라서 똑같이 제국주의의 지배를 당했다고 해서 한국문학의 세계문학화 가능성을 라틴아메리카의 성공에 의탁하는 것은 신호가 바뀌었다고 좌우도 둘러보지 않고 횡단보도를 건너는 행위와 다름없습니다. 즉 소박하게 '제3세계문학'이라고 묶어서 이해할 성격의 것이 아닙니다. 또 우리가 아무리 그래 봐야 '라틴아메리카문학'은 한국문학에 관심을 주지 않을 것입니다.

제가 생각하기에 라틴아메리카문학은 스페인문학, 그리고 유럽문학의 정식일원(즉 분점)으로서, 혹 존재할지도 모르는 차이란 기껏해야 영국문학과 미국문학의 차이 정도에 불과합니다. 이점을 놓치면, 소위 마술적 리얼리즘으로 대표되는 라틴아메리카문학의 성공을 한국문학이 세계화하는 데에 있어 참조할 만한 롤-모델로 착각하는 '마술 같은 일'이 발생하는 것입니다. 그리고 마술적 리얼리즘을 흉내내면 우리도 라틴아메리카문학처럼 될 수 있다는 착각을 하게 됩니다.

먼저 이 점을 먼저 생각해 보기 바랍니다. 라틴아메리카문학은 도대체 어떤 경로를 통해 세계적으로 인정을 받았던 것일까요? 두말할 나위 없이 유럽과 미국을 통해서입니다. 그렇다면 그들은 왜 마르케스에 그토록 감탄했던 것일까요? 자신들에게는 없는 무언가가 있었기 때문일까요? 아니면 자신들과 동일한 어떤 것을 보았기 때문일까? 이에 대한

답은 둘 다가 아닐까 합니다.

1970년대 후반에서 1980년에 걸쳐 활동을 한 한국작가들의 대부분은 『백년간의 고독』을 읽고 큰 충격을 받았습니다. 서구소설에서는 좀처럼 볼 수 없었던 '신화적 공간에서 펼쳐지는 이야기의 향연', 정형화하기 힘든 무수한 캐릭터들이 엮어내는 역사와 신화의 혼합, 이는 한편으로 서사적 풍요의 회복으로 받아들여졌고, 다른 한편으로 우리의 역사를 되돌아보는 거울(불행한 라틴아메리카의 역사)로 받아들여졌습니다. 그리고 거기다 라틴아메리카라는 당시로서는 좀처럼 가기 힘들었던 공간(나라)에 대한 동경이 어떤 아우라를 부여했을 것입니다.

마르케스가 한국에 소개되는 것은 라틴아메리카문학 연구가들을 통해서가 아니라 영문학자와 불문학자를 통해서였습니다. 지금 활발히 활동하는 라틴아메리카문학 연구자들은 대부분 그때 분 마르케스 붐의 영향으로 라틴아메리카문학(정확히 말하면, 스페인어권 문학) 연구를 정식으로 지원했던 사람들이라고 해도 과언이 아닐 것입니다.

마르케스가 『백년간의 고독』을 출간한 것은 1967년입니다. 그리고 이 책이 한국어로 출판된 것은 그로부터 약 10년 후입니다. 김병호(1976, 육문사)와 안정효(1977, 문학사상사)에 의해 앞서거니 뒤서거니 해서 번역되었는데, 이 책이 폭발적인 반응을 얻게 된 계기는 1982년 마르케스가 노벨문학상을 받음으로써 입니다. 그렇습니다, 아직 그때만 해도 '노벨문학상'은 영향력을 가지고 있었습니다.

그리고 필연인지 모르지만 그 즈음 해서 한국의 '스페인문학 연구'라는 것이 성립되게 됩니다. 실용적인 목적으로 일찍부터 개설되어 있었던(1955) 한국외국어대학의 스페인어과를 제외하면, 대부분의 스페인문학 관련학과는 바로 이 1980년대 초 이후로 우후죽순처럼 생겨나게 됩니다. 1981년에 경희대에, 1982년에는 고려대에, 1984년에는 마침내 서울대에 서어서문학과가 개설됩니다. 그리고 그 후로 울산대, 배재대, 덕성여대, 단국대 등에 스페인문학 관련 학과가 생겨나게 됩니다. 즉 한국도 라틴아메리카문학을 제대로 받아들일 준비를 갖추어갔던 것입니다.

그런데 한바탕 붐을 이끌었던 소위 '라틴아메리카문학'이 과연 우리의 기억처럼 기존의 유럽문학과 큰 차이가 있는 문학이었을까요? 저는 이에 대해 매우 회의적입니다. 저명한 라틴아메리카 문학가들의 이력을 살피다 보면 흥미로운 사실을 두 가지 발견하게 됩니다. 첫째는 그들 중 상당수가 유럽에 장기체류한 경험이 있다는 것이고, 둘째는 본격적으로 이름을 알리기 전에 유럽과 미국문학에 매우 심취했었다는 사실입니다.

마르케스의 경우만 해도 그러합니다. 그 역시 유럽에 체재한 경험이 있으며 젊은 시절 조이스, 카프카, 포크너, 울프 등의 작품에 몰두했습니다. 여기서 특히 주목을 요하는 것은 포크너인데, 왜냐하면 마르케스가 이후 행한 노벨상 수상연설의 첫 부분에서 바로 그를 호출하고 있기 때문입니다. "나는 포크너가 섰던 장소와 똑같은 곳에 서게 되어서 기쁩니다"라고 말입니다.

여기서 우리는 잠시 한국으로 되돌아올 필요가 있습니다. 서슬이 퍼렇던 1970년대 후반에 덩치가 큰 한 일본작가가 한국을 찾아옵니다. 그는 얼마 전에 아쿠타가와상을 수상한 매우 촉망받는 작가였는데, 한국에 온 이유가 판소리의 원류를 찾기 위해서였습니다. 이 작가의 이름은 나카가미 겐지로, 가라타니 고진의 친우로도 유명한 소설가입니다. 당시 일본 지식인들에게 한국행은 여러모로 구설수에 휘말리기 쉬운 행동이었습니다. 남한의 군사정권을 인정하는 행위처럼 보였기 때문입니다. 하지만 나카가미는 그런 오해(중앙정보부의 지원을 받고 있다)에 개의치 않고 적극적으로 한국 쪽 인사들과 교류를 나누었는데, 이때 우리가 기억할 필요가 있는 만남은 윤흥길과 김지하와의 만남입니다.

윤흥길과 관련해서는 책에 이미 쓴 바 있으니 그쪽[11]을 참고하시고, 김지하와 관련하여 우리의 논의와 관련된 에피소드를 말씀드리자면 이렇습니다. 나카가미는 한 에세이에서 당시 한국 민주화운동의 상징이었던 김지하를 만나고는 깜짝 놀랐다고 쓰고 있는데, 그 이유라는 게 김지하가 마르케스의 『백년간의 고독』(영어판)을 이미 읽었기 때문이라는 것이었습니다. 즉 나카가미는 김지하가 독재국가의 시인으로서 오랜 수감생활에도 불구하고 세계문학계의 동향을 놓치지 않고 있었다는 사실에 감탄했던 것입니다.

주지하다시피 『백년간의 고독』은 내용적으로는 가족사소설(연대기소설)의 형태를 띠고 있습니다. 그런데 이 작품이 이전 가족사소설과 다른 점은 아마도 그것을 신화적 공간에서 기술하고 있다는 사실 때문일 것입니다. 그런데 어떻게 보면 그것은 나카가미 겐지 소설의 특징이기도 합니다. 즉 그가 『백년간의 고독』에 크게 공명한 것도 무리는 아니었던 것입니다. 그렇다면 나카가미 겐지는 마르케스의 영향을 받을 것일까요?

그렇다고 할 수도 있고 그렇지 않다고 할 수도 있습니다. 왜냐하면 방금 이야기한 것처럼 나카가미는 마르케스의 소설에 열광했습니다. 하지만 그에게 직접적으로 영향을 준 작가는 마르케스라기보다는 윌리엄 포크너였습니다.[12] 남부출신이었던 포크너는 어떤 의미에서 가족

---

11 조영일, 『가라타니 고진과 한국문학』, 도서출판b, 2008.

사를 신화적인 공간에서 서술한 최초의 작가라 할 수 있었는데, 그런 의미에서 우리는 나카가미든 마르케스든 포크너의 자식들로 볼 수 있을 것입니다.

이제는 유럽 쪽으로 가보겠습니다. 마르케스가 유럽에서 성공한 이유를 찾다보면, 우리는 이쪽에서도 포크너라는 이름을 발견하게 됩니다. 주지하다시피 포크너는 미국에서 크게 주목을 받은 작가가 아니었지만, 프랑스로 건너가 세계적인 작가로 재평가된 인물입니다. 사르트르 등은 그를 적극적으로 옹호했습니다(물론, 이는 '지드적인 것'에 대한 거부와 관련이 있는, 다소 전략적인 태도이긴 했습니다만). 이는 다른 말로 마르케스가 유럽에 도착하기 전에 마르케스에게 큰 영향을 준 포크너가(이에 덧붙이자면, 카프카도) 이미 와있었던 것입니다.

다시 말해, 라틴아메리카의 작가들이 어느 순간 갑자기 나타나 유럽의 독서계나 비평계를 휩쓴 것이 아닙니다. 그들은 마르케스를 받아들일 준비가 되어 있었으며, 마르케스는 라틴아메리카 작가이기 이전에 포크너(그리고 카프카)의 후계자로서 받아들여진 측면 또한 없지 않아 있었습니다. 이즈음에서 마르케스의 육성을 직접 들어보도록 하겠습니다.

> 내 문학에 끼친 기본적인 영향은 카프카의 「변신」입니다만, 아마 비평가들이 내 작품을 분석할 때 카프카의 직접적인 영향을 찾아내기는 그리 쉽지 않을 것입니다. 난 내가 그 책을 처음 사서 읽었을 때, 그 책이 내게 글을 쓰고 싶다는 욕망을 불러일으킨 것을 잘 기억하고 있습니다. (…중략…) 포크너의 영향은 이미 모든 비평가들이 지적하고 있습니다. (…중략…) 나는 유나이티드

---

12 참고로 나카가미에게 포크너를 권한 사람은 가라타니 고진이었습니다.

프루트 회사가 있었던, 바나나가 많이 나는 아라카타카에서 태어났는데, 그 곳은 나의 추억이 많이 담긴 마을입니다. 후에 포크너를 읽으면서 그의 작품에 등장하는 미국 남부 지방이 내가 자랐던 마을과 분위기가 아주 흡사하다는 것을 알았습니다. (…중략…) **포크너는 어떤 의미에서 라틴아메리카 작가입니다.** (…중략…)

**보르헤스나 카르펜티에르의 영향은 거의 없습니다.** 내가 상당히 성숙한 후에 그들을 읽었지요. 말하자면, 보르헤스와 카르펜티에르가 없었어도 어떻게든 내 책들을 썼겠지만, 포크너가 없었다면 내 글은 상당히 다른 것이 되었을 것입니다.[13]

여기서 제가 말하고 싶은 것은 마르케스의 주장처럼 포크너가 라틴아메리카 작가라면(그는 그 이유로 풍경의 유사함 내지 지리적 근접성을 문제삼는데, 이를 곧이곧대로 받아들이는 것은 너무 단순한 태도라 하겠습니다), 나카가미 겐지도 어떤 의미에서 라틴아메리카 작가이며, 마르케스 자신은 역으로 유럽 작가 내지 앵글로아메리카 작가일 수 있다는 것입니다. 이와 관련하여 이의를 제기하실 분이 혹 있을지 모르겠습니다만, 분명한 사실 중 하나는 포크너든 마르케스든 나카가미든 하나같이 유럽(프랑스) 문학계의 환영을 받았다는 것입니다.

그렇다면 유럽은 왜 그들에게 열광을 했던 것일까요? 이야기를 『백년간의 고독』으로 한정시켜볼 때, 프랑코 모레티는 이와 관련하여 주목할 만한 이야기를 하고 있습니다.

---

13 김홍근 옮김, 「가르시아 마르케스와 리타 기버트의 대담」, 『외국문학』 겨울호, 1993, 321~322쪽, 강조는 인용자.

간단히 말해 m(ac)ondo(세계)로서의 마콘도(『백년간의 고독』의 무대 : 인용자), 세계체제의 맥락에서 바라본 『부덴브로크가의 사람들』의 이야기인 셈이다. 따라서 유럽인들이 『백년간의 고독』에 그토록 열광한 것은 그리 놀랄 만한 일이 아니다.

모레티는 『백년간의 고독』의 유럽에서의 성공이 놀랠 만한 일이 아니라고 말합니다. 그리고 이 작품을 토마스 만의 소설 『부덴브로크가의 사람들』과 비교합니다. 매우 고전적인 소설로 분류될 수 있는 『부덴브로크가의 사람들』과 소위 (포스트)모더니즘적 소설로 분류되는 『백년간의 고독』은 도대체 어떤 관계가 있는 것일까요? 일단은 가족사소설이란 기본적으로 시간중심의 서사물일 수밖에 없는데, 『백년간의 고독』도 어찌됐든 이것에서 크게 벗어나고 있지는 않다는 점을 이야기할 수 있을 것입니다.

그런데 모더니즘이란 매우 간단히 말하면 시간중심적 서사에 대항하여 공간중심적 서사를 추구한 것이라고 볼 수 있습니다. 대표적인 예로 우리는 조이스의 『율리시즈』를 들 수 있을 것입니다. 그런데 시간중심으로 서술한다는 것은 공간이 제한된다는 의미이기도 하고, 역으로 공간중심으로 이야기가 전개된다는 것은 시간이 축소된다는 뜻이기도 합니다. 주지하다시피 『율리시즈』는 겨우 하루 동안에 일어난 이야기입니다.

물론 『부덴브로크가의 사람들』의 경우 독일이 아닌 지방도시 뤼벡, 그리고 그것도 한 가문이라는 매우 제한된 공간을 다루는 이야기인 데 반해, 『백년간의 고독』도 기본적으로는 마콘도 부엔디아 가문의 이야기이긴 하지만, 외부를 향해 열려있는 공간이어서 이질적인 존재들이 마구 쏟아져 들어온다는 차이가 존재합니다. 하지만 모레티가 보기에 그것은 그다지 중요한 차이가 아닙니다. 예컨대 모레티가 다음과 같은 각주를 달고 있습니다.

> 비록 마콘도는 고립되고 다른 인구중심지로부터 멀리 떨어져 있지만 『백년간의 고독』에서는 실제로 농업활동에 대한 아무런 언급도 찾아볼 수 없다. 심지어 전형적인 도시의 기술을 마을로 가지고 오는 바나나회사조차 은밀하게 마콘도를 농촌의 오지로부터 분리시키고 있다.[14]

이는 마콘도의 개방성이라는 것이 실은 스스로를 특정 공간(농촌)으로부터 분리시킴으로써 비로소 얻어진 것이라는 이야기입니다. 그렇다면 유럽인들이 『백년간의 고독』에 열광한 것은 단순히 이 작품이 『부덴브로크가의 사람들』처럼 가족사소설이기 때문일까요? 그와는 무관하다고 할 수는 없지만, 이 부분은 우리로 하여금 이 문제를 좀더 큰 맥락에서 이해하도록 요구합니다.

> 마콘도는 정말 이상한 곳이다. 광인들의 도시로서, 어느 누구도 다른 사람과 공통점이 없다. 하지만 언어만큼은 누구나 똑같다. 이 소설을 읽는 사람들은 전혀 이 점에 주목하지 않는다. 그만큼 멋진 소설이기 때문일 것이다. 하지만 조금 떨어져서 다시 소설을 읽어본다면 화자의 비인칭적인 목소리가 텍스트 공간의 거의 90%를 차지하고 있음을 발견할 수 있다. (…중략…) 이 소설이 아무리 멋지더라도 결국 독백주의가 진정한 승리를 거두고 있다.

---

14 모레티, 조형준 옮김, 『근대의 서사시』, 새물결, 2001, 365쪽.

다성성에서 독백주의로. 19세기에, 즉 괴테에서 플로베르로 이행할 때도 똑같은 일이 일어났다. 그리고 이제 다시 20세기에, 조이스에서 마르케스로 이동하면서 똑같은 일이 일어난다. (…중략…) 하지만 뭔가가 더 있다. 즉『백년간의 고독』의 문체, 즉 다성성 없는 글쓰기, 아이러니 없는 글쓰기, 어느 맑은 여름 아침처럼 투명한 글쓰기(이 소설이 성공을 거둔 데는 아마 이러한 점이 크게 힘입었을 것이다)는 **유럽에서는 이미 오래 전에 불가능해졌다.** 사방에서 이데올로기에 짓눌려 **'객관적' 관점**이 전혀 허용되지 않았기 때문이다. 마치 어느 천재의 휘광이 마르케스에게 **교양 있는 유럽 독자들의 은밀한 바람, 즉 다시 한 번 이야기를 읽어보고 싶다는** 바람을 밝게 비추어준 듯하다. 기이하고 복잡한 이야기를 읽는다, 좋다. 하지만 **'객관적'이어야 한다.** 간단히 말해 **이데올로기 없는 소설을** 읽고 싶었던 것이다.[15]

다채로운 존재들이 등장하지만, 모두가 똑같은 언어를 쓰고 있다? 이것은 사실상 공간의 폐쇄성을 역으로 증명해주는 것이 아니라면 무엇일까요? 그런데 이보다 중요한 것은 '화자의 비인칭적 목소리'가 무려 90%나 점하고 있다는 데에 있습니다. 여기서 '화자의 비인칭적 목소리'란 가라타니식의 말하면 '3인칭 객관', 즉 리얼리즘이라 할 수 있을 것입니다. 따라서 모레티가 말하는 '독백주의의 승리'란 단도직입적으로 말해 모더니즘에서 리얼리즘의 후퇴를 의미합니다.

그렇습니다. 그의 주장에 따르면,『백년간의 고독』은 모더니즘의 연장으로서의 포스트모더니즘 소설이 아니었던 것입니다. 바꿔 말해, 유럽인들은 모더니즘(초현실주의 포함)에 의해 해체되어버린 '이야기 중심

15 위의 책, 376~377쪽. 강조는 인용자.

의 객관적 소설'을 마르케스의 소설에서 재발견한 것에 지나지 않습니다. 따라서 『백년간의 고독』은 라틴아메리카소설의 세계적 성공을 보여준 작품이라기보다는 오히려 유럽독자들의 보수성을 확인시켜준 작품이 아닌가 합니다. 그리고 이것은 어쩌면 소위 라틴아메리카문학 전체에 해당되는 이야기인지도 모릅니다. 굳이 명명하자면, '전성기(19세기) 유럽문학의 향수로서 발견된 라틴아메리카 문학'이라고나 할까요.

## 4. 희망고문으로서의 세계문학

10여 년 전 파스칼 카자노바는 한국에서 행한 한 강연에서 한국을 아일랜드와 유사한 나라로 보고, 아일랜드가 어떻게 문학강국이 되었는지를 서술한 바 있습니다.

> 1890년까지만 해도, 영국의 의도적인 탄압 정책의 결과 문학자산이라고는 없었으며, 출판체제도 전혀 갖춰지지 못했고, 게다가 국민의 대다수는 문맹이었던 이 작은 나라가 1890년에서 1930년까지 40여 년 동안에 국민문학을 이루어냈고 노벨상을 두 번이나 수상함으로써 세계문학계의 인정을 얻어냈다. 특히 이 세기의 가장 위대한 작가들인 제임스 조이스, 윌리엄 버틀러 예이츠, 사무엘 베케트 등의 거장을 탄생시켰다. (…중략…) 아일랜드인들은 세계문학 공간에서 가장 현재적이고 가장 혁신적인 이슈와 미학을 수입, 자신들의 환경에 맞게 개조, 채택하였다. 전통적인 동화와 전설, 민중시가를 수집한 예이츠에서부터 완전히 새로운 언어로 더블린이라는 도시와 도시생활을 재창조한 조이스에 이르기까지 아일랜드인들은 자국의 문학자산을 모으는 데 성

공했고 그것을 인정해주는 중앙기관, 즉 비평가, 번역가, 출판사, 여러 문학상의 심사위원들에게 인정받는 데 성공했다. 이렇게 해서 아일랜드는 문학적으로 세계에 존재하게 된 것이다.[16]

이것은 문학대국 프랑스에서 온 젊은 여성학자가 '신흥문학'의 위상을 국제적으로 알리려고 노력하는 한국인들에게 일종의 서비스차원에서 보여준 소국의 성공사례라고 할 수 있습니다. 그리고 그녀는 글의 마지막에 아예 몇몇 번역가들의 훌륭한 중재 덕분에 "한국문학이 민족문학이면서도 세계문학 대열에 들 수 있게 될 것이다"라는 희망적인 덕담까지 하고 있습니다. 하지만 지금까지 함께 이 문제에 대해 생각해온 분들은 이런 덕담이 실은 희망고문에 불과하다는 것을 아실 것입니다.

한국문학번역원 원장을 맡기도 했던 윤지관은 '언어' 문제(즉 영어를 쓰기 때문에 번역이라는 문제를 고민할 필요가 없었다)를 들어 아일랜드와 우리는 다르다고 거리를 유지하지만,[17] 여기서 그보다 더 중요한 게 있습니다. 조이스와 베케트의 경우는 앞에서 다루었기 때문에 제외하고 생각한다면, 먼저 카자노바의 지적처럼 아일랜드가 노벨문학상을 두 명이나 배출한 것은 사실이지만, 그 둘 모두가 모두 시인이라는 점을 놓쳐서는 안 됩니다. 예이츠와 셰이머스 히니가 그들이지요. 소설가든 시인이든 상관이 없지 않느냐? 라고 하실 분이 있을지 모르지만, 실은 매우 상관이 있습니다. 이는 일본 쪽과 비교하면 확연히 드러납니다. 알

16 파스칼 카자노바, 「문학의 세계화의 길, 노벨문학상」, 『경계를 넘어 글쓰기』, 민음사, 2001, 338쪽.

17 윤지관, 「한국문학의 세계화를 둘러싼 쟁점들」, 김영희 · 유희석 엮음, 『세계문학론』, 창비, 2010, 208~209쪽 참조.

다시피 일본은 두 명이 다 소설가입니다.

저는 '시'는 세계문학일 수 없다고 생각합니다. 왜냐하면 그것은 기본적으로 비교불가능하기 때문입니다. 예컨대 토마스 만의 소설이 염상섭이나 채만식의 소설보다 훨씬 뛰어나다는 것에는 이의를 제기하기 힘듭니다. 하지만 예이츠의 시가 김소월의 시보다 뛰어나다고 말할 수가 있을까요? 흔히 '시'는 번역불가능하다는 말을 하는데, 그것은 단순히 번역기술상의 어려움만을 뜻하지 않습니다. 비교불가능하다는 것은 순위를 매길 수 없다는 것이고, 순위를 매길 수 없다는 것은 상(賞)이 문학 외적인 것에 의해 좌우될 확률이 높다는 것을 뜻합니다.

둘째로 카자노바는 문학적 소국이었던 아일랜드가 세계적인 문학강국이 되었다고 말하고 있습니다만, 어디까지나 그것은 매우 제한적으로만 그러합니다. 예컨대 여러분 중 최근 아일랜드소설을 읽으신 분이 계신가요? 아니 아일랜드에서 지금도 활동하고 있는 소설가의 이름을 하나라도 아시는 분 혹시 계신가요? 아마 한분도 없으실 것입니다. 이는 비단 우리만의 문제는 아닐 것입니다. 일본이나 미국에서도 아일랜드 문학은 '과거형'(예컨대, 예이츠, 조이스, 베케트)으로서만 인정받고 있을 뿐입니다.

이는 전통적인 문학 강국과는 크게 다른 점입니다. 예컨대 웬만한 독서가라면 현재 활동하는 영국 작가나 독일 작가 또는 프랑스 작가의 이름 하나 정도는 충분히 댈 수 있을 것입니다. 저의 관점에서 볼 때, 이런 현상으로 앞으로도 계속될 것입니다. 그렇지만 우리는 이런 사실을 외면한 채 '한국문학의 세계화' 가능성을 아일랜드문학이나 라틴아메리카문학 등에서 찾는데, 이제까지 살펴본 대로 그것은 문제의 본질을 애써 외면하려는 것 그 이상도 그 이하도 아닙니다.

그렇다면 '그럼에도 불구하고' 여전히 그런 주장이나 논의가 설득력을 갖는 이유는 도대체 무엇일까요? 아마도 그것은 '근대문학'의 특수성을 인정하지 않으려는, 즉 근대문학을 보편적인 것으로 보려는 자세가 우리 안에 뿌리 깊게 박혀있기 때문입니다. 근대국가와 근대문학이 떼려야 뗄 수 없는 관계라는 것을 '머리로는 인정하면서도' 그렇게 인정하는 자신도 그 관계 속에서 탄생했다는 사실은 애써 보지 않으려는 것이죠.

* 별첨 :『세계문학의 구조』 요약

오늘날 한국에서 '세계문학'이 화두로 등장한 배경에는 무엇보다도 출판시장에서 확인할 수 있는 외국문학의 약진과 세계문학전집의 성공이 놓여 있다. 하지만 이것은 표면적인 이유에 불과하다. 필자가 생각하기에 그것은 한국의 경제적 · 문화적 팽창과 관련이 있다. 그런데 이것은 한국의 문학인들에게 모순된 두 가지 감정을 부여한 것 같다. 삼성으로 대표되는 한국 기업의 세계시장 석권과 한류라고 불리는 한국 대중문화의 성공이 부여한 자신감이 하나이고, 그로 인해 생긴 초조감이 다른 하나이다. 즉 한편으로는 가슴 뿌듯해 하면서, 다른 한편으로는 "우리 문학인들도 뭔가를 해야 하지 않을까?" 하고 스스로에게 물었던 것이다.

이것이 의미하는 것은 명백하다. 현재 한국에서 이루어지고 있는 세계문학을 둘러싼 논의란 실은 '한국문학의 세계화'라는 것. 괴테가 말하는 세계문학이 세계적인 문학이 아니라 지식인들 간의 연대니, 마르크스는『공산당선언』에서 본래 이런 의미로 말했다느니 제법 학술적 알리바이를 나열하지만, 결국은 어떻게 하면 한국문학이 세계화의 행렬에 동참하느냐(즉 세계문학이 되느냐)로 귀결될 뿐이다. 최근에 일고 있는 '번역' 관련 논의들도 넓은 의미에서는 크게 다르지 않는 것 같다.

이것이 의미하는 것은 크게 두 가지이다. 첫째는 '한국문학의 세계화'라는 문제를 옆으로 밀쳐놓고 이루어지는 '세계문학' 논의는 아무리 방대한 자료를 갖춘다고 해도 제자리걸음을 벗어날 수 없다는 것이고, 둘째는 '한국문학의 세계화'와 관련하여 실천적 문제만을 고민하는 사람이라면, 결국 문학행정가의 길을 걸을 수밖에 없다는 것이다. 왜냐하면 전자는 적잖은 이론적 논의가 그렇듯 공허한 말잔치로 그칠 확률이 높고, 후자는 '국가적 지원'에 대한 강조로 끝날 것이 분명하기 때문이다.

따라서 우리는 그런 함정을 피하고 다음과 같은 물음에 답할 수 있어야 한다. "문학도 세계화가 가능한가? 만약 가능하다면, 그것은 어떤 방식으로 그러한가?" 좀 더 구체적으로 말해, "한국문학은 세계화될 수 있을까? 가능하다면, 어떤 방식으로 그러할까?" 아니, 애당초 '문학의 세계화'란 무엇이고, 또 그런 문학들의 전범에 대한 칭호인 '세계문학'은 역사적으로 어떻게 성립한 것일까?

필자는 이 물음에 답하기 위해 영국을 '독서교육'의 모범적인 국가로 들며 독서교육(사실상 문학교육)을 국가발전의 중요한 동력으로 간주한 장정일의 한 칼럼에 주목했다. 그리고 이것을 실마리로 삼아 독서문화가 발달한 서구나 일본이 어떻게 독서대국, 그리고 문학대국(즉 세계문학을 가진 나라)이 되었는지를 일본의 근대문학(특히 나쓰메 소세키)을 예로 들어 살펴보았다. 즉 서구콤플렉스에 시달리던 메이지 근대일본이 어떻게 노벨문학상을 두 명이나 배출하는 문학대국이 되었는지를 말이다.[18]

그리고 그런 과정을 통해서 다음과 같은 결론에 이르렀다. "모든 근대문학은 전후문학이다." 즉 일본 근대문학이 서구콤플렉스로부터 벗어나 비로소 세계적인 수준의 문학작품을 쏟아내던 시기가 러일전쟁 전후라는 것에 주목하면서(국민작가도 이때에 탄생했다), 엄밀한 의미에서 근대문학이란 국민전쟁(그리고 제국주의전쟁) 없이는 불가능하다는 결론에 도달한 것이다. 왜냐하면 그것 없이는 근대문학(국민문학)을 뒷받침

18 조영일, 『세계문학의 구조』(도서출판 b, 2011)의 제2장 「국민작가는 어떻게 탄생하는가?」 참조.

하는 제대로 된 민족(국민)이 존재하기 힘들기 때문이다. 그런데 이런 관점에 서면, 우리는 다음과 같이 진실과 마주할 수밖에 없다.

근대문학이 모든 국가가 반드시 가져야할 보편적인 예술양식은 아니다.

쉽게 말해, 근대문학(장편소설)이란 매우 특수한 역사적 경험을 가진 국가에서 제대로 뿌리를 내리고 꽃을 피울 수 있는 문학인 셈이다. 이는 소위 세계문학을 보유하고 있는 나라들이 하나같이 국민전쟁을 경험하고 식민지를 경영해본 나라들이라는 점을 확인하는 것으로 충분하다. 따라서 필자의 입장에서 보면, 『엄마를 부탁해』의 미국시장 진출을 '한국문학의 첫눈'으로 보고 감동하거나 노벨문학상 수상을 선진국 내지 문화국가라면 반드시 성취해야 할 목표로 간주하는 것은 기껏해야 여전히 근대문학이 부여한 환상에 사로잡혀 있음을 드러내고 있을 뿐이다.

물론 일본의 예만으로 위와 같은 주장을 하는 것은 무리가 있을지 모른다. 그래서 필자는 근대문학의 중심인 프랑스문학과 가장 영향력 있는 비유럽문학이라 할 수 있는 러시아문학을 추가적으로 살펴보았다. 근대문학의 주인공들에게 '열정'이라는 심장을 안겨다준 나폴레옹이라는 인물이 어떻게 다른 나라들에게 영향을 끼쳤고, 궁극적으로 그것이 어떻게 문학화되었는가를 톨스토이의 걸작 『전쟁과 평화』를 중심으로 설명했다. 사회경제적으로 문학적 기반이라고 할 만한 것을 거의 갖추지 못했던 후진국 러시아에서 어떻게 위대한 소설들이 한꺼번에 나올 수 있었는지에 대해 말이다.[19]

충분하지는 않지만 이런 과정을 거친 후 필자는 현재의 시점으로 돌아와 최근 드라마화로 일본에서 논란을 불러일으킨 바 있는 시바 료타로의 『언덕 위의 구름』(청일전쟁과 러일전쟁이 배경이다)과 비슷한 시기를 다룬 이문열의 신작 『불멸』을 비교분석하면서 근대사를 바라보는 양국의 시각을 대비시키고, 그것이 문학 속에서 어떻게 형성화되는지를 추적해보았다. 즉 각각의 소설이 안중근과 이토 히로부미라는 문제적 인물을 어떻게 그리고 있는지, 그리고 국민전쟁을 경험한 나라의 소설과 그렇지 못한 나라의 소설의 차이가 어떤 식으로 나타나는지를 구체적으로 분석하면서 결코 일본문학처럼 될 수 없는 한국문학의 한계를 냉정하게 짚어보았다.

그리고 [보론] 「세계문학전집의 구조」에서는 몇 년 전부터 한국출판계의 화두로 등장한(올해 들어서는 확실히 한풀 꺾인) 『세계문학전집』을 문제 삼으면서 왜 그것이 1990년대 후반부터 출간이 되었고, 또 왜 2000년대에 들어서 선풍적인 인기를 끌었는지를 한국사회의 변화에 주목하면서 추적하여, 그것을 '사회과학의 시대 → 교양의 시대'로의 변화로 요약했다.

즉 필자는 '근대문학의 기원'을 다시 한 번 살펴보면서 그런 '한국문학의 세계화'에 대한 요구가 문학 안에서 나온 것이라기보다는 한국의 경제적 · 문화적 팽창에 의한 것임을 냉정하게 지적했다. 그리고 그런 요구가 '세계문학론'이라는 형태로 아무렇지 않게 받아들여지는 배경에 '교양에의 몰입'을 권유하는 사회분위기가 있음을 밝히고, 그에 일조하는 문화지식인들에 우회적인 비판을 가했다.

---

19 조영일, 『세계문학의 구조』(「제3장, 전후문학으로서의 근대문학」) 참조.

## 참고문헌


- 백원근, 「일본문학의 해외소개 역사와 현황」, 김영희·유희석 엮음, 『세계문학론』, 창비, 2010.
- 앤더슨, 윤형숙 옮김, 『상상의 공동체』, 나남, 2002.
- 윤지관, 「한국문학의 세계화를 둘러싼 쟁점들」, 김영희·유희석 엮음, 『세계문학론』, 창비, 2010.
- 장정일, 「정말 안중근을 돈키호테라 여기는가」, 『시사인』, 2011.7.15.
- 조영일, 『가라타니 고진과 한국문학』, 도서출판 b, 2008.
- ______, 『세계문학의 구조』, 도서출판 b, 2011.
- 「가르시아 마르케스와 리타 기버트의 대담」, 김홍근 옮김, 『외국문학』 겨울호, 1993.
- 「한국서 노벨문학상 나오려면」, 『문화일보』, 2005.10.14.
- 모레티, 조형준 옮김, 『근대의 서사시』, 새물결, 2001.
- 카를로스 푸엔테스, 서성철 옮김, 『라틴아메리카의 역사』, 까치, 1997.
- 파스칼 카자노바, 「문학의 세계화의 길, 노벨문학상」, 『경계를 넘어 글쓰기』, 민음사.
- 池内紀, 『カフカの生涯』, 白水社, 2010.

# 민중적 생명력과 역사의식의 형상화

호남의 현대소설을 중심으로

**최현주** • 순천대학교

## 1. 서론

한국문학 연구에 있어서 근대, 혹은 근대성(modernity)이란 개념은 수많은 논의와 다양한 담론을 생산해 왔다. 한때는 사회구성체 논쟁을 중심으로 한 거시적 관점에서 근대에 관한 거대 담론을 생산해내기도 하였고, 이제는 여성과 탈식민주의, 생태주의를 근간으로 한 무수한 미시담론을 통해 근대성에 대한 새로운 의미를 창출해내고 있는 상황이다. 이는 우리 문학사에 있어서 근대, 근대성에 관한 준거점의 모색이 우리 문학을 해석하고 문학사적 정리를 이루어내는데 필수적인 과업이기 때문일 것이다.

그동안 근대에 대한 논의의 중심축은 서구의 근대화 과정에서 추출된 근대 개념[1]이었다. 서구의 근대화 과정을 보편한 것으로 규정하는 논의들에서 정치적 근대는 시민층이 국가권력의 중심부를 이루는 국민국가의 형성을, 경제적 근대는 자본제적 생산양식의 완성을 의미하는 것이었다. 그리고 한편으로 내재적 근대화의 과정에 초점을 맞추려는 논의들에서는 한국적 근대의 특수성의 동인을 정치적인 측면에서 제국주의의 침략, 경제적인 측면에서는 자본제를 방해하는 자체의 봉건적 잔재로 규정하기도 하였다. 이러한 다층적인 사회적 토대의 모순으로 인해 한국적 근대화의 특수성이 파생될 수밖에 없었다. 그리고 그러한 근대적 파행성을 극복하기 위한 자생적인 대안 이데올로기가 바로 반제국주의와 반봉건주의였다.

따라서 한국적 근대화의 단초는 당연히 반제국주의와 반봉건의 자생적 담론으로부터 찾아야 할 것이며, 한국문학의 근대성에 대한 논의도 바로 그것으로부터 출발하여야 할 것이다. 우리 역사상 최초로 반제 · 반봉건의 기치를 들어 올린 동학혁명이 바로 호남에서 발생했다는 사실은 큰 의미를 갖는다. 이는 한국적 근대화의 모순과 파행성을 전형

---

1 김성기는 「세기말의 모더니티」란 글에서 근대 사회의 주요 특징을 다음과 같이 설명한다. "근대사회의 주요특징을 살펴보면 세속적 정치권력의 확보, 국민 국가의 제한된 영토 내에서 행사되는 주권과 그 정당성의 확립, 사적 소유와 자본의 축적, 그리고 대규모 생산과 소비에 근거한 상품 시장 경제의 성립, 자본주의 사회에서의 새로운 계급의 형성, 그리고 전통적인 신분제 및 종교적 세계관의 쇠퇴 등을 들 수 있다. 단적으로 모더니티의 형성은 근대 사회의 성립과 밀접한 연관을 맺고 있는데, 기든스가 "모더니티란 대략 17세기경부터 유럽에서 시작되어 점차 세계적으로 영향력을 확대하고 있는 사회생활이나 조직 양상을 일컫는다"라고 말할 때, 그가 염두에 둔 것이 바로 이것이다."
김성기, 「세기말의 모더니티」, 『모더니티란 무엇인가』, 민음사, 1995, 22쪽 참조.

적으로 보여주는 곳이 호남이었으며, 민족의 주요모순과 기본모순들이 중층적으로 첨예하게 대립하던 역사의 현장이 바로 호남이었음을 의미하는 것이기도 하다.

호남은 백제의 멸망 이후 중앙의 정치권력으로부터 소외된 곳이었다. 왕건의 훈요십조 때문만은 아니었겠지만 위정자들은 호남 출신 인사를 거의 중용하지 않았고, 오히려 풍요로운 물산의 보고인 호남을 가렴주구(苛斂誅求)의 대상으로 삼았다. 그런 연유로 호남은 지배 권력에 대한 비판과 저항을 꿈꾸는 고장, 혹은 정치적 소외를 예술로 승화시킨 예향으로 불리어 왔다. 이와 같은 의(義)에 대한 지향이 압축적인 근대화기간 동안 갑오농민전쟁, 1920년대 소작쟁의, 광주학생독립운동, 5·18 광주민중항쟁을 통한 반제·반봉건 의식으로 승화되었으며, 예(藝)에 대한 가치 지향이 조선시대 시조와 가사의 백미였던 정철의 「사미인곡」과 「속미인곡」, 윤선도의 「오우가」와 「어부사시사」로 형상화되었고, 우리 민족만의 고유한 예술 형태인 판소리의 형성과 발전으로 발현되었던 것이다. 이러한 호남의 문학사적 전통은 근대문학에 진입한 이후에도 변함없이 유지되었으니 김영랑과 박용철의 현대시 완성, 박화성으로부터 조정래·임철우에 이르기까지의 소설문학, 일제 강점기 민족의 고통스런 삶을 기록한 김우진의 희곡 등을 거론하지 않고는 한국 근대문학사를 제대로 서술하기는 어렵다고 할 수 있다.

따라서 호남은 한국 근대화의 과정뿐만 아니라 한국 근대문학의 발전 과정의 내재적 단초가 깃들어 있는 곳이라는 점에서 한국 문학사 연구의 새로운 조명이 요구된다고 할 것이다. 이는 한국의 근대, 혹은 한국문학의 근대에 관한 논의를 외부가 아닌 우리 사회에 내부에서 찾는 내재적 단초론의 관점을 수용 계승하는 작업이 될 수 있다. 또한 한국적 근대와 탈근대에 대한 최근의 논의에서 서구의 근대에 관한 담론이 철저하게 식민주의 담론을 내포하고 있음을 밝혀낸 탈식민주의 이론이 새롭게 부상한다는 점에서 이러한 내재적 단초론의 탐색은 당위성을 획득한다. 그러므로 이 글에서는 한국 근대문학의 정립 과정에서 호남의 현대 소설의 전개 · 발전 양상을 살펴보고, 그러한 한국적 근대, 한국문학의 근대성의 단초가 어떻게 호남 출신 작가, 혹은 호남을 배경으로 한 소설 속에 형상화되고 승화되었는가를 탐구함으로써 한국 현대 소설사 형성에 기여한 바를 밝혀보고자 한다.

## 2. 여성 동반자 작가 박화성

박화성이란 작가를 규명하는 데는 두 가지 층위에서 접근하여야 하는데, 그것은 1920년대 선구적인 여성 소설가라는 점과 사회주의 성향의 창작 방식에 동조한 동반자작가였다는 점이다.

카프 조직원은 아니지만 그 이념에 동조하는 작가를 동반자 작가라고 규정하는데, 이들의 문학은 대체로 마르크스주의 이념의 도식적 이식 수준에서 크게 벗어난 것이라고 하기 어렵다. 그럼에도 이들은 일제강점기의 부정적 현실을 극복하는 하나의 방식으로 사회주의 이념을 일정 부분 수용하면서 당시의 부조리한 민족 현실을 밀도 있게 부각시켰다. 특히 박화성은 「하수도 공사」를 통해 하수도 공사 현장에서 발생한 노동자들의 임금 투쟁과정과 의식 각성의 양상들을 보여주고 있으며, 「홍수전후」에서는 가난과 홍수의 재난을 이겨내는 영산강 하류 지역 농민들의 삶의 실상을 생생하게 그려내면서 객관 현실의 구체적 형상화[2]에 성공하였던 것이다.

또한 박화성은 「어머니와 딸」·「인간문제」의 작가 강경애나 「여자의 마음」의 장덕조와 더불어 일제 강점기 활약이 두드러진 여성 작가였다.[3] 아직 여성의 권리를 충분히 보장받을 수 없었던 시대적 열악함 속에서 당시 여성 문학은 20년대 나혜석, 김명순, 김원주 등의 활약에도 불구하고 거의 불모의 상황이었다. 여전한 봉건적 가부장제의 지배 이념 하에서 여성의 정체성을 올곧게 그려내는 것은 쉽지 않은 일이었음에도 박화성은 그런 여성들의 주변부적인 삶을 그려내는데 선구적인 노력을 기울였다. 등단작인 「추석전야」에서 그는 노동환경이 열악한 방직공장에서 최소한의 생계비조차도 보장받지 못한 채 노동력을 착취당하는 어린 여성 노동자의 삶을 그려내고 있으며, 장편 『비탈』에서도 주체적으로 살아가려는 여성의 이념적 각성과 조선의 부조리한 현실을 개혁하려는 건강한 여성상을 형상화하고 있다. 그러한 여성 의식의 연장선 위에서 박화성은 당시 다른 여성 작가들에게 보편적으로 받아들여졌던 자유연애 사상의 허위성과 비현실성을 혹독하게 비판하는 입장을 취하면서 남성과 동등한 관계를 맺는 동지애적 사랑이 사랑의 최고 형태임을 제시하기도 하였다.[4]

박화성은 해방 이후 극우 경향의 문단 분위기 속에서 동반자 작가적인 작품 세계를 넘어 대중소설 경향의 작품을 창작하면서도 여성 의식을 전경화 하는 여성 성장소설들을 왕성하게 창작하였는데, 그 대표적인 작품들이 바로 『고개를 넘으면』, 『벼랑에 피는 꽃』, 『거리에는 바람

2 김윤식·정호웅, 『한국소설사』, 예하, 1995, 162쪽.
3 김윤식 외, 『한국현대문학사』, 현대문학, 1999, 218쪽.
4 장선희·정경운, 『호남문학기행』, 박이정, 2000, 306쪽.

이』, 『내일의 태양』 등이다. 이들 작품들은 여성들의 주체적인 삶을 억압하는 가부장제에 대한 저항과 더불어 불합리한 현실에 수동적으로 내면화되어 가는 여성들의 각성을 촉구하는 계몽적 경향의 성격을 내포하고 있다.

따라서 박화성은 궁핍한 민족과 민중, 그리고 여성의 현실을 직시하고 그것을 문제시하면서 민족과 여성의 현실을 핍진하게 형상화함으로써 1920년대 선구적인 여성 소설가로, 동반자 작가로 평가받은 한국 근대 여성소설의 선구적 존재였던 것이다.

## 3. 전후 의식의 발현과 극복, 오유권과 천승세

6 · 25는 자본주의와 사회주의 이념간의 이데올로기 전쟁이면서 동시에 세계 질서 재편을 의도한 소련과 미국의 대리전이었으며, 민족의 분단과 갈등을 촉발시킨 동족상잔의 전쟁이었다. 특히 우리의 근대화 과정에 있어서 6 · 25전쟁은 봉건적 가치와 계급 혹은 신분 질서, 그리고 사회 · 경제적 구조의 붕괴와 근본적 토대의 변화를 초래하였다. 이러한 급격한 변화의 양상은 사회와 상동한 구조로 형상화되는 소설의 서사 구조에도 그대로 반영되었다. 한국의 전후 및 그 이후의 소설에서의 단층의 상상력 또는 분기 · 변화의 서사원리는 가치 붕괴 현상이 주로 우월한 출생 / 열등한 출생간의 신분 구조의 대응 관계 및 인간에 대한 전쟁의 파손력에 의한 삶의 양식 바꾸기 등의 인지로 대리된다.[5] 이

5 이재선, 『현대한국소설사』, 민음사, 1991, 100쪽.

처럼 전쟁으로 인한 가치 붕괴와 새로운 패러다임의 삶을 탐색하는 전후소설의 특징을 보여주는 작가가 바로 오유권과 천승세이다.

오유권은 50년대 민족 구성원의 절대 다수를 이루고 있던 농민들의 힘겨웠던 삶과 한국 사회의 내·외적 모순이 중층적으로 구조화되어 있는 농촌을 배경으로 하는 소설을 주로 창작한 농민소설가였다. 그는 등단 이후 가난과 투병 등 어려운 환경 속에서도 강인한 의지와 문학에 대한 집념으로 중·단편소설 200여 편과 장편소설 8편을 발표하였다. 그의 소설의 배경은 대체로 자신의 고향인 영산강 유역의 농촌을 무대로 하고 있는데, 그로 인해 그의 소설들은 대부분 농민들의 애환을 생생하게 그려낸 농촌소설로 평가받고 있다.

그러나 그의 소설들이 민족의 토속적 정서나 서정성을 앞세운 농촌소설들과 변별되는 것은 그의 소설들 속에 기층 민중들의 시대적 애환과 당시 농촌 사회의 구조적 모순에 대한 또렷한 성찰이 깊이 각인되어 있기 때문이다. 그의 대표작『방아골 혁명』에서 그는 6·25전쟁을 배경으로 방아골 마을 사람들의 이념적 갈등과 신분 해체의 과정, 그리고 극한의 갈등과 투쟁을 넘어서 화해하고 상생하려는 민중들의 역동적 의지를 사실적으로 그려내고 있다. 따라서 오유권은 김유정이나 김정한이 이룩한 바 있는 농민문학의 전통을 계승해내면서 한편으로는 당대의 농촌 현실을 적실하게 형상화해냄으로써 이후 송기숙이나 이문구와 같은 작가의 전범이 되었다고 할 수 있다. 이러한 그의 농민소설가로서의 면모는 식민지 시대로부터 70년대 산업화 과정에 이르기까지 농민소설이 민족문학, 혹은 민중문학으로서의 가치를 지니는 동시에 현실 변혁을 위한 실천운동적 성격[6]의 출발점이라는 점에서 그의 소설사적 의의는 크다고 하겠다.

한편 천승세는 유명한 희곡작가이면서 동시에 소설가이다. 천승세는 시류의 문학에 결코 편승하지 않고 자기만의 독특한 작품 세계를 일관되게 지켜온 작가이다. 첫 작품 「점례와 소」 이후 그가 가장 줄기차게 다루어 온 소재는 「화당리 솟례」, 「낙월도」, 「백중달」, 「신궁」 등의 작품에서 볼 수 있는 가난한 민중, 특히 서남해안 지역을 근거지로 삼은 어민들의 생활 현실이었다. 「낙월도」와 「신궁」에서 생산 수단을 독점한 세력과 그것에 대항하는 어민들 사이의 대립구도는 70년대 한국 사회의 모순을 극명하게 보여주는 것이기도 하다. 그리고 「황구의 비명」에서는 그간의 분단 현실을 관념적으로 형상화하던 전후문학들과는 분명하게 구별된 모습으로 민족분단의 본질과 현상을 사실적으로 그려내고 있다.

또한 그의 작품에는 토속적인 정서나 어촌을 배경으로 한 민중성이 드러나는데 그것은 전통 복고주의나 민중에 대한 신비화와는 거리가 있다. 특히 흥미로운 것은 무당의 위상으로, 「낙월도」의 무당은 지배세력을 도와 권력을 신비화하고, 「신궁」의 무당은 지배세력에 맞서 싸우는 것으로 되어 있는데, 이처럼 서로 모순되는 그들의 모습은 무당의 속성이면서 동시에 민중의 이중성을 반영하는 것이니 민중 신비화가 미만했던 이 시기 문학의 한 측면에 대한 반성을 제공하는 것이다.[7] 결국 천승세는 민족의 현실에 대한 남다른 문제의식과 애정 가운데서 그 모순과 부조리를 사실적으로 형상화해낸 작가였다고 할 수 있다.

---

6 이봉범, 「1970년대 농민소설의 한 수준」, 『반교어문연구』 제12집, 반교어문학회, 2000, 250쪽.
7 김윤식 · 정호웅, 앞의 책, 389~390쪽.

## 4. 60년대적 감성과 관념의 작가, 김승옥과 이청준

1960년대가 시작되면서 발생한 4 · 19는 자유의 최대치를 보여준 역사적 사건이었음에도 그것의 정치적 현실화에는 실패하였다. 그 자유의 최대치가 너무나도 짧은 시간이었기에 그것에 대한 그리움이 한편으로는 병적인 환상을, 다른 한편으로는 자유에 대한 보다 깊은 철학적 추구를 낳았다.[8] 그러한 60년대적 환상을 감각적 감수성으로 드러낸 작가가 바로 김승옥이었으며, 자유에 대한 철학적인 접근을 통하여 지적인 소설 세계를 일궈낸 작가가 이청준이었다. 그래서 두 사람을 가장 60년대적[9]인 작가라 이름할 수 있을 것이다.

김승옥은 1950년대에 등단하고 작품을 발표한 전후 작가들과 여러 가지 면에서 변별되는데 그의 소설은 이데올로기의 도식성과 관념성으로 현실을 재단하거나 허위의 포즈로 떨어져 버린 1950년대 문학의 문제를 극복해내는 계기를 이루어 냈다. 즉 급박한 상황으로 인한 체험의 강조가 내면 의식의 미달로 드러난 50년대 문학의 문제들의 극복이라는 과제로부터 김승옥의 소설은 시작되었던 셈이다.

그의 대표작 「무진기행」은 귀향의 모티브를 활용하고 있는데 여기

---

8 위의 책, 355쪽.

9 김윤식은 「60년대 문학의 특질」이란 글에서 60년대의 역사적 의의를 다음과 같이 설명한다. "5 · 16의 구호 속에는, '기아선상을 헤매는 민생고를 시급히 해결하고……'라는 대목이 들어 있거니와, 4 · 19에서 제기한 자유의 문제는 5 · 16이 제기한 근대화(공업화)라는 이름의 평등의 징후와 서로 마주보면서 가는 것이라고 할 수 있다. 이러한 것은 어떤 특정 정권의 차원에서가 아니고, 한국 근대사의 흐름에서 바라본 시각이다. 민주화와 근대화가 마주보면서 나아간다는 역사적 사실을 염두에 둔다면, 이 둘의 가능성을 우리 근대사에서 보여준 것이 60년대가 안았던 역사적 의의이다."
김윤식, 「60년대 문학의 특질 — 김승옥론」, 『김윤식선집 4 — 작가론』, 솔, 1996, 178쪽.

서 주인공의 의식의 추이는 일상의 현실과 그로부터의 일탈이라는 내면적 갈등으로 요약되며, 그 의식의 저변에 주인공 자신의 전쟁으로 인한 상처, 고향으로부터의 탈출, 고통스러운 성장 과정, 일상으로의 안주 등이 겹쳐진다. 이러한 내면의 결과 층을 추적하는 의식의 흐름이 이 작품의 이야기 구조의 근간을 이룬다. 또한 「건(乾)」에서는 혼돈스럽고 비윤리적인 세계를 경험한 소년이 겪게 되는 좌절과 정신적 손상의 징후가 포착된다. 이 작품은 순진하던 소년이 빨치산의 죽음을 목격하고 그것을 극복하기 위해 위악적인 행위를 선택함으로써 내적인 성숙에 도달해 간다는 점에서 성장소설이라 이름 할 수 있을 것이다. 그러므로 김승옥은 개인의 감성에 의해 포착되는 현실의 문제를 치밀하게 묘사함으로써 전후소설이 지니지 못했던 독특한 문체의 감각을 산문 속에 살려 놓은[10] 60년대의 대표적 작가라 할 수 있을 것이다.

한편 이청준은 60년대의 폭력적이고 억압적인 현실에 대한 지적인 접근을 통해 관념에 매몰되지 않고 현실 세계의 모순을 형상화하였다. 특히 폭력적이고 억압적인 세계에 맞서 그 정체를 드러내고 그것을 부정함으로써 그 같은 폭력과 억압이 존재하지 않는 세계를 끊임없이 모색하는 이청준 문학의 동력은 자유의 정신이었다.[11] 이 같은 자유의 의지는 무조건적인 부정과 일탈로서의 그것이 아니라 자기의 정체성과 세계에 대한 끝없는 탐구의 정신으로부터 근원한다.

또한 이청준 소설은 당대의 한국 소설 가운데 광기나 정신 분열 현상 및 의식의 심층적인 증후군에 대해서 가장 각별한 문학적 관심을 보이

10 권영민, 『한국현대문학사』, 민음사, 1993, 205쪽
11 김윤식 · 정호웅, 앞의 책, 360쪽.

고 있는데, 그의 소설에 나타나는 인물들의 자아구조는 거개가 정신의학의 증후학적인 성격을 띠고 있다.[12] 그의 대표작인 『당신들의 천국』에서는 나환자 수용소에서 병을 매개로 한 환자와 의사들의 심리적 관계가 드러나고 있으며,「소문의 벽」에서는 전짓불 공포증과 진술 공포증의 정신병 환자인 작가 박준이 등장하고 있으며, 「황홀한 실종」에서의 주인공 윤일섭 역시 정신질환을 앓고 있는 환자이고, 「조만득씨」에서의 주인공 '조만득' 또한 과대망상성 정신분열증에 걸린 환자이다. 이들 주인공들 모두 60년대 한국 사회의 병리적 현상이 낳은 희생양이자 피해자들인 셈이다.

그리고 그들의 분열적 의식의 배후에는 자신의 근원에 대한 원죄의식, 혹은 고향에 대한 죄의식이 또 다른 모습으로 도사리고 있는데, 그러한 의식은 그의 소설 속에서 귀향의 형식으로 창출된다. 「별을 보여드립니다」, 「침몰선」, 「귀향연습」, 「눈길」 등이 대표적인 귀향 형식의 작품들이다. 깊은 상처의 근원이었던 고향을 떠나, 더욱 멀어지려고만 했던 고향에 대한 반성과 죄의식이 위와 같은 작품들을 창조해냈던 것이다. 그러한 고향 의식의 또 다른 형상화 방식이 「서편제」나 『축제」에서와 같은 한국적 전통 예술과 삶, 그리고 정신적 원형에 대한 탐색으로 드러나게 되었다. 그러므로 이청준은 인간 존재와 사회 현실과의 변증적 관계를 새로운 미학적 형식으로 구현해냄으로써 미적 완성과 현실 비판이라는 한국적 근대소설의 궁극적 진정성을 획득해내었다.

12 이재선, 앞의 책, 230쪽.

## 5. 민중의 생명력과 민중의식의 성장, 송기숙과 한승원

1970년대는 유신 정권의 성립으로 권력자들의 민중에 대한 억압에 비례하여 민중들의 의식이 더욱 성장해가는 시기였다. 또한 농업 중심의 경제에서 공업 중심의 산업화가 이루어지고 농민의 도시 빈민화·노동자화가 이루어지면서 한국 사회의 자본주의적 모순은 극대화되기 시작하였다. 그러한 사회변화가 민중의식을 각성하고 성장하게 하는 또 다른 주요한 요인이 되기도 하였다.

이러한 민중의식의 변화를 면밀하게 조망하고 포착한 작가가 바로 송기숙이다. 공동체적 질서가 파괴되어 가는 농촌을 배경으로 한 그의 작품들 속에는 반제·반봉건의 문제에 대한 강한 천착의 의지가 투영되어 있다. 대표작 『자랏골의 비가』, 『암태도』는 봉건적 토지제도의 악습으로 인한 민중들의 피해 양상과 기득권자들의 억압·수탈에 대한 민중들의 조직적 항거 과정을 사실적으로 묘사함으로써 생동하는 민중의식을 형상화해내고 있다. 특히 그가 농민들의 삶과 정서를 유려하게 그려낼 수 있었던 것은 그의 소설언어와 밀접한 연관이 있는데, 그의 소설에는 우리 고유의 토착어(특히 전라도 사투리), 속담, 해학, 익살, 육담이 넘칠 정도로 말의 성찬(盛饌)을 이루고 있으며, 인물들의 대화 장면이나 풍경 묘사뿐만 아니라 특정 상황에 대한 작가적 개입이 이루어지는 부분에서도 관념어를 찾아보기 힘들 정도로 한국의 토착성을 짙게 발산하는 토착어가 구사[13]되고 있기 때문이다. 더불어 염무웅은 송기숙의 농민소설이 일제 식민 지배의 모순과 해방 후 왜곡된 현실 사이

---

13 이봉범, 앞의 논문, 286쪽.

에 중대한 역사적 연속성이 내재함을 끊임없이 환기해내고 있다고 평가한다.[14]

그러한 송기숙의 작품 세계는 70년대 중반에 발표된 「추적」으로부터 섬세한 선회를 시도[15]하게 되는데 이때부터 현실 문제에 대한 간접적 형상화에서 직설적 문제제기로 변모하게 된다. 현실 문제에 대한 그러한 직접적 접근이 5·18 광주민중항쟁을 계기로 더욱 본격화되는데, 그의 의지가 결집된 것이 바로 작품집 『개는 왜 짖는가』 였다. 1980년 광주항쟁 당시 수습위원으로 나섰다가 구속되어 5년형을 선고받고 다음해 4월까지 복역한 그가 출감 후 자신과 광주시민이 마주 해야 했던 거대한 폭력에 대해 소설적 형상화를 시도하였음은 당연한 귀결이었다.

또한 그는 당대의 암울한 현실을 극복하기 위한 대안 모색으로 동학혁명의 역사적 의의를 현실화시켰던 『녹두장군』을 10여 년에 걸쳐 창작함으로써 반제·반봉건이 아직도 우리에게 유효한 역사적 과제임을 제시하였다. 그래서 이 작품은 100여 년 전 이루어졌던 민족·민중운동의 당대적 가치와 역사적 사실을 재현하는 것이면서 동시에 아직도 이 땅에 현재적 당위로 남아 있는 반제·반봉건의 문제를 환기하는 작용을 해내고 있다. 이는 역사소설의 존재 의의가 과거의 사실적 재현보다는 역사적 사실의 현재적 의미와 그를 바탕으로 한 현재의 문제에 대한 통찰이 우선되어야 한다는 루카치의 전제[16]를 충실하게 문학적으로 실

14 염무웅, 「농민소설의 민중문학적 맥락—김정한과 송기숙의 소설사적 위치에 관한 메모」, 『문예미학』 제9호, 문예미학회, 2002, 150쪽.

15 송지현·최현주, 「'5월 정신'의 문학적 형상화 과정 연구—송기숙의 1980년 이후 소설을 중심으로」, 『송기숙의 소설 세계』, 태학사, 2001, 143쪽.

16 역사소설에서 중요한 것은 거대한 역사적 사건에 대한 옛날 얘기가 아니라 이 사건 속에서 활동했던 인간들에 대한 문학적 환기이다. 중요한 것은 사람들이 어떤 사회적, 인간적

현하고 있는 것이기도 하다.

그리고 90년대를 넘어서 5 · 18에 대한 역사적 · 사회사적 진상과 그 의의가 보편화되자 그는 5 · 18이라는 사건의 사실 복원보다는 그것을 어떻게 극복하고 계승할 것인가에 초점을 맞추어 『오월의 미소』를 창작하였다. 그는 이 작품에서 연극적 기법을 도입하여 5 · 18의 상황을 새롭게 장면화[17]함으로써 그 사건의 실체와 의의를 재인식하게 하였으며, 새로운 화해의 방식을 제시하기도 하였다.

송기숙이 민중의식을 직접적으로 형상화해 온 반면에 한승원은 토속적인 공간, 즉 그의 성장의 배경이자 정신적 지주가 되어 온 바다를 중심으로 한 민중의 삶에 깊이 내면화되어 있는 생명력을 소설화해왔다. 그의 소설에 반복되어 드러나는 고향은 도시화 · 산업화의 일상적 영역으로부터 벗어난 원초적 삶의 생명력이 충일한 공간들이다. 그의 소설속의 주인공들이 찾아가는 '덕도', '회령나루', '십리포', '약산도', '장흥' 등은 모두 그의 고향의 환유적 대체 공간이거나 원초적 생명력이 살아 숨쉬는 바다와 연관이 있다.

특히 바다는 그의 소설의 모태이고 신앙이기도 하다. 그것은 살아있

---

동기에서 생각하고 느끼고 행동하는가를 실제 역사적 현실에서의 경우와 똑같은 것으로 추체험할 수 있게끔 하는 일이다. 그리고 행위의 그와 같은 사회적 · 인간적 동기들을 생동감있게 만드는 데는 외적으로 사소한 사건들, 조그만 관계들이 세계사의 거대한 기념비적 드라마보다도 적합하다는 사실은 역설적이지만 곧 문학적 형상화의 분명한 법칙인 것이다.
게오르그 루카치, 이영욱 옮김, 『역사소설론』, 거름, 1993, 42쪽.

17 임환모는 송기숙 소설의 주요한 서사 전략 중의 하나로 장면의 조직화를 예시한다. 즉 송기숙은 극적 담론을 소설 담론에 도입하여 소설을 연극적 상황으로 구성하고, 서술도 매개를 최소화하여 사건의 직접성을 극대화하려고 하는데, 연극의 무대 장면과 같은 장면의 조직화를 가장 큰 특징으로 하기 때문에 그의 소설에서 의미작용을 가능하게 하는 부분은 예외 없이 장면으로 처리된다는 것이다.
임환모, 「송기숙 소설의 서사전략」, 『송기숙의 소설세계』, 앞의 책, 100쪽.

는 모든 것을 잉태하는 생명의 동굴이며 역으로 모든 것을 소멸시키는 죽음의 동굴이고, 그의 바다에는 사랑과 증오, 빛과 어둠, 생성과 소멸, 좌·우의 이념, 일상적 생존이 모두 함유되어 있다.[18] 그런 점에서 한승원 소설 속의 고향은 모든 생명력의 근원인 바다로 표상될 수 있지만, 그것이 반드시 긍정적이고 행복한 공간만은 아니다.[19] 오히려 그곳은 선이나 악이라는 고정 관념으로 포착되지 않는 원시적 생명력으로서의 본능이 날뛰고 있는 내면의 세계를 표상하는 공간이다. 그러므로 그의 소설 속에는 거역할 수 없는 자연의 질서, 혹은 운명의 힘이 끓어 넘치고 있으며, 그것은 반복되는 역사의 폭력성과 민중들의 역동적 힘이 내재되어 있다.

그러한 민중의 충일한 생명력이 그의 대하 장편소설 『동학제』에서는 역동적인 투쟁 역량으로 전화된다. 송기숙의 『녹두장군』에서 볼 수 있는 바와 같이 동학혁명은 조선 후기 민중들의 살아있는 역사의식이 궁극에 도달한 우리 민족사의 일대 사건이었음은 누구도 부인할 수 없다. 그런 점에서 한승원의 『동학제』는 동학혁명이 패배와 좌절의 역사였지만 주어진 민족적 난관을 극복하려는 민중들의 시대적 응전의지가 투사된 역사적 사건이었음을 올곧게 형상화해내고 있다. 따라서 한승원의 소설은 바다를 중심으로 민중들의 생명력과 그들의 역사에 대한 응전의지를 올곧게 형상화해냄으로써 민족 문학의 지평을 새롭게 개척해냈다고 할 수 있다.

---

18 하응백, 「동(動)의 바다, 정(靜)의 바다」, 『한승원 삶과 문학』, 문이당, 2000, 132쪽.
19 김화영, 「어둠 속에서 날아오른 새는 빛살이 되어」, 『한승원 삶과 문학』, 위의 책, 102쪽.

## 6. 분단과 반제 · 반봉건의 절정, 조정래와 임철우

호남 문학사의 전개에 있어서 1980년의 광주민중항쟁[20]은 대단히 중요한 함의를 갖는다. 우리 현대사에서 반제 · 반봉건의 문제가 가장 첨예하게 드러났던 사건이 바로 1980년 5월의 광주민중항쟁이었으며, 우리는 이 혁명적 사건을 통해 우리 민족에게 부과된 반제 · 반봉건의 문제가 여전히 현대사에서도 주요한 화두임을 다시 한 번 확인하게 되었다. 더불어 많은 작가들은 1980년대에 반제 · 반봉건의 문제와 더불어 분단의 문제를 소재로 한 작품들을 창작하게 되었는데, 그 대표적인 작가가 바로 조정래와 임철우이다. 환언하면 민족의 반제 · 반봉건의 모순을 해결하기 위한 두 작가의 문학적 출발점이 바로 분단의 문제로부터 출발하였던 것이다.

조정래의 대부분의 소설들은 왜곡된 이데올로기에 의한 한국전쟁의 참혹함과 분단의 비극적 상황을 제시한다. 「청산댁」, 「한」, 「한, 그 그늘의 자리」, 「황토」에서 부분적으로 언급되기 시작한 분단현실은 「어떤 전설」, 「20년을 비가 내리는 땅」에서 작품의 전면에 나타나고 있으

20 5 · 18 광주민중항쟁은 '반제 · 반봉건 의식'으로 요약되는 민족사적 모순의 집적이라는 역사적 평가로부터 시작하여 보다 구체적으로 '반미의식의 기폭제'가 되었던 사건으로, 또 한편으로는 '사회변혁 운동에서 민중의 능동적 역할의 의의'를 확인시켰던 사건 등으로 평가되어 왔다. 그런 과정에서 많은 작가들에 의해 5 · 18 항쟁의 문학적 형상화는 계속해서 이루어져 왔다. 1985년 황석영의 항쟁 자료집 『죽음을 넘어 시대의 어둠을 넘어』 이후 윤정모의 「밤길」, 홍희담의 「깃발」, 정찬의 「완전한 영혼」, 최윤의 「저기 소리 없이 한 점 꽃잎이 지고」 등이 창작되었다. 또한 5 · 18 이후 대표적인 광주작가로 부상하게 된 임철우의 광주문제에 대한 지속적인 문학적 형상화 노력은 마침내 장편 『봄날』로 집대성되었다. 송기숙의 『오월의 미소』, 문순태의 『그들의 새벽』 또한 광주항쟁의 피해자와 가해자의 화해에 초점을 두면서도 끝내 역사적 정의는 승리해야 한다는 당위를 지향하였다.

며, 중편 「유형의 땅」과 장편 『불놀이』에서 본격적으로 검토되고 있다.[21] 그는 전쟁이 인간들에게 주는 심리적인 상처와 내성(耐性)을 제시하면서 그것이 반복적으로 다시 우리들 서로에게 크나큰 폭력으로 작용하고 있음을 보여주고 있다. 따라서 그에게 있어 6·25란 토지 소유의 구조가 근본 규정하는 '있는 자'와 '없는 자', '압박자'와 '피압박자' 사이의 오래된 원한이 폭발하는 장이며 다시금 새로운 원한을 형성시키는 장이다.[22]

「유형의 땅」은 6·25를 배경으로 전쟁이 한 인간의 삶에 얼마나 치명적인 상처를 주는가를 밝히고 있으며, 그 상처가 대를 이어 아들의 현재적 삶에까지 인과적인 영향을 미치고 있음을 추적하고 있다. 이처럼 봉건적 유산으로 천민적 삶을 살아가야 하는 이들의 증오와 복수심이 왜곡된 이데올로기에 의해 폭력으로 폭발하면서 빚어지는 비극적 양상과 그 근원이 일제 식민지 청산이 제대로 이루어지지 못한 역사적 모순 때문이라는 인식이 그의 소설 곳곳에 드러날 뿐만 아니라 대하장편소설 『태백산맥』의 주요한 모티프로 기능하게 된다.

그의 대표작이자 20세기 한국문학의 위대한 유산이라 할 수 있는 『태백산맥』은 외세의 침탈에 대한 민족 공동체의 자주적인 응전과 민족 내부의 구조적 모순에 대한 혁명적 의지를 내포하고 있다. 이 작품의 문학적 성취는 지금까지 금기시된 소재를 문학의 공간으로 끌어와 이른바 산문적 현실로 재현했다는 사실보다 위대한 작품들이 보여주기 마련인 한 시대의 토대, 생산 관계 및 기본적인 사회관계들을 모범

---

21 장선희·정경운, 앞의 책, 349쪽.
22 김윤식·정호웅, 앞의 책, 449쪽.

적인 방식으로 반영하려 하였다는 사실에 있다[23]고 임규찬은 상찬한 바 있다. 즉 이 작품은 제주 4·3항쟁 직후 발생한 여·순사건의 발발로부터 시작되어 6·25를 거쳐 빨치산의 활동이 종결되는 휴전협정 전후까지 민족 세력과 반민족 세력의 대결 양상을 형상화해내고 있다. 즉 소수의 지주가 토지의 절대량을 독점하고 소작농들의 노동을 착취하는 반봉건적 토지 소유관계, 여기에 덧씌어진 효과적 식민지배를 위한 일제의 교묘한 정책에 의해 형성되고 강화된 지주 계층의 구조적 친일성이라는 요인이 해방 직후의 대립과 갈등의 혼란상, 그리고 한국 전쟁을 일이관지하는 핵심이라는 것이다.[24] 이와 같이 『태백산맥』은 민족의 암울한 역사 속에서 투신해 간 민중들의 생생한 삶에 대한 기록이며, 또한 그 어둠을 파생시킨 민족의 모순이 여전히 오늘도 계속되고 있다는 한 작가의 증언이라고 할 수 있겠다.

이러한 민족의 모순에 대한 문제의식의 연장선에서 창작된 것이 바로 그의 또 다른 대하장편소설 『아리랑』이다. 이 작품은 일제 강점기를 시간적 배경으로, 식민지 침탈의 상징적 공간이었던 군산을 공간적 배경으로 하고 있다. 이 작품에는 식민지 시대가 저항과 투쟁과 승리의 역사임을 확인시키고, 우리 모두에게 상실되어 있는 민족적 긍지감과 자존심을 회복하게 하려는 작가의 의도가 내재되어 있다. 그러므로 조정래는 우리 민족의 근대화 과정에서 파생한 많은 내적·외적 모순을 문학적으로 형상화하였으며, 그것이 과거의 문제가 아니라 오늘도 계속되고 있는 문제라는 점을 환기해내고 있다는 점에서 그의 문학사적

23 임규찬, 「작품과 시간－조정래의 『태백산맥』론」, 『문예미학』 제5호, 문예미학사, 1995, 90~91쪽.
24 김윤식·정호웅, 앞의 책, 450쪽.

의의를 찾을 수 있겠다.

한편 임철우의 문학적 출발점은 분단문제와 광주의 5월이다.[25] 분단으로 인한 반공이데올로기 속에서 성장해야 했던 작가의 자의식과 고정관념을 해체해가는 과정에서 형상화된 작품이 바로 「아버지의 땅」이다. 분단의 비극에 놓여진 한국 사회에서 개인의 불행이 바로 민족의 구조적 모순과 역사로부터 근원한다는 인식의 정점에 이 작품이 자리하고 있는 것이다. 또 다른 그의 대표작인 「붉은 방」은 우리 사회의 구조적 모순이 일상을 사는 개인들에게까지 치명적인 상처를 강요한다는 아이러니를 보여주고 있다. 회사에 출근하던 주인공이 기관원들에게 연행되어 붉은 방에서 갖은 고문을 당하게 되면서 비참하고 무기력한 상황에 처하게 된다는 이야기와 붉은 방에서 인간의 영역을 넘어설 정도로 고문을 자행하던 고문기술자가 아이들의 다정한 아버지이자 늙은 노모를 모시는 평범한 일상의 주인공이라는 아이러니야말로 이 작품이 선취한 미학적 성과이다.

그러한 임철우의 현실 인식의 심층에는 바로 광주민중항쟁의 체험이 각인되어 있다. 광주항쟁의 현장에서 끝까지 같이 하지 못했다는 죄의식이 그의 문학을 추동하는 강한 힘이 되었던 것이다. 그런 죄의식의

25 임철우 소설은 서사의 원천을 축으로 크게 두 가지 계열로 나눌 수 있다. 하나는 '낙일도 서사체'이고, 다른 하나는 '광주 서사체'이다. 두 계열의 서사체는 각각 한국의 현대 정치사에서 원죄의식의 형성 배경으로 자리하고 있는 두 개의 비극적인 사건인 '6·25전쟁'과 '5·18 광주민주화운동'을 원천 서사로 삼고 있다. 어렸을 때 고향 평일도에서 주위 어른들로부터 보고 들은 6·25 전쟁과 분단으로 인한 공동체의 파괴와 가족사의 비극에 관한 이야기가 낙일도 서사체의 핵이라고 한다면, 대학 4학년 휴학생의 신분으로 맞이한 5·18 광주 민주화 운동의 역사 현장에서 한 발 비켜서서 살아남은 자의 죄의식에 관한 이야기가 광주서사체의 핵이다.
공종구, 「임철우 소설의 트라우마 : 광주서사체」, 『현대문학이론연구』 제11집, 현대문학이론학회, 1999, 5쪽.

산물이 바로 10년의 산고 끝에 탄생한 대하장편소설 『봄날』이다. 『봄날』의 서문에서 그는 "한 사람의 생애에서 더러는, 저 혼자 힘으로는 결코 건널 수 없는, 운명과도 같은 거대한 강물과 맞닥뜨리기도 하는 법이다"라고 기록한 바 있다. 그에 다가온 거대한 강물같은 운명인 광주를 그는 『봄날』이라는 작품에 형상화해놓고 있는 것이다. 이 작품은 1980년 5월 18일 0시부터 5월 27일 오전까지 광주에서 벌어졌던 정당성을 상실한 군부독재 권력에 의해 자행된 참혹한 살육의 현장과 그것에 대항했던 광주시민들의 위대한 저항의 의지를 5권의 장편소설로 기록하고 있다. 따라서 임철우의 문학적 성과는 바로 광주에서 시작해서 광주에서 종결되고 있으며, 그의 소설적 근거는 바로 우리 민족의 분단의 현실과 반제 · 반봉건의 과제 위에 놓여 있다고 하겠다.

## 7. 결론

일제강점기로부터 현재까지 호남의 대표적인 소설가들의 작품세계를 단편적이나마 살펴봄으로써 호남 소설문학의 흐름과 그 특질을 개관해 보았다. 굳이 호남의 소설만을 따로 논의하는 것이 적절한가라는 오해의 가능성에도 불구하고 이러한 작업을 시도한 것은 중앙의 문학만을 정전(正典)화해옴으로써 그 고유한 가치를 잃어가는 지역문학의 위기에 대한 새로운 대안 제시의 필요성 때문이다. 최근 근대와 탈근대 논의의 새로운 대안으로 제시되고 있는 탈식민주의적 관점에서 보면 한국문학의 탈중심과 탈정전화의 당위적 탐색과정 가운데 지역문학에 대한 새로운 조망의 필요가 강하게 요청되고 있는 것과 이 작업은 그

맥을 같이한다고 할 수 있겠다. 이러한 지역문학에 대한 관심과 재조명은 바로 한국문학 전체의 지형을 더욱 효과적으로 조망해내는데 기여할 뿐만 아니라 물신화된 후기 자본주의 사회 속에서 위기를 맞은 문학의 자생력을 확보해내는데 새로운 자극이 될 수 있으리라는 점도 이 작업을 가능하게 한 출발점이기도 하였다.

앞에서 논의된 작가들 외에도 서정인, 박양호, 문순태, 이승우, 유금호, 송영, 이균영, 공선옥, 채희윤 등 많은 작가들이 호남을 빛낸 좋은 작품들을 창작해낸 바 있다. 이들은 모두 한국소설사의 대하(大河)를 이루는데 큰 역할들을 해냈던 작가들인 것이다.

이들 호남 출신 작가들은 남다른 현실 인식과 비판 의식을 가지고 있다. 앞에서도 살펴본 바와 같이 그들은 민족 · 민중운동의 지배이데올로기로 기능해왔던 반제 · 반봉건 의식을 근간으로 하여 민중적 생명력과 역사의식을 고양하는 작품들을 창작해왔다. 일본의 침탈과 봉건적 관습 속에서 여성임에도 불구하고 동반자 작가가 되었던 박화성이 그렇고, 50년대 전후 현실의 가치 전도와 분단, 그리고 민중의 열악한 삶의 문제를 밀도있게 그려낸 오유권과 천승세, 60년대적 감성과 지성을 당대 현실과 결합시켜 드러낸 김승옥과 이청준이 그렇고, 70년대 민중의식과 민중적 생명력을 올곧게 형상화한 송기숙과 한승원이 그렇다. 그리고 조정래와 임철우의 분단과 광주 문제를 다룬 소설들은 우리 사회의 모순에 대한 그들의 날카로운 통찰과 대안을 제시해주고 있다. 또한 이들의 소설적 미의식 또한 탁월하다. 언어에 대한 세련된 감각과 조탁 능력뿐만 아니라 우리의 토속어, 방언을 작품에 적재적소에 운용할 줄 아는 능력 또한 뛰어나다고 할 수 있는 것이다.

더불어 그들 작품 대부분의 공간적 배경이 호남으로 설정되어 있어 호남의 풍토성을 사실적으로 재현하고 있을 뿐만 아니라 호남인의 민중적 생명력과 역사의식을 오롯하게 형상화해내는데 기여하고 있다. 특히 대하장편소설인 송기숙의 『녹두장군』, 조정래의 『태백산맥』, 임철우의 『봄날』은 우리 민족 근대화 과정에 있어서 우리 지역에서 발생하여 새로운 역사의 분기점이 되었던 혁명적 사건들, 동학혁명과 빨치산 투쟁, 광주민중항쟁을 소설화함으로써 한국소설사의 큰 흐름을 주도해냈다. 따라서 호남의 현대소설사는 한국 현대소설사의 축도이며 원형이라 결론지을 수 있겠다.

## 참고문헌


- 권영민, 『한국현대문학사』, 민음사, 1993.
- 권택영, 『후기구조주의 문학이론』, 민음사, 1990.
- 김열규, 『한국문학사』, 탐구당, 1983.
- 김용재, 『한국 소설의 서사론적 탐구』, 평민사, 1993.
- 김윤식 · 정호웅, 『한국소설사』, 예하, 1995.
- 김윤식 외, 『한국현대문학사』, 현대문학, 1999.
- 나병철, 『한국문학의 근대성과 탈근대성』, 문예출판사, 1996.
- 서종택 · 정덕준, 『한국 현대 소설 연구』, 새문사, 1990.
- 이상우, 『현대 소설의 원형적 연구』, 집문당, 1985.
- 이재선, 『한국 현대 소설사』, 홍성사, 1979.
- ______, 『현대한국소설사』, 민음사, 1991.
- 이진경, 『맑스주의와 근대성 - 주체 생산의 역사이론을 위하여』, 문화과학사, 1997.
- 장선희 · 정경운, 『호남문학기행』, 박이정, 2000.
- 게오르그 루카치, 이영욱 옮김, 『역사소설론』, 거름신서 27, 1993.

- 공종구, 「임철우 소설의 트라우마 : 광주서사체」, 『현대문학이론연구』 제11집, 현대문학이론학회, 1999.
- 김성기, 「세기말의 모더니티」, 『모더니티란 무엇인가』, 민음사, 1995.
- 김윤식, 「60년대 문학의 특질－김승옥론」, 『김윤식선집4－작가론』, 솔, 1996.
- 김화영, 「어둠 속에서 날아오른 새는 빛살이 되어」, 『한승원 삶과 문학』, 2000.
- 송지현 · 최현주, 「'5월 정신'의 문학적 형상화 과정 연구－송기숙의 1980년 이후 소설을 중심으로」, 『송기숙의 소설 세계』, 태학사, 2001.
- 염무웅, 「농민소설의 민중문학적 맥락－김정한과 송기숙의 소설사적 위치에 관한 메모」, 『문예미학』 제9호, 문예미학회, 2002.
- 이봉범, 「1970년대 농민소설의 한 수준」, 『반교어문연구』 제12집, 반교어문학회, 2000.
- 임규찬, 「작품과 시간-조정래의 『태백산맥』론」, 『문예미학』 제5호, 문예미학회, 1995.
- 임환모, 「송기숙 소설의 서사전략」, 『송기숙의 소설세계』, 태학사, 2001.
- 하응백, 「동(動)의 바다, 정(靜)의 바다」, 『한승원 삶과 문학』, 문이당, 2000.

## ▎필자소개(인명순)

**구모룡**

부산대 국어교육과와 부산대 대학원 국어국문학과에서 공부하였고 현재 한국해양대학교 동아시아학과에 재직. 「시에 있어서의 제유의 수사학」, 「김기림 재론」, 「비평과 국가」 등의 논문을 발표하였고, 『한국문학과 열린 체계의 비평 담론』, 『제유의 시학』, 『시의 옹호』, 『감성과 윤리』 등의 저서를 발간하였음.

**김선두**

중앙대학교 회화과 및 동 대학원 졸업, 현재 중앙대학교 미술학부 교수 및 화가. 주요 저서로 『신화의 시대』(공저), 『너에게로 U턴하다』 등이 있으며, 〈겹의 미학〉, 〈장욱진의 초상〉, 〈바다 가을전〉, 〈시월의 느린 풍경〉 등의 전시회를 개최하였음.

**김영남**

중앙대학교 경제학과 및 예술대학원 졸업. 시인. 주요 시집으로 『정동진역』, 『모슬포 사랑』, 『푸른 밤의 여로』, 『가을 파로호』 등이 있으며, 저서로 『옥색 바다 이불 삼아 진달래꽃 베고 누워』(이청준 · 김선두 공저) 등이 있음. 1998년 윤동주문학상, 2002년 중앙문학상, 2006년 현대시작품상 등을 수상하였음.

**김병익**

서울대 문리대 정치학과 졸업. 『문화과 지성』 동인과 문화과지성사 대표, 인하대 국문과 초빙교수와 한국문화예술위원회 초대위원장 역임. 현재 문학과지성사 상임고문. 저서로는 『상황과 상상력』, 『전망을 위한 성찰』, 『그래도 문학이 있어야 할 이유』, 『기억의 타작』 등의 비평집과, 『한국문단사』, 『현대 프랑스 지성사』, 『마르크시즘과 모더니즘』 등의 산문집과 역서가 있음. 대한민국문학상, 대한민국문화상, 팔봉비평상, 대산문학상 등을 수상하였음.

**김한식**

고려대학교 국어국문학과 및 동 대학원 졸업. 상명대학교 한국어문학과 교수 및 문학평론가. 『문학의 해부』, 『서정시의 운명』, 『현대문학사와 민족이라는 이념』 등의 저서와 「백민과 민족문학」, 「김동리와 순수문학의 세 층위」, 「소년들의 도시—가난과 빈곤의 정치학」 등의 논문이 있음.

**김형중**

전남대학교 영문학과 및 동 대학원 국어국문학과 졸업. 현재 조선대학교 교수 및 문학평론가, 계간 『문학과 사회』 편집동인 및 『문학들』 편집위원. 2008년 제20회 소천비평문학상 수상. 주요 저서로 『소설과 정신분석』, 『켄타우로스의 비평』, 『변장한 유토피아』, 『단 한 권의 책』 등이 있음.

**임성운**

동국대학교 국어국문학과 및 동 대학원 졸업. 현재 순천대학교 국어교육과 교수. 주요 논문으로 「우리 문학사의 지역문학인식—호남지역문학을 중심으로」, 「남도문학의 지방문학적 성격」, 「문학사 기술방법 연구」, 「문학사의 인식과 수사학」 등이 있음.

**임환모**

전남대학교 국어교육과를 졸업하고, 동 대학원 국어국문학과에서 문학박사 학위를 받음. 현재 전남대학교 국어국문학과 교수로 재직 중이며, 현대문학이론과비평학회 회장을 역임. 논문으로는 「최인훈 『광장』의 서사성과 서사담론 연구」, 「송기숙 소설의 서사전략」, 「『태백산맥』의 서사전략」, 「한국소설의 근대성 실현에 관한 연구」 등 다수가 있고, 저서로는 『문학적 이념과 비평적 지성』, 『한국 현대시의 형상성과 풍경의 깊이』, 『한국 현대소설의 서사성과 근대성』 등이 있음.

**정선태**

1963년 전북 남원 출생으로 서울대학교 국어국문학과 및 동 대학원을 졸업했다. 한신대 문예창작학과 겸임교수를 거쳐 지금은 국민대학교 국어국문학과 교수로 재직 중이다. 근대계몽기 신문과 잡지들을 뒤지면서 근대성 형성의 원형을 탐색하면서, 동아시아문학과 한국문학의 관련성, 번역론과 번역의 문제, 일제 말 파시즘 체제하의 문학과 사상, 재조일본인 문학과 타자성의 구성 등으로 관심의 영역을 넓혀나가고 있다. 저서로 『개화기 신문 논설의 서사 수용 양상』, 『심연을 탐사하는 고래의 눈 : 한국 근대문학의 형성과 그 외부』, 『근대의 어둠을 응시하는 고양이의 시선 : 문학·번역·사상』, 『한국 근대문학의 수렴과 발산』 등이 있으며, 역서로 『동양적 근대의 창출 : 루쉰과 소세키』, 『일본문학의 근대와 반근대』, 『가네코 후미코 : 식민지 조선을 사랑한 일본 제국의 아나키스트』, 『일본어의 근대』, 『생활 속의 식민지주의』, 『창씨개명 : 제국주의 일본의 조선지배와 이름의 정치학』, 『일본 근대의 풍경』(공역), 『삼취인경륜문답』(공역), 『일본 근대사상사』(공역), 『조선의 혼을 찾아서』(공역) 등이 있다.

**조영일**

전남대학교 국어국문학과 졸업, 서강대학교 국어국문학과 박사과정 수료. 문학평론가. 저서로 『가라타니 고진과 한국문학』, 『한국문학과 그 적들』, 『세계문학의 구조』 등이 있고, 역서로 『근대문학의 종언』, 『역사와 반복』, 『네이션과 미학』 등이 있음.

**최현주**

전남대학교 국어국문학과 및 동 대학원 졸업. 현재 순천대학교 국어교육과 교수 및 문학평론가. 주요 논문으로 「탈식민주의 문학교육과 이병주의 『관부연락선』」, 「탈식민주의 관점에서의 문학교육」, 「『태백산맥』의 탈식민성 연구」 등이 있으며, 저서로 『한국 현대 성장소설의 세계』와 『해체와 역설의 시학』 등이 있음.

**한순미**

전남대학교 국어국문학과 및 동 대학원 졸업. 현재 전남대학교 호남학연구원 HK연구교수. 주요 논문으로 「서정인 초기소설에 나타난 '멜랑콜리'와 근대비판」, 「'소리'의 징후, 원한의 역사성 : 한승원의 연작 『안개바다』 읽기」, 「'서러움'의 정치적 무의식 : '역사적 신체'로서의 한하운의 자전(自傳)」 등이 있으며, 저서로 『병원인문학』, 『동시대인의 산책 : 문학과 사유이미지』 등이 있음.

**한승원**

전남 장흥에서 태어나 서라벌예술대학 문예창작과를 졸업. 대한일보 신춘문예에 단편소설 「목선」(1968)로 등단. 장편소설 『불의 딸』, 『포구』, 『아제아제 바라아제』, 『아버지와 아들』, 『해일』, 『시인의 잠』, 『동학제』, 『아버지를 위하여』, 『해산 가는 길』, 『멍텅구리배』, 『사랑』, 『물보라』, 『초의』, 『흑산도 하늘 길』, 『원효』, 『키조개』, 『추사』, 『다산』,과 '한승원 중단편전집'(전 7권) 등이 있으며, 시집 『열애일기』, 『사랑은 늘 혼자 깨어 있게 하고』, 『노을 아래서 파도를 줍다』, 『달 긷는 집』 등이 있음. 현대문학상, 이상문학상, 한국소설문학상, 한국문학작가상, 대한민국문학상, 해양문학상, 현대불교문학상, 미국 기리야마 환태평양 도서상, 김동리문학상 등을 수상하였음.